U0000547

花宗

職務：重案組隊長

人稱「花花」、「花兒」，喜歡喝菊花茶。
七年前曾調至邊境支援反恐任務，
卻只有他一個人活著回來。
結束任務後回到洛城，主動請調至重案組。

柳至秦
職務：訊息戰小組隊員
人稱「小柳哥」。
公安部派至洛城重案組的菁英駭客，電腦技術一流。
似乎在暗中調查花崇？

目錄

楔子

洛城大學是全國知名的綜合性學府，老校區在洛城東部的明洛區。五年前，洛大在北邊長陸區靠近城郊的地方以極優惠的價格拿了一塊地，修建新校區。新校區是洛大和長陸區的合作項目，因為占地太大，初步規畫後分成南北兩區，如今開發了接近十年，南區早已一片繁榮，靠北方那一塊還是荒廢的。

三年前，洛大將大學生全部趕到了新校區，著實帶動了周邊餐飲業的發展。

「以前在這片路上跑的都是豬，不怕人，也不怕車，趴在路上曬太陽，不肯走，你對牠按喇叭，牠就對你哼幾聲。周圍全是農田，一到春天，油菜花開得漫山遍野，天氣好的時候，陽光往下一灑，那亮黃的花瓣刺得你眼睛痛。現在人來了，豬沒了，油菜花田全都被什麼燒烤、串串香糟蹋了。」

畫景二期就在長陸區，花崇沒去市局報到，人通知完後，帶著柳至秦直奔案發地。

柳至秦坐在副駕駛座聽他絮絮叨叨，問：「花隊，你以前經常過來？」

「不知道多少年前的事了。那時剛從警校畢業，被老特警們帶到郊區搞體能特訓。嘖，要命，在村路上拚命地跑，有的豬懶，一邊曬太陽一邊瞇著一雙眼看你，像地主家的老太爺，有的豬像他媽打了雞血一樣，你跑，牠跟著你跑，還呼嚕呼嚕地吼，把田裡的土狗也吼來了。」花崇說著便笑起來，「人跑，豬也跑，後面的狗邊叫邊追，畫面特別美。」

柳至秦想了想，也笑起來，「是挺美。」

「前面就到了。」花崇放慢車速，聲調一沉，「命案發生在學校，真夠討厭。新校區又大又偏僻，今天週末，學生沒課，少部分學生『進城』逛街，大部分留在學校裡搞社團活動，人多難管理，年輕人好奇心又旺盛。我看啊，現場八成又被破壞了。」

發現屍塊的地方在新校區北邊的小樹林，現下已經拉起了封鎖帶。那片區域恰好是洛大尚未修校舍與教學大樓的地方。

當初洛大雖然低價買下了地，但規畫蓋房並不便宜，加上已建的大樓已經能滿足需求了，校方權衡之後，便在暫時閒置的地區植樹造林，搞了個天然氧吧。

不過，去天然氧吧吸氧的人卻極少，學生們活動的區域幾乎固定在南區，平常很少有人會往北區的小樹林跑，就連小情侶約會，多半也選在南區漂亮浪漫的人工桃花島。

但現下，封鎖帶外面圍滿了好奇張望的學生，裡面的泥地也全是層層疊疊的腳印。

時值五月，暑氣陣陣，空氣中彌漫著屍體腐敗獨有的嚇人惡臭，遮蓋掉了林木與泥土的清香。趕來看屍體的學生們顯然是有備而來，大部分戴著花色各異的口罩，看樣子都是秋冬季節戴在臉上擋風禦寒用的。不少人手中還拿著六神和隆力奇花露水，更有甚者，直接將萬金油捂在鼻子下方。一些女生雖然被熏得退到了週邊，嘔吐的聲音此起彼伏，但仍有很多人興沖沖地從南區跑來。

花崇戴好手套，拿出一疊醫用口罩，分一半給柳至秦，再拉起封鎖帶，讓對方進去。

「戴著，雖然不怎麼管用，該聞到的還是能聞到，不過戴上它多少有點心理安慰。」

柳至秦接過，歎了口氣，「你說得沒錯，現場果然被破壞了。」

「這個地方恐怕被百來人踩過了。」花崇說著，回頭看了看封鎖線外伸長脖子，一臉求知欲的學生，無奈道：「他們要是把對凶案的好奇放在讀書上，被當的人肯定不止少了一半。哪裡那麼好看啊？」

長陸區分局的刑警正分頭在樹林裡尋找零散的屍塊，已經找到的統一放在一張塑膠布上。花崇朝一位上衣全被汗水浸透的警察走去，甕聲甕氣地喊道：「老錢！」

錢志峰轉過身，一臉焦躁。一見是花崇，明顯鬆了口氣，「花隊，你們總算來了！這個案子我們分局應付不了，得勞煩你們處理。」

花崇走近，瞥一眼塑膠布上爬滿蛆蟲的屍塊，皺起眉，「大致和我說說是怎麼回事。」

「中午派出所接到學生報案，說在學校的小樹林裡發現了一顆頭。」錢志峰是分局刑偵大隊的副隊長，隊長出差，現場臨時由他指揮，「這裡不是靠近城郊嗎？我們來得再快，也快不過南區的學生啊。派出所的同事攔不住，學生們居然自動在樹林裡找其餘的屍塊，我到時，還聽到有人高呼『注意秩序，注意素質，一個一個排隊進去』，真他媽的……」

花崇知道他想說什麼，拍拍他的肩，「報警的學生呢？」

「那裡！」錢志峰往人群裡指了指，「喲，還在看呢！」

花崇順著錢志峰的手望去，果真看到一個身材瘦高、戴著眼鏡，身穿格子襯衫的男生。

這是正宗的大學工科男生打扮，階梯教室裡的一百個男生有九十九個都這樣穿。

「安排人向他瞭解一下情況。」花崇說，「屍塊找到多少了？能拼出來嗎？」

「頭、一隻手、兩隻腳，軀幹找到一部分。」錢志峰緊皺雙眉，「肚子裡的東西全流出來了，差點把我熏暈。」

花崇看向堆放屍塊的塑膠布，見到柳至秦已經蹲在塑膠布旁了。

他眸光一動，立即向塑膠布走去。

柳至秦拿起烏紅泛黑紫的手，小心地避開蛆蟲，查看斷面。

「心理素質不錯。」花崇也蹲下，「要是張貿在這裡，肯定已經吐三輪了。」

「傷口不整齊，像是砍了很多刀才把手砍下來。」柳至秦說：「花隊你看這裡，有出血現象，難道死者是活著被砍下了右手？」

「有可能。」花崇接過那隻手，「徐戡馬上就到了，讓他仔細看看，再透過這些蛆蟲的長度計算出死亡時間。如果是在死前砍下右手，這起案件的性質就變了，從死後分屍成了生前虐殺。」

正說著，兩名刑警表情痛苦地從遠處跑來，一同提著一個黑色垃圾袋。

「又找到一包！」其中一人說。

花崇刨開塑膠袋口，饒是現場經驗再豐富，胃裡也翻滾了好幾下。

袋子裡裝著的是內臟，彼此沾黏在一起，還附著有血黃的脂肪，觸目驚心。

一名刑警放下袋子就衝去一旁嘔吐，花崇站起來，用手肘撞了撞柳至秦，「沒事吧？」

柳至秦的臉色比平時蒼白一些，額角滲著汗珠，「沒事，我也去幫忙找找。」

搜索一直持續到深夜，屍體才基本上被拼湊完整。

「心臟沒找到。」徐戡說。

「先帶回去做屍檢和理化檢驗，留一組人繼續在附近搜索。」花崇扯下髒汙不堪的手套，「儘快確定死因、死亡時間和死者身分。小柳哥，和我去見見報案者。」

第一章　小樹林

發現屍體的人叫周明，洛大輕紡學院大一生，十九歲，坐在市局刑偵分隊的偵訊室裡還不安分地左看右看，好奇全寫在臉上。

用曲值的話說，簡直是好奇得沒心沒肺，活脫脫的小純真。

「你怎麼發現屍塊的？」花崇問：「我聽說北區的小樹林離南邊的生活區和教學區太遠，很少有人會過去，你去那裡幹什麼？」

「我跑步啊。」周明有些激動，「我報名參加今年的馬拉松了，我們全系只有我一個男的成功報上，競爭可激烈了！也是我運氣好，嘿嘿，我運氣一直都不錯，高考就是低空飛過，低空錄取……」

花崇咳了兩聲，柳至秦溫聲說：「同學，請說重點。」

「喔，好的！」周明調整了一下坐姿，「下周比賽不就開始了嗎？我得抓緊時間訓練，雖然不爭什麼名次，但是總得跑完吧，不然多丟臉啊！」

近幾年，國內馬拉松比賽極熱門，報名堪稱擠獨木橋。花崇去年湊熱鬧報過一次，沒報到名，今年一開始就忙得暈頭轉向，便沒怎麼關注。

「洛大面積不小，光是運動場就不止一個，怎麼會想去北區小樹林跑步？」花崇又問。

「一看你，就知道不瞭解我們學校！」周明分毫不怕，「今天是週末，運動場再多又怎樣，還不是被那些談戀愛的狗男女占走了！我們洛大是面積大，但情侶也多啊，簡直要弄瞎我這個單身狗的眼睛！」

花崇嘴角略一抽搐，又聽周明滔滔不絕道：「為了我的狗眼——呸，為了我的眼睛著想，我當然不能去運動場。我們學院平時的功課很多，我抽不出時間去北區，只能在南區繞湖跑幾圈。今天起床，我想下周就比賽了，再不找個清靜的地方跑一次，我可能真的跑不完全程！」

「屍塊大多散落在小樹林深處，而小樹林只有周邊有步道，你怎麼會跑到裡面去？」

「我起初也沒進去，就在周邊的步道跑。跑到十一點多時，太陽曬得我受不了了。」周明一邊比劃一邊說：「你們也去看了，小樹林周邊雖然也有樹，但不如裡面涼。我自己帶了水和乾糧，打算在那裡奮鬥一天，南區、北區離得很遠，我既然去了，中午就懶得回宿舍。可中午又是陽光最毒的時候，我想進去休息一下，睡個午覺再繼續跑，沒想到往裡面走了一會兒，就隱約聞到了屍體的味道。」

柳至秦打斷，「你能辨別出屍體的氣味？」

「能啊。」周明居然有些得意，「去年夏天我去西藏看過天葬，二十多具屍體被天葬師剖開，等著被禿鷹啄食，我當時站在第一排！」

花崇差點翻白眼，柳至秦則無奈道：「好吧，你繼續說。」

「我就想，肯定出事了，這樹林裡絕對有屍體！」周明摸摸後腦勺，「我一個人在那裡還是有點害怕，就立即打電話給盧慶，讓他帶宿舍的哥們兒一起來找找屍體。萬一找到了，也算是為我們洛城的治安、為死者沉冤得雪貢獻一份力。你們說是吧！」

「你倒是很會說話。」花崇道。

「我是我們學院辯論隊的！」周明開心了，「下個月我還要代表我們……」

「停。辯論才華還是回學校裡展示吧。」花崇敲了敲桌子，「你剛才提到的『盧慶』，那是誰？」

「盧慶就是我們室長。」周明繼續說：「我打完電話後越想越慌，不敢往裡面走，就在小樹林外面等他們。我本來以為只會有我們宿舍的幾個人來，結果我靠，半個學院都來了！」

花崇神色輕微一變，又聽周明道：「警是我報的，不過那個頭，其實不是我找到的。」

◆

淩晨，法醫科完成屍檢，DNA比對和失蹤人口查詢仍在進行中。

「死者是男性，從恥骨聯合狀態推斷，年齡在二十二歲左右。」徐戡將詳細的屍檢報告遞給花崇，「屍體一共被分成十九個部分，心臟缺失，右手的斷面有生活反應，是生前傷害，其餘傷處沒有生活反應，是死後分屍。死者頭部有鈍器傷，鼻骨骨折，身上有多處約束傷，下頜脫臼，可以確定遭受過虐待。」

屍檢報告上附有細節圖，花崇邊看邊問：「致命傷位於頸部？」

「是。」徐戡點頭，「凶手在實施一系列虐待後，用利器割開了他的頸部動脈與氣管，然後用斧頭進行分屍。」

「能確定斧頭的大致類型嗎？」

「每一處斷面都有多道傷痕，凶器不大，也不算鋒利，最常見的是菜市場屠戶的斧頭。現在普通家庭很少用這種斧頭。」

花崇繼續往下看，「死亡時間是七天之前……」

「這是從蛆蟲長度計算出來的。」徐戡道：「最近氣溫越來越高，屍體腐敗得比較嚴重。」

「二十二歲，死了七天，屍體被肢解、拋棄在洛大的小樹林。」花崇站起身來，單手撐著下巴，在桌邊踱步，「是洛大學生的可能性不小。」

「死者面部毀壞嚴重，DNA比對暫時得不到結果。」徐戡雙手插在工作服的口袋裡，「還有一件事。」

「嗯？」

「死者的十指曾經被汽油燒灼過。」

花崇站定，「是為了抹去指紋？」

「看樣子是，不過以汽油炙烤的方式抹去指紋不大常見。」徐戡說：「這很麻煩，凶手既然有斧頭，為什麼不直接將死者的十指砍掉丟棄？而且凶手已經把死者分了屍，不想讓我們通過指紋查身分的話，把雙手丟在其他地方就行了啊。」

「沒錯，汽油燒灼比較耗時。」花崇想了想，「就算凶手嫌分開棄屍太麻煩，也可以拿強酸直接將死者的十指腐蝕掉。」

「心臟遺失也很可疑。」徐戡用雙手扶住額頭，「我想過黑市器官交易的可能，但從切割面來看，絕對不是正常的移植切割。凶手是在剖開死者的胸部後，直接將心臟扯出來的。」

「凶手有強烈的洩憤情緒，熟人犯案的機率比較大。」花崇說：「這得等到屍源確定之後才能著手調查。」

正在這時，留在現場的隊員回來了。

張貿的模樣狼狽，「花隊，洛大北區已經基本上搜過了一遍，沒找到死者的衣物和丟失的心臟。校方那邊暫時還沒有消息，學院太多，他們搞不清楚有沒有學生失蹤。」

「好，先去休息一下。」花崇幫回來的隊員各倒一杯水，「等ＤＮＡ比對結果出來，我們再開個會。」

一夜奔忙，花崇的頭有點痛，拿了菸與打火機走去露臺，在半路被柳至秦叫住。

「想抽二手菸嗎？」花崇晃了晃菸盒，開玩笑道。

他一到晚上，聲音就比白天低沉。也低沉不多，還不至於菸嗓，卻恰如其分地多出些許磁性。

「這麼吝嗇？」柳至秦跟上來，「就拿二手菸請我，分我一根都不行？」

花崇詫異，「你不是不抽菸嗎？」

「我是不怎麼喜歡抽，不是不能抽。」

「嘖，我還以為你不會抽。」花崇將菸盒拋過去，「自己拿。」

市局周圍是繁華的街區，十二點之前流光溢彩，馬路像一條條金光鋪就的長河。如今已是下半夜，路上早就沒行人了，高樓大廈只有上面的看板還亮著燈，雖與街燈遙相輝映，亦有種別樣的孤單。

Black

花崇靠在欄杆上吹風，柳至秦跟他借了火，動作流暢。吐出第一口白煙時，眼睛習慣性地瞇了瞇。

花崇笑，「我發現你抽菸的姿勢很瀟灑。」

「是嗎？」柳至秦夾著菸，「那我以後多抽幾次給你看。」

「我又不稀罕。」花崇收回目光，轉身看向遠處的夜色。

「我看了屍檢報告，這回的凶手比孟小琴還狠啊。」柳至秦說：「汲取上個案子的經驗，我現在比較好奇凶手是男是女。」

「死者一百八十四公分，比較強壯。徐戡說從屍體身上的傷痕來看，不符合多人犯案的特徵。理化檢驗證明死者沒有被投毒，要單獨控制一個一百八十四公分的男人，肯定非常困難。所以我認為，凶手應該是男性。不過也不能盲目認定，一切得等確定死者身分之後再說。」花崇說。

「這一週都晴天，沒降過雨，而小樹林裡沒有大量血跡，說明了那裡只是棄屍地點，而不是犯案現場。」柳至秦抽菸快，按熄菸蒂，「死者生前被約束、被虐待，一定伴有慘叫。凶手有捆綁他四肢、堵住他嘴巴的行為。學校是公共場合，隱蔽性不強，凶手應該不是在學校裡殺害他，但又刻意將屍塊丟在校內，有什麼用意？」

「也許對凶手來說，洛大是安全區域。」花崇說：「看樣子凶手對洛大很熟悉，知道學生們集中在南區，北區幾乎沒人去，連監視攝影機都只是擺設。」

「在洛大及其周邊活動的，無非三種人：學生、教職員工、校外餐飲店的老闆和員工，他們都清楚洛大的規畫結構。」

「這案子現在還不好說。」花崇歎氣，「希望ＤＮＡ比對能確定死者身分，否則還得花時間找屍源。」說完他看了柳至秦一眼，「你今天要回去嗎？」

「再過一陣子天都亮了，還來回幹什麼？」

「那我的床又得分你一半了。」

「不用一半。」柳至秦客氣道：「我掛在床邊就行了。」

「去你的。」花崇在他小腿上輕輕踹了一腳，「我是這麼不顧下屬睡眠品質的上司嗎？」

話雖如此，等真的躺上休息室的床，花崇還是占了大半邊，而且根本沒注意到柳至秦讓著他。柳至秦往床沿挪了挪，很是疲乏，卻又睡不著。

身後的呼吸一直沒平緩下來，柳至秦知道花崇也沒睡著。

「花隊？」

「嗯？」

「沒什麼。」

「沒什麼你還叫我？」花崇轉過身，「睡覺！天亮了又得忙。」

對兩個男人來說，床還是太小了，柳至秦明顯感覺到花崇的氣息灑在自己的後頸。

「晚安。」過了好幾秒，他才壓低聲音道：「這就睡了。」

休息室不過是個小憩的地方，查孟小琴的案子時，柳至秦睡過幾次，都是淺眠，從來沒安穩睡著過。這次也不例外，越是想睡著，精神就越是亢奮。

花崇轉過身後就沒再轉回去，一動不動地躺著，呼出來的熱氣有一下沒一下地往他脖子上灑，癢癢麻麻的，像功效奇佳的清醒劑。

他有點後悔和花崇一起睡覺了。

外面還有幾張沙發，技偵組和痕檢科那邊也有多餘的休息室，睡哪裡都比這裡強。

天快亮時，花崇睡得迷糊，手臂搭了上來，就放在他的腰上。他低頭看了看，想挪開，終究還是作罷。

後來是怎麼睡著的，他也搞不清楚，醒來時旁邊已經沒人了。外面不停有腳步聲傳來，大概是DNA比對出結果了。

「死者名叫鄭奇，洛城大學建築學院大四生，彰城人。」花崇將重案組、檢驗科、法醫科的刑警都叫到會議室，待徐戡詳細解讀完屍檢報告，開始分派任務。

「凶手的種種行為表明這是一起有預謀的熟人作案，凶手對死者抱有極大的仇恨。鄭奇在七天前遇害，心臟至今下落不明。小樹林只是棄屍地點，不是第一現場。曲值，散會後你馬上帶人去洛大，查鄭奇的社會關係。」

曲值揚了揚手，「明白。」

「袁昊，你們去調五月九號洛大及周邊的監視器，全部都過一遍，特別注意身高一百八以上的健壯男子。」

「確定凶手特徵了？」袁昊問。

「不確定。」花崇搖頭，「但鄭奇本人就有一百八十四，而且不瘦弱，凶手是女性的可能性不大。」

「奇怪，我昨天還跟建築學院的幾名老師和學生會幹部接觸過，他們都說沒有注意到有誰失蹤了。」張貿說：「鄭奇遇害已有七天，學院居然一點風聲都沒有。」

「這個很正常。鄭奇大四了，建築系雖然比其他系多一年，但很多學生從大四就開始在外面實習了。」花崇十指抵在一起，「現在已經是五月，大五的馬上就要畢業，鄭奇可能已經聯繫好了實習單位。洛大新校區偏遠，他也許根本沒有住在宿舍，也不用上課，同學和老師不知道他失蹤也說得過去。總之先查，不要放過任何細節。另外，馬上通知鄭奇的家人來洛城。」

死者是洛大學生一事很快就在校園裡激起風浪，花崇與柳至秦、袁昊一同去查監視器，還沒看出個名堂，就接到曲值的電話。

『鄭奇是個風雲人物啊。』曲值說：『到去年底為止都是建築學院學生會主席，人緣很好，長得也一表人才，是女生選出來的院草。從大三開始，他就沒住宿舍了，一個人租住在校外的「新北村」。他同學說，大四下學期沒什麼課，他春節之後就去萬喬地產實習，已經很久沒有到學校來了。』

「萬喬地產？」花崇下意識在筆記本上畫了兩筆。

柳至秦聞聲回頭，花崇朝他打了個手勢，用口型道：「跟我來。」

曲值又彙報了一陣子，花崇說：「通知檢驗，立即去鄭奇的租屋處，我馬上就到。」

新北村就在洛大西門對面的街上，是學校為了方便教職員工蓋的，但教師基本上都有車，沒車

或不願開車的可以搭往返於新舊校區的班車，幾乎沒有人願意住在荒涼的新北村，房子基本上都租給了不願意睡宿舍的學生。

趕去新北村的路上，柳至秦問：「鄭奇在萬喬地產實習？」

「我也有點驚訝。」花崇說：「孟小琴的第三個目標是萬喬地產老總的侄女羅湘，鄭奇在萬喬實習，一連兩個案子都和萬喬有點關係。」

柳至秦道：「我想的倒不是這個。」

「嗯？」

「你那位老隊友也是萬喬的員工。」

花崇倏地停下腳步，正要開口，手機突然響了。

曲值喊道：『花隊，鄭奇的租屋處有大量血跡，可能是第一現場！』

新北村共有八棟樓，統一為六層建築，每層四戶，沒有電梯。鄭奇租的第三棟已經拉起了封鎖線，學生們三兩聚在一起議論紛紛，神色都有些不安。

他們和昨天在小樹林興致勃勃地圍觀警方搜尋屍塊的學生不同，那些人是受好奇心驅使，主動跑去看熱鬧，說是大膽也好，沒心沒肺也好，總之就是事不關己才顯得輕鬆。但對住在這裡的學生來說，凶案就發生在自己身邊，住在同一棟樓裡的人被殺，還被殘忍分屍，饒是心理素質再好，此時也難免擔心受怕。

花崇和柳至秦快步穿過封鎖線，朝鄭奇居住的六樓跑去。

「花隊！」曲值站在六之一門口，將兩對鞋套往前拋，「李訓他們還在裡面採集痕跡。」

花崇接過鞋套，分給柳至秦一對，轉身看了看大樓裡的結構。

每層樓的四戶被樓梯分在左右兩邊，一二號在左，三四號在右，中間的公共區域不大，放了個藍色垃圾桶。花崇走到垃圾桶旁，往裡面瞧了瞧，黑色垃圾袋裡空無一物，而袋子掛在桶子邊沿的部分隱約有一層灰。

「這層樓只有鄭奇一個人住？」

「是啊，我本來想問問隔壁鄰居有沒有聽到什麼動靜，下面負責登記的老先生就跟我說這層只有六之一這一戶租出去了。」曲值說完瞄了花崇一眼，「你從哪裡看出這層樓沒住其他人？」

「垃圾袋上有灰塵，證明已經幾天沒更換過了。這裡有四戶，如果另外三戶不是沒人住，袋子裡不會一點生活垃圾都沒有。」花崇皺起眉，「新北村沒租出去的房子多嗎？」

「不多，不過這一棟位置不好，離大門最遠，租的人最少，每層都空了一半左右。」

花崇略一回憶，三號樓的位置似乎確實不好。

新北村的規畫很糟糕，大樓東一棟西一棟，靠近大門的是七號和二號，三號在最裡面，路還不能走直線，得七彎八拐，很是麻煩。

「這邊的管理太落後了，好歹是新修的社區，結果跟舊校區的職員大樓一樣，沒有物業管理，沒有保全人員，監視器少得可以忽略不計，進門處只有幾個退休的老先生負責登記。」曲值說：「我剛才問過幾個學生，他們說就是因為學校裡發生了命案，今天進出才需要登記，以前連登記都不用，想來就來，想走就走。」

花崇走到門口，彎腰查看門鎖，「沒被損壞，不是強行破門。」

「嗯，凶手是『軟叫門』。」曲值說：「這也證明確實是熟人犯案。」

「不一定。」花崇搖頭，「現在不同以往，送快遞和送外賣的也能叫人開門。」

曲值抓了抓頭髮，「不是你說大概是熟人犯案的嗎？」

「沒錯啊，但『軟叫門』不是熟人作案的證據。」花崇道：「要嚴謹。」

這時，李訓在房間裡喊：「可以進來了。」

室內面積不大，三十多坪，一室一廳一衛一廚，客廳看起來沒什麼異常，狹小的臥室卻叫人觸目驚心。雪白的牆上有大量噴濺狀的血跡，竹席已經被浸成黑色。毫無疑問，凶手正是在這裡殺害鄭奇的。

但奇怪的是，地上非常乾淨。

「凶手在這裡割開了鄭奇的頸部動脈，在確認他已經死去後，將他移到廚房進行分屍。」李訓說：「斧頭就在廚房，上面沒有指紋，凶手作案時戴了手套。」

花崇走去廚房，「這裡……比臥室還乾淨。」

「凶手在作案之後，用水沖洗過臥室、客廳、廚房的地板。」李訓蹲在地上，手指在地磚上畫過，「不過斧頭接觸地面的痕跡清洗不掉。而且地上的血雖然被沖掉了，但是魯米諾測試還是有反應。」

「凶手沖洗過地面，也就是說，室內提取不到足跡？而室外公共區域有清潔工打掃環境，現在天氣熱了，最起碼三天會清洗地板一次。」花崇說：「凶手的足跡已經不存在了？」

「我本來也以為是這樣。凶手很謹慎，沖洗地板不是為了清理血跡，而是為了消除足跡。但是我從客廳到臥室，提取到了一串清晰的足跡。」

花崇眸光一深。

「這些足跡屬於同一個人，從腳長、腳寬來看，是男性，且著力正常，沒有穿著不適，也就是大腳穿小鞋，或者小腳穿大鞋的跡象，不可能是故意穿了雙不合腳的鞋子誤導我們。」李訓繼續道：「他進屋之後，先快步走到臥室門口，在那裡停頓了有一段時間，又原路返回，迅速離開。根據腳印判斷，這個人身高在一百八左右，體重六十五到七十公斤。」

「這個體型應該算比較瘦弱，讓袁昊他們看看大門的監視器裡，是否有出現符合這個身高體重的人。」花崇掃視廚房，「凶手在這裡分屍，動靜不小，樓下如果有住人應該能聽到。」

「已經問過了，說是沒注意。」曲值說。

「沒注意？不應該啊。」花崇拿起斧頭，用了七成力向地面一揮，「鏗」一聲巨響，刺得人耳膜發緊，「分屍時有骨肉作為緩衝，聲音肯定不會如此尖銳。但樓上有人剁排骨的聲音大家都聽過吧？一下一下的悶響，怎麼可能注意不……」

說到這裡，花崇突然一頓，罵道：「操！」

「怎麼？」曲值還沒反應過來。

「正是因為樓上剁排骨的聲音都聽過，所以樓下的住戶習以為常，即便聽到了，也不會在意，更不會跑上樓一探究竟。凶手在臥室殺了人，卻多此一舉挪到廚房來分解，就是認為廚房發出剁骨切肉的聲音是再正常不過。」柳至秦道：「花隊，是這個意思吧？」

花崇抬眼，點了點頭，「先找到這串足跡的主人。李訓。」

「是。」

「現場還有其他具有指向性的痕跡嗎？」

「暫時沒有發現。」

社區值班室裡，一頭白髮的劉老先生端出兩把折疊椅讓花崇和柳至秦坐。

「我在洛大幹了幾十年舍監，兩年前來這裡當守衛，頭一次遇上這種事，難受啊。」劉老先生捶著自己的腿，唉聲歎氣，「洛大學生好得很，個個單純，以前我當舍監時，連盜竊事件都沒發生過，哪想得到……唉！」

「我聽說新北村沒有雇物業管理，一直是你們幾位退休的人幫忙管理？」花崇耐心道。

「唉，哪需要什麼物業公司啊，那得花多少冤枉錢。」劉老先生說：「我們這幾把老骨頭當了一輩子的舍監，哪裡比不上那些物業公司？」

花崇暗自歎息，心想還真的比不上。最起碼，如果社區引入了正規物業公司進行管理，那監視攝影機至少會比現在多，也不會隨意讓無關人士進進出出。

劉老先生一副想不通的模樣，一對稀疏的眉毛皺得老緊，「這裡住的都是學生啊，跟宿舍差不多，怎麼會有人來這裡惹事呢？」

柳至秦客氣道：「大學雖然不比職場社會，但也是一個相對開放的環境。劉老先生，您平時見到鄭奇的次數多嗎？最近有沒有看到他帶什麼人回來？」

「去年經常看到他，早出晚歸，有時晚上很晚回來，還會帶點宵夜什麼的給我們，很好的孩子，人緣也很好，經常帶同學回來。」

「同學？」花崇問：「男同學還是女同學？」

「你想到哪裡去了！他沒談戀愛，帶回來的都是男同學。」劉老先生說。

帶男同學回來不等於沒談戀愛，花崇又問：「監視器呢？社區裡面沒監視器，出入口總有吧？」

「你是想看他帶回來的同學嗎？那沒辦法，看不到了。」劉老先生直擺手。

柳至秦問：「為什麼？」

「鄭奇最近一兩個月別說帶同學回來了，連他自己回來的次數都很少！」劉老先生指了指大門上方的攝影機，「我們這裡的錄影會保存一個月，久了就沒了。他好像在市裡實習，已經不常住在這邊了。」

「那還是得麻煩您讓我們調取五月九號到十號的全天錄影。」柳至秦起身道。

常年與監視器打交道，花崇看錄影畫面的速度極快，有時曲值跟不上他，還抱怨過他眼睛裡長了個馬達。

如今柳至秦看錄影畫面的速度比他還快，他頭一次有種「要輸了」的感覺，忙裡偷閒瞥了柳至秦一眼，發覺自己與對方的距離似乎近得過分——他坐在靠椅裡，柳至秦站在他側後方，一手撐著他的椅背，另一隻手按在滑鼠上，目光專注，下巴輕微繃起。

花崇正要收回目光，柳至秦突然按了暫停，與他對上眼。

「……」

「花隊。」

「啊？」

「我臉上有東西？」

花崇當然知道這句話是什麼意思，裝傻裝無辜都不是他的作風，硬槓才是。

「你長得好看，錄影畫面看多了眼花，我就看你緩解視疲勞。」花崇說。

柳至秦笑，「我還有這種功效？」

尷尬被化解掉，花崇點到為止，「繼續看。」

時間分秒流逝，在鄭奇出現在畫面中的一瞬，柳至秦一點滑鼠，「九號晚上九點二十二分。」

此後，鄭奇沒再被攝影機拍到，進出大門的人裡也沒有行跡、裝扮可疑的人。

「等一下，倒退！」光影混雜的畫面一閃即過，花崇上身前傾，目不轉睛地盯著螢幕。

「這個人？」柳至秦心領神會。定格的畫面裡，是一個神色驚慌的瘦高男子，「這個身材符合李訓的推斷。」

「他啊？」劉老先生走過來看，「他不住這裡，但我見他來過幾次，也是洛大的學生。」

◆

正午，烈日當空。

「查到了，影片中的男子是輕紡學院大一生，名叫盧慶，他……」張貿甩掉臉上的汗水，話還沒說完就被花崇打斷。

「盧慶？周明宿舍的室長？」

「啊？」在太陽底下奔忙了一上午，張貿的腦子一瞬間沒轉過來，「誰是周明？」

「那個報案人，也是輕紡的學生。」柳至秦看一眼花崇，「我記得他說當時一個人在小樹林，心裡不踏實，就打電話讓室長叫宿舍的兄弟們來幫忙找屍體，結果這個盧慶把大半個學院的人都叫來了。」

「而且發現鄭奇頭顱的就是盧慶。」花崇撐著下巴，「還有當時和盧慶在一起的人。」

張貿後知後覺道：「我靠！那盧慶嫌疑重大啊！洛大新校區的宿舍比老校區好，一間房住四個人。只有四個人去小樹林的話，現場不會被破壞成現在那個樣子！他是故意的！」

洛大的新校區離市局很遠，重案組在附近的學府街派出所借了幾間辦公室辦案。周明再次被請來，臉上泛著一股興奮，眼裡卻布著幾條紅血絲。

「昨天太激動了，沒睡著。」他如此解釋。

柳至秦開門見山：「認識鄭奇嗎？」

「鄭奇？」周明擰著濃眉，「好像聽說過，但沒什麼印象。」

「他就是你們找到的死者。」柳至秦將一張照片往前一推，「你同校的學長，建築學院大四的學生。」

周明睜大眼，盯著照片看了幾秒，頓時大喊起來：「我操，是他！」

「你認識？」

「這個人……這個人……我靠！居然是他！」

周明穿著一件土氣的短袖T恤，手臂露在外面，皮膚上肉眼可見地起了一層雞皮疙瘩。

他抱著手臂，本能地搓著雞皮疙瘩，有些語無倫次：「我操！我他媽沒想到會是他！他怎麼死了？」

柳至秦觀察著周明的反應，等了大約半分鐘才問：「你認識死者，但不知道他的名字？」

周明愣了半天，接受不了熟人被殺害分屍的模樣。

柳至秦也不催他，只道：「你先冷靜一下，等平復了我再聽你說。」

「不，唉，不是……」周明抓了抓頭髮，「我也不是平復不下來，我……我只是覺得這件事……這件事太離譜了吧。」

「嗯。」柳至秦點頭，不動聲色：「怎麼個離譜法？」

「就不久前還出現在你身邊的人突然死了，還死得那麼慘，屍體最後還是被你發現的。」周明打了個顫，聳著肩膀，「不能細想啊！」

「不久前還出現過？你們是怎麼認識的？」

周明看起來沒心沒肺，其實也不傻，思考片刻便警惕起來，「我跟他的死可沒關係啊，不信你們可以去查。我是知道他這個人，但沒說過話，他也不認識我。」

「他是你們學校的風雲人物吧？」

「風不風雲是不知道，我不關心校園八卦。」

「但你對他似乎很熟？」

「能不熟嗎？」周明往桌沿上一靠，「我們室長經常提到他。」
「室長？」柳至秦道：「叫盧慶是不是？」
周明一拍額頭，「糟了！死的是鄭奇，盧慶肯定會傷心死啊！」
「看來你是從盧慶那裡知道鄭奇的？」
周明唉聲歎氣，有點恨其不爭的意思，「盧慶和我們不大一樣。」
「嗯？怎麼不一樣？」
「他……那個，他喜歡男的。」
柳至秦抿住唇角，十指交疊。
周明眨了兩下眼，繼續往下說：「洛大人多，我們和鄭奇不在同個學院，年級差很多，按理說盧慶不會認識他。但盧慶開學時就加入一個繪畫社團，鄭奇以前也在那個社團。當時他已經退出了，後來不知道怎麼的，被大二的叫去幫忙帶了一次社團活動，盧慶就、就……」
「喜歡上他了？」柳至秦問。
周明一副一言難盡的樣子。
柳至秦倒是有些感慨。現在的大學生和幾年前相比，對周遭的人和事已經包容開放許多。以前大學裡常有同性戀學生被孤立的事件發生，如今大一的新生卻能接納一個性取向與己不同的男生，甚至讓他成為室長，聽他傾述感情經歷。
「我們室長人挺好的，成績也好，就是太固執了，鄭奇都拒絕他好幾次了，他還是不肯放棄。」周明不滿道：「我要是他，鄭奇看不上我，我他媽還看不上他呢！」

柳至秦又問：「五月九號晚上發生的事，你有印象嗎？」
「九號？」周明想了一會兒，「我在圖書館看書，十點閉館之後去湖邊跑步。」
「幾點回宿舍？」
「十二點。我們宿舍十二點關門。」
「宿舍裡的其他人呢？」
「都睡了。我回去的時候已經熄燈，外面有路燈，我就沒開應急燈。」
「你睡著之後，有聽到什麼動靜嗎？比如開門關門的聲音？」
周明搖頭，「我睡眠品質滿好的。」
「我再問你一個問題。」柳至秦道：「昨天你說，去小樹林跑步是因為那裡清靜，這是你自己的想法，還是有人跟你這麼說過？」
「當然是我自……」周明不經思索便開口，說到一半卻停下來。
柳至秦一眼就看出有問題，「有人跟你提過，對吧？」
周明皺眉，疑惑地打量柳至秦。
「是誰？」柳至秦問。
周明猶豫了十來秒，一臉困惑與緊張。
柳至秦說：「我提醒你一下，鄭奇被人殺害並分屍，案件的性質非常惡劣，公民有義務配合警方辦案。」
「是、是……」周明咽了咽唾沫，眼睛、鼻子都快皺在一起了，「是盧慶。前幾天我在湖邊跑步時，他陪我跑了一段，說南區都是人，跑個步都不清淨，我一想也是。他又說要不然週末去北區的小樹林跑步吧，那裡基本上沒人。我一開始有點猶豫，覺得南北區離太遠，中午要回來休息的話很浪費時間。」

「他讓你帶著足夠的水和午餐，中午在小樹林裡面休息？」

周明眉頭緊鎖，後知後覺地發現自己似乎被盧慶刻意引導了。

柳至秦問：「是這樣嗎？」

周明一咬牙，「是。」

另一間辦公室裡，盧慶惶惑不安地坐在靠椅上。

他看起來比監視畫面裡更加清瘦，皮膚白皙，但此時是病態的蒼白。目光始終垂向桌面，不敢與花崇對視，額頭與臉頰上全是冷汗，聲音小得像蚊鳴，單薄的肩背不停發顫。

自從他進門的一刻，花崇心裡就有了一點數。

他不像是能殺人分屍的人，但他一定知道些什麼，甚至與鄭奇的死有重大關聯。

「我真的不知道。」盧慶低聲說：「不是我殺了他。」

這時，門外傳來兩聲輕敲。

「進來。」花崇說。

柳至秦推開門，俯身在花崇耳邊低語。花崇面色平靜地點了點頭，像是並不意外。

柳至秦拉出一把椅子坐下，打量著盧慶。

「是你向周明提議，讓他去北區的小樹林跑步的？」花崇問。

盧慶頓時變得更加緊張，雙手用力絞在一起，柳至秦幾乎聽得見他牙齒打顫的聲響。

「也是你告訴周明——帶著水和食物，中午累了就去小樹林裡面休息的？」

花崇並未擺出聲色俱厲的架勢，周圍卻隱隱有種無形的壓迫氣場。

頓了幾秒，他又道：「你在輕紡學院的人緣不錯，成績也好，在宿舍是大家推選的室長，周明對你一向很服氣，你的建議，只要是合理的，他多半都會聽。」

盧慶急促地呼吸，下唇被咬出一道血痕，「我、我沒有……」

「周明進小樹林休息時，察覺到樹林裡有股惡臭，懷疑有死屍，讓你立即叫室友們過去。」花崇盯著盧慶，語氣和緩，「但你叫了上百人過去。不久後，全校都知道了『北區小樹林有屍體』的消息。盧慶，頭抬起來。」

聞言，盧慶將頭埋得更低。

花崇起身，單手撐在桌子中間，另一隻手突然掐住他的下巴，往上一抬。

盧慶驚懼地睜大雙眼，無助地望著花崇，眼淚從眼角落下，順著蒼白的臉龐滑落。

「鄭奇不是我殺的，真的不是我！」

「你誘使周明去小樹林，是希望他發現屍塊。」柳至秦道：「叫那麼多人去小樹林，是為了破壞現場。你的行為很矛盾啊，盧慶，你想掩飾什麼，或者說替誰掩飾什麼？」

花崇放開盧慶，「我相信你不是凶手，但你得把你知道的，半點不漏地告訴我。」

柳至秦的眉峰輕微一蹙。主觀來說，他也不相信眼前這個柔弱的男生是殺害鄭奇的凶手，但現在案件線索淩亂，案情並不明朗，而盧慶嫌疑極大，不僅有行凶的動機，事後的各種行為也令人匪夷所思，花崇當著盧慶的面說「我相信你不是凶手」，是不是有些……

「我知道他被人殺害了。」盧慶顫巍巍地抬起頭，抹掉淚水，仍是驚魂未定的模樣，「我想幫他！」

「幫？」花崇問：「怎麼幫？你怎麼知道他被人殺害了？」

「我看見了啊！」盧慶再次抽泣起來，像看到了極其恐怖的畫面：「那天我就在他住的地方，我都看見了！」

「鄭奇遇害時，你在現場？」花崇單手搭在桌沿，「你看到凶手了？」

盧慶點了點頭又拚命搖頭，臉色煞白。

花崇蹙眉，「是看到了，還是沒看到？」

「我只看到他的背影，其他……其他什麼都沒看到。」

「背影是什麼樣子？多高？胖瘦？穿什麼衣服？走路有什麼特徵？」

盧慶再次低下頭，又不說話了。

花崇道：「想洗清嫌疑，就乖乖交待。你在鄭奇的租屋處裡留下了腳印，你知道嗎？」

盧慶猛地一顫，驚懼地咬住下唇。

「別再咬了。」花崇歎氣，「都出血了，還咬。」

「他、他什麼特徵也沒有。」盧慶不安地摳著手指。

柳至秦問：「怎麼會沒有特徵？」

「他穿的是外送員的衣服，來我們學校送外賣的人都穿那種衣服。很、很寬鬆，我看不出他是胖還是瘦。你們、你們如果逮到一個人，抓來問我是不是凶手，我肯定認不出來。」

「外送員？」花崇想了想，在鄭奇被害的時間前後，大門處的攝影機並沒有拍到外送員打扮的人。

「肯定不是真的外送員。」盧慶稍微冷靜了一些，「我到新北村時是晚上十點半，我……」

「等等。」柳至秦打斷，「你是十點半到新北村的？沒有走正門？」

盧慶嚇了一跳，求助般地看向花崇。

花崇卻轉向柳至秦，「我記得監視器只拍到他離開，沒拍到他進入新北村？」

柳至秦點頭。

新北村一共有兩個出入口，大門面向洛大，偏門在另一邊，因為位置不好，平時幾乎無人出入，已經掛了門鎖。

「我、我是從小門進去的，那裡基本上不會被人發現。」盧慶小聲說：「凶、凶手也是從那裡離開的。」

「說清楚。」

盧慶舔著唇角，像下定了極大的決心似的，「我從去年，就開始追鄭奇……」

與周明的說法一致，盧慶喜歡男人，去年在社團活動中對建築學院的大四學長鄭奇一見鍾情，死纏爛打地追了幾個月，鄭奇始終沒有同意。

「他說我太小，願意的話，可以當他弟弟。」盧慶說：「我不想當什麼弟弟就繼續黏著他。他不肯跟我在一起，但對我還是很好。不過今年春節後，他找到了實習單位，好像是一家地產公司，就搬去市中心住了。聽他說那家公司有提供宿舍，我、我已經好一陣子沒見過他了。」

「萬喬地產？」花崇問。

「好像是叫這個名字。」盧慶續道：「他開始工作後，就不接我的電話了。我很想他，又不敢去市中心看他，怕他因此討厭我。我不知道他什麼時候回學校，只能偶爾去新北村看看，大門的看門爺爺都認得我了，我覺得很、很不舒服。」

「所以你便不再走大門，從小門出入？」

「嗯。」盧慶尷尬地點頭，「那其實不是門，就是一個很矮的平臺。周圍都是圍牆，那個平臺連接牆內、牆外，出入很方便，不過因為是背對著洛大的，所以大家都不走那裡。我那天從那裡進入新北村，遠遠看見鄭奇家臥室的燈亮著，開心極了，立即往三號樓跑。可是還沒跑到，燈就熄了。我猶豫了一陣子，不知道該不該上去。他實習肯定很累，好不容易回來一趟，可能是想休息。如果我去打擾他，他說不定會生氣。」

花崇問：「在你猶豫的時候，凶手就下來了？」

「嗯，但我當時沒有意識到那個人是凶手。」盧慶說，「我離三號樓還有點遠，餘光瞄到旁邊一條小路有外送員拖著貨運推車經過，但根本沒怎麼注意。猶豫再三後，我想還是別在這時去打擾鄭奇，便打算原路返回。結果剛轉過身，就看到那個外送員從小門——就是那個矮平臺離開。」

休息了幾秒，盧慶又道：「我覺得很奇怪，外送員怎麼會走平臺？那裡雖然很矮，但還是有坡度，他還拖著推車，從那裡進出很不方便。我比較敏感，凡事都喜歡往壞的方向想，馬上就想到他從三號樓出來，是不是偷東西了？」
「所以你立即上樓去找鄭奇？」柳至秦問。
「沒有。」盧慶搖頭，「我跑去平臺，見到那個人騎著三輪車往洛大的方向去了。推車就擺在平臺下方，那個推、推車上面……」
盧慶再次緊張起來，粗魯地揉著眼睛，「有、有血！」
花崇與柳至秦對視一眼，有默契地等盧慶平靜下來。
大約過了三分鐘，盧慶掐著自己的手指說：「我覺得肯定出事了，上樓一看、一看……」
「凶手沒有關門？」花崇抬手示意他停下。
「關了。」盧慶艱難地說：「但是我知道鄭奇把備用鑰匙放在哪裡，就、就在二樓的電表箱後面。」
「你拿了鑰匙，開門進入？當時現場是什麼樣子？」
「廚房的牆上有血，但是地板很乾淨，像清洗過一樣。」盧慶牙齒打顫，「我已經、已經慌了，趕去臥室一看，牆上全、全是血！還是那種散開的血跡！」
柳至秦道：「噴濺狀血跡。」
「是、是的！就是噴濺狀！我看過凶殺懸疑片，知道那種血跡意味著什麼！鄭奇肯定被那個人殺了，那個推車上放的就是鄭奇的屍體！」
說完，盧慶驚恐萬狀地靠在椅背上，粗重地喘息，冷汗直下。
花崇問：「你為什麼不報警？反而是從正門慌張逃離？」

「我害怕啊！我當時腦子已經空白一片了，完全不知道該做什麼。」盧慶嘴唇發抖，「我本來想從小門離開，但是我想到那個人……我不知道他還會不會回來，我只看到了他的背影，但他肯定看到我了，我……」

「你從正門離開，倉皇回到宿舍。」花崇說：「到現在為止，我相信你沒有撒謊。但是我很好奇——你刻意將周明引去北區小樹林，說明你知道鄭奇被丟在小樹林。但照你剛才的說法，你只是看到凶手離開新北村，那你怎麼知道凶手是將鄭奇的屍體藏在小樹林？」

「我去小樹林看過了！」盧慶努力吞咽唾沫，「新北村外面只有一條路，不是去市中心，就是去洛大，他行駛的方向顯然是洛大。我當晚腦子很亂，回到宿舍後想了一夜，覺得他有可能將屍體藏在洛大。」

「所以你開始在洛大裡尋找屍體？」柳至秦不解，「這……好像有點說不過去啊？」

「我也想報警啊！」盧慶的聲音帶著哭腔，「但我不敢。他看到我了，要是來報復我怎麼辦？那可是個殺人魔！」

「放輕鬆。」花崇緩聲道：「你是重要證人，我們會保護你。」

盧慶擦掉眼淚，「我不敢報警，但我想找到鄭奇。我們雖然沒有在一起，但不管怎麼說，我、我還是很喜歡他。他被人殺害了，我想為他做點事，至少、至少讓警察抓到殺死他的人。我找了幾天，最擔心的是凶手將他扔進南區的湖裡，那樣我根本沒辦法找。好在沒有，凶手把他扔在北區的小樹林了。」

「你最先看到的是什麼？」

「頭……」盧慶開始發抖，奮力抱住手臂，「一個被砸得面目全非的頭。」

柳至秦問：「既然面目全非，你怎麼知道是鄭奇？」

「不是他，還會是誰？」盧慶深呼吸，「一定是他！凶手殺了他，把他丟在小樹林裡！」

「你不敢自行報警，所以慫恿周明去小樹林跑步。」花崇說：「但是你不需要叫那麼多人來。」

「需、需要。」盧慶說：「小樹林裡有我的腳印，有很多。我只能盡量多叫一點人來，把腳印遮掉，我不想讓你們知道我和案子有關聯。」

花崇無奈，「同學，你知道自己在小樹林裡留下了腳印，卻不知道在鄭奇家裡也留下了腳印？」

盧慶無助地囁嚅，「我那時太慌了，什麼都沒辦法考慮。等到後來想起來時，已經找不到鑰匙了。」

「你把鑰匙弄丟了？」

「我太慌了……」盧慶抱住頭，「我不知道鑰匙掉在哪裡了。」

第二章　網路暴力與受害者

審完盧慶，花崇立即叫袁昊過來，要他留意出現在監視畫面中穿外送工作服的人，並查鄭奇的通話、上網記錄。

「如果盧慶沒有撒謊，那我們從監視器大概發現不了什麼。」天氣熱了，柳至秦不知從哪裡找來一袋冰塊，丟了一些在花崇的杯子裡。「洛大新校區的情況特殊，送外送和快遞的實際上是同一群人，都穿外送服，三輪車上擺滿了快遞麻袋。凶手混在這些人裡，非常容易隱藏自己。而且他肯定踩過點，很熟悉新北村和洛大的情況，說不定避開了所有監視器。」

「那如果盧慶在撒謊呢？」花崇喝茶時將冰塊喝到嘴裡，兩三下嚼碎，直接咽了下去。

柳至秦挑著眉，「你不是說他不像凶手嗎？」

「所以你就信了？」花崇似真似假地道：「我那是引導他而已。話誰都會說，故事誰都會編，誰知道他有沒有隱瞞，是不是在為自己開脫。小柳哥，你啊，還是嫩了一點。」

「是嗎？」柳至秦笑，「我不覺得。」

「嗯？」

「一方面我相信你的判斷，另一方面我也相信自己的直覺。」柳至秦抱著手臂，「花隊，你心裡根本沒把他當成嫌疑人，逗我幹什麼？」

見到詭計被拆穿，花崇摸了摸眉梢，別開視線，「逗你好玩。」

柳至秦笑出聲來，「現在是在工作場合，花隊這是在調戲下屬？」

◆

「有人刻意抹掉這裡的足跡。」李訓蹲在盧慶所說的平臺上方，「本來水泥載體很容易保存足跡的，但現在足跡已經被破壞了。」

柳至秦沿著平臺外的圍牆尋找，轉過一個彎，看到一張被撐出古怪形狀的墨綠色塑膠布。他戴上手套，掀開塑膠布的一角，接著整張掀開，彎腰查看片刻後喊道：「花隊。」

花崇正與李訓討論，聞聲回頭，卻沒看到柳至秦的身影。

「這裡。」柳至秦出現在轉角處，招手道：「我找到盧慶說的推車了。」

推車上鏽跡斑斑，綠色的漆掉了一半，非常普通，底板上有幾點深褐色的痕跡，像早已凝固的血，花崇立即叫李訓過來勘察。

「盧慶說凶手當晚是駕駛三輪車離開的，這個推車不大，肯定能搬上三輪車，而對送快遞的人來說，推車也非常常見。他為什麼不把推車帶走，反而留在離第一現場不遠的地方？」柳至秦退到一旁思索，「這裡雖然還算隱蔽，但仔細找一找，其實不難發現。他不會沒注意到底板上有血，既然注意到了，帶走處理不是更好嗎？」

花崇盯著推車看了一會兒，「也許他認為沒有必要。」

「嗯？」

「他確定自己沒有在推車上留下任何證據，確定我們從推車上查不到他頭上。」

「這麼有自信？」柳至秦略挑眉，「那三輪車呢？」

「張貿他們正在查。」花崇說：「三輪車和推車可能都是凶手為了犯案偷來的，目的是方便棄屍。他可以隨意丟棄推車，三輪車說不定也被扔在某個角落，大概就在校園裡。」

柳至秦點頭，又問：「花隊，你覺得凶手是在校生的可能性大嗎？」

花崇抬眼，「你這麼問，是認為凶手是鄭奇的同學？」

「大學是個小社會，而鄭奇已經大四，開始融入真正的社會。」柳至秦說：「即便如此，他的關係網有一大半仍然在學校。而凶手把被肢解的屍體扔在洛大校園內，說明與洛大有千絲萬縷的聯繫。我想來想去，覺得凶手是鄭奇同學的可能性不低。」

「就我們目前已知的資訊來看，鄭奇人緣很好，既是建築學院的前任學生會主席，也是繪畫社團曾經的骨幹成員。成績優秀，還在萬喬地產實習。」花崇一頓，「也許在黑暗裡，有一雙眼睛緊緊盯著他。」

「鄭奇是同性戀嗎？」柳至秦突然問。

「同性戀？」

「我很好奇，他喜歡男人還是女人。」

花崇略感不解，「這和案子有關係？」

「可能有關。剛才聽盧慶說他從去年開始就在追求鄭奇，鄭奇拒絕了，卻一直待他不錯，他也因此沒有死心，與鄭奇糾纏到現在。」柳至秦抱起雙臂，「他們的關係是不是有點奇怪？」

花崇沉思幾秒，「你的意思是，鄭奇故意吊著盧慶？」

「沒錯。表面上他優待盧慶、懂得分寸、會處事，是現在比較吃香的『暖男』。但是從另一個比較陰暗的角度來說，他可能很享受盧慶的追求。」柳至秦聲音緩緩的，幾乎沒有什麼情緒，就事論事而已，「我們已經詢問過他的一些同學，他們沒有提到他的性取向，這基本上可以說明他不是同性戀，至少沒表露出來。那麼我們就假設他是直男，喜歡女生。我想了一下，一個直男被同性告白並追求了大半年，他只是沒答應與盧慶在一起，卻始終默許對方的追求，甚至將盧慶帶到自己家裡。盧慶認為這是鄭奇的溫柔，但作為旁觀者，我認為這不太正常。」

花崇盯著前方的馬路，「鄭奇如果完全沒有喜歡同性的心思，那他這麼做，無疑是在惡意耍盧慶。」

「即便是對一個男生，這種行為也很惡劣。我暫時想不到他為什麼要這麼做。」柳至秦順著花崇的目光瞧了瞧，這個時間段，從馬路上經過的大多是送外送和快遞的三輪車。「這和他表現出來的性格、處事特徵不符。照他同學的說法，他不應該是這種人。」

「看來我們對他瞭解得還不夠。」花崇收回目光，「不過不用心急，先把線索集中起來。我去一趟洛大。」

◆

北區小樹林已經被封鎖了，但仍有學生結伴前往，站在封鎖線外張望。

在校生被殺害分屍，屍體還被丟棄在校內，洛大的管理方比學生緊張得多，尤其是建築學院的幾位高層。

花崇剛想與鄭奇的好友、前室友瞭解一下情況，院方立刻就找了七八個人來，這些人臉上多少有些不快與局促。花崇一一詢問，才知道這些人幾乎都是被院長親自打電話從實習單位催回來的，之前被別的刑警問了一遍，現在又要面對花崇。

「我不算他的好友，大一時住同一間宿舍而已。」張玄不耐地抖著腿，「他人還可以吧，特別受女生歡迎，別的不清楚。」

「受女生歡迎的話，他交過女朋友嗎？」

「交過吧，好幾個呢，後來都分了。我們這個系挺忙的，這一年忙課業、忙實習，好多對都分了。」

「現在你能想到和鄭奇住在一起時，發生過什麼不愉快的事嗎？」

「不愉快？」張玄警惕地皺起眉，「噯，你們不是懷疑是我殺了他吧？我都半個月沒回學校了，不是他出了事，老院硬把我叫回來配合調查，我他媽都不知道他死了。」

「跟你瞭解他的為人而已。」花崇闔上手，「既然已經被叫回來了，就別這麼急躁，好好回答我幾個問題，結束後你們院長自然會放你回去。」

「操！」張玄不耐煩，但又無可奈何，索性往椅背上一靠，「你讓我回憶和他發生過什麼不愉快的事，我一時間還真的想不起來。他這個人成績好，長得也還行，只是當同學的話，相處起來也沒什麼不適，但當室友的話，就有那麼一點……怎麼說，就有一點不舒服吧。」

「他的什麼行為讓你覺得不舒服？」

張玄撓了兩下後腦，想了半天才道：「他有點愛裝模作樣，也不是特別明顯，就住在一起時能察覺到。」

張玄所謂的「不舒服」，在劉淦這裡直接變成了「虛偽」。

劉淦也是鄭奇的室友，與張玄不同，他和鄭奇因為一點小摩擦打過架。

「具體是因為什麼，我忘了。」劉淦說：「那時剛入學，我火氣大，和他說幾句話不對盤就動了手。我得聲明，確實是我先動手的，我理虧。張玄他們幾個把我們拉開，我冷靜了一陣子也覺得自己不對，但我愛面子，拉不下臉跟鄭奇道歉。最後是他來找我，說什麼『兄弟不好意思』，還請我去學校外面的餐館吃了一頓。我這個人火氣來得快，去得也快，再說這件事動手的確實是我，他都道歉了，怎麼樣都不能讓他花錢請我，就趕在他之前買單了。」

「然後呢？」

「這件事就過去了，以後大家還是好兄弟好室友，他自己也是這麼說的。」已經過了三年多，劉淦臉上還是掛著顯而易見的不屑，「結果你們猜怎麼樣？他居然跑去ＢＢＳ上罵我，造我的謠！」

「ＢＢＳ？」花崇問：「哪個ＢＢＳ？」

「就我們洛大的校園交流論壇，每個學校都有的那種。」劉淦說著拿出手機，滑了幾下，「喏，就是這個。我現在不怎麼用了，大一大二時經常上。」

「他造你什麼謠？」

「說老子腳踏三條船，成天玩女人。還說我家裡沒錢，專找有錢的女同學，跟她們談戀愛就是為了花她們的錢！操，說起這件事我就氣。我那時只交了一個，他簡直是無中生有。為了這件事，我女朋友還跟我吵一架，差點分了。我根本不像他在ＢＢＳ上說的那樣，不信你們可以去問張玄。」

「那他造謠這件事最後是怎麼解決的？」

「解決個屁！不了了之了！」

花崇撥弄著一支筆，「不了了之？你先說自己火氣大，現在又說不了了之。同學，這有點矛盾啊。」

被如此一問，劉洤仍然不見緊張，只是厭惡地「哼」了一聲，「我要是當時就知道是誰在背後潑我髒水，我他媽幹死他！」

「你當時不知道？」

「不知道啊！ＢＢＳ可以匿名發言，不是管理員，根本看不到是誰發的文。我當時才大一，一個管理員也不認識。好在這種文章很多，那些圍觀的人今天跟風罵我，明天就轉移陣地去罵其他人。過了半個星期，文章就沉了，沒人記得我玩女人。去年升上大四，我一個兄弟當上了管理員，有一次吃飯說起當年的事，我心血來潮，讓他幫忙看看是誰黑我。他一查，居然是鄭奇！」

花崇摸著下巴，若有所思。

「有些事情剛發生時，你覺得氣憤，一定要討個公道。等時間一長，就沒那麼衝動了。知道是鄭奇時，我已經和女朋友分手兩年多了，那時的感覺就是——可笑、滑稽，連生氣都不怎麼生氣。」

劉洤不屑地搖搖頭，「你說他鄭奇一個大男人，不敢正面跟我對幹，和和氣氣地道歉，還準備請我吃飯，結果轉頭就去網路上罵我，像什麼樣！」

「你沒去質問他？」

「沒必要。」劉淦擺手，「他已經搬出去住了，平時就是上課時見面，我拿這個陳年芝麻小事跟他扯什麼？就當作學了一次教訓，今後繞過他走就是了。」

問了一個下午，花崇多少有些意外。

之前讓張貿等人籠統地瞭解過鄭奇，得到的回饋是——優秀、成績好、人緣好、能力強。如今與熟悉鄭奇的學生細聊，卻發現鄭奇並非那麼「完美」。他成績好、能力強是事實，否則不可能年年拿獎學金，更進不了萬喬地產，但人緣好卻要打個問號。

「看來『人緣好』只是一個表象。」柳至秦端來兩份便當，掰開筷子，遞給花崇，「除了劉淦，另外兩人也提到鄭奇虛偽，只是沒有舉出具體的例子。」

花崇接過便當和筷子，卻沒立即開吃，「鄭奇在與劉淦重歸於好的情況下，還在校園ＢＢＳ上罵劉淦。同樣的事他可能沒有少做。劉淦發現得晚，已經沒了報復的衝動，但別人呢？」

柳至秦起身道：「我這就去看看鄭奇在ＢＢＳ上的其他發言記錄。」

「不急。」花崇反射性地抓住他的手臂，沒有放開的意思，「忙一天了，先吃飯。」

◆

常珊是鄭奇大二時交往過的女朋友，如她的名字一般姍姍來遲，與其他被院長叫來配合警方辦案的學生一樣顯出幾分煩躁。

「我比他小一年，也是建築學院的學生，入學時就聽說過他的大名。學院迎新晚會時，他是主持人，穿了一身西裝，當時就迷倒我了。」常珊身材高挑，化著淡妝，黑色長髮被束成俐落的馬尾，是「敢於露出額頭」的美女，「我為了他進入學生會，透過幾個學姊的介紹認識了他。那時候覺得他簡直是我理想中的男朋友——帥氣、優秀、溫柔、幽默，家境也不錯。我自己條件也不差，就打算追他。」

花崇立即想到同樣追求過鄭奇的盧慶，問：「追了多久？他是什麼態度？」

常珊笑道：「還能追多久？一表白就成功了啊。」

花崇挑起一邊眉毛。

「怎麼，不信啊？」常珊說：「我不比他差，他那時是建築學院的院草，我也是新晉系花呢。女孩子再奔放都是好面子的，若是老是追不到，我就懶得白費力氣了。」

之前的分析沒錯，鄭奇果然是故意吊著盧慶，享受那種被追求的快感。

花崇點頭，「後來呢，相處得怎麼樣？我聽說你們只交往半年，是因為什麼而分手？」

「剛在一起時，我們相處得還不錯。他的長相真是我的菜，又是學生會外聯部部長，不出意外，大二下學期會成為學生會主席。跟他在一起，我感覺很有面子。而且他成績也很好，我們一起去圖書館，他經常為我講解題目。」常珊說著，語氣一變，「但是相處久了，我漸漸發現，他這個人……怎麼說，讓我覺得很不舒服。」

又是不舒服，張玄也曾說過鄭奇讓他感到不舒服。

花崇問：「為什麼？」

「最初認識他的時候，我以為他的家庭條件和我差不多，也是中產階級。那時他舉手投足都挺有風度的，花錢不大手大腳，但也不吝嗇。後來在一起了，我才發現他父母都是工人，就是那種國企裡的『雙職工』。」常珊抿了抿唇，「我沒有瞧不起工人的意思，也不是嫌他家境不好。你可能覺得我拜金，但在感情這件事上，我一直很理智。」

「妳認為談戀愛應該找與自己同階層的人？」

「對，這不是拜金或者嫌貧愛富的問題，一時的喜歡和衝動解決不了一輩子相處的矛盾，我覺得只有階層相同，才能最大程度地理解對方。」常珊歎了口氣：「如果早知道他的家世並非我想像的那樣，我可能不會跟他表白。」

「很少有女生剛上大一就有妳這樣的感情觀。」花崇說。

常珊笑了笑，又道：「不過這其實不是我跟鄭奇分手的關鍵原因。如果早知道我們階層不同，我不會追他，但是我們已經在一起了，我不想因此分手。是一些日常瑣事讓我越來越受不了他。」

「比如？」

「他太喜歡抱怨了，而且心思比較齷齪。他在外人面前很有風度，剛和我在一起時，也保持著這種風度，但時間久了，他性格裡不太好的東西就暴露出來了。」常珊微蹙著眉，一邊回憶一邊道：「他可以因為一件很小的事抱怨整整一天，例如早上起來時，發現鞋子被室友踢到了門口，還有上課時前桌的人坐得筆直，擋住了黑板，還有什麼網路卡住了、圖書館裡沒位置了、想借的書沒借到、學生會新人的資質太差……聽他抱怨一兩次還行，久了真的很煩。他一個大男人，成天就為了這些雞毛蒜皮的事嘀嘀咕咕，我實在是受不了。」

花崇問：「除了跟妳抱怨，他有其他的發洩管道嗎？」

常珊愣了一下，「有。他時常去我們學校的ＢＢＳ上匿名發文，看不慣誰，就添油加醋地罵誰，還造過謠。」

「妳提醒過他嗎？」

「當然提醒過，但是他不聽。好在他也不會對我發火，只是讓我看他發的文。我覺得很噁心，他那時的樣子我現在還記得——坐在電腦前，劈裡啪啦地敲鍵盤，低聲笑著。雖然這麼說很不尊重死者，但我覺得他、他真的……」

「嗯？」

「真的讓我想到一個詞——蒼蠅搓手。」

「所以妳跟他提了分手？」

「當時還沒有，這畢竟是我念大學之後的第一場戀愛，我還是很看重，也很珍惜。」常珊搖了搖頭，「後來接連發生了一些針對女性的犯罪事件，他很喜歡評論這些事，總是說那些受害的女人活該、自己騷、欠操，說得很難聽。還有那年舉辦了冬奧會，我印象特別深刻的是任何隊員拿了獎，他就搓著手說『真划得來，發財了』。我也是女性，他那些話很容易讓我帶入自己，而且他說人家運動員『划得來，發財了』實在讓我作嘔。各種矛盾湊在一起，我們開始頻繁吵架，之後我跟他談了分手，這時他的『風度』又回來了，不生氣也不爆粗口，和我說好聚好散。」

「好聚好散？」花崇問：「照他的個性，分手之後應該會去ＢＢＳ罵妳一頓。」

常珊笑，「我也覺得。但我知道他習慣在ＢＢＳ上罵人，他可能比較忌憚這一點吧。他最愛面子，不想和我撕破臉，這幾年我們見到面，還是會友好地打個招呼。」

「他有沒有在表面上得罪過什麼人？」

常珊想了一陣子，搖頭，「據我所知，應該沒有。他在表面上很會做人，如果不是與他談過戀愛，我肯定不會發現他私底下是那種人。」

花崇送常珊離開後，柳至秦拿著電腦趕來，「鄭奇確實經常在洛大的ＢＢＳ上罵人。我剛才把他發的文草草看過了一遍，喏，絕大部分都是抱怨和責罵。」

花崇滑動滑鼠，輕聲歎息，「表裡不一。我猜，他是用咒罵、造謠的方式在網路上發洩現實裡積蓄的壓力。」

「除了ＢＢＳ，他還在其他地方傾吐不滿。」柳至秦說：「他有一個微博，ID叫恕之先生，內容清一色全是咒罵。明星拍片受傷，他轉發說『祝你下次摔死』；青年扶老人被詐騙，他說『老不死你也敢幫，活該』；名人婚姻出現問題，他說『你老婆鬆了』……」

「嘖，哪來那麼大的戾氣？」

柳至秦也一臉無奈，「網路上確實有不少像他這樣的人。對了，我看他經常參與『肉搜』。『肉搜』的都是一些在網路上人人喊打的人。」

花崇神色凝重，「一些人參與『肉搜』的出發點是好的，是為了找到那些依靠網路，做違背道德之事的人。但現在，更多的人只是參與網路狂歡而已。他們缺乏基本的判斷力，別人說什麼就信什麼。『肉搜』不過是滿足他們自以為是的『英雄情結』，或者說是他們發洩現實不滿的工具。」

柳至秦點頭，「的確如此。喔，花隊，剛才張貿打電話來說，已經向萬喬地產核實過。鄭奇這幾個月確實在他們那邊實習，不過和我們之前瞭解的不一樣。他早在半個月前就已經被辭退了，所以他失蹤一週，萬喬都沒有聯繫學校。」

「辭退？因為什麼被辭退？」

「人事和部門上司說，鄭奇這個人思想上有很多問題。」

「這倒是和常珊、劉淦的說法一致。萬喬那邊有沒有說具體是什麼問題？」

柳至秦沒找到水，直接喝花崇的，「說了，說他爭強好勝，但沒有用對方法。實習生再厲害，剛進公司時也是一張白紙，他倒好，聽不進前輩的建議，每次被前輩指出不足，臉上都謙虛地接受，一回到自己位置就在網路上傾訴。照人事的說法，他那已經不是傾訴了，簡直就是惡意詛咒。萬喬這種大公司，為了防止員工洩露商業機密，網路都是設有區域監控的。鄭奇一個新人，不知道自己罵的每一句話都在別人眼中。」

「愚不可及。」花崇說：「看來不管是在公司、學校還是在網路，他都得罪了不少人。」

「是。」柳至秦喝完了水，又倒了一杯，「禍從口出，凶手既然採取了割喉與分屍這種極端手段，說明非常痛恨鄭奇。」

「現在這種情況，只能一一篩查了。」花崇揉著太陽穴，看了眼時間，「走，去看看李訓他們查得怎麼樣了。」

新北村社區外那輛推車上的血，在經過DNA檢驗後，確定是鄭奇的。

令人意外的是，推車的把手上竟然有一枚新鮮的指紋。

「在指紋庫裡比對過了嗎？」花崇問。

「比對了，沒有結果。」李訓說：「不過從紋線的清晰度來看，是老年人的指紋。」

「老年人？」這與初步的犯罪側寫不相符。

「凶手將推車丟在牆外後，有人動過它。」柳至秦一手拿著現場照，「有人在暗中幫他，不僅為他清掉了平臺上的足跡，還將推車藏了起來？」

「如果有幫凶，這個案子就更複雜了。」花崇撐著下巴思考，「指紋應該不是凶手留下的，他非常縝密，不至於留下這麼明顯的指紋，他甚至不知道這個幫凶的存在。這個留下指紋的老人家為什麼要幫他？」

柳至秦來回走了幾步，突然道：「生活在這附近的老人家可不多。」

花崇眼尾一撐，目光與柳至秦一對上，立即想到了一個人。

在新北村社區看門的是六位上了年紀的老先生，張貿分別讓他們回憶了一番鄭奇的情況，並讓他們在筆錄上按了手印。老先生們雖然教育程度不高，但在高等學府裡生活了幾十年，又被校方打了招呼，對警方的要求都很配合。

張貿將附有指紋的筆錄交給李訓，沒多久檢驗科就得到了結果。

推車把手上的指紋，與劉忠貴老人的指紋一致。

「是他？」

花崇看著對比圖，想起昨天和柳至秦一起去警衛室調取監視器，劉老先生那副侃侃而談的模樣。

「指紋是他的，但鄭奇不大可能是他殺的。」柳至秦站在花崇旁邊，「他幫助凶手，是因為認識凶手？」

「看來是個突破口。」花崇說完就見到袁昊頂著兩個黑眼圈走來，於是問：「找到三輪車了嗎？」

袁昊搖頭，「車沒找到，監視器也沒發現可疑的人，倒是得知一件操作很騷的事。」

「怎麼個騷法？」

「你說洛大這麼大一個校園，有那麼多學生住在裡面，居然有個門開著沒人管！這下好了，發生了命案才知道把安全問題提到第一位。」

「哪個門開著？我記得洛大的每個校門都有監視器和保全人員。」柳至秦說。

「南邊都有，但北邊有個門只有門框，沒有鐵門，更沒有攝影機和守衛。」袁昊說：「這件事我也是現在才知道。所有的監視器都調了，不是什麼都沒查出來嗎？我就問有沒有遺漏，畢竟凶手是晚上十一點多騎三輪車進來，那時候叫外送的學生不多了，他正常走校門的話，我們不可能看不到。這一問，對方才說北區有個門，因為太偏僻，幾乎沒人知道，前幾年鐵門被民工拆掉賣錢，校方覺得重新裝個鐵門，過不久也會被拆去賣，又不想花錢在那裡安排警衛，就索性晾著沒管。檢驗科的兄弟去看過了，有隱約的車輪印，只有進沒有出，確定是三輪車。」

花崇歎了口氣，「泥牛入海。只要他躲過監視器進入校園，就很容易與其他送外送和快遞的人員混在一起。」

袁昊道：「可不是嗎！」

「繼續查吧。」柳至秦點了點花崇的肩頭，「花隊，我去見劉忠貴，要一起嗎？」

花崇斜了他一眼，「這句話應該是我問你吧。」

柳至秦笑，「那就一起。」

劉忠貴今年七十一歲，身高不到一百六十五，乾乾瘦瘦的老頭，坐在派出所的辦公室裡緊張得聳起肩膀，沒有前一日的輕鬆。

「老人家。」面對老年人時，花崇不像平時那麼強硬，態度溫和許多，將推車的照片往前一推，問：「您見過它嗎？」

劉忠貴只看了一眼便更加緊張，臉上的皺紋深邃得像溝壑，結結巴巴道：「沒、沒見過。」

「是嗎？」花崇說：「但您在它的把手上留下了指紋。」

劉忠貴睜大眼，恐懼地看著花崇。

在他的眼神裡，柳至秦看出了比恐懼更深的東西——內疚與懊惱。

他在懊惱什麼？他為什麼內疚？

「我……」劉忠貴如枯枝一樣的手緊抓著桌沿，視線從花崇臉上移開，又看向柳至秦。

柳至秦問：「老人家，這個推車本來在院牆外側，靠近平臺的地方。是您將它移動到轉角後用塑膠布蓋住，並清理掉平臺上的腳印，對嗎？」

劉忠貴的肩膀縮了縮，眼瞼往下一垂。

花崇聲線一沉，「你在幫兇手。」

聞言，劉忠貴驚慌地抬起頭，「我沒有幫兇手，是我、是我……」

柳至秦擰眉，「是你？」

「是我殺了那個孩子！是我！」劉忠貴激動得雙手握拳，一下一下砸在桌上，「你們抓我吧，是我殺了他！」

花崇搖頭，「老人家，您冷靜一點。」

「真的是我！」劉忠貴說著，從椅子上起身，佝僂著腰，將手併攏，遞到花崇面前，「人是我殺的，你們把我抓去槍斃吧。」

柳至秦與花崇交換了一個眼色，旋即起身繞到劉忠貴旁邊，扶著他安撫道：「老人家，人是不是您殺的，我們自然會查，您先冷靜一下，等等……」

「是我殺的！沒有別人了！」

劉忠貴卻越來越激動，拚命將手往花崇眼前遞，似乎恨不得花崇立刻幫他扣上手銬。

花崇朝柳至秦搖了搖頭，讓同事帶劉忠貴去休息。

「很明顯，他想保護凶手。」

派出所外的院子裡種了棵樹，枝繁葉茂，周圍還有一圈花壇，柳至秦跟花崇借火，手指夾著菸，「但他精神很不正常。」

「他知道凶手幹了什麼，也看到了凶手留在平臺上的腳印和丟在院牆外的推車，他想幫凶手掩飾。當無法掩飾時，他毫不猶豫地將凶手的罪行攬在自己身上。」花崇眼色一深，「他這麼做，只有一種可能。」

「凶手是他的兒子。」柳至秦道：「只有父母對孩子的愛，才會深到……」

愚昧的地步。

花崇從花壇旁站起來，「走，去查一查他兒子的情況。」

令人意料的是，劉忠貴的兒子劉少友，早在二十一年前就已經去世了。

「去世了？」花崇略微一驚，柳至秦也有些詫異。

「是的，少友走的時候才二十六歲。」強鳴是洛大後勤部的負責人之一，五十幾歲，說起劉家父子便止不住地搖頭，「老劉可憐啊，老婆早逝，一個人既當爹又當媽，好不容易把少友養大，哪知道會在我這個年紀失去了唯一的兒子。」

劉少友死於一場兵工廠安全事故。

二十多年前，能進兵工廠工作，對普通家庭來說是一件非常值得驕傲的事。劉少友從技校畢業後，劉忠貴費了不少力氣來回託關係，才將他塞進函省一家曾經極富盛名的兵工廠。

在那裡，劉少友當了八年「火工」。

在兵工廠工作有一定的危險性，尤其是火工，全國每隔一段時間就會發生幾起安全事故。但在那個年代，人們安全意識薄弱，資訊也相對封閉，絕大多數人只知道當火工的薪資高，也光榮，很少想到生命得不到保障。

事故發生的時候，劉少友不在核心地帶，沒有立即喪命。但活著，不比死去輕鬆。他全身燒傷的面積高達百分之九十六，多個器官衰竭，在兵工廠的醫院裡掙扎了半個月，最終沒能撐下來。

劉忠貴是老實的農村人，被兵工廠的高層們耍得團團轉，不知道好端端的兒子為什麼說沒了就沒了，最後還是洛大校方出面，才為他討到了一千塊人民幣的撫恤金。

在當年，一千塊不是小數目，但一條鮮活的命，絕不止一千塊。

沒了兒子，生活也沒了希望，劉忠貴時常在工作上出錯，有時會忘了按時鎖宿舍的門，有時會誤將學生當做兒子，被投訴了幾次。校方可憐他，讓他繼續留在學校當舍監，並通過學生會將他的遭遇告知當時的學生。

聞者無不神傷，更有學法律的學生想要為他討回公道。但一個失去所有希望的農村老人和幾名羽翼未豐的窮學生，哪鬥得過勢力盤根錯節的兵工廠。這件事後來不了了之，當知情的學生都畢了業，便沒有人再提及。

時間也許撫平了傷口，劉忠貴很少再犯錯。漸漸地，新來的學生不再知道他背負的傷害，只有後勤部的同事還記得。

強鳴比劉少友大幾歲，剛被分配到洛大時，經常受劉忠貴照顧，空閒時還與劉少友打過幾場籃球。劉少友去世後，正是他在後勤部帶頭，強烈要求校方出面與兵工廠交涉，這幾年也是他明裡暗裡地幫助劉忠貴。

上了年紀後，劉忠貴的精神出了些問題。平時看起來與正常人沒有兩樣，但偶爾會忘記兒子早已不在的事。

他還想幫兒子討個老婆，不清醒時逢人便說——我兒子長得可帥了，高高的，有出息又孝順，還在兵工廠工作呢，一個月薪水有六百多塊！

「老劉在農村的老家已經沒家人了，我們不能讓他老無所依，就在新北區分了套房給他，他平時住在那邊，也幫忙管理一下社區。」強鳴說：「他一時糊塗，成了嫌疑人的幫凶的確有錯，但請你們別太為難他。他……他可能是將嫌疑人看成少友了。」

派出所內，劉忠貴坐在角落，渾濁的眼中已然有了淚。二十一年前的檔案證明他的獨子劉少友，的確早已離世，其中細節與強鳴所言幾無差別。

花崇靠在走廊的牆上，手上夾著一根未點燃的菸。

對刑警來說，查一個案子卻查到另一樁毫無關聯的悲劇是常態。生活在這個世界上，萬事萬物都有千絲萬縷的聯繫，一件禍事說不定會牽連出一件喜事，一件喜事時常勾出一件慘劇。但見得再多，還是會唏噓動容。

劉忠貴已經在醫生的安撫和藥物的作用下清醒過來，他睜著哀傷的眼望著柳至秦，乾裂的唇張著，半天沒說出話。

「老人家。」柳至秦蹲在他面前，想說「我們會為你討回公道」，又開不了口。

兵工廠早已倒閉，當初警方未能究責，如今就更沒有辦法了。

片刻，劉忠貴搖了搖頭，眼中唯一的光也淡去，啞聲道：「我認錯人了，我幫了凶手，對不起。」

劉忠貴斷斷續續地講起九號晚上發生的事。

和盧慶一樣，他也看到了凶手從平臺離開的背影。老眼昏花，又隔得太遠，他以為那是他的兒子。在盧慶驚慌地跑向三號樓後他才追上去，但茫茫夜色裡，只有一輛被丟棄的推車。

日思夜想，他開始頻繁地夢到劉少友。後來聽說洛大校園裡發生了命案，當晚他便夢到兒子對他說：爸爸，我回來了，我死得太慘，那些傷害我的人卻沒有得到懲罰，您也老無所依，我來報復那些惡人的孩子。

夢醒後，他的神智愈發不清，一下子明白兒子已經離世，一下子又以為兒子還在，害怕兒子真的殺了人，不敢讓旁人知道兒子回來了的事。於是，他想到抹去兒子留在平臺上的足跡，並將推車藏起來，卻不知道指紋一樣會留下痕跡。

「不過我們起碼有一點收穫。」花崇說：「劉忠貴會看錯，就說明凶手的背影與劉少友很像。劉少友一百八十六公分，符合我們最初的側寫。」

柳至秦點頭，忽然道：「鄭奇會被萬喬地產辭退，是在實習期間得罪了萬喬的高層。」

花崇回過頭，「嗯？」

「我記得你那位在萬喬工作的朋友，身高目測在一百八十六左右。」柳至秦道：「工地上的人叫他——連總。」

「你對他很有意見啊。」花崇挑起眉，「怎麼樣都看不順眼一樣。」

「我就事論事。」柳至秦說：「我們需要去一趟萬喬。」

「去是得去，不過你先跟我說說，為什麼看連烽不順眼？」

「你誤會了，我沒看他不順眼。」

花崇笑，「還說沒有？人家長了一百八十六公分就被你當成嫌疑人，我說小柳哥，你身高好像也是一百八十六吧？」

「我一百八十七。」

「嘖，把你說矮了一公分。」花崇說著，伸手碰了碰柳至秦的頭頂。

柳至秦側過臉看他，眼裡有些無奈。

「好了，不跟你開玩笑了。」花崇收回手，「鄭奇的家人來了。」

坐在偵訊室的是鄭奇的姊姊鄭琳和姊夫況文。

鄭琳三十幾歲，兩眼通紅，滿臉疲態。況文一邊安撫著妻子，一邊解釋，說岳父岳母聽聞噩耗後悲傷過度，雙雙臥病在床，實在沒辦法趕來洛城，只能由自己與鄭琳來協助調查。

花崇從警多年，這種情形早已見慣了，道了聲「節哀」，鄭琳的眼淚頓時就掉了下來。

「我弟弟很上進很乖，從來不惹事，到底誰會殺害他啊？」鄭琳抽泣道：「他是我父母的老來子，從小學到國中，再到大學，成績一直都很好，突然告訴我們人沒了，別說我的父母，連我這個當姊姊的也接受不了啊！」

「我們一定會抓到凶手的。」花崇歎了口氣，「會請你們家屬來，主要是想瞭解一下他的性格以及交友情況。」

「這個……」鄭琳抹掉眼淚，面露難色。

「是不太瞭解嗎？」柳至秦問。

鄭琳尷尬地點了點頭，「小奇到洛城念書之後，就很少回家了。」

「很少回家？」花崇問：「一年只有寒暑假回家是嗎？」

「他……」鄭琳垂眼，「他暑假不回家，只有春節才回來幾天，基本上是臘月三十回來，初三就走。今年春節他壓根就沒回來，說是找到了實習單位，春節要值班。為了這件事，我爸還和他吵了一架。」

花崇疑惑地擰眉，問：「也就是說，你們全家已經一年多沒有聚在一起了？」

「不是的。」鄭琳趕緊搖頭，「我爸雖然和他吵了架，但轉頭就後悔了。今年春節時，我們沒通知他就來洛城了。我媽的意思是孩子忙是正常的，工作最重要，他既然走不開，那我們就辛苦一點，來看看他好了。春節嘛，各家各戶都講求團團圓圓。」

說到這裡，鄭琳停下來，看了看沉文，有點說不下去的意思。

沉文拍了拍她的肩，接過話題道：「我們來了才知道，小奇根本沒有實習。他的確找好了公司，但那邊的要求是春節過了再開工。他對我們撒謊，是因為不想回家。」

「為什麼？」柳至秦問：「你們有矛盾嗎？」

「我覺得說不上矛盾。」況文道：「我算局外人，我來說吧。」

鄭家是普通的雙薪家庭。這年頭，城市裡過得最不容易的就是雙職工。在計劃經濟年代吃過大鍋飯的人，骨子裡多多少少有一些傲氣，瞧不起擺攤做小本生意的外來人員，吃喝用度都講究排場，明明沒賺多少錢，卻成天幻想開寶馬、賓士。這些人也只知道寶馬、賓士，其他豪華房車就算見到了也不認識。

鄭奇是老來子，出生時全家高興壞了。鄭父鄭母的思想古板，就盼著有朝一日兒子能出人頭地，也買輛寶馬給家裡。為了不讓鄭奇輸在起跑線上，鄭家花了不少錢，又是買補品給他，又是四處報補習班、找名師。從小學開始，鄭奇就幾乎沒有時間像其他小孩一樣玩鬧。

但壓迫式的教育並非沒有好處，鄭奇本就聰明，也知道家裡的不易，向來刻苦學習。念高中後，成績始終保持在全學年前十名，高二時還拿到了數學競賽一等獎。鄭父鄭母非常欣慰，逢人便誇自家兒子有出息，將來肯定能考上名牌大學、賺大錢。

鄭奇沒有辜負家人的期望，高考時正常發揮，考上了洛大建築學院。洛大是全國排得名號的高等學府，建築學院是分數最高的系。

但自從鄭奇上了大學，家裡的氛圍就變得很微妙。

「其實在小奇念高中時，就有些徵兆了。」況文說：「他不愛和家人交流，總是把自己關在臥室裡。進出都不和人打招呼，就像家裡根本沒人一樣。如果我們不主動和他說話，他能悶上一天一夜。怎麼說呢，他對我還好，畢竟我沒有看著他長大，雖然也是一家人了，但還是親疏有別。」

「他不願意和我還有爸媽交流。」鄭琳激動道：「他覺得我們剝奪了他的童年，但我們也是為他好。」

——我們這麼做，也是為了你好！

從警以來，花崇已經聽過許多次為人父母者如此傾訴。

他問：「也就是說，鄭奇來洛城之後，你們就幾乎斷了聯繫？」

「是他單方面想和我們斷絕往來。」況文遺憾道：「他尤其不喜歡與爸交流，我和琳琳打電話給他，他還是會接的。其實他上大學之後性格開朗了許多，沒有念高中時那麼壓抑了。以前家裡給他的壓力大，他年紀又小，找不到紓解的辦法。成年後離家，來自家人的壓力相對小了，我聽說他大二時還當上了學生會主席。」

鄭琳又哭了，「請你們一定要抓到凶手！我弟弟真是太可惜了，從小因為成績、讀書吃盡了苦頭，從來沒好好玩過一次。眼看還有一年就要畢業，也找了份不錯的工作，怎麼就突然被人殺了啊！」

花崇沒有告訴鄭琳和況文，鄭奇那份不錯的工作早就被他自己「搞」掉了。

「鄭奇的心理果然有問題。」在去往萬喬地產的路上，柳至秦一邊開車一邊說：「父母平凡了一輩子，指望子女有出息，望子成龍，結果卻是適得其反。」

「鄭家給他的壓力太大了，而且他出生的那個年代，國家實行的還是獨生子女政策，鄭家多生他一個肯定被罰過款。」花崇將副駕駛座的椅背調低，懶懶散散地靠著，眼睛半閉，像快睡著似的，腦子卻一刻也沒停下來，「他從小就被灌輸『只有勤奮學習才能出人頭地，才能開賓士寶馬』。放學、放假後，別人家的孩子四處瘋玩，他面對的是補不完的習、寫不完的作業。父母成天在他耳邊念『努力學習』，家裡還有個姊姊，可想而知，他的壓力有多大。」

「別人想的是今天去哪裡玩，他想的是將來要如何賺錢贍養父母和姊姊。」路口的紅燈亮了，柳至秦將車停在斑馬線外，「高考是一個轉捩點，他離家來到洛城，終於擺脫了父母，表面上性格突然改變，從沉默寡言變得能言善辯。他應該是有意識想要改造自己，從他剛進學生會選擇的是外聯部就能看出他的心思。但可惜的是，他心理的陰影和肩頭的壓力仍然在。」

「沒錯，上網發洩就是他排解壓力的方法。」花崇說：「在網路上肆無忌憚地造謠、罵人能夠給予他快感。現在誰都可以當道德裁判，去年我參加過一次犯罪心理研討會，其中一節就講到『網路暴力』。公安部的一位教授說，站在多數人那邊，對一小撮人或者某一個人進行語言裁罰的時候，會帶來淩駕於現實的成就感。很多人在網路上義正言辭地批判他人，出發點並非是『正義』，而是展示自己『正確』的價值觀、人生觀、世界觀，是另一種形式的『秀』。」

紅燈變成綠燈，柳至秦隨著車流向前開去，「一般的網路暴力不會引發現實中的糾紛，但如果非常嚴重呢？有沒有一種可能——鄭奇的過激行為摧毀了某個人的人生？事業？那個人在絕境之下報復？」

花崇沉默許久，「那這就不是一個單獨的案子了。如果你的假設成立，那那個人記恨的絕對不止鄭奇一人，因為網路暴力無法由一個人造成。況且他殺害鄭奇的手段極其殘忍，這是恨到了骨子裡。鄭奇這個人心理有缺陷，習慣在網路上造謠，但我不認為他有本事獨自毀掉一個人的事業或者人生。」

「今天回去我得有系統地查一查鄭奇的網路記錄。」柳至秦說：「這個案子我們瞭解到現在，脈絡不清不楚，最有可能為他引來殺身之禍的就是他在網路上的言行。你說得對，照我剛才的分析，凶手肯定還想報復更多人，我們必須阻止他。」

車向萬喬地產開去，花崇蹙眉看著窗外的高樓大廈。經過花鳥魚寵市場時，他突然道：「靠邊停一下。」

柳至秦有些意外，「你想去買花？」

「家裡的營養土沒有了，既然開到這裡來了，就順路去買一袋。」

柳至秦停好車，「花隊，你其實是想去散個步，順便換換思路吧？」

花崇開玩笑道：「你什麼都知道，肯定是我失散多年的弟弟。」

說完這句話，他就轉身朝市場走去，沒注意到柳至秦的唇角突然僵了一下。

營養土在市場進門處就有賣，但花崇沒立即買，一邊想案子一邊往裡面走，順便逗了逗奶聲奶氣叫著的小貓小狗。

走到一家熟識的寵物店時，他剛想進去，就被從裡面出來的人撞了一下。

「抱歉。」男人個頭很高，懷裡抱著一隻尚未成年的德牧，聲音低沉。

花崇一看，那隻德牧竟然是不久前被賣掉的二娃。二娃很開心，對他直叫喚。

老闆跑出來，滿臉喜氣，「喲，花花又來了！」

男人笑道：「我先走了。」

「好，記得別老是餵肉啊，內臟少吃。」老闆說：「狗還小，牛奶和蔬菜水果也要吃。」

男人抱著德牧離開，柳至秦下意識地看了看他的背影。

「那就是買走二娃的客人啊？」花崇問：「怎麼又抱回來了？」

「唉！他給二娃吃得太好了，肉啊、內臟啊，都吃好東西，二娃有點消化不良，他抱來讓我看看。」老闆樂呵呵的，「二娃跟了個好主人，你放心了吧？」

花崇笑，「有人疼牠當然最好。」

◆

工作時間，萬喬地產的員工們各自忙碌著。辦公室裡井井有條，身著職業套裝的白領步伐匆匆，連去咖啡室倒一杯水都風風火火。但也有忙裡偷閒，拿著手機刷八卦、追星、看劇的人。

花崇與柳至秦沒穿制服，來之前也沒通知萬喬的負責人，此時出現在辦公大廳，並未引起太多注意，只有幾名實習生模樣的女生投來好奇的目光，其中一人還紅了臉。

經過大廳裡的休息區時，花崇聽見幾名女員工正在聊一部正紅的電視劇。

「妳們看《玄天山河》最新兩集了嗎？天啊，男主怎麼能這麼帥！我以前看劇都不在乎真人的，這次要變成他的迷妹啦！」

「男二也很帥好不好！我最喜歡男二了！」

「我還是最喜歡公主，這年頭女主不傻白甜的劇太少了，我們公主又美又腹黑，我要是個男的，我他媽射爆！」

「哈哈哈，妳冷靜！只有下輩子妳才能射爆了！」

「你們這些膚淺的女人，就知道花痴男主主，不像我，我喜歡他們的爸爸！」

「什麼爸爸？女主的爸爸是魔尊，男主的身世還沒提到吧？」

「誰跟你們說角色啊！他們的爸爸就是原著作者E之昊琅啊！全網路最帥最騷的作家，瞭解一下？」

「我知道他！確實長得帥，寫的小說也好看，我剛工作時壓力非常大，每天就靠他的更新苟活。其實比起現在這部上星的《玄天山河》，我最喜歡他前幾年的網路劇《暗星歸來》，你們看過嗎？雖然是一部星際和奇幻結合的軟科幻，科幻部分弱了一點，但好看啊。原著寫得太好了，五百四十萬字裡沒有一句廢話，我捧一輩子！」

「妳也太誇張了，網路小說，尤其是男性向升級流，哪有不灌水的？不灌水，他賺什麼？五百四十萬字都是汪洋大海了。」

「哈哈哈哈哈哈哈！就是啊。」

「不管！反正琅神是老娘的白月光、朱砂痣！誰說他壞話我罵誰！」

「素質素質！多大的人了，還動不動就罵來罵去。」

「說起《暗星歸來》，我想起一件事。當年開播前鬧得很大，說是『好浪』抄襲？」

「放屁！是別人抄襲我琅神啦！妳這是什麼記性？還有，不准在我面前說『好浪』這種罵人的稱呼！」

「喲，妳是頭號粉絲啊？」

花崇也知道《玄天山河》。鄭奇的案子還沒發生之前，重案組很閒，午休時張貿經常戴著耳機追兩集。每次女主一出場，他就像打了雞血，很可能心裡也在吶喊著——我他媽射爆。

據說這部電視劇是同名爆紅玄幻網路小說改編的，作者的人氣堪比娛樂明星，拍攝時期一張與主演的合照就在微博上被轉發了十幾萬次。

花崇不關心演藝圈，也從來不在網路上找小說來看，會知道這些是因為《玄天山河》和E之昊琅太紅了，隨時隨地都能看到、聽到。

現在連查個案子都能聽到。

「現在的女生挺有趣的。」柳至秦輕聲笑，「喜歡誰就要『射爆』誰。」

「說好玩的吧。」花崇按照要求登記，被人事部的小員工領著往前走。

柳至秦點點頭，把差點說出口的玩笑咽了回去。

鄭奇的直屬上司是一名三十多歲的男性設計師，姓米，見到花崇和柳至秦後態度不太好，沉著一張臉，舉止有些焦躁。

「你們的人已經來了幾次，各種問題翻來覆去地問，當我們不用工作嗎？」

看得出來這位米工很忙，一分鐘也不想浪費在鄭奇身上。

花崇打量著他，一百七十公分左右的身高，消瘦，戴著一副眼鏡，明明還在男人的黃金年齡，頭髮就呈稀疏之勢，這身材恐怕無法制服鄭奇。

但前期調查證實，鄭奇正是因為得罪了米工才被掃地出門。當時人事曾經詢問過米工的意見，如果直屬上司願意給鄭奇一個改過自新的機會，鄭奇便可以留下來。畢竟在同一批來實習的學生當中，鄭奇是能力最出眾的一位。

米工沒有答應，不僅如此，還主動要求立即開除鄭奇。

「幹我們這一行，必須有做人最基本的良心。」米工說：「鄭奇這種人，我絕對不會讓他在我手底下工作，他沒有資格負擔一座建築的構架。」

「是因為他在網路上的言行嗎？」柳至秦問。

「我指導他工作，他不接受，找同事或者上網發洩，問題不大。誰都有年少輕狂的時候，誰沒有在背地裡罵過上司？」米工其貌不揚，說的話卻擲地有聲，「但他對人命的漠視讓我無法忍受，你們逐條去看看他在網路上說的話，就會發現他這個人根本不把人命當一回事。這種人怎麼能當設計師？今天他敢在網路上肆意謾罵，不分青紅皂白地對一個不瞭解的人進行人身攻擊，明天他就敢在建築的安全問題上做文章。」

花崇試探道：「鄭奇遇害這件事，你有什麼看法？」

米工輕蔑地「哼」了一聲，推著眼鏡，「我不像你們這些國家公務員，說話講究『三觀正確』。我只是一個平民老百姓，有我自己的三觀——不作惡。你們要問我的看法，在我這裡，鄭奇就叫自作孽不可活。法不責眾，但總有人替天行道。」

柳至秦目光一頓，想起在鄭奇微博上看到的辱罵，「你是指前一段時間轟動網路的『女工程師自殺事件』？」

米工眼中皆是鄙夷。

花崇看了看柳至秦，柳至秦用嘴型道：鄭奇參與了。

「女工程師自殺事件」是一個月前微博上最熱鬧的社會新聞。女工程師謝某某與一名年長女同事發生爭執，期間動手甩了這位女同事一記耳光。這段拍得很不清晰的影片很快就被放到網路上，各個名人、行銷帳號接連下場，分析她們爭執的原因，其中「職場年齡歧視」最受關注。一時間，網友紛紛現身說法，痛訴自己上了三十歲或者生育之後，在職場上遇到了來自年輕女同事的欺淩，以及男同事的漠視。事件很快發酵，掀起一場聲勢極大的「肉搜」。短短幾天時間，聲討從網路發展到現實中，謝某某的家被潑油漆、寫滿辱罵性質的標語，連公司門口都堵滿了從附近城市趕來的網友。最終，謝某某不堪壓力，留下遺書跳樓自殺。

這已經不是第一起網路暴力引發的慘劇了。

「因為是同行，我當時也關注了這起事件。」米工說：「我的看法是，謝某某打人有錯，她必須為她的所作所為向她的同事道歉，但這不應該由網友的『偽正義』說了算。當時只有一個影片出現在網路上，我們這些觀眾根本不知道原委，甚至不瞭解這兩個人。她們為什麼起衝突？衝突一定是職場年齡歧視？那都是行銷帳號說的，很多人拿著一條網路線，就把自己當成聖人，根本沒腦子，一丁點辨別能力都沒有，紅人說是職場年齡歧視，他們就相信，然後跟風開罵，完全不會自己思考。」

花崇歎了口氣。

米工的情緒很激動，但說得沒錯。這件事絕大部分的網友都被牽著鼻子走，看到影片時先是義憤填膺，一聽紅人說涉及了職場年齡歧視，謝某某身居高位，欺負年紀大的女下屬，立刻集體發狂，有一部分的人將被打者代入自己，發文傾訴自己在職場上的遭遇，有一部分的人為了在網路上豎立

「正確」的三觀，引經據典痛罵謝某某，還站在道德的制高點上吶喊：嚴懲謝某某，傳遞正能量！

一場「肉搜」，一場「網路暴力」，居然被冠以「傳遞正能量」的殊榮。

事實上，影片剛流出時就有知情者稱，謝某某不是因為工作上的事搧人耳光，而是那個人幾次三番在公司裡造謝某某的謠，說她沒有能力，年紀輕輕能當上工程師是因為爬上了高層的床。前幾次，謝某某沒有追究，這次實在是忍無可忍，才打了一記耳光。

可惜人們並不關注真相，甚至不需要真相。他們需要的只是一個傾吐的契機，一個彰顯自己三觀正確的機會。而媒體、行銷帳號深諳網友的心理，亦在背後推波助瀾。「正義」的「網路暴力」最終以謝某某自殺收場，直到這時，並未遲到的真相才開始被關注、轉發、擴散。

謝某某家境普通，外表出眾，從名牌大學畢業，專業素質極高。因為天資過人，加上相貌不凡，一進公司就被前輩帶著做了幾個大項目。工作上非常敬業，但「個人問題」卻始終沒有解決。

她的好友說，她只是將精力都放在事業上，不急著結婚而已，在一些庸庸碌碌的同事口中就變成了她與上司有染。

——「她職位雖然高，但年紀不大，向來尊重前輩，一直忍讓，那天是對方辱罵了她的母親，而她連續加班半個月，整個人都到了極限，情緒實在沒控制住才衝動動手。」

諷刺的是，前一天還對謝某某口誅筆伐的「正義人士」筆鋒一轉，又開始對被打耳光的女員工進行難以入眼的辱罵，一場「網路暴力」幾乎是無縫連接到另一場「網路暴力」。

「他們關心的不是公正，是自己爽一把而已。」米工說：「鄭奇就是他們中的佼佼者。謝某某自殺當天，他就在微博上罵『活該』，接著馬上轉去罵另一位當事人。我不知道他一個還沒畢業的年輕人怎麼會有那麼重的戾氣，有時候社會的確會給人非常沉重的壓力，我肩上的壓力也很大，但像他戾氣這麼重的人，我以前從來沒有在工作上遇到過。現在他還是個學生，還沒有真正踏入職場。等他成了一個社會人，我敢保證，壓力會讓他的戾氣翻倍。」

米工指了指自己的胸口，「他這裡是空的，他根本沒有一顆同理心。視人命如草芥，說誇張一點，簡直就是用鍵盤當凶器，這種人能當什麼設計師？」

連烽不在公司，人事說連總這幾天都在總部，沒來過洛城。柳至秦有些失望，花崇倒是無所謂，與鄭奇的其他同事隨意聊了聊。

離開萬喬地產，花崇才問：「謝某某的事，鄭奇參與了多少？」

「不多。」柳至秦道：「米工可能只注意到了這件事，所以在表達上比較誇張。事實上，只要是在網路上熱門的事件，尤其是『肉搜』他都參與了。這件事對他來說並不特殊，他也不是帶頭『肉搜』謝某某的人。」

「也就是說，就算受害人的親友想要報復，像米工說的那樣『替天行道』，也找不到他頭上？」

「沒錯。在這個事件裡，鄭奇頂多算是推波助瀾的吃瓜群眾，他既沒有去謝某某所在的城市參與『線下聲討』，也沒有在網路上當出頭鳥，不可能被報復。」

花崇握著車鑰匙，「那如果我們的思路沒錯，他極有可能主導過一場類似的網路暴行。」

「我剛才調取了他在萬喬工作時的上網記錄。」柳至秦說：「加上我們已知的他自己筆記型電腦、手機的上網記錄，他時常辱罵認識或不認識的人，但沒有主導過類似事件。而且『網路暴力』

致死事件媒體都有報導，現在法律正在逐步完善，相關涉案人員都被……」

「那把時間線拉長呢？」花崇突然打斷，「因為『肉搜』他人而獲罪是這幾年才有的事，『網路暴力』也是近幾年才被頻繁地提及。但是以前也肯定發生過這樣的事，只是我們不知道而已。記得嗎？鄭奇的姊夫況文說他念大學之前，整個人非常壓抑，不與家人交流，總是一個人關在臥室裡。」

柳至秦會意過來，「他不與家人交流，是因為覺得家人根本無法瞭解自己。當年他學業上的壓力極大，『上網發洩』的習慣可能就是那時候形成的！」

花崇站在車門邊，看向柳至秦，聲線一沉：「或許在那時候，『網路暴力』還未被提及時，就有人因為他的過激行為而結束了自己的生命。」

◆

重案組將洛大校園翻遍了，終於找到了盧慶所說的三輪車。但駕駛它的快遞員尹超面對警方時，卻一問三不知。

三輪車的車輪與留在北區入口處的痕跡相符，痕檢員亦透過魯米諾檢測，在車上發現了血跡。此外，車輪、車身上附著的少量泥土正好來自棄屍的小樹林。

尹超目瞪口呆，「我……不關我的事啊！我沒有殺人，你們、你們肯定抓錯人了！」

花崇上下打量他一番，身高目測一百八十五以上，身材偏瘦，長得尖嘴猴腮，皮膚黝黑，一臉忐忑。就反應來看，他的慌張與警惕還算正常。

「你在洛大送快遞多久了？」花崇語氣輕鬆，聽起來像隨口一問。

「兩年多了，同學們一次都沒投訴過我。」尹超咽著口水，雙手握在一起，「警察大哥，你們搞錯了，你們不能亂抓人啊！我安安分分地送外送、快遞，連貓狗都不敢殺，何況是人！」

花崇經手的案子很多，形形色色的嫌疑人更是見過不少，雖不能一眼就分辨出凶手，但直覺有時也很准。

這個尹超，不像凶手，但似乎也不算「安分」的人。而不敢殺貓狗的，未必不敢殺人，敢殺人的不一定會對貓狗動手。

「你平時都開那輛三輪車送快遞？」花崇問：「是你自己的，還是公司安排的？」

「我自己的！」尹超一頓，又說：「本來是公司的，我以前和一個同事輪流用，他沒幹多久就嫌薪資太低離職了，後來這輛車差不多就是我一個人用。」

「差不多？意思是偶爾也會有別人用？」

尹超擦著汗，似在思考，「最近只有我一個人用。」

「九號當天，你送過快遞嗎？」

「九號？我想想……」

花崇靠在椅背上，給對方回憶的時間。

半分鐘後，尹超突然抬起頭，有點興奮，「我明白了！有人想整我，他偷了我的車！」

「哦？說詳細一點。」

「九號那天我根本沒有用車！八號晚上我送完最後一單，就把車停在東三食堂後面，那裡是我們習慣停車的地方。我送了半個月快遞，跟老闆請了一天假，打算十號再去拿車。」

「那九號晚上你去了哪裡，在幹什麼？」

「我……」尹超欲言又止，雙頰突然紅了起來。

花崇逼問：「你去幹什麼了？」

「我、我去找人……找人玩了。」尹超目光躲閃，像想要掩飾什麼。

「玩什麼？在哪裡？」

尹超支支吾吾，說不清好歹，只不斷強調自己沒有殺人，有不在場證據。

「既然有不在場證據，你還躲躲藏藏地幹什麼？我勸你說實話。」花崇冷聲道：「你的三輪車上有血與棄屍地點的泥土，如果你說不清楚九號晚上在哪裡，嫌疑就很大了。」

尹超瞪著眼，又驚又怕，脫口而出：「萬一那不是人血呢！」

花崇頓時眯起眼。

萬一那不是人血？這句反問符合邏輯嗎？

不，正常人不會是這種反應。

「不是人血？那你覺得應該是什麼血？」

尹超焦躁地搓著油膩的頭髮，「萬、萬一是貓狗的血呢？」

又是貓狗？

花崇不給他整理情緒的機會，再問：「為什麼你覺得是貓狗的血？」

「因為……」尹超伸長脖頸，由於太過用力，眼珠像快掉下來一樣。

花崇睨著他，追問：「九號晚上，你在幹什麼？」

幾秒後，尹超像泄了氣一般癱在座椅上，「我找了個出來賣的女人，那天晚上和第二天上午我都跟她在一起。你們可以查我的轉帳記錄，我付了她兩百塊。」

花崇直覺事情沒有這麼簡單，一邊讓手下去查這個女人，一邊繼續問：「只是這樣？」

「只是這樣！」

「這就是你所說的不在場證明？」花崇露出玩味的笑。

尹超臉上的咬肌浮現，眼神漸漸變得惡毒，片刻後垂下頭去，看起來正在經歷某種掙扎。

這時，偵訊室的門被推開，袁昊拿著一個用證物袋裝著的手機進來，俯身向花崇低語。

不久，花崇皺起眉，臉色沉了下去。

袁昊離去，花崇一拍桌沿，厲聲道：「你所謂的不在場證明，就是九號晚上在直播中虐殺三隻幼貓？」

尹超顯然被嚇到了，怔怔地盯著他，突然怪笑起來：「至、至少可以說明我沒有殺人！直播從十點進行到十二點，我、我沒有殺人的時間！」

尹超越說越興奮，竟然站了起來，眼神狂亂，「哈哈哈，平臺上有幾萬人幫我作證！殺貓怎麼了？殺貓犯法嗎？操！老子成天幫那群學生送外送、快遞，累得像他媽一條狗！他們尊重我嗎？不，在他們眼裡，我他媽還不如一窩流浪貓！媽的，這是什麼世道？老子一個大活人，活得還沒有在校園裡閒晃的貓好！」

花崇神色嚴肅，難得在審問時失態。

方才袁昊說尹超沒有犯案的時間，因為在鄭奇被殺害的時間段，尹超正在某直播平臺上與一個女人一起，以極其殘忍的手段虐殺流浪貓。難怪在說到三輪車上有血跡時，尹超會說「萬一不是人血」。正常人不可能有這種反應，這完全是潛意識的投射！

尹超不僅在九號晚上殺害了三個無辜的生命，此前也必然有虐殺動物的舉動，這種虐殺甚至可能發生在三輪車上。

尹超情緒開始失控，怪聲叫嚷道：「老子沒有犯法！老子沒有殺人！玩貓玩狗你們也管？真正的殺人犯你們抓不到，只會抓我這種虐貓的人充數？哈哈哈哈哈，真可笑！」

花崇「匡噹」地一聲甩上門，一拳捶在牆上。

尹超被帶來時，他有九成把握——這個人不是凶手。一連串審問的目的是要尋找真凶的線索，很多蛛絲馬跡都是從類似的問話中摸出來的。

中途，他感覺到這個人不正常，但沒有想到竟又是一個心理扭曲的潛在犯罪者。

虐殺小動物如今在社會上已經形成了一股風氣，不斷有涉事者被追查，不斷有直播的平臺被調查，也不斷有觀眾聲討這種行為。但事實上，模仿者是越來越多。

總有一些心理陰暗的人在網路上以凶殘、血腥嘩眾取寵，而觀眾竟然不少。這些虐殺愛好者將網路當成無法地帶，為所欲為，直到被大量網友「肉搜」才會得到相應的懲罰。

不，法律能給予他們暴行的懲罰太輕，根本談不上「相應」。

花崇歎了口氣。

此前與柳至秦聊到「肉搜」與「網路暴力」，雙方都極其反感這種行為。但事實卻是如果沒有「肉搜」，那些虐貓虐狗的人大部分都會逍遙法外。

而鄭奇與尹超——「網路暴力」的忠實信徒與虐殺狂，從某種意義來說其實是同一類人。當現實中的壓力積蓄到一定程度時，他們都選擇了最扭曲的發洩方式，從中得到超乎尋常的快感。

最讓人害怕的是，他們並非特例，而是一個群體的縮影。

「花隊。」一聲高喊讓花崇回過神。

曲值匆匆跑來，「東三食堂的監視器已經調到了，尹超停放三輪車的地方是個死角，看不到是誰將三輪車騎走的。」

花崇料到了這個可能，把人交給曲值就獨自下樓。

當刑警，尤其是重案刑警，心理上要承受的負荷比當特警時多很多。人穿上衣服，戴上面具時個個都是「好人」，只有在警局被迫剝下偽裝，才會露出藏在裡面的靈魂。

一樁分屍案，短短幾日，就有那麼多有關或者無關的人被牽涉進來。

鄭奇大概曾主導過「網路暴力」；盧慶被鄭奇玩弄於股掌，發現了命案及棄屍現場，卻因為過於害怕而使現場被嚴重破壞；劉忠貴老人的獨子在計劃經濟年代因企業安全事故慘死，孤老無依，他在精神出現問題的情況下，間接包庇了凶手；而現在的尹超，又是個與鄭奇無異的心理扭曲者。

常年沉浸在案件與案件深處的人性裡，就算心理素質再好，有時也難免會鑽入死胡同。

花崇甩了甩頭，頓時感到一陣難以名狀的無力感。

眼下的分屍案，干擾的線索太多是其一，五年前的謎團解不開是其二。他捏著太陽穴，不知道一直以來的堅持能不能為犧牲的兄弟找出真相。

一個人的力量，終究太弱。一群人的力量，也不一定夠強。

「在想什麼呢？」

肩膀被拍了一下，他一愣，迅速轉身，看到了不知何時出現的柳至秦。

「第一次見到你愁眉苦臉。」柳至秦說：「怎麼了？」

花崇搖搖頭，很快整理好情緒，「有點煩躁而已。」

「因為鄭奇的案子嗎？」

「不止。」

「嗯？」柳至秦的眸光帶著幾分探尋。

花崇遲疑片刻，沒提到五年前的事，歎息道：「算是吧。網路那邊查到什麼了沒？」

柳至秦不答，卻道：「我有一個關於嫌疑人特徵的猜想，花隊要不要聽聽？」

「你以前想到什麼都說得挺爽快，這次怎麼回事？還問我要不要聽。」花崇斜了他一眼。

「因為這次有點誇張。」柳至秦道：「怕你說我不現實。」

三言兩語間，花崇竟然覺得煩躁感淡去不少，這才明白柳至秦東拉西扯一通，是為了讓他放鬆心情。

「說吧。」他嘴唇一勾，恢復了冷靜，「再誇張我也不笑你。」

「在洛大校園裡送快遞的人不少，三輪車因為不值多少錢，時常被隨意停放。」柳至秦說：「凶手為什麼不偷別的三輪車，偏偏要偷尹超的三輪車？」

「有可能是巧合。」花崇小幅度踱步，「凶手正好看到了那輛三輪車，但也有可能是有意的。」

「如果是有意的，那麼凶手就是在『制裁』鄭奇的同時，順便懲罰尹超。」

花崇腦中靈光一現，「凶手喜歡小動物？」

「這種聯想比較牽強。」柳至秦說，「我們能想到這一點，很有可能是受到潛意識影響，畢竟不久前我們才去過花鳥魚寵市場。」

「沒錯。」花崇點頭，「剛才我在審問尹超時，他也有類似的潛意識反應。」

柳至秦笑道：「不過你說過，有關案件的任何資訊都不能放過。只要想到了就要記下來，之後再仔細拼接。」

花崇往前走了幾步，「剛才的問題你還沒回答我。」

「嗯？哪個問題？」

「網路查得怎麼樣了？」

柳至秦摸摸太陽穴，「有一點很可疑。鄭奇在九號晚上回到新北村之後，一直在看最近熱播的電視劇《玄天山河》，他的筆記型電腦上能查到播放記錄。看劇的時間裡他沒有與任何人聯繫過，手機上沒有通話記錄。」

花崇打斷，「是沒有，還是已經刪除了？」

「沒有。」

「所以凶手是在沒有與鄭奇聯繫的情況下，『擅自』上門？」花崇擰眉思索，「那鄭奇為什麼會開門呢？」

「這就是我覺得可疑的地方。深更半夜，一人在家，即便是男性，也不會輕易幫陌生人開門吧？他手機、微信上的聯絡人我已經全部核對過了，都不符合犯罪側寫。」

花崇沉默片刻，「對了，上次我們猜他念大學之前，可能就開始在網路上參與『肉搜』之類的事，發現了什麼沒？」

「抱歉。」柳至秦抿了抿唇，「技偵組的同事還沒有把電腦從鄭奇的老家帶回來，我暫時沒有辦法入手。」

花崇在他背上拍了兩下，「這有什麼好道歉的，又不是你的錯。巧婦也難為無米之炊啊。」

「巧婦？」

「那就巧夫？」

柳至秦笑著，沒繼續說下去。

花崇剛才心裡悶得發慌，現在放鬆了不少，伸了個懶腰，「《玄天山河》這麼紅啊？我怎麼感覺所有人都在看？案子沒發生前，張貿躲在辦公室看；去萬喬查案時，聽到不少員工在摸魚討論劇情；鄭奇出事之前也在看……」

「《玄天山河》是個超級IP，古風玄幻，江湖朝堂，熱血英雄與兒女情長，本身就很吸引人。」柳至秦一邊說一邊在手機上查關鍵字，「喏，演員陣容是戲骨配流量，特效做得不錯，加上原著作者的人氣特別高，各種有利因素結合在一起，會走紅不奇怪。」

「是嗎？那忙完案子我也去看兩集。」

「看這種電視劇挺浪費時間的。你看，一共九十集。這幾年電視劇越來越喜歡灌水了。」

花祟一看，「嘖，那我看原著。」

「原著也灌水。」

「你怎麼知道？」

「我看過。E之昊琅這作者被捧得很高，粉絲成天琅神琅神地叫。」柳至秦踢開腳下的小石子，「我有陣子閒來沒事就看了幾本，開頭的確很吸引人，中間灌水嚴重，線索鋪得太寬，結局收不回來。」

花祟從來沒看過網路小說，一聽有些吃驚，「那還那麼多人喜歡？」

「因為其他人的書也沒好到哪裡去，而他有天生優勢——長得帥，他的團隊也比較厲害，簡單來說就是很會經營自己。」

「怎麼當作家想出名也得靠帥和經營了？」花祟哼了兩聲，突然一頓，「等等！」

「怎麼了？」

「這個E之昊琅是男的對吧？」

柳至秦點開E之昊琅的微博，將頭像放大，「是啊，這是他本人的照片。」

照片上的男子打扮時髦，又有幾分書卷氣，五官清秀，平易近人。花祟掃了一眼，長得倒是不錯，就是稍微奶油了一些。

「在男性網路作家的圈子裡，他算是長相最出眾的一位。」柳至秦說：「他的團隊和粉絲經常炒作他的長相，說什麼『盛世美顏』。」

花祟：「那鄭奇應該很討厭他才對啊，怎麼會追《玄天山河》？」

柳至秦挑起眉。

「你想想，E之昊琅是男性，因為年輕帥氣，本人的人氣其實高過作品的人氣，被無數粉絲追捧，其中大部分都是女生。團隊厲害，等於行銷手段了得，再加上他雖然帥，卻不是陽剛的帥。」花崇視線一轉，「鄭奇應該非常熱衷於在網路上咒罵他，造他的謠，而不是在失業之後回家追以他的小說改編的電視劇。」

「我倒是沒想到這一點。」柳至秦撐著下巴，踱了兩步，突然抬頭，「他微博上沒有說過一次E之昊琅和《玄天山河》的不好，反倒經常吹捧兩句。我和技偵組查網路這條線時，注意力都放在他的辱罵上，忽略了他極少量的誇讚。」

花崇轉身，「走，再去看看他微博上的資訊。」

鄭奇的微博用詞不堪入目，和他在洛大BBS上的發言屬於同種風格。

花崇快速滑動滑鼠，看了足足十頁，將鍵盤一推，「十頁裡鄭奇一共只誇了兩個人，一個是E之昊琅，一個是馮嫻。馮嫻是宅男女神，鄭奇迷她不奇怪。至於E之昊琅……」

「在連篇冷嘲熱諷和惡意咒罵中，這四條吹捧E之昊琅的微博不可謂不顯眼。」柳至秦靠在桌沿，「就我們目前對他的剖析，這一點有悖邏輯。」

「怎麼就有悖邏輯了？」張貿聽了半天，「鄭奇就不能單純地喜歡E之昊琅嗎？現在《玄天山河》正在熱播，跟風罵和跟風吹捧的人都很多，鄭奇站在吹捧的那一邊，我覺得邏輯上沒有任何問題啊。」

花崇看看張貿，又轉向柳至秦，「這傢伙和我們一樣，想法都受到了潛意識的影響。」

張貿仍舊不懂，「啊？」

「你喜歡《玄天山河》，本來就站在吹捧的那邊，所以你認為鄭奇吹捧這部電視劇也很正常，這就是潛意識的作用。」柳至秦說：「但我和花隊沒有你的前提立場，僅是從鄭奇的一貫作風進行客觀分析，認為他更容易站在跟風罵的一邊。」

「近一年大紅的電視劇，鄭奇只吹捧過這一部。」花崇食指點著桌面，「這本身就不太尋常。」

張貿心念電轉，「難道他是琅神團隊請的網軍？」

「不。」花崇搖頭，「剛才我和小柳哥只是覺得他吹捧E之昊琅很不正常，經過你的『提點』，我現在有了另一個思路。」

柳至秦：「粉絲思路，鄭奇吹捧E之昊琅可能的確只是因為單純的喜歡。」

「什麼？」被否定又被肯定，被教做人之後又被說「你沒錯」，張貿徹底被弄糊塗了，「花隊、小柳哥，你們別打啞謎啊！」

「其實潛意識的影響也不一定全是壞的。」花崇在他額頭上敲了一下，「沒有你這個粉絲的提醒，我還真的想不到這一點。」

張貿抓狂。

花崇已經不再搭理他，「小柳哥，記得我們在萬喬聽到的話嗎？」

「關於E之昊琅？」

「對，那幾位員工在聊他時提到了抄襲。我沒看過網路小說，但基本的常識還是有——對靠思

「那……」花崇正要提問，丟在一旁的手機突然響了。

「等等，是陳隊。」

他接起來，還來不及說話，陳爭就道：『長陸區分局又轉了一起案件過來，死者離你家很近，是花鳥魚寵市場的一名女老闆，你馬上過去看看。』

第三章　良心被狗吃

「死者叫何逸桃，二十四歲，是這家『桃之夭夭』花店的老闆。」長陸區分局刑偵大隊隊長葛猛將手套和鞋套遞給花崇，抬手往封鎖線裡指，「正在忙著採集室內痕跡，就快了。」

「是什麼情況？」花崇問。

「唉！又發生命案了啊！」葛猛出差剛回來，氣都沒喘過來，就被副隊長錢志峰奪命連環 call 叫到現場，疲態濃重，臉色不大好看，歎氣道：「花隊，我知道你們最近在忙洛大那個案子，志峰都跟我說了，那天幸虧有你趕來指導，不然他肯定什麼都搞不定。這幾天你們也辛苦，這邊我本來想自己處理，但跟這周圍的群眾了解了一下，才知道死者算個小網紅，去年有幾家市級媒體還將她稱為『洛城最美老闆娘』。」

花崇知道那個評選。

這幾年全國刮起了「最美」風，各行各業都愛評「最美」。不管你做了什麼貢獻、行了什麼善，統統冠以「最美」。這兩個字一開始聽還覺得很動人，「最美教師」、「最美醫生」、「最美警花」……可久了就聽膩了，耳朵長了繭，不免讓人想問——怎麼誰都是「最美」？到底是真的「美」還是搞宣傳的沒文化涵養，詞彙量太低，除了「最美」就想不出新詞了？

「何逸桃有一定的社會名氣，又是個美女，話題性比較高，我就打了電話給陳隊，請示他的意見。」葛猛搖著手裡的紙板搧風，卻仍是一臉的汗，「陳隊說派你來看看。哪曉得我剛掛斷，就聽兄弟們說何逸桃的心臟不見了。」

花崇臉色微變，「心臟不見了？那死者的狀態是？」

「只有心臟丟失了，屍體被開了胸，但相對完整。」葛猛道：「這一點和洛大案不同。但我想了想，還是覺得這兩個案子可能有關聯，畢竟掏心這種行為具有很強的儀式感，比分屍更具有指向性。」

這時法醫徐戡趕到了，室內勘察也基本上結束了。痕檢員提著工具箱出來，葛猛趕緊問：「發現什麼了沒？」

痕檢員一見花崇也在，立刻嚴肅起來，「從牆上的噴濺狀血跡來看，這裡肯定是第一現場，屍體周圍有殘留血液，地板經魯米諾測試有反應，但整個一樓區域都沒有提取到一枚足跡，連死者本人的足跡都沒有。」

「這……」葛猛嗓門大，吼道：「怎麼可能沒有足跡？凶手會飛嗎！」

「凶手清洗過地板。」花崇說：「血和足跡都被清洗掉了，屍體周圍的血跡是清洗之後從身體裡滲出來的。」

痕檢員連忙點頭，「不過我們在一樓提取到很多指紋，在二樓提取到了何逸桃的足跡與一名男性足跡，身高、體重需要回去建模。另外，二樓的垃圾桶裡還有兩個使用過的保險套，我馬上就拿去做DNA比對。」

花崇問：「二樓是生活區域？這市場裡不是只有商鋪嗎？」

葛猛解釋說：「規定是這樣規定的，但管得比較鬆，一些商家晚上就住在店裡。我打聽過了，何逸桃在附近租了一套小戶型，但住在花店的時間比較多。」

「地面又被清洗過。」徐戡低聲道。

「嗯，先進去看看。」花祟點頭，與徐戡一同進入花店。

「桃之夭夭」是花鳥魚寵市場最高級的花店。別的花店走的是平價路線，它走的則是精品路線，外觀呈西式小木屋狀，窗外還圍了一圈小花園。

花祟偶爾會經過，卻從來沒進去看過。他買的都是便宜的盆栽植物，月季、茉莉、雲竹這類適合栽種在家裡的綠植，對送人的鮮花毫無興趣。

但何逸桃，他見過。只要來過市場，就肯定能見到何逸桃。因為「桃之夭夭」位於市場大門口，已經是市場的一個標誌。何逸桃經常身著自己縫製的淺色長布裙，坐在小花園裡的鞦韆椅上，清純漂亮，想不注意都難。

不過生前越是美得驚人，事後的慘狀就越是叫人唏噓。何逸桃仰躺在地板上，渾身赤裸，被打開的胸膛血肉模糊。

徐戡蹲下，小心翼翼查看屍體狀況。

「屍僵已經緩解，死亡時間在三天以上。」徐戡抬起何逸桃的手臂，輕輕往側面一翻，「背部大面積片狀屍斑，穩定狀，死後沒有被移動，屍斑顏色較淺，原因是失血過多。」

花祟也蹲下。如痕檢員所說，地上比較乾淨，只有屍體周圍有少量乾涸血跡，但右側的牆上有大量噴濺狀血跡，這與鄭奇遇害的環境類似。他看了看屍體的脖頸部分，問：「和鄭奇一樣，何逸桃也是被割喉？」

「對。」徐戡托著屍體頭部，「氣管、動脈被切斷，瞬間大量失血，創口平整，凶器是刀之類的銳器。」

說完，他轉向死者胸膛，檢查後道：「造成此處傷痕的工具與頸部致命傷不同，從傷口來看，像是……」

「什麼？」

「我想想。」徐戡蹙眉，過了幾秒才道：「像是剪刀。」

「剪刀？」花崇不解：「剪刀可以開胸？」

「不是我們常用的小剪刀。」徐戡看了看一屋凋零的花，「是園丁用的剪刀。」

「凶手是『就地取材』？」

花崇連忙叫來分局的痕檢員，對方卻說在剛才的初步勘察中，沒有發現沾有血跡的園丁剪刀。

「凶手剖胸的手法粗暴。」徐戡在屍體胸膛上一邊比劃一邊說：「用剪刀強行撕開皮膚，然後砸斷胸骨。因為凶器並不鋒利，留下了許多鋸齒狀傷痕。好在傷處沒有生活反應，說明凶手是在何逸桃死後才對她進行開胸取心。」

花崇繞了幾步，抬起死者的手，「十指完好，指甲也在。」

「鄭奇的十指被汽油焚燒過。」徐戡了然，「單從心臟丟失來看，凶手極有可能是同一人，但其他細節卻並不相符。鄭奇死前被毆打虐待過，何逸桃的身上只有三處掙扎傷，凶手可能是『惜香憐玉』，給了她一個『痛快』。」

花崇搖頭，「這不叫『痛快』，更不是『惜香憐玉』，割喉是最殘忍的殺人手段之一。」

徐戡聳聳肩，「我的意思是與鄭奇比較。」

花崇走到一旁，拿起一支正紅色的玫瑰看了看，又放回原處。玫瑰已經凋敝了，正如何逸桃的香消玉殞。

「好吧。」他說：「你先回去做詳細屍檢，我在這附近看看。」

死者身分明確，生前情況調查就比較容易。

重案組的部分成員趕到後，葛猛就帶著分局警員收隊了。花崇倒不覺得有什麼，一來接手性質惡劣的命案是重案組的本分，二來從掏心的行為來看，何逸桃的死與鄭奇的死確實存在一定的關聯。

曲值仍在忙鄭奇的案子，跟花崇一起來花鳥魚寵市場的是柳至秦。花崇一從花店出來，就見到柳至秦從斜對面的小巷子走來，旁邊還跟著一個五十幾歲的矮個子男人。

矮個子男人滿面愁容，既驚又怕，離花店還有十幾公尺就不肯往前走了。

「這位是肖國中肖伯，在市場管理處工作，何逸桃的遺體就是他發現的。」柳至秦說。

這時有一輛貨車從大門處緩慢駛入，花崇讓肖國中站在裡面，而柳至秦往前邁了一步，擋在他與貨車之間。

「坐著說。」

花崇跟市場的小販很熟，見肖國中不願靠近花店，就去對面的店鋪借了幾個塑膠板凳。

「何逸桃已經四天沒開店了。」肖國中忐忑地坐在板凳上，餘光時不時往花店門口瞟，「這孩子勤勞，肯吃苦，自從開始在這片做生意，就從來沒有長時間不開門的情況。如果有什麼事情，像需要去外地看貨什麼的，也會提前跟隔壁店家打聲招呼。而且她本人和她的花店都是我們市場的門面，一天有多少客人從大門處經過，花店老是關著也不行。」

「所以你就去花店找她？」

肖國中連忙擺手，想撇除嫌疑的意圖非常明顯，「不是我想去找她，我也沒辦法。我在管理處工作，每天在這附近巡邏，前天還是昨天，就有老闆問我，問何逸桃怎麼不做生意了？我哪知道！」

「你們管理處應該有她的聯繫方式吧？沒有打電話問問？」花崇問。

「打不通！」肖國中說：「手機關機了，花店裡的座機始終是占線狀態。今天是第四天，上面讓我拿鑰匙過去看看，我一開門，唉！」

何逸桃的屍體就躺在大門附近，普通人看到，鐵定被嚇得不輕。

「太可惜了，那麼乖的一個女孩。」肖國中說：「不知道惹到了誰，唉！」

「怎麼不知道！」隔壁賣觀賞類假山的老闆娘粗著嗓門喊，「桃子得罪的人多得很，嘖，一個女人家討生活不容易啊！」

花崇知道她姓黃，對她一抬下巴，「黃姊，過來聊一下？」

「聊啊！」黃姊年過四旬，頗顯老態，因為肚子太大，走路時一晃一晃的，「桃子是我們這個市場的名人，這點你們總知道吧？」

花崇點頭，「上過電視，門口還掛著『洛城最美老闆娘』的招牌。」

聞言，黃姊哼了一聲，壓低聲音道：「女人啊，就是不能長得太美。桃子美是美，好像還是個什麼網紅？但這樣不就容易引起別人的嫉妒嗎？」

「妳知道誰嫉妒她？」

「『最美老闆娘』？」黃姊嗤笑，「我年紀大了是無所謂，但跟桃子差不多年紀的妹妹，聽到這些話豈不會心痛？所以我說啊，女人，尤其是年輕女人，就是不能長得太美，一來會讓小心眼的女人生妒，招來色男人覬覦。我聽說這兩樣桃子都有，勾走了梁小妹的男朋友。」

這個梁小妹花崇認識，是一家萌寵店的老闆，大名叫梁燕子。前陣子他與柳至秦一起來市場，還隨手送了梁燕子一盆茉莉，但他倒是不知道梁燕子有男朋友。

「你們知道桃子為什麼明明有住處，卻不喜歡回家住，偏要住在店裡嗎？」黃姊擠出這個年紀的人獨有的八卦神態，「她啊，在裡面和梁小妹的男朋友打得火熱呢！」

◆

經過解剖、事發地排查及戶籍調查，花崇初步瞭解到何逸桃其人。

二十四年前，何逸桃出生在函省最偏遠的山村，父親有嚴重的智力障礙，母親是被人口販子拐賣到村裡的北方人。十幾歲時，何逸桃帶著母親逃離了大山，因為沒什麼文化，年紀又小，只能靠打零工過活。不久，母親被車撞死，何逸桃因此得到了一筆金額不低的賠償金。

靠著這筆賠償金，何逸桃在洛城安定下來，白天在商場當櫃姊，晚上去會所陪酒。因為外表清麗出塵，很快被人相中，當過一段時間「小三」。之後，屢見不鮮的「原配捉姦」事件發生，何逸桃拿了分手費，一邊上夜大，一邊幫熟識的蔬果批發商銷貨。

完成夜大的學業後，她便從蔬果批發商那裡獨立出來，在花鳥魚寵市場開了「桃之夭夭」花店。

最初，花店並不是在市場入口，而是在裡面租金最便宜的巷子裡。何逸桃賣的也不是外國進口的高檔花，她的貨全是跟批發商低價拿的，因為花本身不出眾，花店位置也偏僻，剛開始根本比不過市場裡的其他花店。

不過沒過多久，「桃之夭夭」就小小紅了一把。

何逸桃雖然是山村來的女孩，但在紙醉金迷的會所待過，還跟著富商過過一段好日子，品味和審美都不錯，加上一雙手也巧得很，別家店只是賣花，她賣的卻是花的創意。一些年輕人光顧一次後，便不再去其他花店，不僅自己買，還在網路上呼朋喚友，叫大家一起買。何逸桃得到了靈感，開始自己在微博動態發照片、寫文案，吸引了不少客人。

當時就有人說，「桃之夭夭」的老闆娘是店裡最漂亮的一朵花，甚至有人以「仙子」來稱呼她。她腦子轉得快，被叫「仙子」的第二天，就買了森林系長裙，並請人拍了一組「仙子與花」的照片，發在微博上。

大約是因為一眼驚豔，這條微博被大量轉發，不久就上了本地熱門，引來大批記者。

市場管理者一看，連忙將大門口剛修好的觀賞小木屋低價租給何逸桃，還趁勢炒作了一番。

何逸桃自己也很爭氣，不像一些年輕人紅了就得意。她始終以賣花賣創意為本職，起早貪黑，忙起生意來和市場的其他商販沒什麼兩樣。

去年「洛城最美老闆娘」的評選結束後，她又紅了，不過也是從那時起，關於她的各種流言開始滿天飛。她與周圍所有商家都沒有表面上的矛盾，大家和和氣氣，相互幫襯。但是私底下，有不少人罵她是「蕩婦」、「賤貨」，更有甚者，希望她趕緊去死。

「何逸桃的死亡時間是五月十七日的晚上十點到十二點之間，正是鄭奇的屍體被發現的第二天。」徐戡拿著屍檢報告說：「二樓保險套裡的精液已經做過在庫DNA比對，初步鎖定為一名叫劉嘉的男子，而何逸桃陰道裡的潤滑劑成分與保險套上的一致。李訓他們已經將分局提取到的足跡建了模，身高與這個劉嘉相符。」

「我們查看了十七號晚上的監視器，花隊你看。」袁昊將筆記型電腦轉向，「這個人在十七點從市場西門離開，舉止慌張，雖然拍得很模糊，但經過精細化處理，看得出來正是劉嘉。」

「這根動物毛髮是怎麼回事？」柳至秦一直沒說話，此時卻突然打斷，從屍檢報告裡抬起頭，「何逸桃的頭髮裡為什麼會有一根動物毛髮？是什麼動物的毛髮？」

「暫時還不能確定是什麼動物的毛髮。」

徐戡說完立即拿出證物袋，裡面裝著的正是從何逸桃頭髮裡取下的動物毛髮。

花崇接過來，凝視片刻，「棕黑色，有光澤，細，目測較軟，像幼犬的毛髮。」

「我猜也是幼犬的毛髮。」徐戡說：「這說得過去。畢竟是花鳥魚寵市場，最不缺的就是幼貓幼犬。這個季節乾燥，小動物又經常掉毛，別說何逸桃長期在市場工作了，就算是我們去走一趟，身上、頭上也極有可能沾上動物毛髮。」

「但何逸桃洗過澡。」柳至秦的手指在屍檢報告上點了點，「她皮膚上檢測出了微量沐浴液殘留，頭髮也洗過。為什麼幼犬的毛髮還會留在她頭髮上？」

「這……」徐戡答不出來，隊員們開始低聲討論。

「有可能是在她洗澡之後，幼犬的毛髮才意外落在她頭上。」

花崇十指交疊，心裡正在感歎柳至秦的細緻，會議室的門突然被推開。

張貿扶著門，喘了口大氣，「劉嘉和梁燕子帶過來了！」

◆

坐在偵訊室的梁燕子早已沒了在市場裡的活力。她面容憔悴，眼神卻含著些許狂亂，往日精心梳理的頭髮胡亂地垂在肩頭，好似突然老了好幾歲。

「渣男活該配母狗，誰也沒他們天長地久。」她嘿嘿笑了兩聲，「一個被姦殺，一個被判死刑，不就是天長地久嗎？」

柳至秦問：「這麼說，妳已經確定劉嘉是殺害何逸桃的凶手了？」

梁燕子冷哼兩聲，「不是他，還能是誰？大家都傳開了，說何逸桃死的時候沒穿衣服。劉嘉自從和我分手，哪天晚上不往花店跑？照我說啊，這兩個姦夫淫婦怕是玩什麼虐待玩過頭，劉嘉一個失手就把那隻母狗弄死了。」

柳至秦自然知道何逸桃並非死於床事，只是聽梁燕子這麼說，心裡不免有些感歎。

一個年輕漂亮的女人被殺害，不到一天時間，不堪的謠言就在她生活過的地方瘋傳。大家言之鑿鑿，就像親眼見到她在高潮中猝死。

回過神，柳至秦道：「妳和劉嘉已經分手了？」

「那種渣男不分，要留著過年？」梁燕子倒是想得通透，「他啊，是對面磨具廠老闆的兒子，有點錢，但人品太差，跟他交往的那幾年算我瞎了眼，趕緊止損還能拿一筆青春損失費。他愛折磨誰就去折磨誰，我拿到錢就行了。呵，這下把人弄死了吧，活他媽該！」

柳至秦順道問：「商販們大多都不喜歡何逸桃？」

「男人們喜歡她得很！」梁燕子笑得輕蔑，「當過『小三』的女人，要多騷就有多騷，簡直活該讓劉嘉這種渣男玩死。對了，劉嘉會判死刑吧？」

「我沒有殺人！」

劉嘉油頭垢面，在偵訊椅上不停扭動，恐懼、驚慌、膽怯彙集在他眼中。

花崇將裝著保險套的證物袋扔在桌上，「十七號晚上，你在何逸桃的花店裡與她發生了性關係。經過DNA比對，保險套裡的精液是你的。」

劉嘉盯著證物袋，睚眥欲裂，雙手握拳，肩背不停發抖。

「你在接近十一點時倉皇從市場的西門離開。」花崇接著道：「西門是離花店最遠的門，外面比較荒涼，連車都不好停。你為什麼大門不走，偏要走西門，還走得那麼慌張？」

「我……」劉嘉已是滿額的汗，「我跟桃子的事不光彩，我哪敢走正門啊！」

「不光彩？」花崇已經從耳機裡得知了梁燕子與劉嘉分手的事，「你單身，何逸桃也單身，雖然是你背叛梁燕子在先，但是既然你們已經分手了，你與何逸桃在交往，與『光不光彩』有什麼關係？」

「誰說我和她在交往了？」劉嘉爭辯道：「我根本沒有！」

「沒有？」

「我怎麼會和她那種女人交往？」劉嘉搓著手指，「我只不過看她長得還挺清純，想跟她睡幾次。」

花崇冷聲道：「只是想嫖是吧？」

劉嘉抓了抓頭髮，「她的死和我真的沒關係。我好端端的，幹嘛殺人啊？市場裡的人愛八卦，梁燕子那個八婆又喜歡到處說我和何逸桃的事。我煩死了，想著能少一點麻煩就少一點，走西門是最安全的，那裡到了晚上，基本上都沒人。」

花崇笑，「謊話倒是編得挺溜。」

「我沒有！」劉嘉急了，「我真的沒殺人，我和她做完就走了！」

「但她在與你做完後，就死在花店裡了。」

「這……這他媽和我有什麼關係啊！」

花崇盯著他，「其實你已經知道何逸桃出事了，對吧？」

劉嘉臉憋得通紅，脖子上的青筋都顯現了出來。

「何逸桃消失整整四天，手機和座機都打不通，花店的大門緊閉。你就沒想過，她那天晚上發生了事情？」

「我、我……」

「老實交代吧。」

劉嘉快哭了，「我真的不知道啊！不知道的事我要怎麼交代？」

花崇不語。

劉嘉在座位上抖了半天，開始抹淚，「那天晚上我回到家就打電話給她，約下一次，但沒打通。我以為她睡了，就沒想太多，決定第二天直接去她店裡找她。但後來幾天，花店都沒開門，我意識到可能是出事了，但我哪敢聲張啊？我一聲張，警察一來，不就會查我嗎？」

「我們現在也是在查你。」花崇道。

劉嘉的臉色難看至極，破罐子破摔，「反正我沒有殺她，你們沒有證據。如果你們敢嚴刑逼供，我、我……」

「別『我』了。」花崇不耐煩地揮手，「凶手是不是你，我們自然會查清楚。在這之前，你給我好好待在這裡，老實配合調查。」

劉嘉似乎是被他嚇到了，貼在靠椅上，半天不敢說話。

柳至秦打開門，看了劉嘉一眼又側過身，「花隊，有事要跟你彙報。」

夜風熱烘烘的，柳至秦叼著一隻薄荷味的雪糕，「花隊，你覺得凶手是劉嘉嗎？」

花崇吃得快，雪糕兩口就沒了，手裡只剩一根光溜溜的木棍。

「我暫時沒發現他的作案動機。而且他這種人好面子，膽子小，殺人對他來說太難了。」

「監視器方面沒有什麼發現。」柳至秦說：「如果凶手另有其人，那麼肯定是避開了市場裡的所有攝影機。這代表他很熟悉市場，不是在裡面工作的商販，就是常去的客人。」

「這個範圍非常大，排查起來障礙不小。」花崇將木棍扔進垃圾桶，「這案子和鄭奇的案子有幾點相似，也有幾點不同，綜合起來看，是同一人作案的可能性不低。」

「嗯，割喉、挖心、作案後清洗地板、軟叫門。」柳至秦擦掉唇角的雪糕痕，「剛才我一直在想那根動物毛髮。如果真的是幼犬毛髮的話，我想到了一種可能。」

「說來聽聽。」

「鄭奇和何逸桃的心臟都丟失了，大概是被凶手帶走了。但凶手留著它們，就不怕有朝一日成為證據？」柳至秦說：「收集被害人身體的一部分，是仇殺案件中很常見的細節，這會帶給凶手很強的成就感。我本來認為，凶手可能將它們藏在某個地方，用福馬林泡著。但今天看到屍檢報告裡提到的動物毛髮，又聽你說這也許是幼犬的毛髮，我突然想到它們還有一個去處。」

停頓片刻，他看向花崇，「我們時常聽到一句俗話——良心被狗吃了。」

「好一個良心被狗吃了。」花崇並不震驚，顯然是已經隱約想到了這一點，「這麼說，何逸桃和鄭奇是因為同一件事讓凶手起了殺意。在凶手眼裡，他們毫無良心可言，犯過大錯，其所作所為並未得到相應的懲罰。相反地，他們現在活得非常好——鄭奇考上了知名大學，在校期間成績優秀，還曾擔任過學生會主席，後來又得到了在大企業實習的機會；何逸桃過得更加光鮮，事業步步上升，知名度也不斷提高，有錢有名，逍遙自在，他們的未來一片光明。」

「對凶手來說，他們應該受到懲罰，既然他們還活得好好的，凶手就只能自己動手了。」柳至秦說：「不僅要讓他們償命，還要讓狗吃掉他們的心臟。殺戮是復仇，掏心則是炫耀。」

花崇抱起雙臂，眉間輕微皺起。

「他們的死亡時間也有間接聯繫。何逸桃剛好在鄭奇的屍塊被發現後遇害，凶手為什麼要選擇這一天？他是不是在謀劃什麼？」柳至秦手肘撐在欄杆上，「不過曲副他們已經將鄭奇的人際關係查遍了，鄭奇與何逸桃不認識。如果他們之間有關係，那只可能存在於網路。」

花崇立即想到了之前分析過的「肉搜」事件，「也就是說，何逸桃在網路上也曾有過『一番作為』，她和鄭奇參與了同一場網路暴力？」

「可能性不小。鄭奇是喜歡在網路上發洩，而何逸桃本身就是小網紅，她具有互聯網的行銷思路，不客氣地說，如果她主觀想要『帶風向』或是收了誰的好處，被動地去『帶風向』，其實都是很簡單的事。一些網友在轉發傷害他人的言論時，根本不會動腦子看看內容到底是什麼，看是看了，但發文的人說什麼，他們就聽什麼，不知道自己被當成槍了，還以為自己只是看熱鬧的吃瓜群眾。」

柳至秦歎了口氣，「可惜何逸桃的電腦、手機等所有用來上網的設備都失蹤了。我們可以透過身分資訊，從互聯網企業那裡拿到她經過實名驗證的社交帳號，但她有一定的知名度，微博、動態等所有正身帳號上的內容都只是她『人設』的一部分。我們推測過，為鄭奇引來殺身之禍的那場網路暴力發生在他念大學前，那時候沒有實行實名制。一旦找不到何逸桃的電腦，就難以發現她沒實名驗證過的分身帳號。當然，這是建立在我們的猜想成立的前提下。」

「有一點不對。」花崇搖頭，「事情發生在數年之前。何逸桃如果參與了，那她當時的身分不是小網紅，可能也不具備互聯網的行銷思路。那時她還在艱難地討生活，也許和鄭奇一樣是心理負擔太大，才在網路上宣洩。」

「嗯，的確如此。」

「凶手只拿走了何逸桃的電腦，並沒有動鄭奇的筆記記型電腦。」花崇邊想邊說：「因為他知道鄭奇的筆記型電腦裡沒有線索，而何逸桃的電腦裡有。」

「看來那根幼犬的毛髮是非常重要的線索。」柳至秦說：「鄭奇老家的電腦也很重要。」

「網路這一塊還是你去查，幼犬的毛髮我去想辦法。」花崇在他肩上拍了拍，「這兩個案子還是不能徹底混在一起，何逸桃的敵人比較多，在完成社會關係調查之前，我們還不能肯定凶手不是她現實中認識的人。」

「也對。」柳至秦點頭，「花隊，又要辛苦你了。」

花崇笑，「怎麼突然這麼客氣？」

「沒什麼，就是看你太忙，壓力也大，精神好像不太好。」

大約是柳至秦的目光太溫柔，花崇心口不經意地揪了一下，張著嘴卻怔著沒說出話。

「怎麼了？」柳至秦問。

花崇搖頭，欲言又止，初夏的風太熱，吹得他有點暈。

「是有什麼話想跟我說嗎？」柳至秦又問。

花崇喉結微動，憋在心裡許久的話幾乎未經思索，就突然說了出來，「我有一件很棘手的事，將來可能要請你幫忙。」

柳至秦目光沉沉的，「什麼事？」

走廊上傳來門被甩上的聲音，花崇如夢方醒，忙道：「沒，以後再說吧。」

◆

鄭奇老家的電腦終於被送到，但已經嚴重毀壞了，別說是開機，就連復原資料都很難。

「這不就是一堆廢鐵嗎？」曲值蹲在主機殼旁，「都壞成這樣了，鄭家居然還留著？」

「幸好還留著。」柳至秦一邊說一邊卸下主機外殼，「如果當成廢鐵賣掉了，找線索就成了大海撈針。」

「小柳哥，你會修這玩意兒？」

「不知道，我試試。」

「我靠，你們駭客都這麼厲害嗎？」曲值讚歎道：「不僅能和花隊腦殼碰撞，還能修這種死透了的電腦。」

柳至秦看了他一眼，笑道：「你怎麼也跟著張貿說『腦殼碰撞』？」

「你們腦殼碰撞的事就是他跟我說的啊。」曲值說著，拍了拍大腿，「小柳哥，我想拜託你一件事。」

「我怎麼覺得你這個語氣是要騙我？」

「唉，騙你幹嘛？是這樣的，我呢，家裡有支已經爛了七八年的手機，就是諾基亞，早就沒辦法開機了，也連不上電腦。那裡面有我初戀的照片，忙完這陣子，你幫我看看。」

柳至秦點頭：「我還以為什麼事呢。」

「小事一樁是不是！」曲值高興道：「我就知道，凡是跟手機啊、電腦有關的，根本就難不倒你。」

「幹什麼？」花崇拿著一個資料夾回來，一腳踹在曲值屁股上，「兩個案子一個都沒破，你還有閒情逸致蹲在這裡打擾小柳哥工作。」

曲值蹲著，重心不穩，一踹就倒，一拍屁股站起來，「你這個當隊長的也太偏心了。一來就說我打擾小柳哥，怎麼就不會是小柳哥打擾我？」

花崇指了指被拆開的主機殼，「你蹲在這裡，難道這東西不是小柳哥在修，是你在修？」

曲值也不是真的抱怨，嘿嘿笑了兩聲，一邊走一邊說：「小柳哥，我們說好了啊！」

柳至秦沒抬頭，笑道：「好。」

「你答應他什麼了？」花崇問。

「幫他復原諾基亞手機裡的初戀照片。」

「嘖。」花崇肉麻了一下，拉來一張椅子坐下，拍著手裡的文件說：「何逸桃的社會關係比鄭奇複雜得多，她不僅和劉嘉保持著性方面的關係，還同時結交了四名已婚男性，私生活非常混亂。」

柳至秦停下手上的工作，「那真實的她，就與網路上那個『冰清玉潔』的花店老闆娘完全不一樣了。」

「網路時代，看來需要炒作人設的不僅是明星，普通人也得在網路上玩角色扮演。」

花崇本來只是隨口感歎一句，說完神情卻一變，像想起了什麼事。

「花隊？」柳至秦喚道。

「對了，我忘了這件事。」花崇說：「何逸桃的案子轉過來之前，我們不是正在和張貿分析鄭奇與那個Ｅ、Ｅ什麼？」

「Ｅ之昊琅。」

「嗯，Ｅ之昊琅。」花崇語氣嚴肅起來，「張貿說，五年前Ｅ之昊琅被人誣陷抄襲時，鄭奇還沒有上大學，正是壓力最大，急需發洩的時刻。小柳哥，你去查查五年前那件事到底是怎麼回事，有沒有可能與鄭奇的案子有關聯。」

「好，我這就著手。」

◆

四名與何逸桃有染的男性先後被帶到市局，花崇一一審問，針對他們及其家屬的調查也同步進行中。一番忙碌下來，除了《洛城早報》的總編平浩，其他人都有明確的不在場證據。

「我有點震驚。」張貿說。

花崇斜了他一眼，「震驚什麼？」

「以前我一直以為何逸桃是憑長相、憑本事被選為『最美老闆娘』，今天才知道她是在平浩的介紹下，睡了好幾個傳媒界的老大。」張貿抓抓臉，「我有個遠房表姊也長得挺漂亮的，開了家火鍋店，和姊夫一起整天忙裡忙外。去年聽說各大媒體要評選『最美老闆娘』，表姊覺得有了曝光度，店裡的生意會更好，也去參加了。那陣子我們全家都忙著投票，還動員了各自的朋友。」

花崇有點印象，當時張貿還沒有分到重案組來，有一次他去刑偵分隊的大廳找人，還看見張貿笑嘻嘻地請同事幫忙投票。

「我們家都覺得這麼多本地媒體參與的活動，應該沒什麼灌水。」張貿無奈地笑了笑，「最後我表姊沒選上，還欠了很多人情債。早知道『最美老闆娘』是『睡』上去的，我們肯定不會去蹚渾水了。」

花崇拍了拍他的肩。

「這件事讓我覺得好噁心。」張貿歎氣，「你看她在微博上還有那麼多粉絲，男女都有，有些女孩是真的覺得她清純上進，以她為目標。她們要是知道她是什麼樣的人，嘖……」

「這你就別管了。」花崇說：「人得為自己的判斷買單。喜歡誰、追隨誰，都是自願的，沒人逼他們喜歡何逸桃。難聽的話我不多說，你是警察，不是傷春悲秋、隔岸觀火的觀眾。把你的私人情緒收起來，現在我們手上有兩樁案子了，趕緊破案才是當務之急。」

張貿點點頭，又問：「花隊，你一丁點個人情緒都沒有嗎？」

怎麼會沒有。花崇想，自己審完尹超就情緒爆發了一次，好在柳至秦及時出現。

但這種事不能讓手下知道。

他滿不在意地笑了笑，「有個人情緒怎麼辦案？別在這裡賴著，去問問那根動物毛髮的檢驗情況。」

張貿領命離開後，花崇打算登入一個叫「洛城生活」的本地網站。這個網站由幾家主流媒體聯合市政府宣傳部共同搭建，將本地及周邊吃喝玩樂的資訊一網打盡，很受年輕人歡迎，去年「洛城最美老闆娘」的評選結果，第一時間就是在這裡的首頁公布的。

何逸桃被殺害的消息已經傳開了，花崇本來只是想去「洛城生活」看看網友的反應，說不定能在其中找到線索，誰知道網頁卡了半天，好不容易打開，出現在首頁的居然是一張張或血腥或情色的照片。

網紅何逸桃與富商的不雅照，以及她慘死的血腥照一時間為「洛城生活」引來大量流量，網友蜂擁而入，伺服器不堪重負，一度崩潰。

「洛城生活」是受市政府宣傳部控制的網站，發布在上面的所有內容都要經過層層審核，色情、暴力圖文一經發出就會被自動擋下，繼而清理，若非出事，絕不可能出現在首頁。如今照片已經流出，即便網站在後臺迅速刪除，也一定有網友將它們保存了下來。這部分拿到照片的網友會立即發到其他平臺——動態、微信、影片網站。用不了多久，將會有越來越多的人看到這些絕不該公之於眾的照片。

花崇快步往陳爭的辦公室走去，推開門，正在講電話的陳爭對他抬了抬手。

一分鐘後，陳爭放下電話，「你是來跟我說『洛城生活』首頁上的那些照片吧？」

「怎麼回事？網站被駭了？」

「嗯，有人剛才攻擊了他們的伺服器，拿到許可權之後更改了首頁的內容，現在網站已經關閉，正在緊急修復。」陳爭說：「照片流出的問題你不用操心，交給其他部門負責，會將影響減輕到最小。」

花崇問：「攻擊源找到了嗎？」

「來自印度。」陳爭起身，「但是網站目前無法確定那是不是真正的攻擊源。」

「我讓柳至秦去查一查。」

「好。」陳爭點頭，「這條線索非常重要。發文者不僅有何逸桃的不雅照，還有何逸桃死時的照片，必然與凶手有關。何逸桃被殺害時，發文者要嘛就在現場，不然就是透過某種我們尚不知曉的手段，從凶手手上拿到了現場照片。」

◆

柳至秦坐在花崇的座位上，十指快速在鍵盤上敲擊，筆記型電腦的螢幕上不停閃過字元，暗光映在他眼底，令他的神情一瞬間冷了許多。

花崇在他身後踱步，看不懂那些字元代表著什麼，只知道他正在盡全力追蹤發文者。

「發文者其中一台『肉機』在印度，其餘遍布世界各國，使用的『跳板』全是大型企業的伺服器，『後門』非常隱蔽，有一些被植入了反追蹤病毒。我只能確定發文者在西亞，暫時無法精確定位。」柳至秦側過身，眉間微蹙，「但有一點我可以肯定，發文者不是殺害何逸桃的凶手。」

花崇不解，「為什麼？何逸桃遇害已有好幾天，凶手不是沒有可能潛逃到西亞——只是如果這樣，抓捕的難度就會陡增。」

「這是個頂尖駭客。」柳至秦搖頭，「雖然我沒有與這個人正面交鋒，但從對方選擇的『肉機』、布下的『蜜罐』、病毒分析，就看得出來這個人不簡單。」

花崇還是不太明白，「頂尖駭客就不會犯案？」

「不是這個意思。」柳至秦解釋道：「在訊息戰小組時，我與同樣級別的駭客打過無數次交道，這樣的手法是頂級職業駭客慣用的手法，他們不會主動犯案，只會拿錢辦事。至於辦得怎麼樣，就看對方出了多少錢。」

「你是說，發文者只是被凶手雇傭？」

「是，現場照是凶手拍的，何逸桃的不雅照是凶手在她筆記型電腦上拷貝的。」柳至秦一邊踱步一邊說：「凶手將照片連同需要呈現在『洛城生活』上的文字一併傳給發文者，由對方入侵『洛城生活』，並修改首頁。」

花崇想了想，沒有否定柳至秦的判斷，反倒是順著往下整理，「既然如此，我們有沒有辦法從這個發文者入手，查到凶手？」

「他們之間必然存在金錢交易，查資金流向可以算一個突破口。」柳至秦說：「不過很麻煩的是這個發文者極有反追蹤經驗，我不一定能在短時間內鎖定他。」

「但我們需要儘快破案。」

「我明白。」柳至秦歎了口氣，「E之昊琅我已經開始查了，鄭奇電腦裡的資料也在復原中。比起追蹤那個發文者，這兩塊的進度可能會快一些。」

花崇這才意識到，自己丟給柳至秦的擔子太重了。

「抱歉。」他說。

柳至秦一愣，「為什麼這麼說？」

「我才是重案組的組長，卻什麼都扔給你。」花崇在他肩上拍了拍，「忘了你沒有三頭六臂。」

「網路這一塊本來就應該由我負責。」柳至秦眼尾微彎，淺笑道：「幫你分憂也是我的職責。如果什麼都不做，那我待在重案組幹什麼？」

花崇一抿唇角，「有什麼困難隨時和我說。」

「嗯，我想想。」聞言，柳至秦撐起下巴，「上次那家蹄花湯我們很久沒去吃了。」

花崇沒想到他突然提起蹄花湯，「你想吃？」

「晚上一起去嗎？我打聽過了，他家通宵營業，我們就當作去吃個宵夜，耽誤不了多少時間。」

花崇笑：「都聽你的。」

◆

就在何逸桃的照片開始在社交網站上一邊瘋傳一邊被刪時，在她頭髮裡發現的那根動物毛髮被確定來自德牧幼犬。

「德牧？」花崇第一個想到的，就是不久前被出售的二娃。

德牧又叫「黑背」，是軍隊、警隊裡最常見的作戰犬，智力在犬類中出類拔萃，常與軍警一起執行排爆、緝毒、捕俘等重要任務。這種攻擊性極強的狗雖然小時候看起來很萌，但畢竟屬於大型犬，而且比金毛、阿拉斯加等體型相似的犬凶猛，售價也較高，所以在城市裡很少被當作寵物養。

就花崇所知，花鳥魚寵市場裡販賣德牧幼犬的只有二娃那一家。當然，放眼整個洛城，還有不少販售德牧的小店，但既然案子發生在長陸區，何逸桃又直接死在市場裡，凶手避開了市場裡數個監視器，說明對市場比較熟悉。各種條件綜合起來，從二娃所在店鋪的老闆口中，說不定會問出一些有價值的線索。

十字路口的綠燈變成紅燈，花崇停在斑馬線外，一邊等一邊整理思緒，不由自主地默念：「良心被狗吃，良心被狗吃……」

這句話是柳至秦之前說的，那個將死者的心臟拿去餵狗的推測雖然聽起來有些天馬行空，站不住腳，但其實不無道理。

綠燈又亮了，他開始隨著車流向前開。突然，一個想法從腦中閃過，他一驚，猛地踩向剎車。所幸周圍的車都開得不快，沒引起事故，但被嚇了一跳的司機們紛紛對他豎起中指，「國罵」不絕於耳。

他充耳不聞，眼神陡然變深。

和柳至秦一起去萬喬的那天，途徑花鳥魚寵市場，他心情不大好，就進去晃了一圈。期間正好撞見一個男人抱著二娃從店裡出來，匆匆離去。老闆說，就是那個男人買走了二娃，二娃現在過得挺不錯，有肉還有內臟吃，不過內臟吃多了，不太消化……

二娃吃的內臟會不會就是死者的心臟？

花崇提高車速，直奔市場而去。

當時並未察覺到那個男人奇怪，現下將已知的線索聯繫起來，才意識到那個男人的身高很高，身體壯實，符合鄭奇一案的犯罪側寫！

二娃放在店裡的時間不短，別的幼犬一批批地被人接走，唯有牠留了下來。

男人買下牠，是為了讓牠吃掉死者的心臟嗎？

凶殺案在市場引起軒然大波，人人都在討論「最美老闆娘」的死因，有的幸災樂禍，有的一臉嘲諷。對觀眾來說，身邊人的死亡或許和電視劇、小說沒有太大的區別，都是無關痛癢的飯後話題而已，生活總要過，不過是少了一個競爭對手、一個「婊子」而已。

花崇直奔「佳佳萌寵」。老闆受到案子的影響，見到他時不像以前那麼熱情了，生怕他是來查案子。

觀眾就是這樣，事不關己時誇誇其談，沒什麼不可說的；一面對警察，就好像自己被牽涉其中，嘴巴一閉，什麼都不願意說了。但不願意歸不願意，警察都已經找上門來了，老闆這個年紀的人深知「坦白從寬，抗拒從嚴」，花崇問什麼，他便老實答什麼。

「二娃的買主？上次你見過他啊，很高，有點黑，是個外地人。」老闆一邊說一邊翻顧客資料，「你等等啊，我查查。」

花崇在店裡踱了兩步，再沒心思逗貓惹狗，「他後來還有沒有來過？」

「沒了，就那一次。」老闆將資料往前一遞，「喏，就是這個人，姓王，這裡是他的住址和手機號碼。」

花崇接過一看，資料上清楚寫著：王先生，富康區允貴路天水巷商貿村，139XXXXX678。

「這個人有問題嗎？」老闆雙手搓在一起，忐忑地問：「他要是有問題，你們可別讓他知道是我給警方提供的資訊啊。我在這裡有固定店面，他要找我尋仇太容易了。我就做個小本生意，家有老小，可不敢和犯罪分子扯上關係。」

花崇安撫了他幾句，叮囑他不要跟任何人提及此事，便立即離開。

城西的富康區是洛城五區中發展最滯後的行政區，允貴路離道橋路不遠，住宅幾乎都建於上個世紀，樓層不高，雖然破舊，卻也還能住人。

商貿村是一片樓高八層的國民住宅，花崇在趕到之前，已經將「王先生」的手機號碼傳給了袁昊，一查竟然是個空號。花崇心裡沒頭緒，花鳥魚寵市場不會強迫顧客登記，這個「王先生」極有可能只是隨手留了個號碼。既然手機號碼是假的，那麼住址也有可能是假的。但關於「王先生」，目前沒有更多的線索，只能繼續查下去。

好在「佳佳萌寵」裡有監視器，允貴路派出所的警察拿著監視器畫面截圖去商貿村走了一圈，就打聽到「王先生」確實住在這裡。一個四十幾歲的大嬸甚至說出了具體住址：「他啊，跟我同一棟樓，就在四號樓啊，我住在六樓，他住在五樓左手邊第二戶，我有一次下樓正好看到他出門遛狗。嘖嘖，他那個狗啊，特別凶，像狼狗……」

花崇有些意外，與警察一起趕往四號樓，敲門數次都沒腳步聲，只隱約聽到虛弱的狗叫。

房東住在商貿村附近，接到通知後急忙地跑來，以為是租客在自家老房子裡尋短，居然還叫了對面道觀的冒牌道士過來，準備驅邪消災。

門是反鎖著的，打開後一股混合著糞便氣味的潮濕味道撲面而來。花崇心頭一緊，連忙衝進屋內，依循臭味最濃的方向一看，只見二娃正側躺在一塊汙濁不堪的地毯上，奄奄一息地叫喚。

花崇走過去，碰了碰牠的鼻頭，皺眉低罵道：「操！」

健康的犬類鼻頭是濕的。鼻頭一旦變得乾硬，就表示生病了，需要及時治療。此時二娃的鼻頭不僅是乾硬，輕輕一摸都能感覺到起殼龜裂了，顯然已病得不輕。

二娃站不起來，見到是熟人，哼叫變成委屈的嗚嗚，一雙漆黑的眼睛直勾勾地盯著花崇，黑色的尾巴無力地晃動著，像是在求救。花崇一摸牠的腹部，發現已經扁了，周圍的糞便也非新鮮的狀態，牠大約已許久未進食，胃腸中的食糜已被排空了。

牠小聲叫著，爪子在花崇手上輕輕刮了兩下，看起來可憐極了。

花崇沉沉地歎了口氣，將牠抱起來，本來想親自送去寵物醫院，但一看這間屋子的情況，他知道自己不能在這時候離開，只能請一起趕來的派出所警察代為照顧，然後打給李訓，讓他馬上帶勘察箱到現場。

因為擔心足跡會被破壞，花崇不敢讓其他人進屋，自己也套了雙鞋套，走路時相當小心。

這套租房是一室一廳，幾乎沒有裝修過，傢俱很老舊，湊近時聞得到木頭發霉的味道。二娃之前躺著的地方位於客廳靠近陽臺的地方，那裡有不少二娃的排泄物。

放狗糧的碗稍遠，裡面還剩下半碗狗糧，二娃可能因為生病了，根本沒有吃。放水的塑膠盒子被掀倒了，盒子很大，夠大型犬喝上一週。但任何水放一週都不新鮮了，更何況二娃弄倒了盒子，也許已經很久沒有喝到水了。

若是忽略二娃的糞便，屋裡的衛生情況其實不算糟糕。客廳和臥室堪稱整潔，連最容易出現汙漬的廁所、廚房都被打掃得乾乾淨淨。

花崇站在臥室外，有種不太好的感覺。

兩個第一現場，凶手都在殺人後清洗過地板，抹除了所有具有指向性的痕跡。他心思非常細膩，既然能在作案時耐心地消除自己的足跡、指紋，帶走可能存在的毛髮，那麼離開臨時的棲身之地時，必然會更加仔細。

不久，李訓和另外兩名痕檢師趕到。花崇心事重重，讓派出所調出商貿村周邊的公共攝影機記錄，發現「王先生」最後一次出現在監視器裡，正是自己在花鳥魚寵市場遇見他的隔天。

影片裡，「王先生」戴著黑色的鴨舌帽，帽檐壓得極低，手拿一個旅行包，匆匆從商貿村旁邊的一家藥店走過，此後再也沒有回來。

「小王在我這裡是租三個月，還有一個月的租金放在我這裡當押金。」房東焦慮地拿出租房檔案，「馬上就要到期了，居然給我鬧這一齣！警察先生，他不會是什麼逃犯吧？」

花崇接過文件，眼皮直跳。

這根本不是什麼正規檔案，就是房東自己寫了字據，雙方簽名了事，連手印都沒有。「王先生」署名王闖，名字下方跟著一串身分證號碼。花崇一數就知道是假的，房東不知是賺錢心切還是腦子少根筋，房子租了接近三個月，都沒發現「王闖」留的身分證號碼少了一位。

他不抱希望地問：「當時簽名時，這位租客是不是戴著手套？」

房東愣了一會兒，「是，是！那時候天氣還很涼嘛，他戴了雙皮手套。」

花崇歎一口氣，將字據放進證物袋。好在筆跡也是證據，不過鑑定起來會比指紋、足跡等複雜許多。

令他頗感意外的是，痕檢師們居然在沙發縫隙裡找到了一根帶著毛囊的短髮。

「馬上帶回去進行ＤＮＡ比對。」

重案組緊急開會，花崇本想叫柳至秦過來，但考慮到柳至秦太忙，便沒有通知他。

被兩個案子壓著，陳爭的擔子不小，因此趕來會議室旁聽。

「我是從出現在何逸桃頭上的幼犬毛髮，查到這個化名『王闖』的人。」

花崇神情嚴肅，目光裡甚至有一縷少見的憤怒。

「他的真實資訊目前還在核實中，現在已知他養了一隻德牧，這隻德牧前幾天因為吃了內臟，出現消化不良的症狀，被送回花鳥魚寵市場救治，剛好被我和小柳哥遇見。

『王闖』的嫌疑非常大，第一，他是市場的客人，說不定是常客，他很有可能熟悉市場攝影機的位置，從而在作案後避開；第二，他在何逸桃被害後留下德牧離開，目前不知所蹤，電話號碼、身分證是錯的，各種行為都很失常。我已經要求兄弟部門配合，但至今沒有發現他搭乘火車、汽車、飛機離開洛城，要不是他還在洛城，就是已經搭黑車離開了。」

「他在離開租屋之前，進行過一次非常徹底的大掃除，足跡、指紋一樣不留，馬桶用消毒劑沖洗過，生活用品全部丟棄，已被焚燒的可能性很大。」李訓說：「我們只找到一根有毛囊的頭髮，正在檢驗。」

「一根頭髮就夠了，只要能得到DNA資訊就行了。」陳爭頓了頓，又道：「但你們覺不覺得有點奇怪？」

花崇問：「哪裡奇怪？」

「我們現在已經把他當成凶手在查了，但凶手顯然比他還要細心。」陳爭轉著打火機，看上去有點懶，「凶手在有限的時間裡將凶案現場清理得堪稱完美，而這個『王闖』卻在相對充裕的時間裡，沒辦法整理好自己的房子。他居然留下了一根頭髮——這種錯誤不該出現在他身上。還有，他為什麼會在寵物店留下自己的真實住址？這不是挖洞給自己跳嗎？」

「這兩個問題我也想過，乍看的確十分矛盾，但仔細想想，其實並無有悖邏輯的地方。」

「是嗎？那你和我分析一下。」

「鄭奇在新北村的居所、何逸桃的花店，這兩個地方作為凶案現場，是一定會被查的，或早或晚而已。因此凶手必須仔細，任何細節都不能放過，否則就會留下線索給我們。」花崇沉穩地說：「但在凶手的認知裡，他自己、他的租屋處被查的可能性卻微乎其微。他認為自己殺人時做得天衣無縫，在心理上放鬆是很正常的事。」

陳爭摸著下巴，示意花崇繼續。

「實際上，除了那一根德牧幼犬的毛髮，他的確做得天衣無縫。如果沒有那根毛髮，我們不可能找到商貿村。」花崇說：「換言之，只要凶手沒有在現場留下破綻，他就一定是安全的。他留下假電話、身分證號碼是出於本能，可能已經習慣了。但現實生活裡，需要留家裡住址的時候並不多，也許他下意識就寫下了真實的地址，寫完才發現不對勁，想改，但修改的話，會更加可疑。這一點也可以解釋他在明知自己的租屋處不會被查的前提下，為什麼還要花功夫打掃——他想到了這個隱患，又覺得這個隱患算不了什麼，於是收拾一番了事。」

片刻，陳爭點點頭，「也對。如果不是屍檢時找到了一根德牧幼犬的毛髮，而你又正好對花鳥魚寵市場比較熟悉，我們根本查不到他的租屋處。但現在還有一個難點，這根毛髮只能確定是來自一條德牧，不能確定來自哪一條德牧，證據鏈不完整。而凶手又沒有在現場留下別的證據，就算我們靠DNA等資訊找到了他，也很難給他定罪。」

「那個……」李訓遲疑道：「花隊不是說，德牧是吃了內臟才生病的嗎？而死者的心臟不見了……」

花崇目光一寒。

會議室靜了片刻，陳爭說：「如果德牧吃的是死者的心臟，那麼對德牧進行解剖，提取胃內容物的話……」

部分隊員吸了口涼氣，花崇眉頭皺得更緊。

在處理刑事案件時，不是沒有將動物安樂死並解剖的先例，曾經引起動物保護者的抗議。但在一些特殊事件裡，這卻是獲得重要證據的唯一辦法。

張貿低聲說：「這也太那個了吧？那隻狗已經夠可憐了，生病後被丟棄在沒人的房間裡，沒吃沒喝，如果花隊再晚去幾天，可能命都沒了。牠現在剛得救，我們就要把牠殺了，拿來屍檢，我、我有點接受不了。」

陳爭說：「你當重案刑警才幾天？將來還會有更多你接受不了的事。」

「但人犯的錯為什麼要狗來償命呢？就算牠吃了心臟，那也不是牠自己想吃的啊！」張貿從來不敢跟長官頂嘴，這次卻有了脾氣，「我相信我們能找到其他證據！」

陳爭哼笑一聲，「天真。破案最關鍵的要素之一就是時間，我給你時間去找其他證據，上面給我時間嗎？如果這就是唯一的證據呢？最後如果因為缺少關鍵證據，而無法將凶手繩之以法，這個責任由誰來擔？」

張貿急了，「但那也不能……」

花崇沒出聲。他既沒有陳爭那麼「豁達」，為了破案無視一條狗的性命，也沒有張貿那麼「天真」。站在人性的角度，他自然不願意將二娃安樂死，張貿那句「人犯的錯，為什麼要狗來償命」的確也是他心中所想。

但是，如果只有解剖二娃才能拿到決定性的證據呢？狗不該為人的錯誤償命，那麼被殺害的人就該枉死？凶手就該逍遙法外？

他閉上眼，急切地想要找到一個平衡點。

「我不贊同安樂死。」徐戡姍姍來遲，在聽了個大概後說：「現在對狗進行解剖已經沒什麼意義了。我去看過牠，從糞便模樣可知有人餵牠吃過大劑量手術用瀉藥，食糜早就排空了。牠現在的情況比較糟糕，因為染病，初步估算已經超過四天沒有進食，解剖沒用，拿不到任何證據。」

花崇突然鬆了口氣。一來是二娃逃過一劫，二來是既然「王闖」有餵食二娃手術用瀉藥的行為，就從側面證實他不是無辜的，這條線沒有追錯。

徐戡是法醫，陳爭採納了他的看法，點頭道：「行，那就不解剖，我們抓緊時間，拓寬思路，爭取早日破案。不過有一點大家要了解，剛才我們討論了那麼多，不少人在主觀上已經認定了『王闖』是凶手，這種想法很要命。因為我們發現這個『王闖』有碰運氣的成分，他到底是不是凶手，客觀來想的話很難說。我要提醒你們，這個人肯定要查，但其他幾條線的調查也不能放掉。」

花崇點頭，「我明白。」

「好了。」陳爭笑了笑，「假設他就是我們要找的凶手，大家來分析一下他的作案動機是什麼吧。」

隊員們已經開始討論，花崇卻有些遲疑。他與柳至秦的看法是，鄭奇與何逸桃都參與過一場造成嚴重後果的網路暴力事件，但目前還沒有明確的證據。

這時，檢驗科的一名人員跑來，將檢驗報告遞給李訓。

「有結果了？」花崇問。

李訓蹙眉，「DNA資訊出來了，但比對不出結果。」

「意思是『王闖』的DNA資訊未被入庫？」花崇詫異道：「這還真是……」

近幾年，DNA入庫正在大力推行，別的不說，只要去醫院體檢過，DNA資訊就會被收進資料庫，大大降低了重案偵破的難度。

「沒事，也算是拿到了一條證據。」陳爭拍了兩下手，「不過我比較好奇，一個生活在城市的年輕人，怎麼會多年沒參加過體檢？」

「他無業。」花崇突然道：「可能也沒有念過多少書，因為身體很好，沒進過醫院，同樣也因為身體很好，沒有體檢意識。目前就算是小公司也有員工定期體檢制度了，他從未進行過體檢，可能正是因為他沒有工作。」

陳爭思索片刻，「有道理。凶手是個無業者，他因為某種原因報復鄭奇和何逸桃……」

花崇擰著眉心，仍然覺得矛盾。如果凶手無業，那是從哪裡找來那麼多錢，雇傭頂級駭客的？當然，無業者不一定窮，「王闖」選擇住在破舊的商貿村，也可能只是因為那裡充斥著三教九流的人，監視系統也相對落後。至於頂級駭客……

一時間分析了太多資訊，花崇頭有點痛，總覺得有什麼關鍵資訊正在浮出水面。

會開到晚上，大家都是一副精疲力竭的樣子。花崇待在會議室沒走，一個人冷靜地梳理線索。不知過了多久，會議室的門被敲響，他抬起頭，看到柳至秦正一手夾著筆記型電腦，一手提著外賣袋子站在門口。

「花隊。」

柳至秦快步走入，將外賣袋子放在桌上。花崇一看，原來是對面巷道裡的蹄花湯。湯還是熱的，蓋子一打開就湧出一陣白氣，濃香撲鼻。

「說好要去吃宵夜，你卻這麼忙，我只好一個人去了。」柳至秦掰開筷子，「趁熱吃，剛打包帶回來的。」

花崇這才想起自己沒吃晚飯，胃都餓得沒知覺了。但柳至秦的話他得反駁一下，「再忙也要吃飯，你想去怎麼不叫我一聲？」

「我來會議室看過了，你埋著頭寫寫畫畫，應該是在梳理線索。」柳至秦幫他將蔥花灑到湯裡，「打斷你思考不太好，萬一有什麼關鍵想法被我嚇走了呢？」

「哪有這麼嚴重。」花崇嘴上不說，心裡卻是一暖，手肘頂了頂柳至秦的手臂，「那我就開吃了啊。」

柳至秦拉開一張椅子坐下，放好筆記型電腦，沒有打開。

花崇著實餓到了，不吃就算了，一吃起來才覺得胃腸空空如也。這時別說是一份加量的蹄花湯，就算再來一份乾鍋兔丁他都能吃完。

期間柳至秦什麼話都沒說，既不閒聊，也不談案子，等他風風火火地吃完，休息了半分鐘才打開筆記型電腦。

花崇出去扔掉外賣盒，甫一坐下，就聽到柳至秦道：「吃飽了吧？」

「謝了，下次我請你。」

柳至秦笑著搖頭，「那我要開始說案子了。」

花崇挑眉，「你剛才怎麼不說？」

「剛才你在吃飯。」

花崇「嘖」一聲，「你像個……」

「嗯？像個什麼？」

花崇本來想說「你像個小媳婦」，說了一半才急忙停下，改口道：「你真會替人著想。」

柳至秦垂眸，輕咳一聲，「還是說案子吧。」

「行。」

「我查了一下E之昊琅出道至今的事，發現在五年前，他與一個叫做『風飛78』的作家鬧了一場不小的矛盾。」

花崇立即認真起來，「風飛78是誰？很有名嗎？」

「恰恰相反，只是個名不見經傳的寫手。」

花崇想起在萬喬地產聽到的話，問：「他們之間的矛盾是不是關於抄襲？」

「對。E之昊琅是因為一部叫《暗星歸來》的軟科幻小說走紅的，前幾年還拍過一部網路劇。而風飛78也寫了一篇軟科幻，叫《永夜閃耀處》。」柳至秦滾動滑鼠，「當時有人說，《永夜》抄襲了《暗星》。」

「『有人說』？事實是怎樣？」

「不知道。」

「不知道？」

「抄襲與否很難說清，風飛78堅稱自己沒有抄襲。我不是鑑定抄襲的專家，也沒有時間去看這兩篇上百萬字的小說，所以我無法判斷究竟是不是抄襲。」柳至秦一頓，「但我查到另一件事。」

「什麼？」

「這個風飛78已經在四年前去世了。」

「去世？」花崇看向柳至秦，「什麼原因？」

「癌症。」柳至秦說：「確切來講，是肺癌。」

花崇撐起下巴，眉間皺了起來。

「E之昊琅在七年前出道，和大多數作者靠小說本身走紅不同，他最初的成功是靠自己的臉。」柳至秦面前的筆記型電腦上，正是E之昊琅的微博主頁，「在他創作之初，就時常在微博上發自拍照，與粉絲交流，再將被他顏值吸引的粉絲引流到連載小說的網站。因為點擊與收藏數量遠遠超過普通新人，他的第一本小說《囚湧海城》成績不錯，但總體來說，評價不高，因此只是在小範圍內紅了一次。」

花崇問：「那他是從什麼時候起大範圍地走紅？」

「就是在與風飛78因為抄襲而對罵……」柳至秦一頓，「『對罵』其實不太準確，應該是E之昊琅單方面地罵風飛78。這件事結束後不久，《暗星歸來》就被傳出賣了版權，開始籌拍網路劇。這是他第一部被影視化的作品。」

「而風飛78也是在這之後去世的。」花崇目光漸深，「同一個事件，兩名當事人，一個飛黃騰達，一個生命走到盡頭。」

「據我所知，這幾年E之昊琅罵過的同行不少，這些人有個特點，就是名氣遠不如他。有的因為不堪壓力而不再寫作，或是更換筆名重頭再來，有的反倒借著E之昊琅的熱度，一夜走紅。在這些人裡，不幸離世的只有風飛78一人。」

花崇調整坐姿，將筆記型電腦往自己這邊挪，「我看看到底是怎麼回事。」

「行，你一邊看，我一邊講。」

五年前，E之昊琅是銀河文創的簽約作者，已經小有名氣，但離網路文學圈所謂的「大神」位階還差了一截。當時，他已完成《凶湧海城》、《重生之絕命亡徒》等作品，正在連載的軟科幻《暗星歸來》因為格局大、文字華美、腦洞大而成為他作品中，收藏數量最高的一部。他的粉絲以女性居多，當然也有少量男性。

《暗星歸來》剛完結的時候，E之昊琅在微博上接連發照片，一邊發抽獎福利。粉絲們轉發的同時，還不停加碼，更有一些財大氣粗的粉絲花錢買僵屍轉發、在銀河文創砸禮物，卯足了勁要趁完結之勢推他一把。沒多久，《暗星歸來》、E之昊琅等關鍵字上了熱搜，而在銀河文創上，《暗星歸來》也首次爬上了作品人氣榜。

任何一篇小說，任何一部電影，只要有了熱度，就必然會引來一批新讀者、觀眾，《暗星歸來》也不例外。

這部分的讀者中，有的是被《暗星歸來》的內容吸引，成了E之昊琅的准粉絲，有的在看過幾章之後破口大罵，認為名不副實。一時間，全國最大的網路文學交流論壇「烽燧」上出現了大量吐槽E之昊琅假宣傳的文章。發文者多為男性，現在的說法是「直男癌」，他們用詞粗鄙，動不動就「操你媽」，不是辱罵E之昊琅是吸女讀者血的「死娘炮」，就是罵《暗星歸來》寫得狗屁不通，文筆白爛。

E之昊琅本人沒有回擊，繼續在微博上曬自拍照、轉發土豪讀者們的打賞截圖。但死忠粉忍不住了，紛紛前往「烽燧」，與黑E之昊琅的人評理。

吵架就是這樣，若是只有一方在找碴，那罵個幾天就會自然風平浪靜了。但只要有另一方加入，這「戰鬥」就不可能輕易結束。

雙方人馬搞得水火不容，越來越多粉絲與路人加入。E之昊琅第一次為《暗星歸來》引起的風波發聲，呼籲粉絲理性看待外界的非議，關注作品，不要浪費時間與旁人爭辯。

這條發在微博上的聲明幾乎是瞬間被截圖，發在「烽燧」上。看不慣他的人極盡嘲諷之詞，罵他是個男版聖母白蓮花，只敢在微博上指點江山，假裝瀟灑，不敢來「烽燧」面對現實。而部分真情實感的粉絲卻被這聲明虐得痛哭流涕，發誓要捍衛他的名聲。

他們做了兩件事，一是繼續在「烽燧」與「黑粉」對罵，二是瘋狂送禮物給《暗星歸來》。如此一來，《暗星歸來》這部連載時人氣一般的小說，一躍登上了銀河文創的人氣榜前三，討論度居高不下，從小紅變成了大紅，大紅引來更多讀者，更多的讀者帶來更多非議。很多衝著小說本身而來的讀者相對中肯地評價道——寫得的確不錯，但還是有些名不副實，抱著挺高的期待度而來，比較失望。

E之昊琅的粉絲最初還能接受這種評價，但在經歷了「黑粉」毫無道理的痛罵之後，根本見不得別人一點說《暗星歸來》的壞話。他們在所有沒有誇讚E之昊琅的文章裡回擊，引發了更大規模的罵戰。

不久，「烽燧」裡出現了一張鑑定抄襲的語句對比圖，即「調色盤」。發文者「虛空浩瀚」稱E之昊琅的《暗星歸來》，抄襲了幻想文學網作者風飛78的作品《永夜閃耀處》。

一篇文章驚起千層浪，當年大量優秀的網路小說被抄襲、改編，幾乎沒有成功維權的人，大部分被抄襲的作者只能打落牙齒和血吞，看著抄襲者賺得盆滿缽滿。毫無疑問，抄襲已經成了網路文學圈人人喊打的惡行。一個作者一旦被認定抄襲，那麼他將被永遠釘在恥辱柱上。

罵E之昊琅的一方集體高潮，不看「調色盤」內容，也不管《永夜閃耀處》到底是寫了什麼。絕大多數人甚至懶得看一眼，就將那張只需仔細分析一下就能發現漏洞百出的「調色盤」複製到微博上，一邊轉發一邊問候E之昊琅的女性親人。

粉絲們卻根本不信E之昊琅抄襲，很快就做出邏輯清晰的反對比圖，即「反盤」。當晚，更有粉絲挖出「虛空浩瀚」是最早辱罵E之昊琅的「直男癌」之一，這個人劣跡斑斑，許多「大神」作者都被他辱罵過。

之後，又有粉絲列出《永夜閃耀處》的創作時間線，證明《暗星歸來》被指抄襲的幾處寫於《永夜閃耀處》之前。根本不是E之昊琅抄襲風飛78，而是風飛78抄襲E之昊琅！

情勢突然逆轉，E之昊琅緊急發聲，痛陳自己被誣衊、被惡意消費，聲稱將用法律的手段維護自己和作品的名譽。

這條微博被幾位網路文學界的「大神」作者轉發，他們無一例外地表示自己也常被誣衊、碰瓷，希望讀者們能平和一些。之後，大量行銷帳號跟進，E之昊琅在洗清抄襲罪名後粉絲大增。

幾乎同時，風飛78被查了出來，吃瓜群眾一片譁然。原來，風飛78是個在網路文學圈混了十多年的老作者，大概在網路小說剛興起時，他就開始寫作。與他同時期的作者，有的已經成了家喻戶曉、版權一賣就是千萬的「大神」，有的回歸普通生活，再也不碰寫作，而他卻是個「異類」。用E之昊琅粉絲的話來說，「異類」不準確，是「敗類」才對。

「敗」是失敗的「敗」，Loser一個。

他寫了多年，毫無進步，故事老套，文筆油膩，情節拖遝，讀者兩三。

有人貼出他在地鐵站賣自己書的影片——鬍子邋遢，鏡片比瓶底還厚，揹著一個帆布包，將自行印刷的書舉在胸口，見人就說：「買一本吧，很好看的。」

有人挖出他用分身帳號在「烽燧」寫的文評，通篇酸味，將十幾篇「大神」名作批得一文不值。每一篇文評的末尾都貼了他自己作品的連載地址，假裝粉絲吹捧道：「你們去看看這篇文，寫得不知好多少倍。」

吃瓜群眾們像是找到了天大的樂趣，笑他可憐，笑他蠢，勸他沒才華就別吃作家這碗飯。

風飛78一直沒有站出來回應，連載中的《永夜閃耀處》也停更多日。E之昊琅的粉絲氣急攻心，一定要他給一個說法。

這時，第二張「調色盤」出來了，直指風飛78抄襲E之昊琅。E之昊琅轉發，說會走法律途徑。因為眾所周知的原因，抄襲官司很少能打贏，很多作者即便知道自己的小說被抄了，也難以維權。E之昊琅的舉動無疑是幫他們出了一口惡氣，網路上甚至因此掀起了「捍衛原創」的聲援活動。

另一邊，網友們繼續查風飛78，翻出他多年前假裝是女性，在男性向裡寫文，賣萌求打賞的舊事。一想到在網路上發出「抱抱」、「親親」等表情的「萌妹」，在現實中是個中年油膩的男人，這個油膩男人還不僅抄了小鮮肉作者的小說，還惡意碰瓷，很多人就受不了了。

E之昊琅的粉絲趕出一條條長微博，指出風飛78的數條罪狀，要求幻想文學網嚴懲這位自己出不了名，就碰瓷別人的低劣作者。狂轟濫炸中，風飛78終於出現。他堅稱自己沒抄襲，還曬出大量人設、劇情的手稿。但輿論一邊倒，E之昊琅粉絲的質問「這些手稿是你這幾天趕出來的吧」獲得萬千個點讚。

風飛78解釋：「不是，是我開始連載之前就寫好的。」這無人可以證明的話自然沒人相信，有人罵道：「放屁！如果這些不是你臨時趕出來的，你為什麼過了這麼久才出現？」

他說：「我生病了。」

謾罵更加洶湧，他的最後一條解釋是：「我真的沒有抄襲。《永夜閃耀處》從頭至尾都是由我獨立寫作，我不認識E之昊琅，也沒有看過《暗星歸來》。」

「不認識E之昊琅？」花崇歎氣，「風飛78這麼說，後面肯定被罵得更慘。」

「對。網路文學圈雖大，題材紛雜、無所不包，但其實內部也自成小圈子。寫軟科幻的人本就不多，即便不是為了抄襲別人的作品，作者與作者之間也會觀摩對方的作品，尤其是走紅的作品。」柳至秦說：「這是我們一般人都會有的看法。他後來被挖出『分解』其他作者的作品，抄襲的罪名就坐實了。」

「分解作品？」花崇問：「什麼意思？」

「就是在通讀一篇小說後，將它解構，找出主線、支線、明線、暗線，再一一分析角色人設。」

「他為什麼要這麼做？」

「這一點我在調查時詳細瞭解過，有的人是為了學習別人如何處理人物與劇情的矛盾、如何搭建骨架，有的人就只是為了抄框架和設定。」

「那風飛78……」

「我個人認為，他應該不是為了抄框架和設定。」柳至秦說：「因為他將分解結果發在自己的部落格上，而且分解了不止一篇，字裡行間都能看出他非常用心，也許在分解的過程中，他學到了不少東西。我覺得他發出來是為了與人討論，如果僅僅是想抄框架，他為什麼要發出來？這不是故意要當靶子嗎？」

「這確實成了靶子。」花崇說：「有個關於社交網路的研究不是說過嗎？一個人在網路上留下的每一句話都可能被曲解，因為絕大多數的觀眾並不想知道你內心真實的想法，也不在意事實究竟如何，他們只相信自己想要相信的。站在E之昊琅粉絲的角度，風飛78的行為絕對是在為抄襲做準備。」

「是的，那些文章被挖出來之後，風飛78就成了『抄襲慣犯』。」

花崇沉默了一會兒，「後來呢？E之昊琅勝訴了嗎？」

「抄襲的案子嗎？不了了之了。」

「他不是要起訴嗎？」

「他只是在微博上說過要起訴而已，法院又不會因為他說要起訴就受理他的案子。」

「這就奇怪了。」花崇不解：「在網路文學圈裡，他算是一個名人。我這麼說沒錯吧？」

柳至秦點點頭，「是。」

「那他既然說了要起訴，後來又沒動靜了，這不是留下了話柄嗎？」花崇說：「當初聲援他的讀者和作者會怎麼想？」

「在網路上炒熱度的事，只要熱度過去，就會被漸漸遺忘了。E之昊琅已經紅了，從『網紅』作者成為『大神』作者，他的粉絲夠多，名氣夠大，一切非致命的話柄都不再是話柄。」柳至秦說：「記得我們在萬喬聽到的話嗎？那裡不就有個E之昊琅的粉絲，對E之昊琅從頭誇到尾，黑點都成了萌點。」

花崇往椅背上一靠，「年紀大了，不是很理解這些小孩的想法。」

柳至秦撐著臉頰，「不用理解。後來風飛78再也沒出現過，不管E之昊琅的粉絲如何攻擊他，他也沒有回應，這件事就慢慢淡掉了。到現在，別說路人了，就算是E之昊琅當年的粉絲都記不清楚了，你看張貿就是個例子。畢竟E之昊琅後來又出了更多作品，掀起了更大的風浪，話題度居高不下，誰沒事閒得發慌，跑去『炒冷飯』？」

「也對。」花崇捶了捶肩膀，「不過風飛78堅稱自己沒有抄襲，這一點我覺得不太正常。你想，既然他認為自己沒有抄襲，為什麼不為自己討個說法？」

柳至秦說：「也許是因為疾病纏身？不過他雖然不再發聲，但《永夜閃耀處》倒是更新了一段時間。評論區全是辱罵，差不多是一個月之後，這篇小說就停更了。最初網路上流傳的說法是風飛78得了絕症，很多E之昊琅的粉絲說他不過是賣慘罷了。更有甚者，說他是裝死，逃避法律的懲治。熱度淡去的同時，剛好《暗星歸來》傳出籌拍的消息，E之昊琅越來越紅，新的作品開始連載，就沒什麼人再提到風飛78那件事了。」

花崇搖頭，「也就是說，這場風波對E之昊琅來說是好事，他徹底紅了。」

「我也是這麼想。」柳至秦扯出一個略顯無奈的笑，「網路粉絲經濟時代就是這樣，首先你得有流量，有流量了才有話語權，明星如此，網路作家也是如此。」

「對了，既然是『網傳』風飛78得了絕症，你是從哪裡得到切實消息的？」花崇問：「他是真的去世了，還是如E之昊琅的粉絲說的那樣……」

「真的去世了。」柳至秦垂眸，「他本名林驍飛，宗省澤城人，罹患肺癌，去世時三十七歲。當時網友質問他為什麼過了好幾天才發聲時，他說他生病了。我查了部分的治療檔案，那段時間他應該是在接受化療。」

花崇站起身，走了幾步，「我們來做一個假設。」

「嗯。」

「無論風飛78是不是被冤枉的，這件事對他的人生都造成了非常嚴重的影響。」花崇雙手撐在椅背上，「一個癌症病人，在接受化療時被成千上萬個網友口誅筆伐，精神上的壓力一定極大，這有可能令他的病情加速惡化。」

「沒錯。」柳至秦說：「當時《永夜閃耀處》沒有立即停更，大量網友在評論區刷『有病就去死，只會抄襲的垃圾』，他停更也許就是因為受不了這種言論。」

「那麼在他至親的眼中，他是否有抄襲根本不重要，而那些辱罵他的網友就是加速他死亡的劊子手。在他去世之後，他至親中的其中一人開始報復？」花崇一拍椅背，「這裡有兩條線我們必須查。第一，他的親戚朋友。第二，當年罵他罵得最厲害的人。『王闖』已經失蹤，如果我們的假設成立，一定還會有人遇害，他的下一個目標不是是參與過『肉搜』林驍飛的人，就是E之昊琅本人。」

「前者我已經著手查了。」柳至秦也站了起來，「不過查這個需要時間，花隊你放心，如果鄭奇、何逸桃在這些人中，我會一定把他們找出來，並且儘快擬出一個名單。至於E之昊琅，凶手對他動手的可能性較低，他目前長居國外，身邊有專業保鏢。」

花崇呼出一口氣，「那林驍飛的親友就由我去查。」

時間已經很晚了，兩人一起往重案組辦公室走去。

突然，花崇停下腳步，柳至秦回頭：「怎麼了？」

花崇說：「林驍飛的經濟狀況糟糕，治療癌症的費用是個天文數字，如果凶手是他的至親，哪來那麼多錢能查出當年『肉搜』他的人？如果凶手不是他的至親，對鄭奇、何逸桃為什麼會恨到挖心，甚至是分屍的地步？之前你說，凶手雇了一名頂級駭客，我猜不出具體費用，但一定非常高。既然他連頂級駭客都能雇傭，那麼即便E之昊琅在國外，身邊安保嚴密，他也應該有辦法殺掉E之昊琅。」

柳至秦擰眉，一時答不上來。

「不對。」花崇搖頭，「我越想越覺得這個案子很複雜，邏輯有衝突的地方太多了。」

「也許不一定是至親？」柳至秦沒那麼確定。

事實上，他也感覺到有哪裡不太對。花崇分析得沒錯，林驍飛的離世會讓知情者痛恨參與網路暴力的人，但因此殺人報復實屬太極端了，而凶手是極端中的極端，不僅殺了人，還挖掉死者的心臟，並且分解了其中一人的屍體。這是非常濃烈的恨，很難想像至親之外，誰會有這麼大的恨意。

另外兩點他也覺得有蹊蹺。當初他與花崇一同去花鳥魚寵市場，親眼看到「王闖」抱著二娃找賣家看病，這種舉動至少說明「王闖」並非冷血虐待動物之人。如果「王闖」完全不關心二娃死活，購買二娃只是為了處理死者的心臟，為什麼還要幫二娃治病？還有，尹超多次在直播平臺上發布虐貓虐狗的影片，凶手選擇用他的三輪車運送鄭奇的屍體，可能含有一定的懲罰性質。這兩點都與「王闖」將二娃扔在家中自生自滅有所衝突。

花崇扶住額頭，用力甩了甩，「算了，很多刑事案件本來就不能完全以邏輯去分析，時間有限，我們得抓住關鍵。小柳哥，你再辛苦一下，務必儘早把名單列出來。『王闖』現在消失了，我擔心他是去其他省市作案。明早我就請示陳隊，將案子報到省廳，請求配合。但這有個前提，那就是我們必須確定，鄭奇和何逸桃的確是五年前那場網路暴力的主要參與者。」

「天亮之前，我給你名單！」

第四章　下一位受害者

重案組燈火通明，正在忙碌的不止柳至秦。花崇把控著多條線的調查，頭疼欲裂。

破曉之前，柳至秦從辦公桌旁站了起來，神色冷峻，嗓音因為熬夜而顯得沙啞低沉，「花隊。」

花崇剛從偵訊室回來，疲憊不堪，聽到他的聲音一時沒反應過來，茫然地抬起頭：「啊？」

「我找到了二十一名嚴重辱罵，並『肉搜』林驍飛真實資訊的人。」柳至秦手裡拿著一個隨身碟，「鄭奇、何逸桃正好在這些人之中！」

黎明前夕，對通宵未眠的人來說本是最困倦的時刻，重案組的成員們卻為之一振。

柳至秦的發現令兩名被害人之間建立起了清晰的聯繫，假設變為現實，此後的調查將不用撒大網。

刑偵分隊隊長辦公室內，陳爭看著花崇遞來的報告，眉峰深蹙。

「鄭奇就是第一張『調色盤』的製作者——虛空浩瀚。」

在花崇簡要陳述完林驍飛的網路暴力事件後，柳至秦說：「在這件事前，他就用這個分身帳號在『烽燧』發布了大量攻擊知名作者的言論。誰走紅，他就編造誰的黑料，比如抄襲、玩弄粉絲、濫交，用語不堪入目，這和他在洛大ＢＢＳ及其他社交網站上的言行一致。我和花隊接觸過他的家人，他在網路上的舉動，很大程度上是家庭壓力過大引起的。」

陳爭歎氣，「一個高分考上重點大學的學生，品行居然如此惡劣。」

「學識不代表品德，網路會將所有負面情緒擴大。」花崇說。

「鄭奇最初參與的其實是針對E之昊琅的網路暴力。他看不慣E之昊琅突然走紅，發了許多辱罵E之昊琅的文章。後來雙方拉鋸，他知道網路文學圈對抄襲深惡痛絕，便以製作『調色盤』的形式造謠E之昊琅抄襲風飛78。所謂的『調色盤』其實很容易做，《暗星歸來》和《永夜閃耀處》都是上百萬字的小說，內容又都是軟科幻，要截取幾句相似的描述不難。截取之後拼接、塗上色塊，給人的第一觀感就是《暗星歸來》的確抄襲了《永夜閃耀處》。

我在查這件事時，發現他之前也幹過類似的事，誣衊一名女性緣極好的男作者抄襲，方法也是製作『調色盤』。那個男作者是新人，女性粉絲雖多，但『戰鬥力』不算強，鄭奇指認他抄襲一位『大神』作者的作品。『調色盤』剛出來時，情勢幾乎一邊倒，那位男作者幾乎被『大神』的粉絲罵到封筆。後來是『大神』作者親自說兩篇小說完全不同，不存在抄襲，這件事才算解決。」

陳爭和花崇一樣不看網路小說，還是第一次聽說「調色盤」這種東西，點開一看，難以理解，「這什麼鬼玩意兒？『艙體』都是抄襲？我看過的科幻小說十本裡有十本都寫『艙體』，連阿西莫夫都不敢說『艙體』是自己原創的。還有這個『第二天一早』……這些語句都是平常的用語吧，一看就沒有邏輯上的聯繫。這種沒上下文、全文構架作支撐的東西，有人會相信？」

「很多人只是湊熱鬧而已，其中很大一部分的人並不在意E之昊琅是否抄襲，只想『搞死』E之昊琅。畢竟對一個作者來說，抄襲等於死罪，恨E之昊琅的人想給他判死刑。而且這些年受抄襲所害的作者太多了，他們根本沒有辦法維權，成了弱勢的一方。一旦發生抄襲事件，絕大多數網友都會站在被抄襲者那邊。」

花崇說：「鄭奇做的『調色盤』給E之昊琅帶來了很惡劣的影響，如果不是有一大批維護他的粉絲幫他洗清抄襲罪名，說不定他已經銷聲匿跡了。從這一點來說，E之昊琅也是網路暴力的受害者，造謠容易闢謠難，現今網路上還時常有人說——E之昊琅？抄的書你也喜歡？」

陳爭苦笑：「這點我深有感觸，作者害怕被誣陷抄襲，就像我們警察害怕被誣陷毆打群眾一樣，洗清了還會有人鍥而不捨地罵你，洗不清就徹底完蛋。我剛當警察時遇到一個混混……算了，這些事以後有空再說。你剛才說鄭奇造謠E之昊琅，這說不通啊，我們之前查到的不是鄭奇喜歡E之昊琅嗎？他遇害那天還在看E之昊琅的電視劇。」

「我以前也這麼認為。」花崇無奈地撇下唇角，「我還和張貿討論過，說這個鄭奇說不定是E之昊琅的腦殘粉，直到我看到了小柳哥查出來的事實。」

「鄭奇大概只是網路暴力的腦殘粉，他可以造謠E之昊琅，同樣也能扣風飛78帽子。」柳至秦說：「在抄襲事件反轉之後，E之昊琅的團隊聯繫了他，威脅要起訴他損害了E之昊琅的名譽，以此請他轉移陣線，為『風飛78抄襲E之昊琅』造勢。」

「這……」陳爭一拍桌，「這他媽簡直匪夷所思！」

「但這匪夷所思的事確實發生了，只能套用那句老話——人心比太陽還要難以直視。」柳至秦接著說：「在這整個事件裡，E之昊琅是網路暴力最初的受害者。但他有自己的團隊，有大量粉絲，並且處在上升期。我猜，在抄襲事件反轉之後，他的團隊可能是想趁機炒作一波。具體是怎麼做的，我這裡暫時還沒有時間徹底查清楚，已知的是他們看中了鄭奇在網路上『搞事情』的本事，畢竟『虛空浩瀚』黑過大量作者，效果都還不錯。」

柳至秦說著，在筆記型電腦上點了點，「他們之間有一筆三千塊的交易，條件是鄭奇用新帳號引導輿論，指認風飛78抄襲，網友把這種行為叫做『帶風向』。事情結束後，新帳號就停止使用了。」

「三千塊就搞定了？」陳爭瞠目結舌。

「那時候的鄭奇只是一個高中生，父母是雙職工，家境非常一般，甚至可以說他們家的生活水準在城市的平均水準以下。他的父母望子成龍，想必在他身上花了不少錢。」花崇說：「三千塊對他來說已經是天文數字了。而且上網罵人、造謠本來就是他最大的樂趣，是他發洩壓力的唯一途徑，現在罵人可以拿錢，這麼『好』的事為什麼不幹？」

「操！」陳爭怒了，差點摔碎水杯。

「據我抓取到的資訊，鄭奇是二十一人裡罵得最起勁的。他的確有煽動網友的天賦，很多路人都被他帶偏了。」柳至秦道：「幾條風飛78的真實資訊也是他發的，不過都是受到E之昊琅團隊的指使。」

「等等。」陳爭抬起手，「E之昊琅為什麼抓著這個林……林驍飛不放？林驍飛受到網友狂轟濫炸的根本原因是涉嫌抄襲。他到底有沒有抄襲？」

柳至秦搖頭。

「沒有？」陳爭站了起來。

「這個問題我和花隊已經討論過，我們無法就此下結論，一來我們不是專業人員，二來也沒有時間通讀兩篇小說，這恐怕只能等到案件告破之後，再請幾名熟悉網路小說的專業人士來鑑定了。」

柳至秦說：「E之昊琅抓著林驍飛不放，如果不是他確定自己真的被抄襲了，就是只將林驍飛當做炒作的工具、跳板而已。」

「如果是後者，那林驍飛就僅僅是一個……」陳爭想了半天，搖了搖頭。

花崇說：「一個倒楣的人。」

辦公室安靜下來，氣氛有些沉重。

事情已經過去五年，林驍飛也離世接近五年，一切喧囂的熱度都已消失，冷靜的警察們比一頭熱的網友看到了更多被表象隱藏的東西。

如果林驍飛確實抄襲了E之昊琅，身為創作者，他理應為他的所作所為付出代價。如果他沒有抄襲，他的遭遇就只能定性為——他很倒楣。

世事無常，多的是無可奈何，最令人唏噓的是除了「倒楣」兩字，竟沒有別的詞更適合概括他人生的最後一程。

禍從天降也不外乎此。

陳爭吸了口氣，「那何逸桃呢？何逸桃在這其中扮演了什麼角色？」

「何逸桃與鄭奇不一樣，她只是一個過激的粉絲。」柳至秦點出一個檔案，「從她當時的發言來看，E之昊琅是她艱難生活裡的一個信仰，她不允許她的信仰被其他人詆皺。五年前，她還不是小網紅，事業沒有起步，過著吃了上頓就沒有下頓的日子，看E之昊琅的小說是她唯一的寄託。《暗星歸來》完結後的那場風波，她無法像其他土豪讀者一樣為E之昊琅打賞，只能竭盡全力與那些辱罵E之昊琅的人對抗。抄襲反轉，風飛78成了靶子，站在瘋狂粉絲的角度，那一定是風飛78抄襲了E之昊琅。」

「你活著就是為了抄襲嗎？你知道你為什麼得癌嗎？因為你抄襲，老天都要懲罰你，不然別的作者為什麼不會得癌，就你得癌？火化的時候記得通知我，老娘來看看你骨頭燒出來是不是黑色的……」陳爭看著何逸桃當年那些詛咒風飛78趕緊去死的話，感慨道：「她現在的粉絲肯定想像不到，他們喜愛的『仙子』居然曾經是出口成髒的惡女。」

「鄭奇大概也想像不到自己能靠罵人賺錢吧？」花崇說：「他後來甚至成了E之昊琅的粉絲。『恕之先生』是他念大學後才開始使用的微博，在這個微博裡，他罵了無數人，極少誇獎的人裡就有E之昊琅。這種心態有待研究，不過當務之急還是破案。」

聽完彙報，陳爭立即前往省廳。名單裡已有兩人遇害，凶手現在不知所蹤，其他不在洛城的十九人都面臨了生命危險。

花崇已經連續轉了幾十個小時，早飯都來不及吃，正想灌下一杯濃咖啡，就聽見曲值啞著嗓音喊：「花！別喝！」

「花什麼花？叫花隊！」他被吼得一顫，端著杯子看曲值，「別告訴我你想喝啊，這是我的，去喝你自己的即溶咖啡。」

「不是，誰要跟你搶咖啡啊。」曲值說：「是小柳哥讓我看著你的。」

「小柳哥？看著我幹嘛？不看我會飛？」

「他去幫你買早餐了。說是在他回來之前，別讓你喝咖啡、吃燒餅。」

花崇這才發現，開小會的桌上放著一袋燒餅。

「這都是張貿那不懂事的玩意兒去買的早餐，硬邦邦的，難吃。」曲值說：「小柳哥說你忙很久了，得吃點有營養的，就下樓去幫你買了。」

花崇胸口一暖，放下杯子，笑道：「這個人。」

「這人對你真好！」曲值呵呵笑：「小柳哥剛調來時，我還以為他會擺架子，畢竟是公安部空降的嘛，還是什麼訊息戰小組的成員，聽起來多高大上啊，比我們這些土裡土氣的刑警威風多了。結果相處下來才發現小柳哥太可靠了，會請我們吃宵夜，還答應幫我修諾基亞……」

花崇在他後腦削了一掌，「一頓宵夜就把你收買了？我請你喝過多少冰紅茶，你說說？」

曲值「哎喲」一聲，「宵夜是宵夜，冰紅茶是冰紅茶，這兩個能混在一起說嗎？而且花隊，你又不會修諾基亞。」

「敢情人家從公安部的訊息戰小組空降到我們洛城市局的刑偵分隊重案組，就是為了幫你修個諾基亞？」

「唉，花隊你這個人，怎麼這麼擅長扭曲別人的意思呢？」

花崇也就是覺得嗆曲值好玩，倒沒有故意扭曲他的意思。只是聽曲值這麼一說，不免又想起手頭的凶殺案。

鄭奇無疑是個扭曲他人意思的高手，將「春秋筆法」這一套玩得格外出色，也難怪E之昊琅的團隊會請他轉移陣營。他在網路上極具煽動性的話，讓人不得不承認語言的確能殺人。

殺別人，最終殺自己。

花崇想起林驍飛在地鐵站賣書的影片，心頭不禁泛起細微的酸。

如此場景，他並非第一次看見。幾年前在洛城的一個地鐵站，他也看到了一名賣書的男人。男人的年紀看起來比林驍飛還大，舉著自己寫的書，脖子上掛著一塊牌子，『自費出書，一本二十元。』

路過的人像看行為藝術家一樣看著男人，卻鮮少有人駐足買下一本。花崇記得那本書，從題目看來應該是穿越抗日，因為毫無興趣，他沒有掏錢買，但他聽到男人與一位年輕女孩的對話。

女孩問：「大叔，為什麼在這裡賣書啊？」

「這裡人多。」男人憨厚地笑了：「俺在網路上寫書，但俺寫得不好，沒有什麼人看。俺想讓更多人看到，就印了幾十本來賣。」

「可是這樣能賣出去嗎？不如放在網路上賣，現在很多大大都在網路上賣書，開賣之前在微博吆喝一聲，能賣好多呢！」

「我不懂。」男人有些害羞，「我年紀大了，不懂那些，只知道寫書……」

花崇回過神，意識到也許男人和林驍飛一樣，有個關於寫作的夢。他們大概是沒有別的途徑，才會選擇在地鐵站賣書。這樣的人連上網吆喝都不會，自然不知道如何經營自己的名聲。

在聽聞自己抄襲了別人的作品時，剛結束化療的林驍飛大約徹底傻掉了，他不知道該如何澄清——如果他的確是清白的，也沒有粉絲幫他說話，沒有專業的團隊幫他打理，少有的理智路人的聲音被罵聲淹沒，他有沒有想過用法律來維權？可能想過了，也可能沒有。即便想到了，他也不能去告鄭奇等人。

因為他沒有時間了，也沒有錢。

他有多無助？他發出那句「我真的沒有抄襲」時，有多絕望？

花崇皺起眉，心裡很是黯然。從警數年，他見過太多不為人知的黑暗，深知底層小人物活著的不易。如今才知，在虛幻的網路空間，一個小人物的生活也能艱難至此。他護不住自己的作品，也護不住自己的名聲，他的「墓誌銘」上寫著：這是一個卑劣的抄襲者。

影片裡的林驍飛被冷嘲熱諷，當年的網友們罵他愚蠢、罵他油膩、罵他毫無才華。但如果關於林驍飛抄襲的指責不屬實，他僅僅是在地鐵站賣書，為什麼要被如此嘲笑？

現實中，男人在地鐵站賣書，頂多收穫幾個白眼。網路上，林驍飛在地鐵站賣書，得到的就是漫天辱罵。多了一根網路線而已，有的人就不願意再做人。

「花隊。」柳至秦回來了，提著好幾個早餐袋。

曲值順走了一個雞蛋餅，嘿嘿直笑：「小柳哥簡直是居家好男人。」

花崇把曲值趕走，拆開袋子一看，「買這麼多？」

「不多，大家一起吃。」柳至秦拿出一碗溫熱的魚片瘦肉粥，「這個是你的。」

「不是大家一起吃嗎？怎麼我還有特定的？」

柳至秦笑了笑，沒接他的話，又拿出兩個茶葉蛋，戴上手套剝好，放進碗裡，「這兩個蛋也是你的。」

花崇心底有些異樣，「我的早餐營養也太豐富了吧。」

「應該的。你消耗大，多補補。」

花崇舀起一個蛋，腦子裡蕒了一下：多補補？所以要吃兩個蛋嗎？
「在想什麼？」柳至秦拿起一個酥肉餅，沾著醬汁吃。
花崇自然不能如實相告，搖頭道：「沒想什麼。」
「那就吃飯吧。」
「嗯。」
花崇吃飯很快，風風火火地解決完，休息了一下就去拿已經冷掉的咖啡。柳至秦看了他一眼，「不休息一下嗎？你一夜沒睡了。」
「來不及。」花崇一口氣喝掉大半杯，「我打算馬上去一趟澤城，林驍飛老家的這條線索一定得抓。陳隊雖然去省廳了，但案子既然現在還在我們手上，就得由我們來查。」
柳至秦遲疑片刻，起身道：「那你等我一下，我收拾收拾，和你一起去。」
「不用。」花崇連忙說：「你留下，去睡個覺，如果陳隊等等有什麼需要你配合的地方，你也好立即行動。」
「暫時沒有什麼需要我了。就算有，我帶著筆記型電腦也能隨時處理。」柳至秦聲音溫溫的，態度卻有些強硬。
花崇猶豫片刻，「那好，不過路上得由我開車，你去後座睡覺。」
「還是我開車吧。」
「不行！」
宗省在函省東面，林驍飛的老家澤城離洛城不遠，駕車即可前往。

「你們都休息吧。」這時，徐戡走進重案組辦公室，「你們都忙一個晚上了，要是疲勞駕駛出事了怎麼辦？我當司機，順便當個案情參謀，你們都到後座睡覺去。」

車從市局駛出，徐戡坐在駕駛座，副駕駛座上放了一堆物品。不算寬敞的後座被花崇占了大半，柳至秦則倚在車門邊。

駛上高速公路後，花崇睡著了，身子一歪，枕到了柳至秦腿上。

柳至秦的眼皮動了動，眼睛卻沒有睜開。不久，他抬起手臂，輕輕放在花崇肩上。

途中，徐戡接到陳爭的電話——

『名單裡的璋省、曲省的三人早就失蹤，可能已經遭到不測。』

案件上報至函省公安廳，省廳立即採取行動。經核實，柳至秦提供的二十一人名單中，失蹤的三人為璋省的梁蕊兒、曲省的戚利超和周子瀚。他們失蹤的時間最晚在今年一月，正是「王闖」來到洛城，租下商貿村的房屋之前。

「變成全國性的案子了，肯定就會很快成立專案小組。不出意外的話，你『老家』會派人來督導我們辦案。」聽完徐戡的轉述，花崇對柳至秦說：「失蹤者凶多吉少。原來洛城不是凶手的第一站，在殺鄭奇、何逸桃前，他就已經殺了三個人，難怪他能把現場處理得那麼乾淨。」

柳至秦剛醒來，嗓音低沉地「嗯」了一聲，將窗戶打開一半，被風吹得瞇起眼。

徐戡往後視鏡裡看了一眼，接話道：「我當時屍檢時，發現他手法俐落，現在想來，原來是因為他有『經驗』。」

花崇雙手托著後腦，靠在椅背上，「你們說，另外三人會不會也被挖了心臟？」

「花隊，你這就不對了。」徐戡說：「現在他們只是失蹤，並沒有確定死亡，璋曲兩省的兄弟正在全力搜救，你別烏鴉嘴。」

「這不叫烏鴉嘴，難道你覺得他們還活著？」花崇搖搖頭，「不可能的。」

「只要還沒有發現屍……」

「別自欺欺人了，老徐，你說話都前後矛盾了。」花崇在椅背上敲了敲：「上一句還說凶手有『經驗』，後一句就說我烏鴉嘴。凶手如果不是已經殺掉了那三個人，他哪來的經驗？」

徐戡愣了一下，歎氣，「又是三條人命啊。殺人償命，殺人償命，他們的行為的確非常可惡，但遠遠沒有達到『償命』的地步吧？我可憐林驍飛，但不認為鄭奇等人該死。他們該接受什麼懲罰應該由法律說了算，而不是凶手的屠刀。」

「但是法律制裁不了他們呢？」花崇咳了一聲：「我得換種說法，上次陳隊警告過我了，說我不該直接用凶手的語氣說話。」

柳至秦側過臉看他。

「凶手認為，法律制裁不了他們。同樣，他們也抱著僥倖心態，認為法不責眾，況且在網路上罵人不算嚴重的刑事案件。」花崇說：「可是對凶手來說，生命裡最重要的一個人沒了。」

徐戡抿了抿唇，「那他也不應該……」

「不要用你正常人的思維去思考凶手的行為，這從根本上來說就是沒有意義的。」花崇坐姿散漫，話卻不散漫，「一個連續殺掉五個人，並有挖心分屍行為的人，早就不是正常人了，你還拿『應不應該』去分析他？」

說到這裡，花崇搖頭，神情說不出是冷漠還是炙熱，「他認為那些人都該死，只有死亡才能洗清他們的罪孽。他們肆無忌憚地將刀刺向林驍飛，五年後，刀盡數插進他們自己的心臟。我們都只是普通的觀眾，對我們來講，網路暴力、肉搜不值得提倡，對他人施以網路暴力的人應該得到懲罰，但罪不至死。不過，對林驍飛的親人們來說呢？鄭奇等人恐怕都是『殺人犯』吧。這個世界最不缺的就是瘋子，沒被報復是因為沒惹到瘋子，鄭奇他們就是惹到瘋子了。」

過了兩秒，徐戡呼了口氣，「你是對的，凶手是個瘋子，我的確不該站在正常人的角度去想。」

柳至秦突然道：「這就是你在每次破案之後，堅持聽凶手傾述內心的原因嗎？」

花崇沒想到他會提到這個，微怔片刻，「嗯？」

「你上次說，重案刑警不比普通群眾。普通群眾不需要知道凶手的心路歷程，重案刑警卻應該去瞭解他們，這對將來辦案有幫助。」

「喔，你說這個啊。」花崇淡笑，「算是吧。」

柳至秦點點頭，將話題拉回案件本身，「凶手在洛城作案時，幾乎沒有處理死者的屍體，雖然對鄭奇進行過分屍，但並沒有掩埋，只是丟棄在洛大的北區小樹林，何逸桃則是被他直接扔在花店。那為什麼在前面三起案子裡，他要將屍體藏起來，做出梁蕊兒三人失蹤的假象？」

「他的心態發生了變化。最初他害怕暴露，所以處理了屍體，認為能拖一天是一天。犯案三次後，他開始認為即便不處理屍體，警方也抓不到他。」花崇說：「很多連環殺人案裡都有類似的特徵。殺戮給予他『自信』，也讓他越來越瘋狂，他一定會加快作案的頻率，並在屍體上呈現更多儀式性的東西。好在你已經鎖定了可能遇害的人，一旦各地的重案刑警互通消息，開始合作緝凶，他落網只是時間問題。對了，失蹤的三人分別是對應網路上的誰？」

「梁是女性，我沒記錯的話，她是E之昊琅粉絲群組的一位小『頭目』，號召網友們『肉搜』林驍飛的就是她。後來林驍飛在地鐵站賣書的影片被挖出來後，她剪了一個搞笑短片諷刺林驍飛，用語惡毒，被大量轉發。客觀來講，她的行為比何逸桃更過分。」

柳至秦頓了頓，繼續說：「戚、周和鄭奇差不多，哪邊的粉都不是。作為『路人』，卻罵得比粉絲還厲害。他們的年紀比鄭奇還小一些，當時是高職的學生，正是心理狀態最不穩定的時候。可能對他們來說，參與一場網路狂歡比在現實生活中打架泡妞還有趣。」

徐戡緊握著方向盤，半晌後歎息，「他們也許根本意識不到，自己的一句話會對一個素不相識的人造成多大的傷害。」

「不，老徐，你又菩薩心腸了。」花崇說：「他們意識得到。」

「什麼？」

「你不會是想說——他們都還是孩子吧？」

「我……」

「孩子的惡意有時候會超乎我們的想像。」花崇抱起雙臂，「殺人犯法，而自己躲在網路後面，有千千萬萬的『隊友』，毀掉一個人無需舞刀弄槍，只需不停辱罵——這帶給他們極大的，難以言喻的快感。」

徐戡倒吸一口涼氣，柳至秦若有所思地道：「人心可以至善，也可以至惡。」

花崇沉默須臾，輕聲說：「也不知道這次去林驍飛的老家，能不能打聽到線索。那個『王闖』被攝影機拍到了，但受到角度影響，沒有一段拍到他的正臉。」

「關鍵是不知道他的真實資訊，這個人給我一種感覺——他與社會是徹底脫節的。」柳至秦說。

「與社會脫節……」花崇將手肘靠在窗框上，突然靈光一現，「他會不會也是網路作者？」

「網路作者？」

「他的DNA資訊沒有入庫，證明他已經多年沒有去過醫院，連常規體檢都沒參加過。」花崇說：「一個長期在家從事寫作的人，不需要有固定工作，也就沒有公司向他提供年度體檢福利。而他缺少外出工作的社交圈，不就是與社會脫節嗎？」

柳至秦想了想，「有道理。但如果他只是名網路作者，他殺害鄭奇等人的理由是什麼？」

「林驍飛的親人裡，有沒有其他人也從事寫作？」

「這個……」柳至秦說：「查得比較急，還沒有查到這一塊。」

「沒關係。」花崇在他肩上拍了拍，「我們馬上就到澤城了。」

澤城是一座小城市，規模相當於洛城的一半，經濟不發達。在計劃經濟年代，澤城勉強算是工業城市，改革之後，大量工廠轉型、倒閉，留下一堆爛攤子。

花崇三人到達澤城時是下午，很快在當地市局、派出所的配合下趕到林驍飛的家。

林家所在的區域是一片兵營式建築、磚瓦房，看起來比洛城最破敗的富康區道橋路還要糟糕。因為剛下了一場雨，地上泥濘不堪，下水道的氣味不斷上湧，空氣中彌漫著一股惡臭。

快到一棟樓前時，派出所警察小向指著二樓一扇緊閉的木門，「喏，那就是林驍飛的家。現在家裡只有他老母親，陳婆婆一個人了。」

一行人爬上樓，樓道陰暗狹窄，有股年久失修的老房獨有的潮濕氣味。

站在那扇木門前，小向敲了兩聲門。很快，隔音效果奇差的屋內傳來緩慢的腳步聲，一個蒼老的聲音說：「來了，誰啊？」

小向道：「陳婆婆，是我。」

門打開，林驍飛年已七旬的母親站在門邊。她蒼老矮小，滿臉皺紋，兩眼渾濁，即使沒有哭泣，眼中也似有淚光。花崇心口陡然一悶，他明白老人的雙眼為什麼這樣。

這是久哭之人的眼睛。

當年剛從西北回到洛城，他去探望一名犧牲隊友的母親，對方的眼睛就是這樣——淚光閃爍，藏著無盡的悲慟。

見有生人來，林母往後一退，緊張地將門推了回去。

小向連忙說：「陳婆婆，來的是我的同事，都是警察，您別怕！」

林母這才將信將疑地再次打開門。

來的路上，小向和另一位警察老邱說過，林驍飛生前是一家化工廠的工人，當年工廠裡實行「頂班」制度，即是父母有一方退休，子女就頂上去。

林驍飛的父親在他尚未成年時就因病去世了，林驍飛那時候的成績很好，在市內的重點國中念書，本來打算考大學，但家裡的頂樑柱垮了，幫父親治病還欠了一大筆債，光靠母親一個人養不活整個家。他沒辦法，只好死了念大學這條心，頂了父親的班，當起工人。這套房子是化工廠分給他父親的，他和他母親一住就是幾十年。

花崇和徐戡進屋一看，房裡的陳設極其簡單老舊，一室一廳，廚房和廁所都是公用的。陽臺旁放著一張舊書桌，上面擺著一台「大腦袋」電腦。花崇走過去，才發現電腦後面放了好幾疊書。那些書的封面已經泛黃了，看起來似乎不是正規的出版物。

小向和林母交代了幾句，林母轉過身時，正好看到花崇拿起一本書。

「小夥子，你要看嗎？」林母說：「那是我兒子寫的書，寫得可好了。你要是喜歡，就拿一本回去吧。他啊，以前老是跟我說如果哪天書店肯賣他的書，就帶我去合照留戀。唉，也不知道這些書什麼時候會有書店來收。」

花崇從她的眼中看到了毫不保留的驕傲，與深藏眸底的悲戚。

他將書側轉，看到書籍上的署名——風飛78。

小向笑道：「陳婆婆，跟您說多少次了，這是林哥自己印刷的書，沒有書號，是不能拿去書店賣的。」

「書號是什麼？有書號就可以進書店了嗎？」

「應該是吧。我是個粗人，沒怎麼看過書。」

「那要怎樣才能拿到書號？」林母說：「驍飛一輩子都想將書拿去書店賣，可惜到最後也沒能實現。我這把老骨頭活不了幾年了，也不知道能不能在去見他前，幫他完成這個心願。」

小向大約是聽林母說過許多次類似的話，有些敷衍地寬慰道：「能的，肯定能的。」

花崇翻了翻書的內頁，紙張粗糙，白得晃眼，排版太密實，看起來不大舒服。他合上書，對林母溫和地笑了笑：「老人家，跟我們聊聊林哥的事，好嗎？」

柳至秦沒有跟著花崇、徐戡進屋，而是在門外轉了兩圈。

屋外的牆壁明顯是重新粉刷過的，顏色和其他區域不同。他輕聲問老邱：「這牆上是不是被寫過什麼？」

「以前有人跑這裡來，寫了很多難聽的話。」老邱不停搖頭，「罵林驍飛是小偷，活該得癌症，不得好死。」

柳至秦一聽便知道是怎麼回事，又問：「這屬於治安事件了吧，沒有人管嗎？」

「管了啊，怎麼沒有管。」老邱說：「如果不管，他們那幫年輕人會把這整棟樓都拆了。但你也知道，我們這些基層警察不能跟群眾動手，萬一被拍下來丟在網路上，『毆打群眾』的帽子一扣下來，你後面就完了。好在周圍的街坊看不下去，有幾個男人對他們動手，守在林家門口。他們也挺孬的，仗著人多欺負林驍飛和陳婆婆，後來街坊一出面，有人手裡還提了菜刀，他們就不敢來了。」

柳至秦想像著當時的情形，心裡既酸楚又憤怒。

一群在網路上舉著「正義」大旗的年輕人，居然成群結隊地欺辱一個無力反抗的老人、一個受癌症折磨的病人，還認為自己做的是捍衛道德之事，簡直將人性之惡揮灑得淋漓盡致。

「林驍飛很守本分，我們也不知道他在哪裡惹到了那些人。林驍飛那段時間在住院，家裡只有陳婆婆一個人，唉，欺負老實人啊！如果不是鄰居們有人情味，也不知道他們會鬧到什麼時候。你看陳婆婆現在還害怕陌生人，覺得你們陌生，就下意識閃躲。」老邱接著說：「她一個孤寡老人，無依無靠的，中年喪偶，老年喪子。林驍飛當時得癌症，把家底都花光了，我看到都覺得慘。」

見老邱有話要說，柳至秦索性繼續問：「林家有什麼親戚嗎？當初林驍飛生病，不會就只有陳婆婆一個人照顧吧？」

「還真的沒有！」老邱說：「當年林驍飛他爸去世時，就沒親戚來。我猜遠親可能有，但那時候家家都過得很苦，誰願意接濟他們孤兒寡母？再說，表親哪能算親戚，反正我是沒見過什麼親戚來過，倒是街坊鄰居幫了他們家不少忙。俗話說，遠親不如近鄰嘛！對了，林驍飛生病之後，他的工友出了不少力。癌症哪是一般家庭治得起的，他剛住院時，化工廠就辦了捐款活動，平時也有員工代表來探望他。」

柳至秦聽得微皺起眉。

他本來認為，凶手會是林驍飛一位非常親密的親人——年輕、健壯，有作案能力。但照老邱的說法，林驍飛根本沒有這樣的親人。

「這個人你見過嗎？」他拿出手機，調出「王闖」的監視器畫面，老邱一看，果斷搖頭：「沒見過。」

「那林驍飛去世之後，有沒有什麼人來林家探望過？」

「這我就不清楚了。」警察笑了笑：「我雖然是這裡的警察，但也不是哪家哪戶每天做了什麼都知道啊。」

柳至秦向他道謝，往屋裡走去。

林母正說到林驍飛自費印刷的書，花崇坐在她身邊，像個不為辦案的傾聽者。柳至秦不動聲色地站在一旁，了解到林驍飛去地鐵站叫賣自印小說是怎麼回事。

按林母的描述，林驍飛自幼喜歡寫作，念國中時就寫了不少故事。進化工廠當工人後，也每天擠出時間創作小說。他不以寫小說為謀生的方式，只是業餘愛好罷了，所以從來沒有賺過一分錢。

但是有一年，化工廠發生了事故，一名重傷入院的員工正好是他關係最要好的工友。他想幫助那位工友，能拿出來的錢都拿出來了，但是遠遠不夠，於是將寫過的小說印成書，拿去地鐵站、公車站、商場、學校等人流量大的地方叫賣，換來的錢都給了那位工友。不過到最後，工友還是沒能撐下來，這些書就一直留在家裡，沒有再賣過。

柳至秦能分辨出林母的話中哪些是事實，哪些是一廂情願的謊言。

賣書救工友應該是真的，林驍飛不懂行銷，不像別的作者會在網路上賣書，也無法走正常的出版途徑，只能選擇去地鐵站叫賣，其中一次被人拍了下來放在網路上，後來當「抄襲」事件爆發時被挖了出來，成為無數網友的笑柄。

「寫書是業餘愛好，沒有賺過一分錢」大概是不實的。網路文學時代，林驍飛無法靠文字賺到錢的根本原因是他缺少一些天賦，他寫的東西沒有人願意看，而不是他不願用小說賺錢。

可是這樣的話從林母的口中說出來，誰也不會、不能、不忍去反駁，那是一位母親對兒子毫無保留的愛與信任。

林母顫巍巍地走去臥房，拿出幾本被翻到捲起來的軟面筆記本，和一疊釘好的草稿，唇角帶著一抹笑意，「這是驍飛走之前寫的最後一篇小說，那時候他在醫院，沒有電腦，我這個老婆婆沒用，不會用電腦，不會打字，不然就將筆記本裡的內容幫他打進電腦了。他跟我說，這篇小說是發表在一個網站的，上面有讀者留言給他，誇獎他寫得好。在他還沒有病得那麼厲害的時候，他叫我一起看過留言。他開心，我也開心。他說，每天看著讀者寫給他的留言，他就有繼續接受治療的勇氣。」

坐在一旁的徐戡別過臉，兩眼通紅。

「不過後來不知道為什麼，他不讓我跟他一起看留言了。」林母又說：「他走了後，我整理他的遺物，請隔壁的小夥子幫我打開電腦。我想幫他看一看他的讀者寫給他的話，抄下來，在他頭七時一邊燒紙給他，一邊念給他聽。但是那個網站找不到了，我記得他以前叫我看時，是在一個叫什麼『我的最愛』的地方打開的，可小夥子幫我打開『我的最愛』，裡面什麼都沒有。」

花崇深吸一口氣，一股濃重的酸楚直上心頭。

那個網站，必然是林驍飛刪掉的，他不敢讓自己年邁的母親看到那些惡意滿盈的話。而他的母親，還惦記著曾經看到的善意留言，想要在他離世之後一句一句念給他聽。

林母摸著筆記本，自責地說：「都怪我，什麼都不懂，他明明已經寫完了，我卻不能幫他繼續發表。」

花崇接過筆記本，翻開一看，果然是《永夜閃耀處》的手稿。

柳至秦也拿過幾本，看了看編號，找到最後一本，直接翻到最後，看到那筆跡極其難看的完結後記時，輕聲道：「原來這篇小說已經完成了。」

林母抹掉眼角的淚，「完成了，沒有機會發表。你們可別嫌驍飛字寫得差，他字很好看的，只是寫到最後，他已經握不住筆了。」

花崇輕輕拍著林母的背，「我們明白。」

林母乾枯的手遮住眼，情緒突然激動起來，「我可憐的兒子，他說這是他最滿意的小說，還有人想要花大錢跟他買。他怎麼就這麼急著走呢？他為什麼不能再等一等？那些跟他說好要買的人為什麼又不來了？如果有了那筆收入，他、他……」

柳至秦目光一凜，「您是說，當時有人想向林驍飛買《永夜閃耀處》？」

◆

長談至夜，林母拿出相冊，絮絮叨叨地講著林驍飛生前的事，自始至終沒有提及林驍飛重病時，家裡遭人圍堵潑漆的鬧劇。

花崇後來將話題轉移到林驍飛的朋友上，林母說出了很多人的名字，不是鄰里街坊，就是化工廠的工友。

「他們都很好，逢年過節老是提著年貨來看我。驍飛葬在市郊的公墓，我一個人去的話，要搭好幾趟公車，都是他們輪流開車送我去的。」林母眼裡又有了淚，「驍飛有這樣的朋友，我也知足了。」

「那網路上呢？」花崇又問：「林哥在網路上有沒有認識什麼朋友？」

「這個……」林母想了想，「這我不清楚。」

花崇點開存在手機裡的影片，正是寵物店拍到的「王闖」，「這個人您見過嗎？」

林母接過手機，看了許久，搖頭：「我沒有見過。」

花崇觀察林母的表情，看得出來她的反應不是裝的，輕歎一口氣，關掉影片。

時間不早，關於林驍飛已經瞭解得差不多了，但凶手依然藏在雲霧之中。林母提到的那些人，雖然都是林驍飛的朋友，但單以經驗分析，花崇就知道都不是凶手。他們關心林驍飛，但都有自己的生活，不至於會為了林驍飛揹上殺人的罪名。

而這個「王闖」，林母竟然不認識。澤城很小，林驍飛的工作生活環境又相對封閉，既然林母沒見過「王闖」，那就說明「王闖」不屬於澤城，他不可能是林驍飛生活裡的朋友。

這時，柳至秦看了看陽臺旁的「大腦袋」電腦，問：「陳婆婆，這台電腦能借我一段時間嗎？」

林母警惕起來，「可它是驍飛的遺物。」

柳至秦難得不知該如何解釋。

拿走這台電腦，是希望查到凶手的蛛絲馬跡。而這個凶手，是在為林驍飛「復仇」。

如果林母知道林驍飛在網路上承受的一切，她會不會感謝這位凶手？

突然，一直沒怎麼說話的徐戡說：「陳婆婆，您不是說過林驍飛有個出書的願望嗎？」

林母茫然地點了點頭。

「我想幫他，也幫您完成這個願望。」徐戡目光懇切，輕輕握了握林母的手。

林母老淚縱橫，「你真、真的能幫驍飛出書？」

徐戳點頭，「我以我個人的名義向您擔保，一定會想辦法讓林驍飛的這本《永夜閃耀處》出版。」

林母已經泣不成聲。

「所以現在我想暫時帶走這台電腦，看看裡面是否還有林驍飛的其他作品。」徐戳溫和地說：「這些筆記本和草稿我也想帶回去。您不懂電腦，不會打字，但我會。」

幾人帶著電腦、筆記本離開林家。小向和老邱完成任務，也各回各家。花崇打開後車廂，柳至秦將主機放了進去，徐戳則提著一袋筆記本，把它們放在主機旁邊。

天色已晚，不可能連夜趕回洛城，加上還有事情需要澤城警方配合，三人匆匆解決晚飯後住進警局附近的招待所。

拿著兩張標間的房卡，花崇問：「誰跟我住？」

柳至秦看了一眼徐戳，徐戳立即從花崇手裡抽走一張房卡，「我是法醫，我一個人睡。」

「你是法醫跟你一個人睡有邏輯聯繫嗎？」花崇打趣道。

「有啊，我們法醫都愛清靜。不像你們，出差睡同間房還得比劃兩下，不然睡不著覺。」

「比劃兩下？」柳至秦不解。

「別聽他亂說，就是曲值偶爾發瘋，抓著人比劃而已。」花崇朝樓梯走去，「上次他跟曲值出差，曲值想教他打拳……」

小城市的招待所條件一般，但因為來住的大多是警務人員，沒有社會閒散人士來開房，屋裡還算乾淨整潔。花崇累慘了，熬夜、耗腦、長途奔波積蓄的疲憊全湧了上來，一進屋就倒在床上，半天沒動靜。

柳至秦坐著休息了一會兒，想跟他聊聊案子，才發現他已經睡著了。

房間的燈光不算亮，半開的窗戶灌進初夏的風，柳至秦在花崇床邊站了片刻，輕手輕腳走去窗邊，拉上窗簾，接著關掉大燈，只開了自己床頭的一盞小燈。

他不想吵醒花崇，快速洗完澡，準備去樓下買一桶礦泉水。剛走到門口，就聽到花崇喊：「你去哪裡？」

他轉身：「你醒了？」

花崇撐起身子，「我居然睡著了。」

「這幾天太累了。」柳至秦指了指浴室，「既然醒了，就快去沖個澡，早點休息。我要下樓買水，你有沒有什麼想帶的？」

花崇本來想說「幫我買一包菸」，又覺得在這個地方抽菸不方便，於是作罷，「買盒巧克力吧。」

「晚上吃巧克力？」

「放心吧，我吃了也睡得著。就是嘴饞，突然想吃。」

柳至秦扶著門把，「那好。」

不到十分鐘，柳至秦就回來了。花崇已經洗完澡，坐在床邊裸著上身擦頭髮。

見狀，柳至秦拿來一張浴巾披在他肩上，「借吹風機了嗎？」

「沒。」

「我去借。」
「不用，現在天氣熱了，等等就乾了。」
柳至秦略有遲疑，「我還是去借一個回來。」
「噯，真的不用。」花崇下意識伸出手，捉住他手腕，「剛才睡了一會兒，睡意都消了，我們分析一下案子，到睡覺的時候，頭髮肯定已經乾了。」
柳至秦垂眼，看到花崇濕漉漉的手。
「不好意思。」花崇笑著收回手，「忘了手上有水。」
「沒事。」柳至秦將買來的東西放在兩張床中間的櫃子上，去浴室沖了腳，坐在床邊，「花隊，過來的路上，你不是說『王闖』有可能也是網路作者嗎？我現在覺得這個可能性非常大。」
花崇撕開巧克力的包裝，分了一塊遞給柳至秦。
「我也這麼想。林驍飛現實中的朋友雖多，但不像是會為他殺人『復仇』的人，這一點明天再去澤城市局查一次就能確定。我猜，『王闖』在網路上與林驍飛交情匪淺，對於林驍飛的遭遇，他完全能感同身受。我本來想過會不會是粉絲，但一來林驍飛幾乎沒有粉絲，二來粉絲也許達不到那麼高的共情。」
柳至秦站起來，「要不然我現在就去看看林驍飛的電腦。」
「別！你坐下。」花崇說：「這一查又得通宵，你熬不住。」
柳至秦沒有堅持。人的精力有限，他實在是累了，反應都不比平時快，這時候勉強工作不是什麼好事。

「如果凶手是與林驍飛交好的網路作者，一些疑點就說得通了。」花崇靠在床頭，掰著巧克力，「他可能與林驍飛有相同的遭遇，說不定也被Ｅ之昊琅欺壓過，我覺得這是一條線索。」

「嗯。」柳至秦贊同，「林驍飛去世已經接近五年，他到現在才『復仇』，可能是突然受到某種刺激。在他眼裡，自己是林驍飛的……」

「知己。」花崇淡淡道：「在殺死鄭奇時，他燒掉了鄭奇的食指，這是懲罰他的『鍵盤魔人』行徑。挖掉鄭、何的心臟，是指他們沒有良心。他大概認為，自己的行為可以配上那句古話——士為知己者死。」

「不。」柳至秦道：「他這是士為知己者『死人』。」

半晌，花崇歎了口氣，「原來《永夜閃耀處》差點就能賣出版權了，這點我真的沒想到。」

「我也沒想到。等案子結束，有時間了，我想好好看一下這篇小說。」柳至秦理了理枕頭，「看樣子林驍飛在堅持寫作多年後，終於寫出了一篇各方面都不錯的小說，以至於吸引了版權投資者的目光。想來也是，如果《永夜閃耀處》毫無讀者基礎，無法出現在網站的顯眼位置被人找到，鄭奇當初碰瓷Ｅ之昊琅時，也不會盯上《永夜》。」

「難怪陳婆婆哭得那麼厲害，如果版權買賣最終談成，林驍飛下一步的治療費用就有了著落。」花崇抬起手臂，遮在眉骨上，「人生禍福簡直說不清楚，誰知道哪天災禍就從天而降。」

「最後版權沒有談成，大概也是因為那場『抄襲』風波吧。」柳至秦頓了頓，「一部已經臭了的小說，即便寫得再好，也沒有收購的價值了。從這一點來說，林驍飛人生的各方面都被毀了。」

「案子解決之後，一定要請專家來鑑定一下，看《永夜閃耀處》是不是抄襲《暗星歸來》。如果沒有，我們應該還林驍飛公道。」
「但是這樣的公道，其實已經晚了。」柳至秦歎息道：「人已經不在了，公道對逝者來說沒有意義。」
「總比沒有好。」花崇說：「在這件事情上，徐戡已經帶著很強烈的個人情緒了，他想託關係讓《永夜閃耀處》出版。一旦出版，必然會有經歷過當年『抄襲』事件的人出來指認《永夜》抄襲。如果徐戡拿不出有力的證據證明它並非抄襲，那對逝者來說就是第二次傷害，出版也會困難重重，所以鑑定是必須要做的。」
「也對。」柳至秦翻身道：「昨天太忙了，有個細節我來不及跟你說。」
「什麼？」
「我覺得『王闖』是個喜愛動物的人，二娃生病了，他會帶二娃去找賣家，尹超直播虐殺貓狗，他用尹超的三輪車運鄭奇的屍體。但最後，他為什麼會把二娃放在家中自生自滅？這和他之前的行為有邏輯上的矛盾。」
「他沒有讓二娃自生自滅。」花崇道：「他幫二娃準備了夠吃一週的糧食和水，一週後，房東會去收回房子。但說到這裡，我也覺得很奇怪，他身上有一些很矛盾的地方，我暫時抓不到線索。」
「也就是說，他是不得已才將二娃丟在租屋處的？」
「應該是。」花崇打了個哈欠，眼皮打架，「我有些撐不住了。腦子是糊的，越想越亂。」
聞言，柳至秦突然從床上下來，彎腰摸了摸他的頭髮。
他挑起眉梢，懶洋洋地問：「幹嘛？」

「看看你頭髮乾了沒。」

「乾了，你真是……」花崇拉起被子，上次沒說完的話，這次因為疲勞而沒忍下來，「像個媳婦。」

說完，居然就睡著了。

柳至秦愣了幾秒，指間還保留著頭髮的觸感。

須臾，他轉過身，回到自己床上，關掉了床頭的檯燈。

◆

花崇早就習慣了睡眠不足的生活，只要不是休息日，他向來都是睡得差不多了就醒來。

清早，晨光還沒有透過窗簾照進來。他睜開眼，拿起手機一看時間，六點。坐起來伸了個懶腰，正要踩著拖鞋去浴室，突然意識到柳至秦還在睡。

停下腳步，他先是居高臨下地俯視側臥著的柳至秦，幾秒後蹲下，撐著下巴作觀察狀。

一定是這段時間累得不輕，柳至秦看起來睡得很沉，半點醒來的跡象都沒有。呼吸平緩，臉上平靜無波。

他看了一會兒，腦子裡冷不防冒出一個詞——美男子，旋即被雷了一下，心中略感好笑。

柳至秦的確長得帥氣，個頭那麼高，身材也挺好，不大符合他對於「警方技術人員」的想像。

公安部訊息戰小組自然是一群高智商技術人員，成日坐在辦公室與電腦打交道，雖然名義上也是警察，但和在外面風裡來雨裡去的特警、刑警、交警毫無共通之處，和IT宅男倒是更相似一些。可是柳至秦身上偏偏沒多少宅氣，看起來也不斯文，連眼鏡都沒戴，視力似乎非常好，感覺給他一把突擊步槍、一套叢林迷彩衣，他就能客串一下特警。

這麼一想，花崇突然挑起一邊眉梢。

柳至秦剛來的時候，他偶爾有種似曾相識的感覺，如今相處的時日漸長，越來越熟悉，那種感覺就好像消弭在日常瑣事中了，但想像著柳至秦穿作戰服的樣子，似曾相識感又回來了。

他輕輕「唔」了一聲，站起來，朝浴室走去，腳步聲趨近於無。

這真是稀罕。刑警們出差是常事，住的大多是條件不怎麼樣的招待所，地上沒有吸音的地毯，拖鞋又特別劣質，走路總是「啪噠啪噠」響。大家也都不講究，一早起來不是一步一聲地雷響，就是將浴室門甩出轟轟烈烈的陣勢。

花崇和很多隊員一起住過，從來沒刻意降低過自己弄出的聲響，畢竟室友也是粗糙男人，互相都不介意。但這次睡在另一張床上的是柳至秦，他就像性格突然變了，不僅走路很輕，連洗漱都很小聲。

結果從浴室出來時，還是看到柳至秦醒了。

「我吵醒你了？」他問。

柳至秦半瞇著眼，搖了搖頭，嗓音帶著一些剛醒的沙啞，「花隊，早安。」

花崇突然手癢，想搓一搓他的腦袋。

柳至秦彎腰找鞋，半天都沒找到，花崇才發現自己腳上踩著的是他的拖鞋，連忙踢過去，笑道：

「剛才認錯了，穿了你的。」

他光著腳跳上床，開始換衣服。

柳至秦沒說什麼，看了他一眼，穿上拖鞋就走去浴室。出來時，花崇已經換好衣服了。

「我們今天回去嗎？」柳至秦問。

「肯定得回去。」花崇說：「去市局一趟就走，主要是和他們溝通一下，讓他們調查與林家走得近的人。回去後，老陳說不定就會叫我們開會了，鄭奇、何逸桃兩個案子可能會移交到上面，這得由我們去做彙報。」

柳至秦點點頭，「聽你安排。」

不出花崇所料，林母提到的人近年來都安分守己地住在澤城，既沒有作案能力，也沒有作案時間。

中午，三人離開澤城，這次是花崇開車，徐戡精神不振，被趕到了後座。

「你怎麼回事？」花崇看了看後視鏡，「昨晚去幹嘛了？」

「看《永夜閃耀處》。」徐戡打了個哈欠，靠在窗邊吹風。

花崇本想吐槽他兩句，坐在副駕上的柳至秦搶先道：「看到多少了？」

「沒多少，他連載的網站已經沒辦法看了，我昨天找到了前面一百多章的盜版TXT，看到半夜四點，也才看了五十章。」

「怎麼樣？」柳至秦又問。

「你是問寫得怎麼樣？」徐戩說：「我以前看很多外國的科幻，國內的沒看過幾本，他這篇是軟科幻，設定挺新奇的，我覺得不錯。對了，我聯繫了我做出版的朋友，靠關係的話，這篇小說不難出版。」

「你給我等等。」花崇道：「案子都沒解決，你就忙著幫林驍飛出書？」

「案子的確沒解決，但出書也不是一蹴而就的事，我這裡先做好準備，有什麼錯？」

柳至秦側過身，「花隊的意思是，在決定《永夜閃耀處》是否應該出版之前，得做一次專業的鑑定。」

徐戩並非感情用事之人，「我明白，這項工作交給我。」

花崇知道他父母都是知識分子，家裡有些背景，做事也比較可靠，但還是忍不住敲打道：「你先把本職工作給我做好。」

「不會拖你們重案組的後腿。」徐戩說完敲了敲柳至秦的椅背，學花崇道：「小柳哥。」

「嗯？」

「你能查到當初是誰想跟林驍飛買版權嗎？」

「應該能。」柳至秦說：「其實昨天晚上就想查，但實在太睏了。這趟回去我就著手，花不了多少時間。」

「那就好。」徐戩鬆了口氣。

出差一天一夜，回到洛城市局已是下午四點。柳至秦來不及休息，馬上將林驍飛的主機搬到重案組休息室，那裡還放著從鄭奇老家運來的電腦。

花崇說：「你忙，我去找老陳。」

曲值趕來道：「花，你現在才回來，陳隊找你半天了。」

「案子有進展了？」花崇問。

「我們這邊提供的影片起了很大的作用，幾個省市聯動，加上公安部協調，剛才終於確定了『王闖』的真實身分！」

花崇精神一振，「是誰？」

「這個人居然在網路上還小有名氣。」曲值說：「本名楚皎，是個寫小說的！」

寫小說……網路作者？

花崇快步上樓，走過場似的敲了敲陳爭辦公室的門，往裡面一推，「陳……」

辦公室裡除了陳爭，還有兩名陌生人。

其中一人非常年輕，留著三分頭，眼睛很亮，看上去自帶一股蓬勃朝氣，讓他不禁想到當年在西北一起吃沙子的邊防戰士。另一人則成熟內斂許多，眉宇間盛著幾分客套疏離的笑意，約莫三十幾歲，跟自己差不多年紀。

他關上門，朝兩人友好地點了點頭。

「你來得正好。」陳爭說：「介紹一下，這兩位是公安部派來指導我們工作的，特別行動隊刑偵分隊隊長沈尋，還有他的小隊員樂然。」

不出所料，公安部果然派人來了。

「陳隊謙虛了，這哪是指導工作，我們這是通力合作。」三十幾歲的男子說完轉過身，伸出右手，「你好，我是沈尋。」

花崇禮貌地一握：「花崇，重案組隊長。」

「我是樂然。」站在沈尋旁邊的年輕人聲音特別洪亮，精氣神也足，「花隊你好！」

花崇心頭開心了，原以為公安部派來的會是一群老氣橫秋的老幹部，沒想到來者一人與自己年紀相當，看上去與陳爭還頗有交情；一人是個二十多歲，一看就精力旺盛的小隊員。這樣一來，之後辦案的阻礙會小很多。

「人差不多到齊了，我們繼續聊案子。」陳爭幫花崇倒了杯水，「曲值有沒有跟你說，我們已經查到『王闖』是誰了？」

花崇點頭，「是名作者？」

「對，這多虧了你們前期的排查工作。」沈尋遞來一份資料，「楚皎，今年三十歲，國中文憑，梧省相城人。長期從事網路小說創作，筆名『烧瘋』，是靈動文學網的簽約作者。從去年十月起，他就銷聲匿跡了。他的微博粉絲有十二萬，在靈動文學網算比較有人氣的寫手。」

花崇對網路文學界知之甚少，問：「有沒有查到他和林驍飛，也就是風飛78的關係？」

「時間太緊迫，我們查到的資訊有限。」沈尋說：「暫時只能確定去年九月底，楚皎因為發了一條諷刺易琳琅的微博，而被粉絲、網軍攻擊到刪微博、道歉。這個易琳琅，就是E之昊琅。」

◆

「《玄天山河》，一個偽君子創造的欺上瞞下，逆襲上位的故事。」

花崇看著早已被罵到刪掉的微博，尋思片刻，「偽君子？這個詞一語雙關啊，既指代《玄天山河》的主角，又指代易琳琅本人。」

「沒錯。這條微博剛發出來時，就有人在評論裡猜測他說的『偽君子』指的是E之昊琅。這位聲名大噪的作家雖然紅得發紫，但是黑料也不少，早就有網友說他是只會炒人設的偽君子了。」沈尋道：「去年九月，剛好是《玄天山河》在網路上造勢特別猛的時期，電視劇開拍，動畫上線，同名遊戲開始公測。讀者對原著的評價褒貶不一，有多少誇獎的聲音，就有多少批評的聲音。但在公開場合諷刺《玄天山河》的網路作者卻只有楚皎一人，難怪會被大量粉絲攻擊。在這之後，他就再沒在網路上出現，連載的小說《懷戰》也停更了。梧省那邊正在調查他家裡的動向，目前還沒取得什麼進展。」

花崇沉默了幾秒，索性道出與柳至秦的猜測——楚皎和林驍飛一定有淵源，他們早就在網路上認識了。楚皎殺害鄭奇等人，是為了替林驍飛復仇。

樂然聽得津津有味，偏過頭看沈尋。

「很有說服力的推論，但是現在有個問題。」沈尋手指在桌上點了點，「我們還沒有完整的證據，證明楚皎是凶手。鄭奇、何逸桃這兩個案子的現場，沒有採集到能指認凶手的證據。幼犬毛髮把他引了出來，卻不能讓他伏法。目前梁蕊兒三人仍是活不見人，死不見屍，我個人認為，他們不可能還活著。那現在就只能寄望於儘早找到他們的遺體，並提取到有說服力的證據。」

花崇蹙眉，這的確是件非常棘手的事。

「我覺得有希望！」樂然突然說：「我們不是已經確定楚皎躲在臨江省了嗎？省市聯動，他根本逃不了。依我判斷，抓捕是今明兩天就能搞定的事。一旦逮住他，我們也能問出線索。」

花崇抬起頭，看了看這精神十足的年輕人，忽然想到可能真的能在楚皎身上找到突破點——何逸桃遇害時，凶手拍了一套血腥至極的照片。這些照片的原始檔案在哪裡？傳給那名駭客時，有沒有在網路上留下痕跡？這一切在找到楚皎之後，都會有答案。

「還有。」樂然接著說：「至秦哥那麼厲害，我們肯定能破案。」

「至秦？」花崇一愣，才意識到對方應該是柳至秦的老朋友。

「我們以前是同事。」沈尋笑道：「雖然不在同一個部門，不過也合作過幾次。還以為一來就能見到他，結果陳隊說他出差了。」

「已經回來了。」花崇說：「我跟他說他『老家』肯定會派人來，他可能不知道是你們來了，現在在樓下處理網路這一塊的線索。等等要下去打聲招呼嗎？」

「不了，案子沒破，我們也走不了，見面的機會還很多，就暫時不去打擾他了。」沈尋清了清嗓子，「這案子需要多個單位合作。我特別行動隊的同事已經在臨江省了，我們有任何發現都互相知會一聲。我還得去一趟省廳，樂然留在這裡，有事儘管差遣他。」

樂然似乎下意識地挺了一下腰背，站得筆直，有幾分軍人的氣勢。

命案已經移交省廳，還有公安部把關，嫌疑人不在洛城也不在函省，重案組一改前幾天全體忙得焦頭爛額的狀態，頓時閒了下來。但大家都輕鬆不起來，一是案子在自己手上沒破，雖然這確實不是一個市局能處理的案子，不過想起來還是鬱悶。二是都知道了林驍飛的遭遇，心頭難免沉重。

沈尋把樂然交給花崇，花崇也只好帶著這個年輕人回重案組辦公室，得知對方今年二十三歲，以前當過兵。

難怪。花崇心想，這個身材和氣場，一看就是部隊裡出來的。

不過聊到在部隊裡的事時，樂然卻不願意多說，笑了兩聲便岔開話題。

花崇也沒追問，想起對方認識柳至秦，索性道：「你和沈隊與小柳是在公安部認識的？」

「更早一點。」樂然說：「以前我和尋哥還沒有調去公安部時，至秦哥幫了我們一個大忙。不過當時我還沒見過他，他是尋哥的朋友。後來去了公安部，我才第一次和他見面。」

花崇「嗯」了一聲。不用問都知道，柳至秦一定是在網路上幫他們截取到了什麼關鍵證據。

「至秦哥突然調走，我還有點捨不得。」樂然繼續道：「感覺沒跟他共事多久，他就溜了。」

花崇想起當初問柳至秦為什麼要來洛城，柳至秦說自己犯了錯，樂然肯定知道一些，沈尋也許知道得更多。他微張開嘴，猶豫片刻，卻將話咽了回去。

算了，柳至秦不說有不說的理由，他沒有必要四處打聽。

樂然似乎也沒有想八卦柳至秦的意思，道：「案子昨天報到特別行動隊後，尋哥一看是洛城市局，就帶我來了。至秦哥當年幫過我，我也想為他出一份力。」

「謝謝。」花崇在樂然肩上拍了拍，「等案子破了，我們請你和沈隊吃飯。」

「不能讓你們破費。」樂然正經地說。

「沒事。」花崇笑：「陳隊知道嗎？就是剛才辦公室裡的那位，他啊特別有錢，讓他請。」

樂然想了想，「我尋哥也有錢，還是我尋哥請吧。」

花崇忍俊不禁，「有你這樣出賣隊長的嗎？」

樂然笑起來，指著前面的玻璃門，「那就是重案組啊？」

「嗯，走吧。」花崇快步上前，推開玻璃門，先讓樂然進去。

曲值只知道公安部有派人來，但沒看到，一看花崇帶著看起來比張貿還小的年輕人回來，立即湊上去，「喲，又有新人了？」

樂然大大方方地敬了個禮，「你好。」

「什麼新人？」花崇故意說：「公安部來的長官。」

曲值驚呆了，「我、我靠！這麼年輕？」

「不是不是！」樂然連忙說：「我不是長官，我、我是來和你們一起工作的。」

花崇不逗他了，「隨便坐，別拘束。我先去看看小柳哥……小柳那邊有什麼進展了沒。」

樂然沒要求跟著去，「好，花隊你忙。」

休息室剛裝上沒多久的窗簾大開，陽光像燈籠一樣照亮了整間房間。花崇推門而入，柳至秦聞聲朝他看來。

「查到什麼線索了沒？」他關上門，走到沙發邊。

柳至秦微蹙著眉，眼中流露出幾分困惑。

「怎麼了？」他又問。

「我已……」柳至秦嗓子有些啞，咳了兩聲才道：「我已經抓取了林驍飛電腦裡的所有痕跡，他的多個筆名、網名我也查過了。」

花崇連忙坐下來，「然後呢？發現了什麼？」

「他在網路上沒有交過朋友，一直以來都是獨自寫作。小說發布在專門的連載網站上，讀後感發在自己的部落格，偶爾會在『烽燧』等論壇與別人交流，但這完全稱不上交友。」柳至秦說：「他既沒有一同討論寫作的作者朋友，也沒有長期追隨他的讀者。我們昨晚猜測凶手是一名網路作者，是他的『知己』，但目前看來，這不成立。」

花崇也很驚訝。公安部已經確定了，「王闖」的筆名是烷瘋，真名楚皎，正是一名與E之昊琅有過矛盾的網路作者，這從側面印證了他與柳至秦的猜測。但突然，柳至秦告訴他，林驍飛沒有這樣的朋友。

這就像從A線索推出了B結論，而倒回去，B卻不能回到A，反倒得出了C結論。

花崇彷彿看到一座複雜的迷宮，面前是一條接一條的死路。

他鎮定片刻，告訴自己一定是哪裡弄錯了，接著將公安部派人來，確定了「王闖」身分的消息告知柳至秦。

「是嗎？」一時間，柳至秦眉間皺得更緊，「既然如此，那我們的猜測應該不會有錯。但為什麼林驍飛和他在網路上毫無交集？」

「會不會是有，但暫時還沒有查出來？」

柳至秦看向電腦，過了大約半分鐘才道：「我是鋪網式復原抓取，按理說，不會有遺漏。」

花崇深吸一口氣，一時也摸不著頭緒。

須臾，柳至秦甩了甩頭，「對了，剛才在查找痕跡時，我發現林驍飛並沒有在網路上罵過其他作者的小說，更沒有在罵人後自薦自己的小說。五年前關於他嘲諷其他作者的截圖，全是偽造的。他上網時間有限，只發小說、看小說、寫感想而已，從來沒有參與過網文圈的紛爭。和我們想像的一樣，他完全不會經營自己。別的作者通常都有幾位圈內朋友，也極有可能與讀者產生交情，但他要嘛就是因為上網時間有限，或者是性格如此，在網路上並未交到朋友。」

「編輯呢？」花崇問：「他和那個什麼幻想文學網是簽約關係，按理說會有一名編輯。」

「的確有一位，但他們之間缺少溝通。」

「為什麼？」

「林驍飛不紅，也不會『討好別人』，一個編輯手下有幾十上百人，根本顧不到他。」

「也就是說，他在網路上是『孤家寡人』？」

柳至秦抿著唇線，過了一會兒才答：「看起來是。」

花崇將手指插在頭髮裡，用力搓了搓，「這他媽怪了。楚皎與E之昊琅有矛盾，卻不認識林驍飛，而他殺了當初因為E之昊琅而攻擊林驍飛的人……這根本說不通！」

柳至秦不語，左手在沙發上一陣摸索，拿起半包菸。

「想抽菸？」花崇問。

「嗯。」

花崇摸出打火機，兩人一起點了菸。

休息室煙霧繚繞，所幸沒有安裝報警器。

半晌，花崇問：「那陳婆婆說的那件事呢？是誰想跟林驍飛買《永夜閃耀處》的版權？這會不會是一條線索？」

「是一家小規模的IP收購公司，其實就是個工作室，入手有潛力的作品，然後高價賣給別的公司。」柳至秦抖掉一截菸灰，「這個工作室三年前就被另一家收購。當年他們是透過幻想文學網聯繫林驍飛，看樣子確實是希望將《永夜閃耀處》買下來，只是後來發生了那種事，就不了了之了。這在操作上沒什麼問題，也沒有可疑點。」

花崇撐著下巴，「怪了，那現在的情況就是——其實並沒有人為林驍飛『復仇』？」

片刻，柳至秦說：「花隊，難道是我們一開始的方向就錯了？」

休息室陷入沉重的安靜，太陽陰了一些，灌進一股燥熱的風。花崇雙手撐住太陽穴，思考許久，道：「不，不可能。楚皎肯定與案子有關，否則他為什麼要躲？另一方面，兩名死者、三名失蹤者的唯一聯繫就是林驍飛，如果將林驍飛從中摘去，那這五樁案子就毫無聯繫了。」

柳至秦深吸一口氣，靠在沙發上，疲憊地揉了揉眉心，「那我再從楚皎著手查查看。」

花崇偏過頭，目光落在柳至秦的眉眼上。柳至秦也正好抬起眼，與他目光相觸。

「嗯？」

花崇伸出手，掌心捂著柳至秦的額頭，「你是不是很累？」

「還好。」柳至秦莞爾，「案子沒破，就算想休息，心裡也不踏實。」

「不休息沒關係，但得準時吃飯。」花崇說：「你餓不餓？」

柳至秦按了按胃，忙的時候察覺不到，現在才發覺的確餓了。
「走，先去吃飯。你以前的同事看起來飯量很大，我們別讓他餓到了。」
柳至秦詫異，「誰？」
花崇：「我剛才沒跟你說公安部是派誰來嗎？」
柳至秦搖頭。
「看看我這腦子。」花崇笑了笑，「特別行動隊的沈尋和樂然。我聽樂然小哥說，你不僅是他們的前同事，還是朋友。」
柳至秦眼睛微亮，神情輕鬆不少，「居然是他們。」
「嗯。沈隊去省廳了，把樂然扔給我，說是隨便使喚。我看那孩子滿有精神的，肯定很會吃。」
柳至秦笑：「長得很有精神就很會吃嗎？」
「不然呢？」
「然哥是很會吃。」柳至秦站起來，將物品歸置一番後低聲道：「跟你有得拚。」
花崇沒聽清楚，「你嘀咕什麼？」
「沒，你聽錯了。」
花崇狐疑地挑眉，又說：「樂然才二十三歲，你叫他『然哥』？」
「沈尋老是這麼叫，我偶爾就會條件反射，也跟著叫『然哥』。」柳至秦心想，你還叫我「小柳哥」，難道我年紀比你大？
「原來如此。」花崇想了想，「那我也叫他『然哥』？」

「不用，叫他『樂樂』就行了。他們特別行動隊都叫他『樂樂』。」
花崇笑了，「這名字真喜慶。」
「是啊，人也喜慶。」
柳至秦打開門，一眼就看到樂然。
樂然也看到他了，大聲道：「至秦哥！」
花崇壓低聲音說：「瞧，是不是超有精神？」
柳至秦也壓低聲音，「他平時嗓門更大，現在是到了新環境，有點不適應。」
樂然快步走來，將柳至秦上下打量一番，用力在他手臂上一拍，「至秦哥，最近還好嗎？」
「別用你打拳的力量來捶我。」柳至秦好笑道。
「太用力了嗎？」樂然看了看自己的手，「不會啊，我都餓了，使不出什麼力。」
花崇聽得發笑，對柳至秦一眨眼，「看到沒，都餓了。」
柳至秦點頭，「嗯，招待不周。」
樂然聽懂了，急忙爭辯，「我不是這個意思。」
花崇有點喜歡這個活力十足的「小長官」，笑著攬著他的肩膀，「我們也餓了，走吧，吃飯去。」
正是吃飯時間，樂然以為要去食堂，沒想到被拐去了市局對面的巷子裡。花崇像當初第一次帶柳至秦來吃飯時一樣，東家買一堆，西家買一堆。但樂然的反應和柳至秦當時截然不同，柳至秦是「點這麼多嗎？」，樂然是「那邊還有一家店」。
花崇覺得自己簡直找到了一個完美的飯友。

席間，花崇才知道樂然剛穿上警服時不是刑警，而是特警，頓感親切。

「花隊，你以前也是特警啊？」樂然放下手中的烤串，由衷道：「真厲害！」

花崇沒明白他的「真厲害」是什麼意思，柳至秦倒是聽懂了。

「你從特警調成刑警，才幾年就已經當上重案組隊長了。」樂然說：「了不起。」

花崇笑，「你年紀輕輕就在公安部任職了，你才是了不起。」

「我是跟著尋哥而已。」樂然摸了摸額角，竟然有點不好意思，「都是尋哥幫我。」

花崇心念電轉，發覺樂然對沈尋似乎有點「不正常」。

柳至秦將剩下的烤羊排分成兩份，「你們都了不起，戰鬥力這麼強，把一大桌菜吃完了。」

夏天很晚天黑，三人吃完夜飯，天還亮著。花崇買了些宵夜，剛回到辦公室就被搶光。

花崇想趕組員們回去休息，畢竟現在能查的都集中在柳至秦那邊，張貿等人即便留著不走，也出不了什麼力。既然如此，不如回家睡個覺，但居然沒人離開。

曲值抱著大瓶裝的冰紅茶，「算了，都忙這麼多天了，也不差這兩天。反正我回去也是打遊戲，不如在這裡貢獻餘力。」

其他人也是這個意思。

既然如此，花崇便不再勉強。

柳至秦關上休息室的門，盯著一堆電子設備出神。

鄭奇的電腦還沒有修好，但已經沒有修復的必要了。當初將這台電腦運回來，是認為能在其中找到鄭奇高中時參與某件嚴重網路暴力事件的證據，但現在已經以另一種方式找到了。林驍飛的電腦裡痕跡清晰，光是看他過去的上網記錄、言行，就能判斷出這是個老實、踏實、有些理想主義情懷的人。他真的與楚皎毫無關係嗎？是不是還有什麼沒查到？

夜一深，周遭就變得沉靜。柳至秦食指抵著下巴，眼底倒映著螢幕的幽光。

不查不知道，這個楚皎，居然與易琳琅有非常密切的聯繫。早在六年前，他就是當時還沒有紅起來的E之昊琅的「槍手」，那篇引起不小風波的《暗星歸來》，其中有一小部分正是由他完成，之後經過E之昊琅潤色，最終發表在銀河文創上。之後，他一邊為E之昊琅當槍手，一邊改換筆名，創作屬於自己的小說，直到去年十月銷聲匿跡。

不，不是真的銷聲匿跡——他在調查風飛78。

◆

半夜開會總是讓人提不起精神，花崇去陳爭辦公室找待客的紅茶，沒找到，只能翻出自己的菊花茶，泡了兩杯遞給沈尋和樂然。

「易琳琅現居加拿大，易家非常富有，他幫自己樹立的卻是『平民人設』。」

沈尋說：「我剛得到的消息，這些年他發表的所有文章裡，主要人物、重要線索與劇情都是花錢買的。他在寫作上花了不少精力與財力，可以說，他應該是喜愛寫作的，但因為天賦不足，只能透過『買賣』和『炒作』這兩種方式，讓自己成為眾人仰望的『人神』作者。」

「沒錯，楚皎也是他的『槍手』之一。」柳至秦神情嚴肅，「現在已知的線索，楚皎最晚在十七歲時就開始創作，時間與林驍飛相差無幾，境遇也差不多，一直沒多少人看。國中畢業後，他就沒有念書了，在汽修廠工作，因為自己寫的小說沒人看，他開始為一些當時已經有一定名氣的作者當『槍手』。

這筆收入遠遠超過他以自己的筆名寫作的所得，也高於他當汽修工人的工資。之後，他成了職業『槍手』。六年前，他成為了易琳琅的專屬『槍手』，我拿到了他們的保密合約和轉帳記錄。易琳琅支付了大筆傭金給他，既是創意、文章的買斷費用，也是封口費。但楚皎在經濟寬裕之後，以『烷瘋』為筆名，重新創作屬於自己的小說，並在去年走紅。我暫時沒有查到他們之間決裂的具體原因是什麼，但估計與楚皎當時正在連載的小說，也就是《懷戰》有關。」

花崇快速翻閱報告，抬起頭，「易琳琅還想買，而楚皎不願意再賣？」

這時，沈尋放在一旁的手機震動起來。他瞥了一眼，沉聲道：「特別行動隊的消息。」

花崇呼吸一提，看向柳至秦。

柳至秦很輕地點了點頭。這時候來電，多半是案件有了突破性進展。

「兩個消息。」沈尋從走廊上回來，眉心微蹙，「璋省警方發現了一具局部白骨化的屍體，極有可能是此前失蹤的梁蕊兒。」

花崇站起來，「局部白骨化？那致命傷呢？是不是位於頸部？」

沈尋點頭：「現在正在進行屍檢，具體死因還不明確。不過這個問題我剛才也問了，死者確實遭到割喉。」

「那就和鄭奇、何逸桃一樣了。」柳至秦拿著一支筆，「照理說，凶手連續犯案，經驗會一次比一次老道，手法一次比一次嫻熟，越到後面，留下的證據就越少。從失蹤時間上看，梁蕊兒可能是第一名受害者，屍體呈局部白骨化也說明她遇害有一段時間了。那時候凶手還沒有太多經驗，心理上也必然會忐忑，說不定留下了什麼關鍵證據。」

「沒錯。」花崇道：「我們必須去一趟璋省。」

「先等等，還有一件事。」沈尋抬起手，看向花崇，「花隊，這件事也許更需要你參與。」

「什麼？」

「之前我們查到，楚皎藏匿在臨江省。但今天淩晨一點，也就是兩個小時之前，他已經搭上夜間巴士，從臨江省境內的玉功鎮離開了。」沈尋說：「我的同事剛剛才拿到車站的監視器畫面，這趟夜班車的終點站是臨江省東邊的豐省征城，但沿途隨時可以上下車。目前臨江省與豐省已經緊急調配警力了，天亮之前就會將他抓住。」

花崇從沈尋的話中察覺到一絲不尋常，而這一絲不尋常，正是他心中所慮。

「沈隊，你認為應該撤走警力，今晚放過楚皎？」他問。

「楚皎是你們發現的，我想聽聽你的看法。」沈尋說。

這個男人身上有一股含蓄卻迫人的氣場，而花崇與他正好旗鼓相當。

「我和你想法一致。」花崇從容道：「今晚不是與他攤牌的好時機。沈隊，麻煩你馬上協調，放楚皎去征城，務必不要打草驚蛇。」

沈尋點頭，「我這就去辦。」

兩人的啞謎打得樂然一頭霧水，「楚皎在臨江省藏了幾天，好不容易發現了他的蹤跡，為什麼不立刻將他帶來審問？」

「我們還沒有得到將他繩之以法的關鍵證據。」花崇說：「現在璋省那邊，屍檢、痕檢都還沒有結果，梁蕊兒的死到底和楚皎有沒有關係還很難說。後續如果一直找不到證據，楚皎就可以咬死他沒有殺過人。」

「現在就是機會。」柳至秦說：「我整理的二十一人名單中，有個名叫『黃慶』的人就在征城。玉功鎮是臨江省最偏僻落後的村鎮，楚皎以為從那裡搭巴士去征城不會被發現，或者說他知道自己有可能暴露，但還是要去，因為他還沒有殺完所有他認為該死的人。」

這時，沈尋打完電話，再次回到會議室，「已經溝通好了，征城會配合我們的行動，也會保護好楚皎的『目標』——黃慶。」

樂然激動道：「我們是要抓現行犯？」

「不一定。」花崇說：「楚皎到征城之後，可能不會馬上接近黃慶，他也許會在征城待一段時間，伺機而動。而在此之前，梁蕊兒一案的調查結果應該就會出來。只要找到一項指向楚皎的證據，我們就可以立即實施抓捕，不用等到他對黃慶動手。」

樂然躍躍欲試，「尋哥，讓我去征城吧，我留在這邊也幫不上忙，抓捕我最拿手！」

沈尋還未出聲，柳至秦就道：「我也去一趟征城。」

花崇有些詫異，「沒必要吧？楚皎什麼時候會行動還說不準，這邊可能還有其他任務，你走不開。」

「我先去，有任務我再回來。」柳至秦態度堅決，「花隊，你不是也要去嗎？」

「我……」花崇卡住了。

他是重案組隊長，手裡兩樁命案的犯罪嫌疑人出現在另一座城市，隨時有可能再次作案，他當然得去。但這和柳至秦也要去有什麼關係？

柳至秦是技術職，跟著去征城，難道還能親手抓楚皎？

「這樣吧。」沈尋說：「我們明天出發，至秦想去也沒問題，如果楚皎長時間沒動靜，再回來就好了。現在交通方便，不像以前只能搭慢速火車。」

花崇還想爭辯，柳至秦靠近一步，對他遞了個眼色。

他只好閉嘴。

幾小時一眨眼就過去，征城傳來消息，說楚皎已經下車，住進了城西的一家賓館。彰省也傳來消息，確認死者是梁蕊兒，致命傷與鄭奇、何逸桃一樣，但屍體掩埋現場並沒發現能指認凶手的證據。至於第一現場、監控等排查，得耗更多時間。

花崇跟曲值交代好工作，轉身就看到柳至秦朝休息室走去。他連忙跟上，「匡噹」一聲關上門，大步上前，將柳至秦逼到牆邊，「剛才怎麼不讓我說下去？」

柳至秦比他高，虛貼著牆壁，盯著他看了兩秒，語氣無辜，「哪個『剛才』？」

「就半夜和沈隊開會的時候。」

花崇也不是非要把柳至秦留在重案組不可，但對方執意要去征城讓他感到不解。

柳至秦的肩膀放鬆下來，反問道：「花隊，你不想要我跟你一起去征城嗎？」

花崇一時間被問倒了。

不想？倒也不至於。只是覺得柳至秦沒必要去，來回疲憊不說，也容易耽誤到重案組這邊的其他事務。

公安部特別行動隊已經派人過去了，征城那邊的警力也很充足，要拿下一個楚皎根本不在話下。自己過去是職責所在，柳至秦肩上卻沒有這個擔子。但一想，柳至秦話裡有四個字——「跟你一起」，他又發現，自己在主觀上還是希望和柳至秦一起去的。

這就不好回答了。

花崇頓覺心裡癢癢的，往後退了一步，敷衍道：「這和想不想沒關係……」

「你也知道，我以前在公安部相當於技術人員，和沈尋、樂然他們特別行動隊的不同。」柳至秦說：「現在既然調來了洛城刑偵分隊，就該有正經刑警的樣子。我想儘量多去現場，接觸更多案子，積累經驗，儘快彌補不足。剛才不讓你說，是怕你再說不讓我去的話。沈尋他們在場，你再堅持的話，就很不給我留面子了。」

花崇一愣，「怎麼扯到『面子』上去了？」

柳至秦似乎很認真，「是和『面子』有關啊。新上司不信任我，你說沈尋和樂然會怎麼想？」

「我可沒有不信任你，你想到哪裡去了？」花崇說：「還有，我看你現場經驗滿充足的，上次在洛大找屍塊時，別人看一眼就吐，你還拿起來看……」

柳至秦狀似無辜，「但還不夠，至少經驗沒你豐富。」

花崇想了想，「那倒是。」

「所以我想去。」柳至秦笑，「我保證這邊一有任務，我馬上就趕回來。」

花崇本來就決定和他一起去了，只是來問問他的實際想法而已，「好吧，等等就出發了，再檢查一下行李，別忘記重要物品。」

第五章　不是不報，只是時候未到

楚皎的行蹤、通訊已經完全處於監視中。花崇一行人在抵達征城後直奔市局，正好在畫面裡看到楚皎從旅館出來。

「他已經離開旅館兩次了，前一次是出門買毛巾、香皂等生活用品。」負責監控的刑警賈飛說：「我們在旅館附近布置了眼線，一旦他出現，就不會離開我們的視野。另外，黃慶身邊也安置了人手。他是外地人，今年二十四歲，在一家房屋仲介公司工作，獨自租住在城西，我們能保證他的安全。」

「辛苦了。」

花崇看了一會兒影片，轉身向柳至秦勾了勾手指。

「怎麼了？」柳至秦靠近。

「楚皎這次可能不會待太久。」花崇說：「他在洛城租了房，在這裡卻住在旅館裡，還買了不少生活用品，看樣子也沒有立即搬走的意思。」

「他已經殺人上癮，而且自認為經驗老道。」柳至秦點頭，「說不定他現在就是去打探黃慶的情況，一旦發現機會，就會立即動手。」

樂然說：「我怎麼覺得楚皎不像要去作案的樣子？」

花崇和柳至秦不約而同地朝他看去。

「你們看，楚皎根本沒有留意周圍的監視器。」樂然解釋道：「不應該啊，像他這樣的人在作案之前，應該會格外注意攝影機。」

「沒錯。」花崇想起鄭奇、何逸桃兩個案子，「他非常仔細，前期進行過周密的實地考察，否則不可能躲過所有監視器。」

「那他現在……」樂然想了一會兒才說：「怎麼會這麼業餘啊？」

聞言，柳至秦虛瞇起眼，心裡忽地一緊，好像有什麼念頭一閃即過。

不久，便衣警察彙報，稱楚皎去了黃慶租住的社區附近，正在那裡餵流浪狗。

一聽到「狗」，花崇立刻警惕起來。

「楚皎不打算再買狗。」柳至秦低聲道：「他打算在作案後將黃慶的……」

「嗯。」花崇會意過來，「比起花大錢買一隻無法帶在身邊的德牧，流浪狗顯然更方便。」

賈飛沒聽到兩人的對話，有些不好意思地說：「黃慶住的那個地方治安不太好，晚上黑燈瞎火的，算是我們這裡比較落後的區域，流浪貓狗比較多。」

花崇理解。若要他向其他省市的同行介紹富康區道橋路，他也會覺得難以啟齒。

「坦白說，如果楚皎在我們毫無準備的情況下到那裡作案，後面還真的不太好查。」賈飛又道：「不過現在絕對沒問題，我們全天候盯著他，一旦他有什麼動向，我們能立即制服他。」

花崇倒是不懷疑征城警方的能力。楚皎在明，警方在暗，如果這樣還能讓楚皎得手，那大家都要脫掉警服了。

但樂然的話讓他很是在意。鄭奇、何逸桃這兩個案子是他親自偵查的，從現場情況來看，楚皎是個細緻到極致的凶手，這一點判斷不會有錯。但如今目睹楚皎在作案前的行為，又覺得楚皎算不上細心——起碼在面對攝影機時，楚皎的反應確實如樂然所說，很業餘。

離開征城市局，去賓館的路上，花崇仍在想這個問題。柳至秦在他肩上拍了拍，「難得見到你皺眉皺這麼久。」

「嗯？」花崇回過神來，「我在想，楚皎的行為是不是有前後矛盾的地方？對犯罪者來說，除了不能在現場留下指紋、足跡、DNA，最需要留意的就是周邊的攝影機。但他好像根本不在意攝影機，為什麼？」

柳至秦之前也在思考過這個問題。這其實只是個微不足道的細節，普通警察注意不到，但很顯然，他們不是普通警察。

花崇走得很慢，「難道有人在幫他？會不會是發布何逸桃照片的那個駭客？」

「理論上來講，頂尖的駭客能遠距離操縱監視器，並在此後抹除一切痕跡。但是……」

「但是什麼？」

「需要一大筆錢。」

花崇沉默片刻，突然問：「我想起來了，上次你提到那名在西亞的駭客時，說查帳戶流水可能會有收穫，查出什麼了沒？」

柳至秦搖頭，「暫時還沒有。」

花崇向前走了幾步，轉身道：「算了，別想這麼多，徒增壓力。我看楚皎八成這幾天就要動手了，我們先把他拿下再說。」

黃慶並不知道危險正在一步一步靠近自己。

他出生在一個並不富裕的單親家庭，國中畢業後就沒再念書，離家打工，閒下來時唯一的愛好就是看盜版網路小說，在別人構織的瑰麗世界裡，汲取現實中永遠得不到的快感。

幾年前，他因為尋找盜版資源，碰巧發現了「烽燧」這個網路文學交流論壇，瀏覽過幾條篇文章後開始與人吵架。漸漸地，他發現在網路上罵人比看小說更刺激，那種指點江山的感覺令從小就生活在狹隘世界裡的他熱血澎湃。

在他最熱衷於上網吵架的那段時間，風飛78的抄襲事件爆發了。他理所當然地成為辱罵大軍裡的中流砥柱，將對現實的所有不忿、痛苦一股腦地發洩在這位素未謀面的作者身上。他甚至請了假，買了最便宜的火車票，與一眾高舉道德大旗的網友一起趕到林驍飛的老家，用油漆在那片斑駁的牆上大書「抄襲該死」四個大字。

時隔五年，這「壯舉」仍是他引以為傲的話題。今年房市行情看漲，他每賣出一套房子，就得意忘形地跟人吹噓——好人有好報，他當年行了善，討伐過惡人，如今才能順風順水。

明年，他就想搬出那間破敗的租房，去市中心租一套電梯小公寓了。

下班之後，他哼著走調的口水神曲，意氣風發地往家的方向走去。這個季度的業績已經超標了，往後幾天都不用工作，可以好好休息一下，再去「烽燧」看看有沒有什麼新黑料。

這兩年，他已經不怎麼看網路小說了，卻對網路作者的黑料熱情不減。誰如果陷入抄襲、騙粉等風波，他第一時間就會趕上去斥責，儼然是根正苗紅的「道德警察」。

一想到又可以在網路上揮斥方遒，他就開心得起了一層雞皮疙瘩，甚至忍不住在昏暗的路燈下咯咯直笑。他沒有發現，有很多雙眼睛正盯著他，有一個人，正悄無聲息地尾隨著他。

「楚皎已經跟蹤黃慶三天了。」花崇說：「看樣子很快就會動手。」

「早動手我們也能早解脫。」沈尋盯著畫面，「樂然這三天都跟著他，已經迫不及待了。」

正在這時，樂然的聲音從通訊器裡傳來，『尋哥、尋哥！』

「我在。」

『我覺得楚皎會今天晚上行動。』

花崇眉間一緊。

「注意保護黃慶。」沈尋說：「你自己也注意安全。」

樂然的笑聲壓得很低，但聽得出幾分輕快，『放心！』

公安部特別行動隊出手，鮮少有失誤的時候。淩晨一點，樂然將殺人未遂的楚皎押至征城市局，同時被帶回來的還有驚魂未定的黃慶。

他根本不知道為什麼有人會想要自己的命，那條回家的小巷與往常一樣漆黑寧靜，一眼望不到盡頭，據說有很多活不下去的人蹲守在小巷兩側，伺機搶劫。女孩們大多不敢在晚上從那裡經過，房東在他租房的時候，也提醒過他晚歸時要小心，但他從來不怕。

怕什麼呢？住在那裡的都是窮光蛋，誰他媽搶誰還說不定。

事實上，他住了幾年，那條黑漆漆的小巷就走了幾年，唯一遇到的壞事是撞見一個老漢強暴一個女孩。

他在網路上不遺餘力地捍衛著「道德」，簡直耗盡了他生而為人的所有道德心。所以在現實裡，他不再是「道德警察」，反而成了施暴者。他和那個骯髒的老漢一起輪姦了那名無力掙扎的女孩，女孩受到威脅，不敢報警，他也沒有得到一丁點懲罰。

巷子裡，當高大強壯的男人亮出刀時，他仍然沒有反應過來。

這條巷子怎麼會有人持刀搶劫？不會啊，埋伏在這裡的不是只有強姦犯嗎？

後腦突然遭到重重一擊，他想跑，發現根本邁不出腳步。一把鋒利的刀在昏暗的路燈下閃過一縷冷光，直逼他的咽喉！

「砰！」

一聲乾淨俐落的槍響劃破黑夜，他瞪大雙眼，看著鮮血從男人的手腕處汩汩湧出，刀應聲滑落。下一秒，男人睚眥欲裂地看著他，另一隻手捂住受傷的手腕。

同時，一個年輕卻沉穩的聲音傳來——

「警察，別動。」

就在樂然制服楚皎後不到十分鐘，璋省關於梁燕子一案的調查終於取得了關鍵證據——痕檢員在凶案發生現場提取到一枚指紋。楚皎剛到市局就被採集了指紋，兩相比對，完全契合！

偵訊室裡，楚皎木然地坐著。他的右手手腕被子彈所傷，經過緊急處理後，包著厚厚的紗布。

樂然出任務時向來喜歡往要害部位打，精准俐落，根本不給人還擊的機會。

花崇和柳至秦坐在他對面，無言地看著他。

眼前的男人和那天在花鳥魚寵市場相見時沒什麼不同，看起來根本不像一個殺人犯。他臉上沒有多少表情，眼中空蕩蕩的，似乎還沒有想到自己為什麼會在這裡。

也或許是從殺第一個人開始，就早已明白有朝一日會與警察面對面。

許久，楚皎抬起頭，飄散的目光在花崇臉上聚攏，嗓音嘶啞地說：「你是那個……」

「我們見過，你帶二……」花崇說：「帶德牧回市場看病的時候。」

「原來你們是警察。」楚皎的視線掃向柳至秦，「瞧我這運氣，撞到誰不好，居然撞到警察。」頓了兩秒，他又道：「既然你們找到我了，想必已經去過我在洛城的家了吧？小男還好嗎？我留在家裡的食物，牠都吃了嗎？」

花崇擰眉，心裡忽地升起一種極其煩躁的情緒。

楚皎口中的「小男」，應該就是差點被害死的二娃。

柳至秦敲了敲桌邊的一份文件，「你殺了梁蕊兒，是嗎？」

楚皎瞇起眼，彷彿在思考著什麼。半分鐘後，他說：「就是那個璋省的女人？」

「是。」柳至秦說：「你割開她的喉嚨，取出了她的心臟，將她埋在城郊的建築廢墟下。」

楚皎突然笑了，「我不殺她，難道要讓她繼續在網路上害人嗎？」

「所以你是承認了？」花崇問。

「已經被你們抓住了，我不承認有用嗎？」楚皎輕搖著頭，神色惋惜，「可惜沒能幹掉黃慶。

你們為什麼不讓我殺掉他再抓我呢？他那種人渣活下去也是危害社會，讓我一併解決掉不是更好？你們知不知道他做過什麼事？他曾經強暴過一名女性，就在今晚的那個巷子裡，他甚至還拍下了照片，威脅受害者。像他這樣的敗類，也配得到你們警察的保護？你們……你們為什麼不去保護更應該受到保護的人呢？」

「強暴過女性？」正在另一間房間裡看監視器的沈尋道：「有這種事？」

征城刑偵分隊隊長聞言，臉色一黑，讓手下馬上去查。

花崇按捺著火氣，繼續問必須要問的問題：「在殺害梁蕊兒之後，你前往曲省，殺害了戚利超和周子瀚。之後又來到洛城，殺害了鄭奇和何逸桃。」

楚皎點頭，完全沒有試圖否認，就像接受宿命一般，甚至牽著唇角笑了笑，「他們不配活著。他們和易琳琅一樣，是偽君子，是敗類，都該死！」

另一間偵訊室裡，黃慶在好不容易緩過一口氣，呆如木雞地縮在座椅上。

坐在他對面的刑警厲聲詢問他楚皎提到的「強暴」一事。最開始，他堅決否認，之後支支吾吾地說「不知道」。刑警怒了，一拍桌子，作勢要將他從座椅上揪起來，這情形像極了方才他在小巷裡被襲擊的一幕，他嚇得驚聲大叫，渾身發抖。

片刻，空氣中瀰漫著一股尿騷味，一陣泠泠的聲響從下方傳來。

他竟然被刑警的動作嚇到失禁了。

沈尋看著監視器，面色不虞。

「我操！」因為過去的經歷，樂然對性犯罪者痛恨至極。他的雙手緊握成拳，一雙眼睛透過螢幕死死瞪著黃慶，後槽牙咬得咯吱作響，「我他媽的……」

「樂樂。」沈尋牽住他的手，明白他想說什麼，輕輕拍拍他的手背，低聲道：「冷靜。」

畫面的另一邊，黃慶不斷抽泣，雙手捂住半張臉，『我、我不是故意的！我不是第一個，不關我的事！就算我不在那裡，她、她也會被強姦！』

不僅是樂然，連負責審問的刑警也已經出離憤怒了。

『我、我只是路過而已，我每天都從那裡路過。』黃慶驚魂未定地說：『誰叫她深更半夜往那條巷子裡跑啊！住、住在那邊的女人都知道，晚上不能走進巷子，危、危險。都快十二點了，她穿著一條裙子到巷子裡，不、不是欠操嗎？』

樂然的額角爆出青筋，若不是沈尋在一旁拉著，他已經一腳踹開偵訊室的門，將黃慶揍得爬不起來了。

『我路過的時候，她已經被曹老漢按住了。曹老漢是個「力哥」，就是幫人搬貨的工人，也住在我們那一帶。』黃慶眼中多出幾縷狂亂，『我只是一個過路人，我有義務阻止他嗎？如果我阻止他，被他打傷，派出所會頒獎給我嗎？我、我憑什麼要見義勇為啊？』

『所以你就參與了強暴？』刑警咬牙切齒。

黃慶有些困惑：『我已經看到了啊，我應該裝作什麼都沒看到，然後走開嗎？』

『你！』刑警指著黃慶的鼻子，憤怒得語塞。

樂然重重喘著氣，胸口與肩膀明顯起伏。

「好了。」沈尋揉著他的後頸，以只有兩人聽得見的聲音安撫道：「我跟你保證，這個人一定會受到懲罰。乖，不要衝動。」

黃慶蒼白的臉在畫面中愈發猙獰，他的聲音經過電波，似乎也帶著一絲不似人的氣息：『如果我走了，曹老漢會怎麼想？他一定會覺得，我會去告發他，我這是跳進黃河也洗不清啊！』

刑警：『這就是你成為他共犯的理由？』

『是他邀請我的！』黃慶開始歇斯底里，『那個女的穿成那樣子出門，擺明了就是想被男人上！哪個正經女人會在晚上穿那麼暴露出門？她、她活該！遇不到我們，難、難道她就不會遇到其他人？曹老漢操了她，讓我一起上，我是無辜的，誰讓她那麼賤呢？她還哭呢！你們要抓、要判刑，都去找曹老漢，我認識他，知道他住在哪裡。我提供線索，你們放了我啊？』

沈尋深吸一口氣。他沒有想到來征城緝凶，會正好撞上一樁強姦案。犯案者毫無悔改之心，甚至將責任推卸到受害的女性身上。

——她為什麼要深夜出門？

——她為什麼穿那麼少？

——那條巷子在晚上很危險，她為什麼要去？

——她活該被強暴！

人性的卑劣在黃慶身上爆發，宛如一個巨大的毒瘤，在被戳破時淌出惡臭不堪的膿液。

有多少人說過與黃慶相似的話？

有多少人在目睹傷害發生時，冷嘲熱諷，認為錯的是受害人？

他們不是犯罪者，卻是犯罪者的幫兇。

地上的汙跡被清理乾淨，黃慶依舊說：『我是無辜的，曹老漢才是強姦犯，我只是路過！』

「尋哥。」欒然已經冷靜下來，眼中含著殺手般的冷光，「當年黃慶在網路上『討伐』林驍飛時，想的是不是也是——我是無辜的，那麼多人罵風飛78，我也罵兩句怎麼了？我是無辜的，大家都去風飛78家潑油漆，我也潑兩桶怎麼了？」

沈尋摟著他的肩，沒有說話。

花崇和柳至秦並不知道發生在另一間偵訊室裡的鬧劇，坐在他們對面的楚皎正近乎平靜地講述自己與易琳琅的恩怨。

「我當了他的『槍手』多少年？記不清楚了，總有五六年吧。當『槍手』比用自己的筆名寫作賺錢多了，我一個毫無名氣的作者……不，我算不上什麼作者，頂多算個寫手，當年我一天埋頭寫兩萬字，一分錢都賣不出去，沒有網站肯和我簽買斷合約——買斷合約你們知道嗎？就是我寫多少字，網站給我定額的錢，後面就算我的小說紅了，我也分不到一毛錢。我只能簽分成合約，收入和網站平分。這麼寫了幾個月，收入根本養不活我自己。」

楚皎看著自己的手，說得很慢，「我只能當『槍手』，那樣起碼不會餓死。易琳琅很有錢，他是富豪的獨子，但沒幾個讀者知道。他把自己包裝成勤奮善良的追夢美少年——呵，他當然『勤奮』了，日更一萬字，其中有九千字都是我們這些『槍手』完成的。」

「你在當他的『槍手』的期間，也以自己的筆名創作。」花崇說。

「你們查得真清楚。」楚皎雙手交疊，搭在桌沿，「沒錯。雖然當『槍手』很賺錢，但我不想一輩子給人當『槍手』。人嘛，總是得有點情懷的。我當初連溫飽都不能保證，當然無法追求理想。我一邊當『槍手』，一邊在一家汽修店打工，你們肯定都查到了。後來，我生活不成問題了，甚至過得還不錯，就想追一追我的夢。」

柳至秦道：「你想寫出屬於你自己的小說。」

楚皎眼睛亮了亮，「沒錯！」

「這是你與易琳琅決裂的關鍵？」花崇明明是提問，語氣卻如肯定一般。

楚皎神色輕微一變，乾笑道：「他偷了我的作品，他是個最卑鄙、最該死的人渣！他指責別人抄襲，其實他才是抄襲界的宗師！」

「慢慢說。」花崇冷聲道。

「現在正在熱播的那部劇——《玄天山河》，你們看過嗎？」楚皎問。

「聽過。」

「那裡面最關鍵的一條劇情線，是易琳琅強行從我手上買去的！」說到這裡，楚皎發出一陣怪笑，眼神突然變得犀利，彷彿有血即將從眼角淌出。

「那是我當時正在創作的小說《懷戰》中的劇情線。他在看過後，強迫我賣給他。」楚皎深深吸氣，「如果我不賣，他就要毀了我！」

「毀了你？」花崇還是那副漠然的姿態，「怎麼個毀法？」

楚皎搖頭，「你們理解不了的，你們理解不了……」

「你不說，我們怎麼理解？」柳至秦道。

楚皎沉默許久，再次開口，「網文圈也是個捧高踩低的地方，你是『大神』，你說什麼都是對的，你想讓一個毫無名氣的作者滾蛋，簡直比踩死一隻螞蟻還容易。你甚至都不用自己說什麼，只需要讓粉絲意識到你不喜歡那個人就行了。當你想要針對某個人的時候，自然有成千上萬的腦殘粉為你前赴後繼。」

花崇聽說過演藝圈捧高踩低，不知道所謂的「網文圈」也是如此。

「我已經寫很多年了，最初是真的寫得不好。我不像那些有才華的人，下筆如有神，二十歲出頭就成為『大神』。我沒有什麼靈氣，但寫了這麼久，終於也摸索出了自己的路，算是一種進步吧。」楚皎的眼神柔和了一些，「《懷戰》是我最好的作品，它耗費了我所有精力。從開始連載起，就有了不少讀者。我本來以為，靠著它，我能夠慢慢紅起來。」

「等一下。」花崇打斷，「你說易琳琅買走了《懷戰》裡的一條劇情線，這是什麼意思？你在連載之前給他看過《懷戰》的劇情線？」

「是在連載之後不久。」楚皎說：「當時那條劇情線還沒有在文中鋪陳開來，他突然找我要大綱。」

「你給他看了？」

「他當時的原話是——你這篇文的資料還不錯，有大綱嗎？我這邊找人幫你看看，開局不錯的文最忌諱寫壞，大綱太重要了。」

楚皎苦笑：「我是他團隊的成員，跟他簽了約，我沒有理由拒絕他。我沒有想到他會在看過之後，直接提出買斷我的劇情線。他說我是他的『槍手』，他付我錢，我有義務將他看中的東西賣給他，無論是寫好的段落，還是人設或是劇情線。如果我不照做，他有一百種辦法讓我在這個圈子裡無法出頭。」

楚皎歎了口氣，看向花崇和柳至秦，「我說過你們理解不了的，這個圈子太複雜，像我這樣本來就有『槍手』黑歷史的作者，根本鬥不過他。如果我反抗，他請『槍手』的事雖然會曝光，但我的寫作生涯也告終了。」

「所以你把劇情線賣給了他？」花崇道。

楚皎點頭，表情突然痛苦起來，「後來，我眼睜睜地看著自己的東西成了他的，我構架的劇情線成了《玄天山河》裡最精彩的一筆。他紅得發紫，而我籍籍無名。缺失了關鍵劇情線的《懷戰》就像沒了靈魂，我趕出另一條替代線，但……」

楚皎揚起頭，看著天花板，咬牙道：「我恨他，他偷走了我的一切！」

「《玄天山河》是去年下半年開始爆紅的，你也是在那時候從網路上消失。」花崇說：「你受到了刺激？」

「刺激？不，這不叫刺激。」楚皎狠皺著眉，「眼看自己的劇情線在他的小說裡大放異彩，我才明白一件事——我受不了，我根本不該賣給他！他是賊！」

柳至秦咳了兩聲，起身朝門外走去。

花崇回過頭，也跟著走出去。

「他精神很不正常。」柳至秦說，「他一直在講自己與易琳琅的矛盾，但他殺的人卻是當初辱罵林驍飛的人。」

「讓他冷靜一會兒。」花崇單手揉著太陽穴，「我本來以為他會掙扎，沒想到他這麼容易就認了。」

「鐵證如山，他狡辯也沒有用。」

「這倒是。」

此時，隔壁房間的門打開，黃慶雙手戴著手銬，被兩名刑警帶了出來。

花崇看著他從自己跟前走過，收回目光，問走在後面的刑警，「怎麼把他拷起來了？」

「別提了，強姦犯一個。」刑警沉著臉，抱怨道：「這個人他媽的就是個人渣，要我說，我們就不該救他，讓那個誰把他脖子砍了算了，為民除害！他現在還成了受害人，我呸！」

花崇咳了一聲，刑警一愣，連忙打住，「呃，我就是一時嘴快。花隊，你別跟我們隊長提啊，他不准我們說這些。」

「我明白。」花崇想起陳爭給自己的忠告，提醒對方道：「劉隊不准你們說這些是為你們好。這些話能憋就憋住，憋不住找個信得過的兄弟說，別讓有心人聽見。」

刑警接連點頭，有些尷尬地笑道：「花隊，你是自己人。」

花崇往他肩上一拍，客套地笑了笑。

柳至秦靠在牆邊，待刑警走了，才緩聲說：「這個黃慶真的是強姦犯？」

花崇回過頭，「嗯？」

「剛才在裡面，楚皎說黃慶強暴過女性。」柳至秦擰著眉，「我忽略了其中一句話——你們知道嗎？他在問，我們知不知道黃慶是個強姦犯。」

花崇頓時明白過來，「他早就知道黃慶強暴女性的行為，他是在質問我們當警察的為什麼不知道。」

「對！」柳至秦緊聲說：「楚皎以前根本沒有到過征城，連征城警方都不清楚的事，他怎麼會知道？」

「還有尹超。」花崇說：「尹超在網路上直播虐殺貓狗，在現實裡卻只是個普通的快遞員。楚皎的消息為什麼那麼靈通？」

恰在此時，沈尋和樂然從另一間房間出來。樂然臉色鐵青，直往轉角處走。沈尋朝花崇一抬下巴，解釋道：「他心情不好，去洗把臉。」

柳至秦立即問：「黃慶犯過強姦罪？」

「我也是剛剛才知道。」沈尋將黃慶的話大致複述了一遍，又道：「劉隊已經派人去查了，相信很快就會讓黃慶得到應有的懲罰。」

花崇與柳至秦對視一眼，彼此都沒說話。

沈尋看了看他們兩人，「楚皎好像知道得太多了。」

花崇：「嗯？」

沈尋笑：「花隊，你心裡也是這麼想的吧？」

「他不簡單。」花崇過了一會兒才道：「我現在有種感覺，他只是一把被別人握在手中的刀而已。」

「繼續審問嗎？」沈尋說，「我和你們一起吧。」

「讓樂然一個人待在外面？」柳至秦問。

「他又不是小孩子。」沈尋走向偵訊室，「走吧，別讓我們的嫌疑人久等。」

偵訊室的座椅不夠，花崇不想坐，把位置讓給了沈尋，抱著雙臂靠在牆邊，大半邊身子落在陰影裡。

柳至秦將三名死者、兩名失蹤者的照片一一擺在桌上，手指在周子瀚和戚利超的照片上點了點，「能說說他們現在在哪裡嗎？」

「如果我說全拿去餵狗了，你們信嗎？」

楚皎身子前傾，燈光從他頭上打下，將他的眼睛照得格外明亮。

屋裡的三人皆無動於衷，彷彿已經和他這樣的人打交道慣了。他悻悻然退回去，別開目光，「你們既然能找到梁蕊兒，也能找到他們，無非是多花一些時間罷了。」

柳至秦點點頭，未在這個問題上多做糾纏，誘導道：「你之前說他們都該死，為什麼？你恨的是易琳琅，與鄭奇等人有什麼關係？」

不出所料，楚皎立即興奮起來，眼中的光一漲，整個人都有精神起來，「他們是易琳琅的走狗！」

「走狗？」沈尋說：「他們只是一群普通人而已。」

「放屁！黃慶那樣的強姦犯是普通人？」楚皎喝道：「在網路上平白無故對別人施以暴行的，難道是普通人？」

花崇摸著下巴，從楚皎的歇斯底里中看出一些異樣。

很多嫌疑人在接受審問時，都會突然爆發，歇斯底里者不在少數。但楚皎此時的表情、語氣、肢體動作卻格外「規整」，就像……此前早就練習過無數遍。

花崇若有所思地盯著他，突然發問：「你是說網路暴力？」

楚皎立即抬起頭，「對！」

「我想起來了，你去年在微博上嘲諷E之昊琅，被他的粉絲，或許還有網軍，罵到刪文，之後連《懷戰》這篇小說也停止更新了。」花崇慢悠悠地說：「從這個層面上來講，你的確遭受過網路暴力。怎麼？去年辱罵你的人正是他們？」

楚皎的神色有一瞬間的不自然，被坐在他對面的兩人看得清清楚楚。

「我殺他們，不是因為我自己。」楚皎微垂眼瞼，看向下方。

花崇面對過太多犯罪嫌疑人，最明白這個小動作代表了什麼心理——楚皎要開始撒謊了，或者說，楚皎後面的話可能半真半假。

「我是替我朋友懲罰他們。」楚皎雙手呈握拳狀，有些用力地抵在一起，「五年前，他們間接害死了一名和我一樣沒有名氣的作者，他叫……」

「風飛78。」柳至秦道。

楚皎驀地抬眼，眼中閃過幾許緊張，幾秒後道：「看來你們已經查得很清楚了。」

「不，只是稍有瞭解而已。」柳至秦繼續引導：「你認為風飛78沒有抄襲？」

「什麼抄襲？他不過是易琳琅炒作自己的犧牲品！易琳琅那個垃圾，居然拿一個癌症病人來行銷，鄭奇、何逸桃那些沒有腦子、沒有良心的人就是他的狗，聽他一聲令下，就將風飛活活咬死！」

又是這種表情。花崇食指敲著下巴，總覺得楚皎的反應和說出口的話像排練過似的。

有人教楚皎這麼說？

「據我所知，風飛死於肺癌。」沈尋道。

「那是他本人！」楚皎厲聲道：「但作為一名作者，筆名就是他的生命！易琳琅用謊言、炒作殺死了他！」

沈尋的語氣像個不慌不忙的旁觀者，「如果他真的沒有抄襲，那麼清者自清……」

「清者自清，然後問心無愧嗎？」楚皎冷笑，「你們沒有體驗過被肉搜、被網路暴力的痛，在禍從天降的時候，根本就沒有什麼清者自清，問心無愧，只有眾口鑠金，只有三人成虎！」

沈尋受教般地點點頭，「這麼說來，你很清楚當年那件事的內幕？」

「我當了易琳琅的『槍手』幾年，怎麼會不清楚！」楚皎目露精光，將易琳琅借勢炒作的事從頭到尾說了一遍。

花崇輕輕歎了口氣，事實究竟如何，他已經與柳至秦分析過，與楚皎的說法相差不遠，但粗聽一遍，仍是為林驍飛感到唏噓不已——易琳琅被鄭奇誣陷抄襲純屬偶然事件，而鄭奇拿風飛78當靶子也是偶然事件。但偶然事件既然已經發生了，易琳琅的團隊便想趁抄襲汙名被洗清，大勢炒作一把。畢竟是送上門來的肥羊，機會千載難逢。況且風飛78只是個毫無粉絲基礎的底層作者，不會反彈，拿他當一飛沖天的跳板再合適不過了。

「你說風飛是你的朋友，那你當年為什麼不站出來？」沈尋問，「而且你剛才說的那些，有證據嗎？」

楚皎彷彿知道他會這麼問，乾笑著說：「我和風飛一樣籍籍無名，我站出來有用嗎？至於證據，我當然有，很快你們就會看到了。」

花崇心頭略微一緊，「很快就會看到」是什麼意思？

「我可不可以這樣理解？」沈尋又問：「易琳琅強行買走你的作品，是你展開報復的導火線？如果沒這件事，就算你和風飛是朋友，也無法對網路暴力感同身受。你這是破罐子破摔，以為風飛報仇的名義，釋放自己心頭的怨氣？」

楚皎微怔，「隨便你怎麼說。他們害了我的朋友，鄭奇、黃慶這樣的人後來還繼續在網路上造謠生事，他們該死。」

「你在撒謊。」柳至秦打斷，「你一口一個朋友，但風飛78直到離世都不知道你的存在。你們的生活根本沒有交集，即便是在網路上，你們也沒有交流過。你不是他的朋友。」

花崇上前幾步，雙手撐在桌沿，「你的同夥是誰？他，應該才是林驍飛的朋友。」

楚皎冰涼的目光從三人臉上掃過，片刻後哼笑起來，「不是朋友又怎樣？我已經幫林驍飛報了一半的仇，而剩下的一半，連同我自己的仇，他會幫我們一併算清。」

「他是誰？」

「你們抓不到他。」

說完最後一句「等著吧」，楚皎便不再出聲，像個完成了任務的戰士，眼神冷漠，一動也不動地坐在偵訊椅上。

在他的眼神裡，花崇竟然看出了一絲「視死如歸」。

「視死如歸？」沈尋打開樂然買回來的宵夜，一樣一樣地拿出來，「這個詞不是拿來形容英雄的嗎？」

「他大概覺得自己就是英雄。」花崇左右看了看，挑出一份臘肉炒飯，「殺了自認為該殺的人，報了自認為該報的仇，剩下的就交給另一個人好了。」

審問楚皎時，樂然並不在場，現在聽了幾句，雲裡霧裡地問：「另一個人？楚皎還有同夥啊？這樣的話，其他參與肉搜林驍飛的人和易琳琅不是也有危險？」

「二十一人名單裡的其他人已經被保護起來了，暫時不會有危險。至於易琳琅……」沈尋說：「他已經入了加拿大籍，長居國外，除了《玄天山河》拍攝初期回國探過班，已經很少在國內出現了。我個人認為，楚皎所說的那個人不會對他動手。」

「我也這麼想。」花崇同意，「從現在的情況看，那個人可能才是真正想為林驍飛復仇的人。我和小柳哥之前假設過凶手是林驍飛的知己，我們一度認為楚皎就是這個『知己』，但目前看來，楚皎顯然不是。」

「不僅不是，當年易琳琅的團隊攻擊林驍飛的時候，他說不定還在一旁出謀劃策。」柳至秦沒什麼胃口，只拿了一杯豆漿，「剛才在偵訊室，我總覺得他語氣和表情不太對，像早就練習過一樣。而且有些大義凜然的話，事後誰都會說。五年前，正是他與易琳琅的關係最融洽的時候，易琳琅給他高額的『槍手』費，有這筆錢，他過得相當滋潤。

而且那時他還沒有開始專心創作屬於自己的小說，和易琳琅之間不存在矛盾。站在人性的角度想，那時候他必然是站在易琳琅那邊的。再想深一些，當時易琳琅還沒徹底走紅，他作為『槍手』，希不希望自己的雇主爆紅？肯定想，一旦易琳琅爆紅，給他的報酬必定水漲船高。而林驍飛對他來講，只是一個普通的陌生人而已。」

樂然將一碗粥推給沈尋，「怎麼我只是出去透一口氣，情況就完全變了？」

「正常。」沈尋揉了揉他刺手的三分頭，「接觸嫌疑人、審問嫌疑人之後，推測被推翻是常有的事。」

花崇說：「既然楚皎話說到一半就沒了下文，我們就再來梳理一下這個案子的來龍去脈。現在各種線索湊起來已經很接近真相了，我不信我們還分析不出結果！」

柳至秦將桌子清理出一塊，拿了筆和紙，一邊說一邊畫著意識流的線條，「首先，人是楚皎殺的，這一點是明確的吧？」

沈尋點頭，「雖然他提到了另一個人，但作案的只有他一人，這沒有疑問。」

柳至秦點頭，繼續塗塗畫畫，「鄭奇等五人被殺的原因是五年前嚴重辱罵、誣衊林驍飛，他們都是那場網路暴力的重要參與者。楚皎說，自己殺他們是為了幫林驍飛報仇，而事實上，他與林驍飛並非朋友，他恨的不是鄭奇等人，是強行買走他劇情線的易琳琅。」

「他對易琳琅的仇恨有一個發酵的過程。」花崇補充道：「並不是易琳琅一買走他的劇情線，他就對易琳琅恨之入骨。是在去年《玄天山河》大陣仗走紅之後，他的仇恨才從量變到質變。畢竟那是他創造的劇情線，他迫不得已賣給易琳琅，成就了易琳琅，而他自己仍是個無名小卒。從那時候起，他開始渴望報復，心理變得越來越畸形，以至於在衝動之下，發了一條嘲諷易琳琅的微博。這條微博不僅讓他與易琳琅關係破裂，還使他體會到了網路暴力的滋味。」

樂然撐著臉頰思考，「所以他才會對林驍飛的遭遇感同身受？」

「關鍵就是這裡。」柳至秦轉著筆，「楚皎與林驍飛之間不存在友情，即便他們都因為易琳琅而遭到網路暴力，也不至於感同身受到替林驍飛連殺五人，並繼續殺人的地步。他圖的是什麼？如果我是他，我最想殺的第一是易琳琅，第二是那些辱罵我的人，而不是五年前肉搜林驍飛的人。」

「但你殺不了易琳琅，他在加拿大，周圍有專業保鏢。」沈尋說：「也殺不了辱罵你的人，因為你很難查到他們在現實中的身分。」

「哪裡難？」樂然插話道：「至秦哥想查那些網路暴民的身分，不是幾秒鐘就能搞定……」

還沒說完，他就反應過來了，「靠！我們討論的是楚皎，不是至秦哥。至秦哥精通網路，而楚皎只是一個寫小說的人！至秦哥可以輕而易舉地查到那些人的身分，楚皎是怎麼查到鄭奇、何逸桃身上去的？」

「五年前，實名制還沒有實施，要揪出躲在網路背後的人比現在複雜得多。」花崇十指交疊，撐著下巴，「楚皎一直給我一種微妙的矛盾感，他知道的東西太多了，小柳哥為了列出那二十一人的名單都花了不少時間，他是從哪裡得來的消息？肯定有人在幫他。」

柳至秦停下筆，「你想說那個駭客？」

沈尋看向兩人，樂然急忙道：「什麼駭客？你們別又打啞謎。」

花崇這才說出那個將何逸桃的照片發到「洛城生活」上的神祕人。

「我當時的判斷可能錯了。」柳至秦嗓音略沉，「我本以為他是凶手高薪請來的幫手。」

「你和他接觸過嗎？」沈尋問：「是個什麼樣的人？」

「頂尖駭客，本事不在我之下，極其善於偽裝和躲藏，編寫病毒有一套，擁有大量伺服器作為『肉機』。我沒與他直接對上，只能查到他在西亞，無法鎖定具體位置。」柳至秦呼了口氣，「我完全沒有想到，他不是楚皎的幫手，而楚皎是他手中的一枚棋子。」

「也就是說，真正想幫林驍飛復仇的人，其實是這位駭客？」樂然問：「那他到底是什麼身分？他為什麼要過了五年再行動？」

「他應該是在等待一個時機，或者一個合適的人——楚皎就是這個合適的，能為他所用的人。」沈尋話鋒一轉，「不過有一點我想不通，我們繞著林驍飛查了那麼久，現實和網路都查過了，沒有一個人符合『復仇』的條件。這個人和林驍飛究竟是什麼關係？林驍飛給予了他什麼，值得他這樣孤注一擲？」

「沈隊，你最後一句話我不同意。」花崇打斷，「實際上這個人並沒有為林驍飛孤注一擲，否則早在五年前，他就應該自己動手了。他將自己藏得很好，想為林驍飛復仇，卻又不願讓自己沾上鮮血。他一直在等待，直到楚皎這把稱手的刀出現。我猜如果楚皎沒與易琳琅決裂，心生怨毒，又找不到報復的方法，他還會繼續等下去。」

沈尋思索片刻，點頭道：「對，他在等待一個既能讓惡人付出代價，又不至於將自己牽扯於其中的機會。」

「但這個機會的前提是他在國外，並且網路技術非常了得吧？」樂然說：「不然怎麼會躲過至秦哥的追蹤？」

柳至秦歎氣，「是我疏忽了。」

花崇立刻道：「別老把責任往自己肩上攬，到底是怎麼回事還沒有定數。」

柳至秦看向他，很淺地笑了笑，「嗯。」

「繼續說。」花崇敲兩下桌子，「作案的是楚皎，而在幕後安排一切的是那名駭客，那麼很多之前有邏輯矛盾的地方都能解釋了。楚皎想向易琳琅報仇，但連接近易琳琅的機會都沒有。他知道易琳琅的很多祕密，甚至有證據，但是就算將所謂的『猛料』曝光，易琳琅就一定沒有翻身的機會了嗎？不見得。他非常清楚他們那個圈子裡的叢林法則，明白自己也許傾盡一切，易琳琅仍有重頭再來的可能。」

「這時候駭客找到了他。」柳至秦順著往下說，語速不快，像正一邊說一邊整理思路，「向他提出了合作的條件，是什麼條件……你假裝是林驍飛的朋友，幫我殺掉鄭奇等人，我……」

辦公室安靜了許久，每個人都在思考。

「我幫你毀掉易琳琅，讓他身敗名裂。」花崇說，「只有這個條件能讓楚皎赴湯蹈火，這是他最迫切的願望。他對易琳琅恨之入骨，但是單純殺死易琳琅，遠遠比不上親眼看著易琳琅跌落神壇，從萬人敬仰變為萬人唾罵。」

「這對駭客來說，就是一樁永不賠本的買賣。」沈尋站起來，來回踱步，「鄭奇等人他想殺，易琳琅他也不會放過。楚皎替他動手，他只需要給出一個承諾就行了。」

「楚皎瘋了嗎？」樂然說：「叫他殺人就殺人？這些人跟楚皎根本沒有關係！」

「楚皎的確瘋了，心理已經完全被對易琳琅的仇恨侵蝕。」柳至秦再次在紙上畫起線條，「只要能讓易琳琅一敗塗地，他願意成為一把屠刀。不過他一定被灌輸了什麼，例如一些正義的、冠冕堂皇的理由。」

「法不責眾，法律制裁不了這些網路暴民，但你可以。」花崇低著頭，在屋裡走來走去，手裡握著一枚打火機，按得「叮叮」作響，「你也是網路暴力的受害者，你忘了他們怎麼辱罵你，叫你去死嗎？你不想讓這些人得到應有的懲罰嗎？筆名就是作家的生命，他們害死了風飛78，也害死了你——烷瘋。你說，他們該不該死？該不該償命？」

樂然聽得一愣一愣的，扯了扯沈尋的衣服。沈尋拍拍他的手背，做了個噤聲的手勢。

花崇聲音大了幾分，情緒也突然高漲，「殺人償命，他們以為躲在網路背後就能萬事大吉？憑什麼他們害了人，還能像正常人一樣生活，還能肆無忌憚地再次害人？他們都是人渣，能害風飛78，就能害你，就能害其他人！法律無法懲罰他們，但楚皎，你可以！你沒有錯，錯的是他們！殺了他們，為你自己，為風飛78報仇！」

柳至秦喚道：「花隊。」

花崇回過神，怔了一秒，揉著眉心道：「抱歉，我又把自己代入嫌疑人了。」

沈尋笑道：「陳隊以前就跟我說過，你在揣測犯罪者心理上，很有一套。今天一看，果然很厲害。」

花崇擺手，喝了半杯水，「駭客提供線索給楚皎，並且要求楚皎挖出死者的心臟餵狗。楚皎本人親近小動物，去花鳥魚寵市場觀察何逸桃時，出於喜歡買下了一隻德牧幼犬。他沒有想到，幼犬在吃過心臟後出現了消化問題。殺掉鄭奇、何逸桃之後，他必須立即離開洛城，不能帶走德牧——這可能是駭客的要求。於是，他只能將德牧留在租屋處。為了讓德牧活下去，他在離開之前帶德牧去看過病，並在屋子裡放置了一週的狗糧和水。一週之後，房租到期，房東必然會去查看，這個德牧就能得救。這造成了那天我去看到的一幕。」

「他們之間是靠什麼聯絡？」沈尋說著，轉向柳至秦，「我記得我們已經查過楚皎的整個通訊網了？」

「他能避開監視器。」柳至秦說：「也能在聯絡之後抹除痕跡，甚至能對攝影機做手腳，這可能就是楚皎在對黃慶動手之前，對攝影機的反應顯得業餘，但在之前的案子裡沒有一次被拍到的原因。而他自己躲藏得太深，我們以前又陷入了誤區，根本沒有發覺他做的手腳。」

「這些事你能做到嗎？」花崇突然問。

「嗯？」柳至秦一愣，旋即點頭：「能。」

「那我就放心了。」花崇道。

柳至秦沒反應過來，「放心？」

「是，放心。你剛才說的事情神乎其神，我不懂，聽起來像假的一樣。但既然你能做到，就說明那個躲在暗處的駭客也有可能做到。」花崇眼角一勾，「起碼證明我們不是在憑空亂想。」

「不過我們分析來分析去，最關鍵的問題卻始終沒解決。」沈尋提醒道：「駭客的身分是個謎，他雖然沒有孤注一擲為林驍飛報仇，但也在幕後做了不少事。他是誰？和林驍飛是什麼關係？」

這確實是個暫時無解的問題。

「繼續審楚皎吧。」花崇拍了拍手，「同時也要保護好名單裡剩下的人，以防萬一，絕對不能再出現受害者。」

樂然癟了癟嘴，小聲道：「我不想保護那些人。黃慶是個強姦犯，我……」

「樂樂。」沈尋打斷，「你是警察。」

樂然側過身，不說話了。

「我猜即便我們繼續審楚皎，也問不出太多有價值的東西。」柳至秦在樂然背上拍了兩下，上前幾步，「既然他只是一枚棋子，一把刀，又怎麼會知道操縱他的人是什麼身分？」

「駭客之後會有什麼動作？」花崇思索道：「他會對易琳琅動手嗎？以什麼方式動手？」

◆

西亞，X國——

男人坐在沒有開燈的房間裡，面前只有三個碩大的電子螢幕散出幽暗的光。光照在他的臉上，映出他秀而年輕的面孔。

只是這張面孔過於蒼白，不像同齡人一般朝氣蓬勃。他坐在靠椅裡，一手習慣性地放在鍵盤上，一手抵在唇邊，兩眼直勾勾地盯著右邊的螢幕，眸底似有血光。

仔細一看，血光並非來自他的眼，而是他看著的螢幕。

螢幕上放著一張照片，照片裡的東西乍看之下分辨不出是什麼東西，暗紅色的一團，莫名嚇人。

但細看令人心驚肉跳，汗毛倒豎——那竟然是血淋淋的屍體。

說是屍體也不準確，因為照片上的人似乎還沒有死透，血從她被撕開的脖頸噴出，她大睜著眼，滿臉鮮血，絕望無助地看著鏡頭。即便是一副靜止的畫，彷彿也能聽到血噴濺的聲響，能看到她生命最後一刻的掙扎。

男人舔了舔唇角，像品嘗到了甘美的佳釀。

這套照片他已經看過很多遍了，每次看都心生愉悅，開心萬分。那種愉悅似乎來自靈魂深處，叫他興奮得顫慄，恨不得親臨現場。

照片裡的女人叫何逸桃，是個漂亮的女人，經營著一家花店，喜歡穿淺色的棉布裙子、小巧可愛的布鞋，喜歡坐在花店外的鞦韆上，對所有路過的人微笑。鞦韆盪起來的時候，她的裙角就隨風翻飛，美好得像一幅畫。

她有一個粉絲眾多的微博，她的擁躉將她奉為「女神」、「仙子」。她那麼漂亮而清純，比她店裡最美麗的花還要迷人，的確承擔得起「女神」和「仙子」的稱呼。

——如果只看她外在的話。

她的內在是什麼樣的呢？

她沒有念過多少書，在現代社會算是個半文盲。但這不是她的錯，也不是她那被拐賣到山裡的母親的錯。她早早背井離鄉，來到城市打拚，卻因為身無一技之長，又沒錢沒靠山，小小年紀就當起了別人的「小三」。這當然也不是她的錯，她走投無路，已經沒有別的出路了。

她後來用母親車禍的賠償金過上好一些的日子，開始做鮮花生意，有了自己的店，腦子聰明，把花店打理得井井有條。為了更紅，賺更多的錢，她爬上了很多人的床，成了什麼「洛城最美老闆娘」。這也不算她的錯吧，畢竟水往低處流，人往高處走，她不過是用了一些手段而已，但是……

男人點了根菸，在煙霧裡半瞇起眼。

但是她為什麼要害驍飛哥呢？驍飛哥做錯了什麼，為什麼要在身患重病、靠化療延續生命的時候遭到那種對待？

她喜歡E之昊琅的書，喜歡E之昊琅這個人，是個沒有什麼原則的腦殘粉。行，都行，沒有問題，可她居然說了那麼多歹毒至極的話。她知不知道，她咒罵的那個人當時已奄奄一息，被癌症帶來的劇痛折磨得整夜失眠？

男人深吸了一口菸，被嗆得劇烈咳嗽，咳出了眼淚，就像哭泣一般。

世界上為什麼會有心腸如此歹毒的女人？「有病就去死」、「抄襲活該得癌」這種話，她一個漂亮清純的女人居然張口就來？對一個隔著網路的陌生人，何至於此？何況驍飛哥根本沒抄襲！

男人盯著照片，冷笑兩聲，敲了敲鍵盤，另一張照片出現在螢幕上。

這一張，何逸桃已經死透了，她的胸膛被她店裡的園丁剪刀剖開，露出裡面已經停止工作的心臟。這簡直是絕妙的藝術品，他想。

楚皎幹得不錯，殺了梁蕊兒、戚利超、周子瀚、鄭奇、何逸桃，還把鄭奇那個罪魁禍首分了屍，不過要說拍照，還是何逸桃這套照片拍得最好。

殺戮與絕美，鮮血與復仇，絕望與放肆，無一處不深得他的心。

前陣子，他將這套照片連同何逸桃與富商們的床照放在洛城的一個網站上，網站瞬間就因為流量過大爆了，垃圾伺服器。

他使用了不少「肉機」躲開了追蹤。網站的技術員都是些蝦兵蟹將，根本奈何不了他，倒是後來出現的一個人，差一點就摸清了他的行蹤。那個人是個警察，他有些驚訝，立即檢查了所有肉機，確定抹除了所有痕跡才再次聯繫楚皎。

楚皎是他握在手中的刀，幫他斬殺那些興風作浪的人渣。但這把刀用著用著就鈍了，一、二、三、四、五，才殺五個人而已，就被狡猾的警察抓住了。

不過五個人……也足夠了。

他並未指望過楚皎替他殺光惡人，那不現實，而他從來不考慮不現實的事。

楚皎很聽話，每殺一個人，就將殺戮現場的照片傳給他，他則清理掉傳送痕跡。這些照片他視若珍寶，每一張都好好保存著。今天，它們就將派上用場，為世人所欣賞。

唯一可惜的是，楚皎沒能殺掉黃慶，那個噁心而骯髒的畜生，本是最不該活下去的。

算了，黃慶在現實裡是個強姦犯，自會得到懲罰。

而他最想懲罰的，是那個逍遙快活的大作家。

將所有照片再次瀏覽了一遍，男人按滅指間的菸，坐直身子，沒有多少血色的手指開始在鍵盤上敲擊。一時間，三個螢幕上快速閃過代碼，他的唇角漸漸上揚，扯出一個瘋狂的幅度。

◆

「烽燧」論壇作為國內最大的網文交流平臺，自成立以來就見證了無數「大神」的崛起與銷聲匿跡。它不屬於任何一家文學網站，不受任何資本控制，伺服器設在國外，所有人都可以在其中「暢所欲言」，管理者不對真假負責，也從不出面調解大規模的罵戰。據說每一名作者在「烽燧」裡都有一個分身，有的只是默默潛水，有的看到自己被罵得很厲害時，喜歡上去爭辯幾句。

網友神通廣大，且八卦心旺盛，本著吃瓜群眾的原則，挖出了不少作者的分身。有名不見經傳的底層作者滿嘴惡氣辱罵、造謠當紅作者，字裡行間淨是令人啼笑皆非的酸味。也有高高在上的「大神」作者假裝粉絲，誹謗人氣飆升的新人作者，將對方貶低得不值一文，照演藝圈的說法，這叫「防爆」。

總而言之，「烽燧」就是個放飛自我的地方。人性有太多陰暗面，人心半明半暗，總有那麼多在現實裡無可紓解的怨憤需要釋放，人人都戴著面具的「烽燧」就成了最好的發洩場。

近來，E之昊琅相關的文章老是飄在「烽燧」首頁。《玄天山河》即將收官，收視率居高不下，粉絲們拚了命地誇，「黑粉」們拚了命地罵，一時間，「烽燧」滿是粉黑大戰，線上人數不斷突破新高。

在無數篇無腦罵與無腦誇的文章裡，如果標題取得不驚悚不震撼，很快就會被擠出首頁。但如果取得太驚悚，路過的人又會覺得太假，失去點進去的興趣。

「五年前，E之昊琅造謠風飛78抄襲；五年後，五名走狗被割喉挖心」就因為標題取得太假，迅速被擠出首頁。

首先，沒人記得風飛78是誰，E之昊琅為什麼要造謠一個查無此人的作者？現在的「黑粉」也太不用心了，都不捨得編得真實一些。

其次，割喉挖心是什麼鬼？法治社會啊，法治社會，以為是在拍電視劇呢？肯定是個無聊的惡搞文章，說不定裡面還有什麼血淋淋傷眼睛的黑暗圖片。

不過，也有好奇心重的路人點進去一探究竟，二十一歲的洛大學生小趙就是其中之一。

這一探，就不得了了。隨著滑鼠的滑動，一張張恐怖至極的凶殺現場照出現在螢幕上，有被砍成塊狀的男人、有被握在手中的心臟、有孤零零的頭顱——頭顱上的一雙眼珠幾乎從眼眶中掉出來、有空落落的胸膛、有一張張瀕死時驚恐萬分的臉。

小趙喜歡看網文，網文裡最喜歡的類別是懸疑與靈異。他死死盯著螢幕，不停吞咽口水，手與肩背漸漸開始發抖，臉色煞白，心臟劇烈跳動。

他本來以為文章裡的照片都是合成的，要不然就是從什麼尖叫劇裡截的圖。但是他閱片無數，實在沒有見過照片裡的場景。

一股寒意從他腳底升起，攪起異樣的興奮。他顫抖著點開最後一張照片下的影片，雜音從音箱裡傳出，他連忙戴上耳機——寢室是四人寢，新時代的大學生做事從來不影響他人，打遊戲也好，看電影也好，耳機都是必備之物。

耳機裡，悉悉索索的聲音傳來，他的心跳又快了半拍，手心也滲出冷汗。

鏡頭緩慢地轉向，對準了一個渾身被綁、嘴被堵住的男子。男子已經渾身是血，看不清面容，但男子的眼神非常清晰，盡是絕望與無助。

小趙連腳趾都抓緊了。

房間裡似乎有種在哪裡聽過的聲音，鏡頭又是一轉，對上正播放著電視劇的筆記型電腦，小趙這才想起那是《玄天山河》裡的對話。

想起這個文章的標題，他一陣毛骨悚然。

突然，視角被固定，之前拿著攝影機的人出現在畫面中。那是個高大健壯的男人，右手拿著一把鋒利的刀。被綁住的男子開始瘋狂掙扎，但沒有用，他註定要死了。

一分鐘後，螢幕幾乎被血光侵占，血從男子被割開的喉嚨像噴泉一樣爆出，灑在一旁雪白的牆壁上。

鏡頭又開始晃動，凶手將它對準男子，記錄下男子咽氣前每一個猙獰扭曲的表情。

小趙整個人僵在座位上，嘴巴張開，頭皮一陣發麻。他的全副注意力都在影片上，頭上又掛著耳機，以至於完全沒聽到室友的聲音。

這時，凶手已經將慘死的男子搬去另一間房間，手持斧頭，一下一下地往屍體上砸。他莫名覺得，似乎在哪裡見過死者。

室友叫了他好幾聲，見他像撞鬼似的一動也不動，只能走到他身後，打算瞧瞧他在看什麼看得如此著迷。

室友是個膽子特別小的帥哥，看清楚影片放的是什麼後，慘叫聲剎那間響徹整棟宿舍。

全程沒吭一聲的小趙被嚇得從座椅上跳了起來，壓抑著的恐懼忽然爆發，也大聲慘叫……

建築學院前任學生會會長鄭奇被殺害並分屍的影片，在洛大這所名校內被飛快地傳向每一個角落。

盧慶剛看了幾秒，就差點暈過去，踉踉蹌蹌地跑去廁所劇烈嘔吐，周明和其他幾名室友陪在他身邊，都被嚇得不輕，不知該如何安慰；劉淦和張玄相顧無言，雖然一直不大喜歡鄭奇的為人，但好歹同寢了幾年，突然目睹曾經的室友被分屍，衝擊力已經擊潰了過去的不滿；常珊沒看影片，聽說鄭奇的死狀後，一個人繞著校園走了幾圈。鄭奇是她的初戀，她瞭解鄭奇的卑劣，知道鄭奇喜歡在網路上造謠，卻沒想到鄭奇會因此喪命，她沮喪地想，也許自己當年多勸一勸鄭奇……

須臾，那個標題起得特別假的文章終於被誤打誤撞闖進去的路人頂到了首頁，點擊量和回覆數量不斷刷新，硬生生地被人工置頂。

網友不是瞎子，仔細一看就明白這不是什麼惡搞文，是如假包換的凶殺記錄！文章發出去半小時後，「烽燧」的伺服器因為承受不住巨量訪問，開始不堪重負。然而，平時因為粉黑大戰都時常當機的頁面竟然撐住了，滿足著蜂擁而至的網友的窺探欲望。

很快，照片與影片被大量轉發至其它社交網站。不久後，照片上五名死者的身分被挖了出來，其中死得最「漂亮」的那位，竟然是曾經紅過一陣子的網紅花店老闆娘。

網文圈從未發生過如此強烈的地震，即便是見證過千奇百怪罵戰的「烽燧」網友，一時間也傻住了。

Ｅ之昊琅造謠一個無名作者抄襲，算不大不小的新聞，夠粉黑們大戰三天三夜，但三天三夜之後，又會有新的熱點湧上來。可造謠的結果卻導致五人被割喉挖心，這就太震撼了，遠遠超出了一般人的承受力。

五年前的塵封往事再次被提及，風飛78甚至成為微博熱搜，國內各路社交網站上的血腥影片不斷被刪除，但又有新的影片被上傳上來。在這個初夏的清晨，成千上萬的人目睹了一場殘忍的屠殺。

同時，E之昊琅的微博被刷爆，「烽燧」開始深挖五年前的「抄襲」事件，當年的文章全部被頂了上來，陳年的網路暴力寸寸展開，鋪陳在世人面前。

那條引起風暴的「E之昊琅造謠風飛78抄襲」的文章裡，突然上傳了一個新的影片。與上一個驚悚的影片不同，這一個半分血腥氣息都沒有，是一群人待在一間房子裡，商量著接下來的工作。

他們打扮時髦，談笑風生，儼然一幫年輕的成功人士。但從他們口中說出來的話，對一位正與癌症鬥爭的無名作者來說，卻不啻於一場從天而降的血光之災。

他們也是在殺人。

影片不算清晰，拍攝自一個藏著的手機。畫面裡一共有六個人，離鏡頭最遠的人是E之昊琅——拜他時常發照片所賜，他的臉沒有人會認錯。

『接下來怎麼辦？琅哥明明沒有抄襲那個什麼風飛78，卻平白被罵了一頓，還好那個「調色盤」狗屁不通。』一個瘦高的男子說：『虛空浩瀚是個什麼東西？誰給他的膽子造謠？我們告他吧，治他個名譽侵犯罪。』

微胖男子搖頭，『網路暴民而已，告了他，對我們沒有多少實際的好處。不如這樣，他不是造謠我們抄襲風飛78嗎？我們乾脆借這件事炒作一番。』

『炒作？這怎麼炒作？』

『反將一軍，說風飛78抄襲琳琅。』

戴眼鏡的男子道：『是個好主意。《暗星歸來》和《永夜閃耀處》都是軟科幻，要找一些相似的詞語太簡單，再總結歸納一下人設、劇情上的相同點，避開不同點，剪切拼接，「調色盤」就完成了。』

瘦高男子道：『總結歸納？不行吧，有點假，引來「黑粉」和路人說琅哥碰瓷怎麼辦？虛空浩瀚做的那個「調色盤」不就被嘲諷得連媽都不認了嗎？』

『我們是專業團隊，會和他一個網路暴民無知小兒一樣？』微胖的男子在座位上扭了扭，『把「盤」做得專業一些，搜索最像的詞句拼在一起，人設劇情總結成一樣的。你以為吃瓜群眾都是很嚴謹的死理派？不，他們只是熱衷於吃瓜而已。你把「調色盤」擺在他們面前，他們百分之百會配合我們，其中絕大多數人甚至不會看我們做的「盤」。』

『但是……』瘦高男子還是有些猶豫，『但是萬一對方有粉絲做「反盤」呢？琅哥被誣衊的時候，最初就是粉絲做了邏輯清晰的「反盤」打了虛空浩瀚的臉。』

『你認為風飛78有粉嗎？』眼鏡男嗤笑，『他一個寫了十幾年文的老透明，有個屁粉。只要沒人幫他說話，他就只有任我們踩的份。反正他既沒才華又沒運氣，多年出不了頭，不如給我們琅哥當當墊腳石，也算是有一點用。』

『對了，你們去聯繫一下虛空浩瀚。』微胖男子又道：『我看他挺會帶風向的，把他拉到我們的陣營裡來，到時候多發一些煽動路人的文章。』

『他不是我們琅哥的黑子嗎？』瘦高男子不解。

『什麼黑子白子。你看他以前的文章，他喜歡過誰嗎？不，誰也沒有。他喜歡的是辱罵、造謠，我們給他造謠的機會，不追究他誣衊琳琅的事，還給他錢，你說他開心不開心？』微胖男子呵呵笑，

『我等等制定一個計畫，大家都按照我說的去做。這是個機會，《暗星歸來》剛剛完結，現在正在談影視版權，我們就是要加把勁炒作。』

『但是這樣的話，風飛78也太慘了吧？』會議室裡唯一的女性說，『一個作者與抄襲掛上鉤，就等於毀了。琅哥現在有很多激進的粉絲，他們肯定會去辱罵風飛，說不定還會肉搜他。』

『這就不是我們能控制的了。』眼鏡男聳聳肩，『要怪就怪風飛78倒楣吧，被虛空浩瀚拿來當黑我們琅哥的靶子，他不倒楣誰倒楣？話說回來，他這麼多年都沒紅，不就是倒楣嗎？放心啦，反正他都這麼倒楣了，也不差這一次。他這樣的人，都挺頑強的，說不定這次被罵到筆名「自殺」，之後換個帳號再來，就突然紅了呢？我們這算不算做了好事？』

『那要是他找律師告我們呢？』瘦高男子不放心，『他沒有抄襲琅哥，如果告我們侵犯名譽，絕對告得贏！』

『我倒是希望他去告，最好是勝訴。』微胖男子說。

『為什麼？』瘦高男子急了，『那琅哥會被黑粉罵死！』

『你啊，對網路行銷瞭解得還是太少了。』微胖男子嗤之以鼻，『風飛78如果勝訴，我們頂多賠他幾萬塊，並公開道歉。但道歉之後，我們馬上就可以出另一份聲明，大致內容是即便受到了挫折，也要盡全力捍衛原創。』

瘦高男子張大嘴，聽得有些愣。

『你得知道，不管法院怎麼判，粉絲永遠是站在琳琅這一邊的，自從調色盤出來，他們就已經認定風飛78抄襲。而且現在法律本來就有漏洞，多少真正被抄襲的作者告不過抄襲者。春秋筆法懂嗎？只要我們會寫、會哭，那麼在粉絲和路人眼裡，我們就是法律不健全的犧牲品，我們被抄襲了，反倒成了被告。

我們在侵犯名譽一案裡敗訴，他們只會認為我們在維權的途中經受打擊，他們會盡全力奔相走告——琅神敗訴是法律的錯。而對於路人來說，捍衛原創的聲明會為我們拉足好感。你別太高估他們，他們在意的其實不是真相，只是在社交網站上表達自己的機會。一旦我們敗訴，我會讓「捍衛原創，支持琅神」成為一句口號，任何人跟著喊，就足以在虛擬空間顯示他正確的三觀。』

瘦高男子終於聽懂了，激動道：『行銷原來還可以這樣搞，受教了！』

直到進度條走向末尾，E之昊琅也沒有說話。但正是他，默許了這場針對一位無辜作者的網路屠戮。

發文者寫道：**人在做，天在看，一切惡行都會留下記錄，一切屠戮都會被反噬。E之昊琅，你的走狗已經付出了代價，你呢？**

因為不涉及血腥暴力，這個影片比前一個傳播得更快，播放量也更多。大部分的社交網站都沒有刪除它，一時間，它在微博、動態裡占滿了螢幕。即便是沒聽說過E之昊琅的人，也知道了他五年前靠營銷毀掉了一個草根作者。

人普遍傾向於同情弱者，將自己代入弱者。當年E之昊琅被「抄襲」，是弱勢的一方，得到大量支持；時隔五年，情勢完全逆轉，他不僅不是受害者，反倒是加害的一方，那個被釘在恥辱柱上的作者才是真正的弱者。

往事被徹底掀開，如同一場聲勢浩大的地震。人們漸漸發現，林驍飛是一名癌症患者，經受無妄之災時，正在接受痛苦的化療。五年前萬千辱罵的言辭再次呈現在世人眼前，他孤零零地在地鐵站賣書的模樣不再是油膩、愚蠢的代名詞，大家都說——他在追夢。

甚至有人搬出那句矯情的話來形容他：你出走半生，歸來仍是少年。

「呸！」

身在異國的年輕男人唾了一口，繼而哈哈大笑，直至笑出了淚。

看啊，網友就是這般如牆頭草，昨天用最惡毒的話辱罵你，今天便用最煽情的話推崇你。

男人閉上眼，想起很久以前自己還是個小孩子，父親犯罪後蹲進監獄，母親不知所蹤。他跟著叔叔生活在澤城最落後的化工廠家屬區。叔叔家不富裕，和嬸嬸沒有自己的孩子，才能臨時照顧他，供他上學。

電腦這種奢侈品，叔叔根本買不起。而他對電腦興趣濃厚，在圖書館看了很多程式設計方面的書，做夢都想著將來成為互聯網安全領域的王者。但因為沒有電腦，學校的微電腦室每次只能上一個小時，他理論扎實，卻實踐不足，很多時候只能在草稿本上演算。

他的第一台電腦，是叔叔的同事，那個叫林驍飛的溫柔男人送的。

不是什麼好電腦，在二手市場幾百塊買來的便宜貨而已，性能很差，經常當機，大部分程式都跑不動。但時至今日，當他已經擁有大量最高配置的電腦，這台二手電腦仍是他珍藏的寶物。因為當時林驍飛拍了拍他的頭，笑著鼓勵他：喜歡就去做，不要畏縮，驍飛哥的小說現在還不怎麼賺錢，以後如果賺錢了，買一台好的給你。

為了這件事，林驍飛和叔叔吵了一架，最後樂呵呵地和好。

他知道，那場架不是真的吵，兩人是很好的朋友，叔叔只是怪林驍飛亂花錢。

有了電腦，他開始自學程式設計。大概是因為天賦極高，天生就該吃這碗飯，他上手極快，學什麼會什麼。叔叔嬸嬸都是粗人，欣賞不來，也不贊同他成天坐在電腦前，說對眼睛不好。林驍飛卻總是誇他，耐心地看他演示新寫好的程式。

他喜歡去林驍飛家裡蹭飯，吃完就看林驍飛寫的小說。

林驍飛會用業餘時間寫小說，是網路作者，寫的小說不紅，讀者寥寥無幾，他卻愛看得不得了，學累了就霸占著林驍飛的電腦看，看完已發布章節，就搜刮存稿來看。林驍飛喜歡在紙上打草稿，他把存稿也看完了，只好看草稿上擬好的劇情和人設。

有一次，他說：「驍飛哥，你能寫一篇重要角色是駭客的科幻小說嗎？」

「科幻啊？」林驍飛想了想，「我不太懂科幻。」

「又不是非要硬科幻，軟科幻也行啊。驍飛哥，你寫個軟科幻大長篇吧！」

林驍飛笑：「你是想要我以你為原型創作吧？」

「哈哈哈！被你發現了。」

小孩子容易忘事，想法來得快，去得也快，這件事他說過就忘了，但過了一陣子，林驍飛居然真的給他看了一堆草稿。

「我擬了幾條劇情線，框架還沒搭建好，但主要角色的人設都做好了，看完別忘了給我提點建議。」

他欣喜若狂，認真從頭看到尾，程式設計也不學了，纏著林驍飛磨劇情磨人設。林驍飛脾氣好，任由他改來改去，直到彼此都滿意。

林驍飛問：「書名叫什麼好呢？」

他想了幾天，說：「《永夜閃耀處》怎麼樣？漫長黑夜裡，有閃耀的光。」

林驍飛笑道：「好。」

「驍飛哥，那你什麼時候開始寫呢？」他興奮地問。

「唔，現在還不行。」林驍飛說：「一來我手頭的小說還沒有寫完，中途『太監』就不好了。二來軟科幻對我來說是新的領域，我還想多積累一下，我們這個故事挺好的，我不想在準備不足的情況下就開寫，這樣會浪費掉一個好故事。」

他有些鬱悶，「那你一定要寫啊。」

「當然，這是我們一起想出來的故事，書名是你取的，主角原型是你，我怎麼可以光說不寫？」林驍飛笑得很溫和，「我們挺投緣的，雖然你年紀還小，但我總覺得你是我的好友、知己。放心放心，等你將來成為大駭客了，說不定這篇小說就完成了，到時候我們一定要慶祝一下。我啊，最大的心願就是出版一本書，說不定這篇小說能完成我的心願。」

可不管是他，還是林驍飛，都沒有等到這一天。

男人拉開抽屜，取出一個深棕色的硬皮筆記本，翻至中間，目光落在一張老照片上。

照片裡有四個人，他、叔叔、嬸嬸、林驍飛。

這張照片是他與林驍飛的唯一一張合照，那時候他一臉愁苦，個子還沒有林驍飛高。

現在，他已經比記憶裡的林驍飛高出不少了。

他記得照片拍攝時的情形——母親從外地趕來，要接走他。他從未見過這個珠光寶氣的女人，不願意離開，從女人的車上卻下來了幾名黑衣保鏢。

叔叔說，她的確是你的母親，她有撫養權。換言之，他必須跟女人走。

好在女人並非蠻不講理，帶他離開之前，允許他與叔叔嬸嬸拍張紀念照。

他執意叫來林驍飛，最後清理物品時，堅持帶上林驍飛送他的二手電腦。

後視鏡裡，林驍飛的身影越來越小，但直到消失在轉角，也一直看著他，笑著對他揮手。

他在化工廠家屬區生活的日子不算長，帶走的除了電腦，就只有一張合照。可惜這張合照只有他自己有，洗出來之後母親並未寄到叔叔家。

之後，他被送去歐洲念書。母親瞧不起父親家的親戚，不准他再與叔叔嬸嬸聯繫。他再也沒有回到落後的澤城，連叔叔工傷死去了都是很久之後才知道。

聽說，驍飛哥為了幫叔叔籌錢，獨自一人去地鐵站賣書。別人拍下來，放在網路上的影片他看到了。驍飛哥很憔悴，多年不見，身上的衣服竟然還是當年他見過的，都洗到發白了。

他暗自發誓，要讓驍飛哥過上好生活。

那一年，他十七歲，驍飛哥三十四歲，離後來那場網路暴力還有三年。

為了擺脫母親的控制，他去了西亞的X國，那裡是網路攻防的天堂，他潛心專研，甚至到了封閉自我，不問世事的地步。漸漸地，他越來越強大，沒有哪國的安全部門能追蹤到他，沒有哪名頂尖駭客能鎖定他，他的病毒無堅不摧，他的防火牆密不透風。

他想起林驍飛當年的話——等你成為大駭客，這篇小說就完成了。他忐忑又激動地搜索「永夜閃耀處」、「風飛78」，看到的卻是漫天辱罵與詆毀。

《永夜閃耀處》是抄襲的？主角人設照搬《暗星歸來》？

怎麼可能？沒有人比他更清楚《永夜閃耀處》絕不是抄襲來的小說，那是他與驍飛哥一起創造的故事！

在無數的罵聲中，他看到了很多「去死」、「死了活該」。沉重的恐懼讓他喘不過氣，想要聯繫林驍飛，卻不敢。

後來，他用自己最擅長的方式，得到了林驍飛已經因肺癌去世的消息，也得知《永夜閃耀處》曾經受到投資者的青睞，如果沒有那一場飛來橫禍，不僅能夠出版，還能拍電視劇、做遊戲……

高額的版權收入即便不能治好肺癌，起碼能讓驍飛哥的最後一段時日不那麼痛苦。

他跪在異國的狂風裡，砂礫在他身上、臉上刮出血痕。他無聲痛哭，整個人蜷縮成一團。

驍飛哥從來沒有害過人，上天為什麼要這樣折磨驍飛哥！

那些欺辱驍飛哥的人，都該死！

螢幕上，資料正在自動刷新。男人又哭又笑，無比開懷，因為終於等到了這一天。

其實，他早就拿到了那個偷拍的影片。E之昊琅的團隊並非鐵板一塊，有二心者不止一人。當天開會時，唯一的女性悄悄打開了手機鏡頭——她心思縝密，總是這麼做，並不是想害誰，只是習慣每次開會都留下證據。

社會為叢林，同事皆虎狼，身為女人，在職場裡本就是弱勢的一方。曾經她因為旁人剪接過的錄音吃了虧，此後萬事小心，做什麼都會悄悄留下音訊影片檔。

這個影片，男人早在三年前就透過滲透手段拿到了。

在那些披著人皮的畜生眼裡，驍飛哥因為不紅，所以可以被隨便碰瓷，可以被踩進汙泥。他們毀了驍飛哥，還硬要說什麼是幫了驍飛哥，豈有此理！豈有此理！

他恨得咬牙切齒，恨不得立即將影片公之於眾。如此一來，驍飛哥抄襲的罪名就會洗清，世人也能看清E之昊琅醜惡的真面目，但是……

但是這樣就夠了嗎？

人死不能復生，死亡讓一切塵埃落定。驍飛哥已經走了，帶著無法彌補的遺憾。罪名洗清了又怎樣呢？驍飛哥根本不知道！而E之昊琅一定會得到懲罰嗎？不一定。

對一個已經走紅的「大神」作者來說，造謠和誣陷頂多算一個有趣的黑料。E之昊琅會被罵幾天、幾週，最多不會超過一個月。網友是健忘的，很快就會忘記E之昊琅犯下的罪行。

而驍飛哥，說不定還會被冠以「嘩眾取寵」、「死了還要作怪」的名頭。如果不掀起最大的風浪，E之昊琅必會笑到最後。

他時常整夜失眠，卻仍想不到一個將E之昊琅打得萬劫不復的辦法。大家都說抄襲是作者的死刑罪，他亦想過要找E之昊琅抄襲的痕跡。後來才明白，抄襲只是像驍飛哥那樣無名作者的死刑罪，不然那些涉嫌抄襲的「大神」作者為什麼還繼續出書？繼續拍劇？繼續被健忘的讀者與觀眾奉為傳奇？

命運從來不公。它欺軟怕硬，最喜落井下石，見誰可憐就在誰的身上補上一腳。要殺掉易琳琅和影片裡的人不算難事，微胖男死於車禍，眼鏡男死於電梯事故，看起來都是意外，但這都是他的傑作。

可是夠了嗎？對畜生來說，別人的命不過是他們一次行銷的踏板。那麼他們的死，又怎麼能夠抵消他們作的惡？

男人沉溺在仇恨中，費盡心思，找到了許多肉搜林驍飛的人，篩選再篩選，最終鎖定出二十一名罪魁禍首。

他突然明白了自己該怎麼做。他要讓這些人償命，用這些人的命揭發E之昊琅的惡行。他要E之昊琅萬劫不復，一嘗當年驍飛哥品嘗的痛楚。

不就是一場網路暴力嗎？不就是以暴制暴嗎！

現在，他成功了。

他擦掉淌滿臉頰的淚，轉向另一個螢幕，畫面裡是焦灼難安、驚懼發抖的易琳琅。

他監視了易琳琅多年，這還是頭一次看到對方害怕成這個樣子。他輕聲笑了起來，打開數個資料框，開始抹除自己留在網路上的痕跡。

淚水滴答滴答地落在他的手背上，他卻越笑越大聲。他從來沒有想過要親手或者雇凶殺死易琳琅，報復這個虛偽、將名氣看得比人命還要重要的魔鬼。最好的辦法就是以牙還牙，毀掉對方到手的一切！

他熟練地從肉機上撤退，熟練地設置反追蹤陷阱。他已經做完了一切，無需再踏足故土的網路。

接下來，會有成千上萬的網友對Ｅ之昊琅施以口誅筆伐，幫他與楚皎完成最後的屠戮。

想起楚皎，他又笑了起來——他今天特別常笑，周身的陰霾一掃而空。

楚皎也不是什麼好人，愚蠢、勢利、狹隘，明明是易琳琅養的一條狗，最後卻因為肉沒吃夠，反咬主人一口。這種狗，被打死也是活該。

但楚皎又是一條急於報復的瘋狗。只要能讓易琳琅得到報應，楚皎不怕殺人，也不怕死。這條狗，願意與易琳琅同歸於盡。

他成全楚皎好了。人們會忘記八卦，忘記爭執，忘記對陌生人潑過的髒水，但難以忘記驚恐、刺激感極強的畫面。

很久以後，目睹今時今事的人，仍會記得那一張張血淋淋的照片，那一段虐殺的影片，繼而記得一個筆名叫Ｅ之昊琅，本名是易琳琅的人。是這個人，煽動了一場網路暴力，五個供他驅使的走狗為惡行慘死。人們會記得網路並非無法之地，一個人必須為自己的言行付出代價！

至於易琳琅這位「大神」作者，要嘛就死在口誅筆伐中，不然就餘生都活在死亡的陰影中。

從此，Ｅ之昊琅不復存在。

◆

楚皎看著「烽燧」上的照片與影片，神情從困惑變為釋然，接著獰聲大笑。

柳至秦正在追蹤發文者，坐在楚皎對面的只有花崇和沈尋。

這一場突如其來的變故讓上面大為光火，陳爭卻打給花崇寬慰道：『你別著急，這案子已經移交給省廳了，還有公安部特別行動隊扛著，橫豎不是我們重案組的責任。別上火啊，替我向沈尋問個好，讓他小心點。』

花崇倒是不怎麼焦慮，熬了接近一晚，休息的一個多鐘頭也沒怎麼睡。他將自己代入駭客，翻來覆去地想對方會做什麼。他隱約已經想到了對方可能採取的行動，只是沒有料到對方的動作如此之快。

也許楚皎落網就是一個信號。如果警方沒有摸到楚皎這條線，駭客會讓楚皎一直殺下去。而楚皎一旦出事，駭客就會將收集的照片和影片曝光，一併公開當年的真相。

與沈尋會合時，花崇發現，沈尋也想到了這一點。

「笑得這麼開心，目的達到了？」沈尋在筆記型電腦上敲了暫停，影片定格在楚皎砍鄭奇的屍體時。

「原來他想這麼做，我還以為他要求我拍照拍影片是想自己看。」楚皎拍著大腿，一副心滿意足的樣子，「好啊，幹得好啊，這對易琳琅來說才是最好的報復，網友會罵死易琳琅，我他媽怎麼就想不到這種好辦法呢！」

「你入鏡了。」沈尋說：「如此一來，你的罪行就有了最直接的證據。」

「我不在乎，我這是在替天行道。」楚皎高仰著頭，「從決定與他合作開始，我就知道自己的下場了，我早就做好準備了！只要能看到易琳琅毀滅，我死得其所！」

「好一個死得其所。」花崇嗤聲，「你還真的把自己當成當代的英雄俠士了？」

「難道我不是嗎？」楚皎說：「這幾年都發生多少起網路暴力了？只要沒鬧出人命，你們警察就不管，那些暴民把網路當盾牌，躲在後面放陰招。他們不該死嗎？不該有人站出來教訓他們嗎？我們這些人，在現實裡被踩踏還不夠，還要忍受網路上的羞辱，憑什麼啊？沒人願意站出來，行，我站出來！我倒要看看，這次以後，還有多少人敢肆無忌憚地肉搜別人。」

「別說得這麼偉大光榮又正義，你不就是想報復嗎？」花崇說：「你和鄭奇沒什麼不同，都是暴行的推崇者。」

楚皎愣了愣，哼笑一聲，「我和他不一樣。他死得那麼慘，死了之後還要被網友扒皮，他以前留在網路上的每一句話都會被翻出來，供人嘲笑。別人會說——這個人，呸，該死。還會說——知道這個人是怎麼死的嗎？他造謠、誣陷別人，掀起網路暴力，我們以後可不能這樣。

而我呢，我死了以後，別人會指著我的名字，說我是孤膽英雄、殉道者。我會被目睹到今日盛況的人記住，說不定他們還會用我的名字去嚇唬小孩——不能做壞事喔，否則楚皎晚上會來找你。我是一名『槍手』，用別人的名字寫著別人的故事，我一輩子最期望的事就是我的筆名、我的本名能被人記住。換一種方式實現這個願望，感覺並不糟糕。」

花崇無言，各式各樣畸形的心理他都已經見怪不怪，但內心深處仍有觸動，難以平靜。

沈尋不抱希望地問：「你和發文者是透過什麼方式聯繫？」

「我說過，你們找不到他。」楚皎說：「別在我這裡白費工夫了，我也找不到他。」

柳至秦將自己關在辦公室裡，一言不發地追蹤著發文者。電腦上，多個大型自編程式正在運行，鍵盤敲擊聲密集如雨。

但是那個人太狡猾，早已布置好了迷宮一般的退路，飛速逃離，分毫痕跡也不留下。

這是一名頂尖駭客中的佼佼者，整個「肉機」陣線滴水不漏，固若金湯。

隨著一聲尖銳的警報聲，柳至秦「啪」一聲拍向鍵盤，自編程式中毒，已經無法繼續追蹤。

花崇推開辦公室的門，正好見到這一幕。

他頓了一步，關上門，走到柳至秦身邊坐下，沒有說話，只是輕輕拍了拍柳至秦的背。

幾分鐘後，柳至秦長歎一口氣，靠在椅背上，「我沒抓到他。」

「嗯。」花崇說：「沈隊剛才告訴我，訊息戰小組也一無所獲。」

柳至秦並不意外，閉上眼，抬手捂了捂，「這種駭客最難應付，他有一千條退路，只要一條安全，他就能全身而退。而我們必須截斷全部路線，才能鎖定他。」

花崇不懂這些，說：「他是有備而來，準備充足。」

「是啊。」柳至秦苦笑，「為了讓『烽燧』不至於因為流量太大而崩潰，他還臨時對『烽燧』的伺服器做了一番維護。在駭客這個層面上，他是天才，但是我實在想不通，他與林驍飛有什麼關係。」

事件持續發酵，血腥照片與影片已經被刪得乾乾淨淨，但私傳難以制止，網友在懷念林驍飛、聲討易琳琅的同時，開始深挖發文者。網路上出現各種各樣的猜測，花崇將它們當做線索記下來，卻都未查出結果。

林驍飛生前的作品全部被挖了出來，各個盜文網站的下載量排在榜首的都是他的小說。那些曾經被貶得一文不值的文字，突然成了珠玉之言。讀者不一定真的喜歡，甚至根本沒有看幾章，卻一定會在社交網路上吹捧幾句。一時間，網路上出現了大量自稱是風飛老粉的人，言之鑿鑿地說自己從多少年前就開始追風飛78的小說，五年前也拚命與E之昊琅的腦殘粉大戰過。

可是，如果五年前真的有那麼多人站在林驍飛那邊，林驍飛又怎麼會至死也被扣著「抄襲者」的帽子。

易琳琅一直沒有站出來，他的所有社交帳號都被攻陷，作品的評論欄裡全是辱罵，他過去發的每一張照片都被P成遺照、屍體，有人將他的頭剪貼到鄭奇的脖子上，一發布在「烽燧」就收穫萬千點讚。他的粉絲幾乎不敢再為他說話，一部分已經對他粉轉黑，一部分固執地認為他沒有錯，錯的是他的團隊和鄭奇等人，但這微弱的聲音很快被淹沒。沒有人再為他吶喊，他的名字與「去死吧」畫上等號，甚至有人在外國網站上眾籌雇殺手……

罵E之昊琅，已經成了政治正確。他的作品——不管是小說還是改編的電視劇、電影或是遊戲動漫，都在各個平臺下架。他的名字已經徹底臭了，當初追著他搖尾巴的商人如今追著他討要違約金，短短數日，他經營了接近十年的形象轟然倒塌。

作為一個作者，他已經死了。

作為一個人，他也命不久矣。

男人在監視器裡看著他的一舉一動，冷冷地大笑。

◆

楚皎被帶回函省，連環凶殺案仍在進一步調查中。沈尋和樂然沒有立即回公安部，繼續留在洛城協助調查。

重案組的眾人幹勁不足，張貿說：「我們一定要查到那個駭客嗎？我覺得沒有必要。」

曲值言不由衷地教訓他：「怎麼說話的？你是警察，知道自己的責任嗎？這種話說出去，你也不怕被剝下警服！」

張貿嘀咕：「你不也是這麼想的嗎？殺人的是楚皎，難逃死刑，駭客又沒殺人，為民除害有什麼不對？」

曲值堅持：「你可以這麼想，但不能說出來，懂嗎！」

花崇打斷兩人，「張貿，我記得你是易琳琅的書粉？」

張貿臉一紅，「那是我瞎了眼！」

花崇笑了笑，「那查案時把眼睛給我擦亮。」

張貿往休息室看了看，壓低聲音道：「花隊，你們這趟回來，小柳哥就變陰沉了，他還好嗎？沒抓到駭客又不是他的錯。」

花崇眼神微變，「還好，他只是太想發現對方的蹤跡而已。」

「依我看，抓不到最好。」張貿又把話題扯了回去，「網路上大家都是這麼想的。」

花崇懶得再和他說點什麼，只警告他出了重案組的門，就閉上亂說的嘴。

「花隊。」這時，休息室的門開了，柳至秦站在門邊抬了抬手，「有空嗎？」

「有。」花崇立即走過去，「發現了什麼？」

「網路上已經沒有任何值得追蹤的痕跡了，他消失得很徹底。」柳至秦說，「不過我在追憶林驍飛的文章裡，發現了一個可疑的點。」

「給我看看。」花崇說。

柳至秦滑著滑鼠，指了指螢幕，「這裡。這個人自稱曾經是林驍飛的鄰居，還上傳了一些居住環境的照片，的確就是林家所在的小樓。」

花崇快速掃著文章。

發文者說了許多林驍飛的優點，比如積極樂觀、善良、待人和善，與所有街坊的關係都不錯，對小孩子很好，自己沒什麼錢，卻經常請鄰居家的小孩吃零食。

直到這裡，都沒什麼問題。但再往下，就令花崇感到有些意外了。

當初林母說，林驍飛是為了幫工友治傷，才不得已去地鐵站賣書。這個細節很重要，以至於在排查林驍飛的人際關係時，他著重瞭解過這個工友。

工友名叫傅大成，早已過世，膝下無子，妻子改嫁，目前生活美滿。傅大成的近親只有哥哥傅大友，是個毒販，前幾年已經死在獄中。傅大友倒是有個兒子，但早就妻離子散。

這就說明，傅大成沒有親戚會因為林驍飛賣書籌款的事，為林驍飛復仇。而現在，發文者卻說傅大成的侄子曾經在化工廠的家屬區生活過一段時間，與林驍飛關係非常好，幾乎每天都去林驍飛家裡蹭飯。

這段描述的本意是為了證明林驍飛對小孩子很好，但是對刑警們來說，卻是一個絕處逢生的線索。

恰在這時，徐戡從法醫科趕來，門都來不及敲就闖入，手裡拿著《永夜閃耀處》的草稿。

花崇抬起頭，「什麼事把你急成這樣？」

「你們看這裡。」徐戡嘩啦啦地翻開草稿本，指著一處筆跡道：「這段修改的劇情線不是林驍飛的筆跡，有人幫林驍飛改過劇情！」

柳至秦連忙拿過草稿，「這……這不像是成年人的筆跡。」

「歪歪扭扭，像小孩子寫的。」

花崇說完與柳至秦對視一眼，皆在對方眼中看到了某個猜測。

突然，外面傳來一陣哄鬧，張貿大吼一聲：「我操！他這就死了？」

◆

易琳琅死了，在加拿大的家中飲彈自盡。死前留下了一封遺書，向喜愛自己的人道歉，同時痛訴連日來遭到的無法承受的網路暴力。

『我自始至終沒有參與誣衊林驍飛，製作調色盤的不是我，肉搜林驍飛的也不是我，殺害鄭奇五人的更不是我！』

『為什麼我就成了最該下地獄的那一個？』

『你們敢說，五年前辱罵林驍飛的沒有你們？你們罵死了林驍飛，如今又把我推向死亡。我如你們所願，今天我的死，是拜你們這些鍵盤魔人所賜！』

易琳琅的死將這場「抄襲」風波推向最後的高潮。部分真心喜歡他多年的粉絲痛哭不已，有的吃瓜路人暫時閉上了嘴，有的則繼續嘲諷謾罵，斥責他是個懦夫，到死都不肯向林驍飛道歉，到死都在推卸責任。

——向你的粉絲道什麼歉？你他媽最對不起的難道不是林驍飛嗎？

——不愧是靠行銷出名的「大神」，死前還要秀一把存在感，博一博粉絲的同情。腦殘粉的眼淚好賺啊！

——易狗，你欠林驍飛一個道歉。你別是假死吧？

「我操，我得緩一緩。」張貿站在座位旁，擦了擦額角的汗。

剛才他本來是坐著的，看到手機上彈出來的即時新聞時，突然跳了起來，直到看完整條新聞，仍覺得這件事太突然了。

易琳琅就這麼死了？死於鋪天蓋地的謾罵，死於成千上萬句「去死吧人渣」。死於一場網路暴力。

「五年前，當他默許他的團隊造謠林驍飛，默許他的粉絲對林驍飛施以網路暴力時，一定想不到將來這把刀會突然轉向，插向他自己的胸膛。」花崇看完加拿大警方發布的通報，輕歎一口氣，「這就是駭客的最終目的——以網路暴力殺死易琳琅。」

「易琳琅簡直虛偽又懦弱。」因為去了一趟林曉飛的家，目睹過門外被潑漆的痕跡，看到過林母飽經風霜的臉龐，徐戡對易琳琅全無好感。得知他死了，分毫不惋惜，只感到那句老話終於應驗了——不是不報，只是時候未到。

「針對易琳琅的網路暴力，規模遠遠大於五年前的那一場。」柳至秦說：「一個人被連續詛咒怒罵了那麼多天，確實難以承受。」

「我只覺得活該。」徐戡哼了一聲，「易琳琅出身好，高高在上，林曉飛對他來說就是螻蟻，踩死就踩死了。可是憑什麼？誰不是人生父母養？林曉飛就活該被他踩進爛泥？」

花崇搖頭，輕聲道：「但網路暴力，不管什麼時候，不管針對誰，都是不可取的。」

「那也得以具體問題進行具體分析。」曲值加入討論，「我覺得這次暴力得好，不然你想，易琳琅要怎樣才能得到懲罰？他在遺書裡不是仍在狡辯嗎？說抄襲事件是他的團隊策劃的，他沒有參與，肉搜他更是沒有參與，人也不是他殺的。他會得到什麼懲罰？加拿大的法律治不治得了他？說不定沉寂個一兩年，他又出來撈錢了。退一萬步說，他再也不能靠寫作賺錢了，但他家境富有啊，富二代一個，就算不寫書又怎樣？他的家底夠他一輩子揮金如土。」

柳至秦哪邊都不站，顯得有些冷漠，「只能說，希望這次的事能給那些打歪腦筋的行銷團隊、個人敲一敲警鐘。網路就算仍是一塊無法之地，法仍然不責眾，但人在未來某時某刻，必會為曾經做過的事、說過的話付出代價。」

張貿聽著大家的話，隻言未發，默默地看著媒體的報導。

易家的傭人們說，易琳琅這幾天精神不正常，把自己關在家裡，不敢踏出房門一步，連家中的花園都不敢去，老是說外面有人要殺他，又說家裡有人在監視他。

「外面怎麼樣我是不知道，但家裡全是在易家服務多年的人，怎麼會監視他呢？」老管家說：「少爺壓力太大了，時常盯著攝影機，說裡面有人。」

網路上罵聲陣陣，網友們在管家的話裡摳出了重點——「少爺」、「精神病」，紛紛嘲諷。

『大少爺原來是個精神病啊？那我們是不是立功了？畢竟精神病犯法不會判刑，你要是不被我們逼到自殺，誰能懲罰你啊？還說有人盯著你，這不是廢話嗎？全天下的人都盯著你，我們就是想看看，你什麼時候去死！』

「感覺倒是挺靈敏，可惜以前你怎麼就沒發現我一直盯著你呢？」男人夾著一根菸，半瞇著眼自言自語。

他大概是唯一一個目擊易琳琅自殺的人。這幾天他很少睡覺，坐在電腦前一看就是大半天。螢幕上是不停哭喊、用頭撞牆、呆坐發抖、狂躁嘶吼的易琳琅。他本來想開個直播帳號，讓大家一起觀賞，考慮片刻，卻放棄了。因為前幾天脫身時，他險些被一個「白帽」抓住，若不是早已做足了準備，「肉機」網路龐大，他已經被鎖定了。

不能再次冒險，只好獨自欣賞。

易琳琅的精神狀態每天都在惡化。被點燃的網友就像ＡＩ，啟動之後無需操控，即能自發組織攻擊，還能自主升級。他看得大笑，在易琳琅痛哭咆哮時，樂得鼓掌叫好。

看啊，摧毀一個人是多麼容易。

今天稍早，易琳琅像木頭一般坐在牆角，一動也不動，和死了一樣。男人本想去補眠，卻見到易琳琅突然站起來，狂奔到另一間房間，打開電腦，雙眼血紅地盯著螢幕。

男人操縱著電腦自備的攝影機，將他的表情看得一清二楚。

他的痛苦與恐懼帶給男人無上的愉悅。

他打開一個文件，開始在鍵盤上敲擊。

男人一看，輕挑起眉。

原來是遺書。

終於承受不住了嗎？終於想用死亡來結束這一切了嗎？

男人暫時沒看遺書的內容，只是饒有興致地盯著易琳琅的臉。這張臉上的表情太生動了，遠比他以「大神」作者的身分寫出來的小說還生動，那種活靈活現的猙獰簡直令人著迷。

大約一小時之後，遺書寫好了。易琳琅枯坐許久，眼中漸漸醞釀起仇恨與不忿。

「你有什麼資格不忿？」男人自言自語道：「你也配？」

易琳琅站起身來，突然再次嚎啕大哭。

男人不再看他，粗略掃了一遍遺書內容，臉色陰沉下去，「死到臨頭還要幫自己炒人設，說一句『對不起』就這麼難？」

片刻，男人自嘲地笑了笑，「算了，你這樣的人渣，不配向驍飛哥道歉。」

易琳琅的哭聲引來一眾傭人，他嘶吼著，將傭人們罵走，一步步走向別墅頂樓，拿出一把槍，對準了自己的太陽穴。

一聲突兀的槍響，為一切畫上休止符。

「不錯啊，死得很乾脆。」

男人看著在地上漫開的血，看著驚慌失措趕來的傭人，聽著由遠及近的警笛，眸光閃爍。

第六章　未完的結局

網路上的聲討熱潮隨著易琳琅的死而漸漸平息，但發生在現實裡的連環凶殺案仍在進一步偵查。楚皎爆出自己是受到操控的，各種事實也證明這一連串的案子背後的確有個「操盤手」，但沒有人能發現他的蹤跡。

命案現場周圍的攝影機被入侵過，但痕跡無法追蹤；楚皎的通訊記錄被修改過，但同樣無法追蹤。那個人為楚皎作案提供了大量幫助，卻從頭到尾都隱藏在黑暗裡。

楚皎被押往首都，重案組已經無需再為此案負責。是否要追查幕後的黑手、怎麼追查，都是公安部的事了，但花崇和柳至秦沒有閒下來。

「我想再去澤城一趟。」花崇拿著徐戡送來的草稿，翻到的正是有異樣筆跡的一頁，「上次我們肯定遺漏了什麼。那個文章裡說傅大成的侄兒和林驍飛關係非常好，這說不定是個突破口。」

「陳婆婆沒有提到這個人，是已經忘了，還是刻意隱瞞？」柳至秦蹙眉思考。

「我猜應該是忘了，畢竟對方似乎沒有在化工廠的家屬區生活太久，當時又只是一個小孩子。」花崇說：「而且派出所警察也沒有提到他，他們沒有必要隱瞞。」

柳至秦點頭，「我們什麼時候出發？」

花崇看了看時間，已是下午，「要不然現在就走？到那邊時是晚上，睡一覺，明天一早就去林家。」

「是要住一晚嗎？」
「不住也行，那就明天當天去當天回。」
柳至秦想了想，「還是今天上路吧，都擠在同一天太匆忙了。這次不像上次，不趕時間。」
花崇笑，「是啊，這次不像上次，上次是住安排好的招待所，這次住宿得自己掏錢。」
柳至秦一愣，「那我們去住酒店？」
「豪華一點的？」
「你訂，我都行。」
說走就走，半小時以後，兩人被堵在出城的路上。
開車的是花崇，柳至秦坐在副駕駛座翻弄林驍飛的草稿。紙已經泛黃了，看得出來有不少年頭，字跡工整清秀，彷彿一看就覺得，這些字一定是林驍飛寫的。另一種字跡則難看許多，只有兩處，難怪以前沒有注意到。不過這兩處字跡雖然難看，內容卻與《永夜閃耀處》相關，不可能是誰隨意塗鴉畫上去的，一定是誰在與林驍飛討論劇情時寫下來的。
「會是傅大成的侄子嗎？」柳至秦道。
明明話只說了一半，花崇卻聽懂了，「我也在想這個問題。如果如文章裡所說，林驍飛很照顧傅大成的侄子，而這個侄子又與林驍飛一起討論過《永夜閃耀處》，那麼五年前，《永夜》被造謠時他知不知道？如果他知道，他會有什麼反應？」
「難說。」柳至秦道：「畢竟對他來說，在化工廠家屬區的那段日子，是童年少年時的往事，他的反應和林驍飛在他心裡的位置有關。」

「如果，我是說如果他就是那個駭客。」花崇道：「會不會太年輕了？」

「年輕？不。」柳至秦搖頭，「網路安全領域的很多天才都是不到二十歲就鋒芒畢露。」

花崇不經意地勾起眉，「那你二十歲時呢？」

「我？」柳至秦一頓，「我二十歲的時候……」

喜歡上了一個人。

「嗯？」花崇瞄了他一眼。

他笑道：「還在混。」

「我不信。」花崇說：「二十歲還在混的話，怎麼混進訊息戰小組？」

柳至秦看向窗外，沒有繼續這個話題，「對了，《永夜閃耀處》的出版徐戡談得怎麼樣了？我聽說很多家出版社都在搶。」

「徐戡的人脈網很寬，對這件事也很用心，肯定會找到一家最合適的。」

「那就好，林驍飛的心願總算是實現了。」

「但終歸是遺憾的。」花崇聲線一沉，「人死萬事空，只有我們這些旁觀者會得到安慰，他什麼都不知道了。」

澤城的經濟比不上洛城，但是夜晚的市中心還是燈火輝煌。

因為在路上塞了一下，花崇和柳至秦趕到時已經過了晚飯時間。中途兩人換了座位，由柳至秦開車，花崇靠在副駕駛座上訂酒店。

雖說要訂個豪華的，但也不能太鋪張浪費，關鍵是放眼整個澤城，也沒有房費在五百塊以上的。

花崇看了一圈，問：「我們要訂兩個大床房還是一個標間？」
「標間吧。」柳至秦說。
花崇戳著螢幕，「我也是這個意思。」
訂的酒店在市中心，花崇開門一看就感歎道：「要是公費住宿也有這種待遇就好了。」
柳至秦笑：「想得美。」
兩人沒帶什麼行李，不用收拾，休息了一下就直奔附近的夜市大排檔。
夏天是吃小龍蝦的季節，花崇點了三大盤，外加各種燒烤海鮮和滷味，落座後想起樂然，遺憾道：「我還跟樂樂說，結案了就讓陳隊請吃飯，想吃什麼隨便點。結果還沒結束，他和沈隊就回去了。」
「沒事。」柳至秦往兩個玻璃杯裡倒花生漿，「他想吃什麼，沈隊難道會虧待他？」
不提這件事就算了，一提，花崇就突然有了興趣，「他們關係不一般啊，親戚？」
「差不多吧。」柳至秦將杯子推到花崇面前。
「什麼叫『差不多吧』？是就是，不是就不是。」
「他們是家屬。」
花崇微張著嘴，愣了三秒，懂了，「你是說……他們，是一對？」
「嗯，幾年前就在一起了。」
花崇一拍大腿，「我就說！樂樂看沈隊的眼神、沈隊跟樂樂說話的語氣，嘖嘖嘖！」
柳至秦的目光有點深，試探著問：「你不覺得奇怪嗎？」

「奇什麼怪？」花崇剝著毛豆，往嘴裡一拋，「我靠，小柳哥，你覺得奇怪？」
「我沒有。」柳至秦溫聲說：「我認識沈隊很久了，怎麼會覺得奇怪。」
「那你還問我？」
「我是擔心你覺得奇怪。」
「這有什麼。」花崇繼續剝毛豆，「喜歡誰是別人的自由。人家沈隊、樂樂不偷不搶，彼此喜歡而已，又沒礙到我們這些旁觀者，我們憑什麼覺得奇怪？」
這時，油爆小龍蝦、蒜香小龍蝦、麻辣小龍蝦被一起端了上來，花崇一邊戴手套一邊招呼柳至秦，「來來來，快吃，不夠再加。」
大排檔的生意越到晚上越好，吃到後面，花崇果然嫌不夠，加了兩盤才勉強過癮。
因為第二天有正事，兩人都沒喝酒，也不敢吃到太晚，十點多就買單離開。不過回酒店之前，花崇還打包了兩份烤豬蹄。
柳至秦說：「其中一份是給我的嗎？」
「是啊。」
「你很喜歡吃豬蹄啊？」
「嗯？」花崇想了想，「一般，看起來很好吃就買來嘗嘗。」
「我都跟你吃過好幾次豬蹄了，以前是蹄花湯，現在是烤豬蹄。」
花崇笑了，「還真的是呢。要不然這樣，等等我買一些回去，你來我家裡煮？我們很久沒在家裡開火了。」

「行。」柳至秦按下電梯上行鍵，微抵著電梯門，讓花崇進去。
花崇斜了他一眼，「紳士小柳哥。」
柳至秦微笑著站在一旁，「為上司服務。」
五百塊的酒店住起來果然比幾十塊的招待所舒服，花崇躺上去就睡著了，中途卻夢到了犧牲的隊友。
半夜，他突然醒來，捂著額頭輕輕喘息。
這些年來，他破了一個接一個的重案要案，但最想找到的謎底卻始終在雲霧之中。
他坐了一會兒，看向旁邊的一張床。柳至秦正背對著他，睡得很熟。
他看了許久，重新躺下，卻再也沒睡著。

天亮，市中心從紙醉金迷中走出來，像個充滿活力與朝氣的少女。
花崇和柳至秦趕到位於城市邊緣地帶的化工廠家屬區，正好碰見林母買菜回家。
「你們又來了。」她笑道：「進來坐吧。」
連日來，很多媒體湧向這破敗的家屬區，老人不願意接受採訪，已經許久沒有出門了。這兩天記者們見實在撈不到新聞，再加上派出所一直有人盯著，才成群結隊地離開。
「我不清楚五年前到底發生了什麼事。」林母說，「不知道為什麼當年那麼多人來我家罵我和驍飛、現在為什麼那麼多人要來採訪我，我只知道我的兒子是個好人，他沒有做任何對不起別人的事。」

花崇將臨時買的水果和牛奶放在桌上，聽林母傾訴了一會兒，順水推舟地問：「陳婆婆，您還記得林哥的好友傅大成嗎？」

「大成啊？當然記得，驍飛當初去地鐵站賣書就是為了幫他籌錢。」林母說完，不停地歎氣，「可惜啊，他們命都不好。」

花崇又問：「傅大成是不是有個侄子，有事沒事就來找林哥玩？」

林母想了許久，渾濁的雙眼微亮，「你是說小歡？」

花崇回頭看了柳至秦一眼，柳至秦從容道：「我們聽說林哥喜歡小孩子，小歡經常到您家裡來吃飯。」

林母笑了，「是的。那孩子可憐，父親犯了罪，在監獄裡服刑，母親也不管他。大成和他老婆把他接過來一起住，供他上學。但他們很忙，有時一日三餐都在工廠裡解決，小歡在家每一頓都吃麵。驍飛見到小歡像個瘦猴子，就叫他到家裡來和我們一起吃飯。」

花崇像話家常似的說：「上次怎麼沒聽到您提起他？」

「老糊塗了。小歡都被他母親接走多少年了，我啊，健忘，都快記不得這孩子了。」林母搖搖頭，「他母親不喜歡大成一家，小歡離開後就再也沒有回來過了。」

「他叫傅歡還是傅什麼歡？」

「我不知道，記不清楚了，驍飛和大成都叫他小歡。」林母說：「他喜歡看驍飛寫的小說，驍飛工作忙，寫得很慢時，他還經常催驍飛。」

「林哥對他和附近其他的小孩不大一樣？」花崇問。

「驍飛和他比較合得來。對了，他剛被大成接來住時，驍飛買了台電腦給他，大成還和驍飛吵一架。」

「買電腦？」柳至秦急忙問：「怎麼會想送小孩子電腦？」

「驍飛說小歡對那個什麼很有天賦，如果家裡沒電腦，會耽誤了孩子。」林母想了想，「電腦不是新的，驍飛好像是跟熟人買的，跟我說花了幾百塊，我也沒在意。」

柳至秦說：「林哥是不是說，小歡很有程式設計的天賦？」

「對對對！」林母說：「你一說，我就想起來了。小歡還經常演示什麼自己做的程式給驍飛看，高興得很。我看不懂，就老是聽到驍飛誇他。」

柳至秦心裡有了數。

林母上了年紀，記性不太好，回憶不出更多有關小歡的細節了。

花崇打算等等去市局請熟人幫忙查資料，便岔開了話題，叮囑老人家注意身體，又說林驍飛的書很快就會出版了。

林母先是一愣，接著欣慰地落了淚，連聲感謝，不停說著「好人有好報」。

花崇安撫她一番，正要離開時，忽然聽她道：「我、我想起一件事。」

柳至秦上前，攙住老人，「什麼事？您慢慢說。」

「能出版的是不是《永夜閃耀處》？」林母顫聲問。

「對。」

「你們今天如果不來，我可能也想不起這件事。」林母自責道：「如果真的忘了，我以後怎麼去見驍飛！」

花崇道：「您別急，慢慢說。」

「驍飛當年病重時，寫了一封信，說是將來如果有機會，就交給小歡。」林母說得很急，「告、告訴他《永夜閃耀處》已經寫完，可惜無法出版……」

花崇與柳至秦對視一眼，明白這一趟來對了！

「你們等等，我去找找那封信。」林母顫顫巍巍地往屋裡走，邊走邊說：「能出版了，能出版了！」

柳至秦的唇角浮起一絲苦笑，輕聲歎息。

十幾分鐘後，林母拿著一個牛皮信封出來，「這、這就是驍飛寫給小歡的信。我沒看過，也找不到小歡。《永夜閃耀處》能出版的話，能不能麻煩你們再幫驍飛一個忙？」

「找到小歡嗎？」花崇說。

林母含淚點頭，「驍飛走之前，還惦記著小歡，說不定這篇小說對小歡來說也很重要。我老了，不中用了，不能為他找到小歡。你們……」

「您放心。」花崇接過信封，「我們一定盡力找到小歡，將這封信交給他。」

回到車上，柳至秦的手指停在信封的封口處。那裡沒有用膠水黏住，五年來卻沒有人將信拿出來。

「要看嗎？」柳至秦問。

「當然得看。」花崇說完，補充道：「我們是刑警。」

一封字跡歪扭的信，道出了一段塵封的往事。

收信者叫傅許歡，應該是草稿上那兩處醜陋筆跡的主人。

大概是寫信時，林驍飛的狀態已經非常糟糕了，信寫得不長，斷斷續續的，紙也被揉出了皺褶。

信的大意是自己患了肺癌，查出來時已是晚期，今生恐怕沒有機會再見面，有生之年，一起構想的《永夜閃耀處》也無法出版了……

『不過趕在無力再動筆之前，我已經盡全力完成了它，一個字都沒有敷衍。

小歡，謝謝你給我的靈感、建議。毫無疑問，它是我寫作十幾年來最好的作品，我為能夠寫出它感到驕傲、滿足。

世事無常，我沒想到自己會在這個年紀染病。疾病來得太突然，把我未來的計畫全部打亂了。我沒有未來了。如果上天再給我一些時間，我一定會竭盡所能，讓《永夜》出版。因為它不是我一個人的作品，它是我們共同完成的。

對不起，小歡，我的日子不多了，不能親手將《永夜》送給你。

你呢，你還好嗎？是不是已經像小時候向我承諾的那樣，成為一名厲害的駭客了？

將來你如果看到了這封信，可以向我母親索要《永夜閃耀處》的所有文本。它屬於我，也屬於你。如果你有能力讓它出版，請在上面附上我們兩人的名字。

能認識你，於我來講，是一件很特別、很高興的事。

我的小知己，祝你一生快樂、平安。』

看完信，花崇半天說不出話，柳至秦從頭到尾再看一遍，輕聲道：「他……沒有提到被誣陷的事，一個字都沒有說。」

「這篇小說給他的是驕傲與自豪，外界潑的髒水無法讓他動搖半分。他連些許自憐自傷自哀都沒有。」花崇微揚起臉，低喃道：「林驍飛，原來是這樣的一個人。」

「我們大概都理解錯了。」柳至秦說：「我們都以為他是網路暴力的犧牲品，但他自己似乎不是這樣想的。」

「網路暴力讓他遍體鱗傷，他卻沒有被打倒。他還在堅持寫作，堅持治療，直到癌症奪走了他的生命。」花崇嗓音低沉，「如果他沒有患病……」

「那他不可能倒下。」柳至秦捏緊手指，「他會竭盡全力，爭取讓《永夜閃耀處》出版，捍衛這篇令他驕傲的小說。花隊，你還記得偷拍影片裡，易琳琅團隊中的成員說的話嗎？」

「記得。」花崇道：「他們說像他這樣的人都很頑強。」

「無恥的風涼話。」柳至秦說：「但實際上，他確實比我們所有人想像的還要頑強。」

「坦白說，我曾經想過，如果他沒患病，會不會因為承受不住外界的咒罵，選擇自殺——就像易琳琅一樣。」花崇用力吸了一口氣，「我低估了他。」

柳至秦看著前方，「我們低估了一個平凡人，在面對苦難時的胸懷與毅力。」

車裡安靜了一會兒，花崇說：「還去市局嗎？」

「去。」柳至秦發動了汽車。

要查一個有名有姓的人不算難事，很快，澤城市局的警察就查到了傅許歡。

「已經去世了？」花崇皺眉，「怎麼可能？」

「電子檔案上就是這樣寫的。」警察說。

柳至秦低聲道：「他入侵過系統，修改檔案對他這種級別的駭客來說是輕而易舉的事。」

花崇看著照片上稚氣未脫的男子，半天沒說出一句話。

離開市局後，柳至秦問：「我們需要將這個發現彙報上去嗎？」

花崇點頭，「是我打給沈隊還是你打？」

「你打吧，你是上司。」

花崇拿出手機，猶豫了幾秒又放了回去。

柳至秦：「嗯？」

「回去再說吧。」花崇說：「我還得跟老陳彙報。」

車停得有點遠，兩人步伐不快地向前走。

柳至秦說：「之後我們還要查嗎？」

「你還想查嗎？」

「這個人，即便我們查到他、鎖定他，可能也奈何不了他。」

花崇說：「的確如此，他給我們留下了線索，但線索並非證據。」

「而且他人在西亞，緝拿他還有外交上的問題。」

「這就是沈隊他們該操心的了，我們能做的都已經做了。」

「不過我還是想找到傅許歡，至少把林驍飛的信交給他。讓他知道，林驍飛沒有被網路暴力擊潰，林驍飛不是像易琳琅那樣的懦夫。至於其他的事……」柳至秦語氣微變，「沈隊他們自己會處理。」

花崇呼了口氣，「想要找到他，談何容易。」

「儘量吧。」柳至秦拉開車門，「他也是個病入膏肓的人，否則不會瘋狂地報復。這封信，大概是唯一能救治他的藥。」

◆

X國不是故鄉，但故鄉也早已沒有親人了。從這個意義上講，世界的每一個角落都一樣。

傅許歡抹除了易家監視程序的痕跡，將血腥的照片與影片一併刪除，關掉電腦，站在一面面漆黑的螢幕前發呆。

每一面螢幕裡都是他模糊、孤單、消瘦的身影。

這間屋子很大，是豪宅裡最大的一間。他將這裡當成自己的工作室，置身於冰冷的機器房裡，輕而易舉地賺到巨額財富，有條不紊地執行著復仇計畫。

驍飛哥曾經笑著誇獎他——小歡，你是我見過最聰明的孩子，你是個天才。

天才之名，他的確擔當得起。

他在這裡已經住了多年，自始至終只有一個人。過去，他從不覺得別墅裡空蕩蕩，今天卻發現，這裡冷清得讓人吃驚。

他環視著周圍，須臾，唇角扯出一記苦笑。

易琳琅自殺前，他的生活被仇恨填滿，即便身在遼闊蒼茫的天地，恐怕也不會覺得空曠。但現在，易琳琅死了，支撐他走到現在的仇恨頃刻間消散。

在這個世界上，他愛的唯有林驍飛一人，但林驍飛早已逝去；他恨的有很多人，以易琳琅為首，但他們也死得差不多了。

不再有愛，也不再有恨。他頓感無力，好像生命正在漸漸枯萎。

他走出工作室，彎彎繞繞，進了書房，打開抽屜，拿出一本筆記本。翻開，每一頁都寫著密密麻麻的字。

五年裡，他將未完成的《永夜閃耀處》看了無數遍，時常在夢裡見到林驍飛。

他急切地問，驍飛哥，你為什麼不寫完它？

林驍飛微笑不語。

每次夢醒，他都會打開筆記本，寫上一些。在文學上，他全無造詣，要花幾天才能寫出幾百字。如此慢慢地磨，居然也為《永夜閃耀處》寫了結尾。

他找到一個打火機，拿著筆記本向屋外走去。

X國天氣乾燥，風沙極大，火很容易點燃。他蹲在地上，將紙頁一張一張撕下來，灰燼在頃刻間被捲上蒼白的天空，消逝無蹤。

「驍飛哥，我幫你報仇了。」他一邊燒著紙頁一邊低喃：「我為《永夜》寫了個結局，肯定沒有你寫得好，你將就著看。」

風越來越大，燒到最後一張紙頁時，他的指尖被揚起的火撩了一下。

「嘶……」他抽回手，皺起眉頭。

瞬間，記憶拉回過去，當年還很年輕的林驍飛買了一袋爆米花給他。他嘗了一口，說：「不好吃。」

林驍飛直笑，「那帶回去給你叔叔嬸嬸吃。」

「你幹嘛不自己吃？」他問。

「我不喜歡吃。」林驍飛說。

他疑惑道：「你不喜歡吃為什麼還要買？」

「我以為你喜歡啊。」

「你騙我！」他才不上當。

林驍飛將他拉到一旁，小聲說：「那個賣爆米花的老頭是個孤寡老人，挺不容易的。」

他愣了半天，抓著林驍飛的衣服，「驍飛哥，你真善良。」

林驍飛笑著搖頭，「這算不上什麼善良。人活在世上，要嘛選擇作惡，要嘛選擇不作惡。我呢，只是『不作惡』而已，離真正的善良還有些距離。」

他想了想，「那我也要像你一樣，當個『不作惡』的人。」

「小歡乖。」林驍飛拍了拍他的頭，「走吧，快回去，今晚我抓緊時間多寫一點。」

看著被火灼傷的手指，傅許歡怔怔自語：「你覺得我做得不對，是嗎？」

灰燼漫天飛舞。

他的聲音帶上了哭腔，「你認為我作惡了，是嗎？」

風沙裡，灰燼裡，男人顫抖的肩背顯得格外單薄。

◆

回到洛城，花崇將手頭的線索全部轉移給公安部特別行動隊。

沈尋在電話裡說：『這線索都能被你和至秦查到，「柳暗花明」組合名不虛傳，至秦調到你們重案組算是調對了。』

花崇笑：「包袱拋給你們了，沈隊，爭取早日破案啊。」

『花隊，你其實不太想「破案」，對吧？』沈尋道。

「哪裡的話。」花崇說：「哪個當警察的不想破案？」

『如果真的想，你和至秦還會繼續追查下去。』

花崇不語。

『那我換個說法。』沈尋又道：『這個案子在你心裡其實已經破了。』

「沈隊說笑了。」

沈尋笑了笑，『不過也好，這本來就是我們特別行動隊的案子。花隊，以後有任何線索，及時彙報一聲就行了。』

「當然。」花崇說：「辛苦你們了，替我轉告樂然一聲，下次再來洛城，我一定會請他吃飯。」

『好的，我等等就告訴他。』

放下手機，花崇聽見一聲咳嗽。他轉過身，看到徐戡對他揮了揮手。

「《永夜閃耀處》的出版定下來了，很快會開始宣傳。稿費等收益將全部交給林驍飛的母親。」

徐戡倚在牆邊，看花崇弄快要壞掉的咖啡機。

「麻煩你了。」花崇說：「還有一件事需要你和出版社溝通一下。」

「什麼？」

「署名除了風飛78，要再加一個名字。」

徐戡不解，「加誰？為什麼？」

花崇沒有解釋信的事，只道：「我和小柳哥又去了一趟澤城，林驍飛的母親說，《永夜》是林驍飛和一個叫『小歡』的人共同完成的。林驍飛生前說，如果這篇小說將來有機會出版，就在他的筆名後面加上『小歡』。」

「原來如此。」徐戡歎了口氣，「好，交給我吧。」

「辛苦了。」

徐戡走後，花崇端著咖啡走到窗邊，看著外面出神。

突然，肩膀被不輕不重地拍了一下。他回過頭，並不意外地看到柳至秦。

重案組辦公室恢復了無案時的平靜，一些人坐在自己的座位上看卷宗，一些人去刑偵分隊的其他小組幫忙，各做各的事，井井有條。

「陳隊幫我們批了幾天假。」柳至秦說，「能好好休息一下了。」

「你怎麼安排？」花崇問。

「你救回來的德牧現在無人願意收留，暫時被寄養在寵物店老闆那裡。牠與凶殺案有關，我猜，以後可能也不會有誰願意收留牠，老闆嫌牠不吉利，也不太想要了。過一段時間，牠可能會被處理掉。」柳至秦建議道：「要不然我們去看看牠？」

花鳥魚寵市場門口的小木屋被拆掉了，零散的木頭、磚石、傢俱亂七八糟地堆了滿地，像一座隆起的垃圾山。店裡的鮮花全部枯萎了，芳香不再，和腐爛的水果混在一起，發出熏人的臭味。原本放在小木屋外的鞦韆歪倒在垃圾旁，鐵鏈斷了，鞦韆板不知道被誰潑了漆，隱約可見寫得張牙舞爪的字——賤人、小三。

何逸桃充滿浪漫氣息的花店，與她本人一起香消玉殞了。

花崇與柳至秦開車來到市場時，工人們正在作業，市場管理人員心急火燎地催促：「趕緊運出去扔掉，這些垃圾都堆在這裡多少天了，你們只負責拆，不負責清理嗎？」

催促完又抱怨道：「真是倒楣，遇上這種事，誰他媽簽的字，讓何逸桃那賤女人在這門口做生意？」

已經是夏天，即便是上午，溫度也有些灼人，一名工人擦著額頭的汗，大聲喊：「黃主任，這些木料全部運走嗎？」

「不運走，留著讓人來潑漆嗎？」被喚作「黃主任」的中年禿頭男人氣沖沖地吼：「全部運走，那賤女人的東西一件也別留下！真他媽晦氣！」

「好！」工人指揮著汗流浹背的工友們，扛起木料往貨車上搬。

黃主任扠腰站在一旁，仍在喋喋不休：「我們市場是做正經生意，我當初就說不能和何逸桃這種人品有問題、來路不明的女人合作，都不聽我的！這下好了吧？擦屁股又是我的事！」

花崇認得這位黃主任，此時從他身邊路過，將他的話聽得清清楚楚，不免感到無語。

柳至秦聽他「嘖」了一聲，問：「怎麼了？」

「這個黃主任，我以前看他對何逸桃都點頭哈腰，跟條哈巴狗似的。」花崇說：「就是去年何逸桃剛走紅的時候。」

柳至秦會意過來，「人人都是事後諸葛亮。」

「樹倒猢猻散。何逸桃這是花謝裙臣散。」花崇向後看了看，黃主任還在罵，「這個人心術不正，當初還打過何逸桃的主意，被何逸桃拒絕了，看樣子一直都心懷憤恨。」

「這種事你也知道？」

「聽來的啊。」

柳至秦挑眉，「花隊，你也會聽八卦啊？」

花崇駐足，「我這不叫聽八卦，叫善於收集街頭巷尾的消息。」

「有什麼區別嗎？」

「當然有。沒判斷力就只是聽八卦，像我這樣有判斷力的，自然就是收集消息了。」

柳至秦眼尾微彎，「真會說。」

「那必須的。」花崇繼續往前走，「口才不好，怎麼當長官？」

「我們花長官，不僅口才好，業務能力也厲害。」柳至秦笑著誇，「長得也一表人……」

「停停停停！」花崇連忙道：「住口！長官就長官，別在前面加個『花』，聽起來像什麼叫花子長官。」

柳至秦忍俊不禁，又道：「可是天下那麼多長官，單是叫長官，誰知道是哪個長官？」

花崇脫口而出：「你還有幾個長官？」

柳至秦微怔，旋即溫和地笑道：「只有你一個。」

花崇本來只是嘴快，話已出口，才後知後覺地發現有點奇怪。但是說出去的話又不能吃回去，只能裝作若無其事，哪知柳至秦老老實實地接了這麼一句，眼神還深邃得特別勾人。

他愣了一瞬，在那一瞬裡心跳迅速加快，耳根發熱，一股奇妙的感覺在胸腔裡遊走。

「走吧，長官。」柳至秦的聲音將他拉回神，「二娃還在等我們。」

「嗯，好。」

他忽地垂下頭，快步向前，風從耳邊拂過，也沒把那從心頭燒上來的熱度吹散。

市場和平常一樣熱鬧，並未因為發生了凶殺案而陰沉下去。但以前店主們是各聊各的私事，如今統一了話題，聊的全是何逸桃的死，以及她生前和富商們的桃色新聞。

「女人與性」彷彿是市井之民永恆不變的關注點。

「管理者們在搞『去何逸桃化』，店主們卻孜孜不倦地議論她。」柳至秦說：「黃主任知道了，八成會被氣死。」

「身邊發生了這一件大事，夠得他們聊一個月了。」

花崇搖搖頭，瞥見一處大門緊閉的寵物店。

他停下腳步，抬頭看著寵物店門上的大字：燕子家de寶貝。

上午是市場生意最好的時候，所有店鋪上午都會開門。這家店周圍熱鬧非凡，唯獨它關門謝客，鋁合金門把上還掛了一塊紙板，寫著「本店轉讓」。

「這是梁燕子的店吧。」柳至秦說：「上次我們還進去逗過小狗。」

「是啊。」花崇唇角輕輕一撇，想起上次自己來時，還送了梁燕子一盆茉莉。那時梁燕子笑得喜氣洋洋，全然不像接受問詢時的憔悴模樣。

「一樁命案，改變的何止是一個人的命運。」柳至秦輕吸口氣，「對她來說，這地方可能已經待不下去了吧。」

「換個地方也好，免得流言蜚語纏身。」花崇說完，語氣一換，「我有點近鄉情怯，怎麼辦？」

「近鄉情怯？」柳至秦不解，「近什麼鄉？怯什麼情？」

「前面不就是『佳佳萌寵』了嗎？二娃在裡面。」花崇放慢腳步，「我應該領養牠，是不是？」

「牠情況比較特殊，如果誰都不要牠就會被處理掉。」

花崇長歎一聲，「人造的孽，非要狗來承擔，楚皎真他媽不是個東西。」

「先去看看吧，如果實在不想養……」

「我不討厭狗。」花崇打斷，「我只是沒有精力照顧好這種需要陪伴的小動物。」

柳至秦「嗯」了一聲，以示自己明白，「所以你只養花弄草。」

「還養死了不少。」花崇微皺起眉，眸子迎著夏天的陽光，像顆晶瑩剔透的珠子。

老板正站在店門外與人閒聊，一眼就看到了他們，像遇見救星似的激動揮手，「終於把你們盼來了！二娃就在裡面！」說完，又對裡面吼：「二娃！二娃！你爸爸來接你了！」

花崇：「……」

柳至秦也沒想到老闆一個中年大叔，開口就是「你爸爸」，嘴角抽搐了一下，拍著花崇的手臂道：「走吧，爸爸。」

花崇瞪了他一眼。

二娃被關在籠子裡，已經是成年德牧的模樣了，卻因為受了罪，體型比正常的大德牧小了一圈，毛色也不光亮，有氣無力地趴著。兩個本該立起來的耳朵只有一個半立著，另一個像兔子耳朵一樣軟軟地垂在眼睛旁。

花崇走進店裡，牠先緩慢地抬起頭，一雙黑溜溜的眼睛在花崇臉上逡巡，在意識到是誰來了後突然站了起來，興奮地又叫又跳，尾巴搖成了影子，好像突然有了精神，將狹小的籠子撞得匡噹作響。

花崇驀地覺得有些心酸。二娃是他看著長大的，他來市場的次數不多，但二娃一直很喜歡他，一見到他就鬧個不停。那天在楚皎的租屋處，二娃染上消化道疾病，不吃不喝，躺在一堆汙跡中，差一點就死了。

他還記得自己將站不起來的二娃抱進懷裡時，二娃濕漉漉的雙眼緊緊盯著他，喉嚨裡發出委屈的嗚嗚，好像在說——你終於來救我了。

他救了牠，現在怎能不要牠？

老闆打開籠子，二娃急不可耐地衝了出來，大約是因為在籠子裡趴得太久，腿腳發虛，剛跑幾步就摔了一跤。花崇連忙上前，二娃卻爬了起來，跑到他腳邊，腦袋用力蹭著他的腿。

他蹲下來捧著二娃的臉，安撫道：「好了好了。」

二娃不停搖著尾巴，彷彿正使勁渾身解數討好他。他輕撓著二娃的脖子，心裡感慨萬千。德牧是最聰明、最威猛的犬，當年在西北，隊上就有幾十隻作戰德牧，他深知這種犬發起威來有多厲害。而現在，二娃卻為了不被拋棄，像乖順的寵物一樣黏著他，生怕他說一句「不要你」。

老闆站在一旁唾沫橫飛，「你們就收下牠吧！我一分錢都不要。牠的病已經治好了，治病的費用我也不和你們要。今後牠要是又生病了，我負責聯繫最好的醫生！噯，花隊，這件事你是最清楚的，二娃是連環殺手的狗，誰還敢養啊？我本來想放在店裡養，但我老婆不准，硬是說不吉利，我也沒辦法。牠跟其他小型犬不一樣，其他小型犬實在沒人要還可以當流浪狗，牠不行啊，牠是猛犬，一旦變成流浪狗，馬上就會被打死。」

柳至秦說：「我們知道。」

「所以你們就把牠帶回去吧！」老闆急忙說：「我這裡還有很多狗糧。這樣吧，如果你們願意收養牠，我送一個棉窩、一根牽引繩、一季度的狗糧給你們！」

花崇站起身，二娃以為他要走，立即站起來，抱住他的腿。

他拍了拍二娃的頭，看向老闆，「棉窩、牽引繩、狗糧我能負擔，你不必送給我。」

二娃好像聽懂了，側臉貼在他腿上，一動不動。
「你願意接走牠？」老闆喜出望外。
「但我有個條件。」花崇說。
老闆生怕生變，「什麼？你說。」
「我是警察，這你是知道的。如果我因為出差，實在無法照顧二娃，希望你能允許我將牠寄養在你這裡。時間不會太長，頂多幾天。」
「沒問題，沒問題！」老闆吐出長長一口氣，笑顏逐開，「那我們就說定了？你們今天就接牠走？」
花崇低下頭，對二娃笑了笑，「嗯，今天就帶牠回家。」
老闆高興極了，抱來一大袋未拆封的狗糧，「這袋算我送給二娃的。唉，牠是在我家出生的，要是沒遇上這種事……」
柳至秦接過狗糧，笑道：「謝謝，以後寄養時還要麻煩你。」
老闆臉色微變，很快恢復笑容，「應該的應該的！」
花崇讓二娃自己挑牽引繩，二娃寸步不離地跟著他，十分敷衍地咬了一條粉紅色的。
「就這個？」花崇的額角跳了跳，「這不是薩摩耶的狗鏈嗎？」
「德牧也行，德牧也行！」老闆說：「說不定二娃有一顆公主心！」
柳至秦拿了一條迷彩色，「買兩條吧，替換著用。」
花崇接過來看了看，「行。」

買好一系列寵物用品，花崇彎腰幫二娃穿上牽引繩，柳至秦兩手提著袋子在一旁看。

老闆心頭的石頭落地，又送了一大袋小玩意兒。

穿好牽引繩，二娃昂首挺胸地站在店門口，終於有點猛犬的模樣了。

柳至秦摸了摸牠立不起來的耳朵，笑道：「如果能立起來就更帥了。」

牠開心地對柳至秦「汪」了兩聲。

花崇拉著繩子，兩人一狗離開寵物店，往市場大門處走去，一路上吸引了不少目光。

二娃是凶手的狗這件事早就在市場傳遍了，生意人大多迷信，都說二娃不吉利，是條「凶犬」，此時見到牠被接走，少不了議論紛紛。

「看來老闆壓力也挺大的。」花崇說：「怪不得想將二娃脫手。」

「狗又沒錯，錯的是人。把人的錯誤歸咎於狗……」柳至秦說著一頓，斟酌一番用詞，「好像有點蠢。」

「什麼『好像』？」花崇拆穿他，「其實你就是想說——這些人真蠢。」

柳至秦笑著否認，「我沒這麼說。」

「你心裡這麼想。」

「我冤枉。」

花崇好笑，「小柳哥，我發現你對裝無辜很有一套啊。」

「長官過獎了。」

花崇晃了晃繩子，故作聲勢，「二娃，咬他。」

二娃正興高采烈地往前面跑，兩隻軟趴趴的耳朵滑稽地晃來晃去，聞聲立刻站住，頗像訓練有素的警犬。但這隻「警犬」的耳朵實在太沒氣勢了，花崇頓時笑場，「太蠢了。」

「我們得想辦法，幫牠把耳朵立起來。立耳是成年德牧的標識，二娃這樣……」柳至秦說著也笑了，「的確太蠢了。」

二娃好像聽懂了兩個人類在嘲笑自己蠢，用力仰起頭，可惜耳朵不是靠仰頭立起來的，牠動作太大，一隻耳朵「啪」一聲拍到了眼睛上，模樣看起來更可笑了。

花崇捧腹，甩著繩子說：「別給我丟人現眼了。」

走至市場門口，橫七豎八堆著的木料已經被拉走了一半。很快，何逸桃在這裡存在過的痕跡就會被徹底清除掉。花崇掃了一眼，眼尾幅度極小地往下一垂。

柳至秦問：「現在回去嗎？」

「不回去還能去哪裡？」花崇扯了扯繩子，「這裡還有個拖油瓶呢。」

「我的意思是，先回去安頓二娃，還是先去買菜？馬上中午了，你不是說想吃豬蹄嗎？」

「差點忘了。」花崇拉開後座車門，將二娃抱進去，坐在駕駛座上，「這樣吧，你把二娃牽回去，我去菜市場買豬蹄。」

柳至秦扣好安全帶，側過臉，「我牽二娃回去？」

花崇一拋鑰匙，「反正都在我家吃飯。你幫我看著牠，別讓牠啃我的花就好了。」

柳至秦拿著鑰匙，「還是我去買豬蹄吧。」

「我去。」花崇堅持道：「你負責做，我負責買。」

柳至秦看向前方，沒再堅持，「行。」

畫景社區附近就有個菜市場，花崇下車，柳至秦換到駕駛座上。看著花崇消失在擁擠的人群裡，直到被後面的車按喇叭催促，他才想起這裡不是停車的地方。

口袋裡放著花崇家的鑰匙，開著的是花崇的車，後面還有花崇的狗……

柳至秦想，花崇的全部家當都在他這裡了，可是自己還在懷疑花崇。

一邊懷疑，一邊深陷。

一邊是無法放下的恨，一邊是無法控制的愛。

當年的驚鴻一瞥讓他惦記至今，但再驚豔的相逢，也敵不過朝朝暮暮的相處。

二十歲的他為花崇著迷，花崇成了他視野裡的一道光。但過去的歲月裡，這道光與他始終隔著一扇透明的玻璃，他無法碰觸。窗外再溫暖，他的周遭也是冷的。

而現在，光融進了他人生的每一處角落。

真實的花崇，遠比他記憶裡的動人。他能清晰察覺到，與花崇相處的每一天，自己都在淪陷。

這種淪陷，甚至是不可逆的。可他心愛的人，卻可能與兄長的死有關。

心臟像突然被抓緊，他眼神漸寒，片刻後，沉沉地歎了口氣。

「汪！」二娃趴在椅背上，對他的耳朵叫喚。

他回過神，笑容重新出現在唇角，「到家了。」

前段時間忙案子忙得昏天暗地，已經有一陣子沒來花崇家了。柳至秦牽著二娃，打開門，站在門口躊躇了幾秒。

二娃毫不認生地往屋子裡鑽，將他也扯了進去。他想起花崇的囑咐，連忙換上鞋，趕在二娃之前拉上陽臺與客廳之間的玻璃門。

「汪？」二娃的鼻子撞在玻璃門上，不甘心地抬起頭，彷彿在質問他為什麼要關門。

「你爸爸怕你吃了他的花。」柳至秦解開二娃的牽引繩，對狗彈琴，「不准啃傢俱，知道嗎？」

二娃似懂非懂，歪了歪腦袋。

柳至秦去廚房看了看，冰箱裡除了幾個雞蛋，就沒有別的食材了，提前做準備的計畫泡湯，他轉身看見二娃正探頭探腦地張望，索性把買回來的寵物用品全拿了出來。

棉窩擺在沙發旁，狗糧碗和水碗放在牆邊。

狗糧打開來倒出一些，用夾子封好放在架子上。二娃「喀嚓喀嚓」地吃豆子，尾巴搖得那叫一個圓。

柳至秦靠在桌邊想了幾秒，又把牽引繩、口水圍脖、狗毛巾等小物一併放在架子上。

整理完後，敲門聲傳來，花崇回來了。

二娃拋下狗糧，跑去門邊搖尾巴。花崇兩手都拿著東西，拖鞋還是柳至秦幫忙拿的。

「牠有沒有搞破壞？」花崇提著袋子去廚房，瞥見棉窩什麼的都擺好了，樂道：「喲，都幫我收拾好了？」

「反正沒事。」柳至秦將豬蹄從袋子裡拿出來，又把其他菜一一收好，「玻璃門我關起來了，要不要打開你看著辦。」

「辛苦辛苦！」花崇挽袖子洗手，「那你先忙，我去澆澆花。」

柳至秦抖開一條圍裙綁在腰上，「行。」

「走了，二娃。」花崇對守在廚房門邊的德牧招手，「帶你看看新家。」

腳步聲漸遠，柳至秦回頭看了一眼，忽然有種微妙的感覺。

「新家」兩個字，讓他心頭一悸。

二娃受過傷害，比普通的德牧膽小，別說啃花啃傢俱了，就算是臥室和書房，沒有經過允許，牠也不敢進去。花崇站在書房裡對牠招手，牠則站在門口急切地跺腳，遲疑了許久才小心翼翼地走進去。

「你也太膽小了。」花崇揉著牠的耳朵，輕聲說：「既然養了你，我就會好好對你，膽子給我大起來。」

二娃蹭了蹭，「汪！」

「但不准啃花。」

「汪！」

「乖。」花崇滿意地握了握牠的爪子，帶著牠滿屋子閒晃。

柳至秦閒下來後走去陽臺一看，正見到花崇用晾衣夾夾著二娃的兩隻耳朵。

「嗚嗚！」二娃似乎很難受，又不敢反抗。

「立耳不是這種立法。」柳至秦趕緊將晾衣夾取下來，「你看，你都把牠弄痛了。」

「不這樣立，那要怎麼立？」花崇說：「我在西北時，見過邊防部隊這樣幫軍犬夾過。」

「那肯定不是這種夾子。德牧立耳有專門的工具，有空時我上網找一找，你別拿晾衣夾折磨牠了。」

花崇笑：「你這麼疼牠，乾脆帶回家養吧。」

「我那房子是租的，不方便養寵物。」

「我開玩笑的，你還當真了。」

二娃看著兩人你來我往，似乎在討論自己，於是興奮起來，腦袋左搖右晃，一副認真傾聽的樣子。

「我聞到香味了。」花崇斜著身子往廚房的方向看，「比對面巷子裡的蹄花湯香。」

「是嗎？」柳至秦拍了拍圍裙，「那你多吃些。」

花崇已經適應了柳至秦的手藝，一嘗就讚不絕口。

「花隊。」柳至秦語氣有些無奈，「你再這樣我要飄了。」

「你上次還說你比我重，飄不起來。」

「還記得啊？」

花崇指了指自己的太陽穴，「沒辦法，腦子太聰明了。」

洗碗的時候，不知道誰的手機響了。

「不是吧？」花崇一驚，「上次洗碗時老陳打電話來說有案子，現在又來？我才休息半天啊！」

「不是老陳。」柳至秦看著來電顯示，「徐戡打來的。」

「那你幫我接。」花崇兩手都是水，聳了聳肩，示意自己不方便。

柳至秦略有猶豫，還是接了起來。

『花隊！』

「我是柳至秦。」

『啊？』

柳至秦只能解釋：「花隊在洗碗，讓我幫忙接一下。找他有什麼事嗎？」

徐戡愣了半天，語氣都變了，『你們……小柳哥，你們……』

柳至秦不明所以，「嗯？」

徐戡大聲道：『你們同居了？』

就在這一句從話筒裡衝出來之前，柳至秦為了讓花崇聽到對話內容，剛按下擴音。

「砰」一聲，花崇手裡的碗滑到水池裡，差點摔碎。

『什麼聲音？』徐戡問：『摔碗了？』

花崇連忙把手沖乾淨，幾乎以搶的方式從柳至秦手中拿過手機，關掉擴音粗聲道：「喂！」

『你摔碗了？』徐戡狐疑地說。

「小柳哥在我家吃飯。」花崇急著解釋，說完又覺得自己簡直此地無銀三百兩。

身後有一道如影隨形的目光，不用回頭看也知道是誰。他感到心臟正怦怦直跳，脖子像被什麼東西燙了一下，開始陣陣發熱。

徐戡那聲「你們同居了？」說得那麼大聲，小柳哥肯定聽到了。

「同居」這兩字彷彿一把鑰匙，打開了他心頭一扇搖搖欲墜的門，將關在門裡的妖魔鬼怪全放了出來。它們吱吱哇哇亂叫，吵得他極其難得地失了措。

徐戡似乎不大相信，但也不是八卦的人，見他言語躲閃，於是話歸正題道：『我聽說你領養了小男？』

「小男」是楚皎幫二娃取的名字。

「牠現在叫二娃，不叫小男。」花崇糾正道。

『二娃多難聽啊。』徐戡「嗤」了一聲。

「哪裡難聽？牠喜歡得很。」花崇踢了個小板凳，本來想坐在陽臺上，無奈吃得太撐，還沒坐下就覺得肚子繃得很，只得作罷。不料，卻聽到一陣腳步聲由遠及近。

柳至秦單手拎著一張高腳椅，穩穩地放在小板凳旁邊。

花崇剛平復下去的心跳又不得了了。

「坐這裡。」柳至秦像沒事人一樣，「你們聊吧，今天的碗我來洗。」

「啊……」花崇感覺自己的四肢有些僵硬，脖子上的溫度可能已經竄到了臉上。

『我是不是打擾到你們了？』徐戡試探著問。

花崇立即「啪」一聲關上玻璃門，「你剛才說什麼？」

『呃，我是不是打擾到你們了？』

「不不，上一句。」

『二娃不好聽……』

「二娃好聽！」

終於接上了正確的話題，花崇鬆了口氣，開始語速極快地講上午去市場接二娃的事。

徐戡聽完，欣慰道：『好歹是一條命，能養就養著吧，牠和你也挺有緣的。』

「我倒是想好好養著，不過以後如果要出差，就很麻煩。」花崇坐在高腳椅上，一腳踩著踏杆，一腳撐在地上。幸虧他腿長，不然這種椅子還真不好坐。

徐戡說：『你和小柳哥住得近，因為出差不能照顧二娃時，讓小柳哥幫你照顧吧？』

花崇說：「紙上談兵，我出差時，他不也跟我一起出差了嗎？」

怎麼又扯到小柳哥身上去了？

徐戡卡了一下，『嗯，你們比較親密。』

花崇：「……」

『出差就帶來我家，我幫你養幾天。』徐戡善意地解圍。

今天他本來就是為了二娃打電話的。若不是他家已經養了三隻寵物犬，實在沒辦法再養一隻，他早就把二娃領回去了。

花崇說：「你很喜歡牠？」

『我留下了牠一條命，你說呢？』

花崇想起解剖的那件事。如果不是徐戡出面阻止，二娃早就沒命了。

「你想來看看牠嗎？」花崇說：「你們法醫科今天休息嗎？」

『休息。』徐戡道：『我今天正好在你們長陸區，下午方便嗎？』

花崇下意識隔著玻璃門看向廚房，視角受限，沒看到柳至秦的身影。

「方便。」他轉過身，「你大概什麼時候來？我正好牽二娃去社區的草坪上散步。」

『三點左右吧。』徐戡說著，笑起來，『不請我去你家坐坐？』

花崇尷尬道：「家裡半個多月沒整理了，亂。」

『我隨便說說。』徐戡歎氣，『那就下午見。』

掛斷電話，花崇沒有立即離開陽臺，而是盯著外面出神。

徐戡這通電話打得他措手不及，一直以來因為忙碌和逃避，被壓在心底的東西像初春的嫩芽，突然戳破了頭頂的泥土。

他從來不讓同事到家裡來，習慣性地與所有人保持距離。唯獨在面對柳至秦時，總會不由自主地卸去些許防備。他毫無保留地與柳至秦分析案子，想也不想就將鑰匙這種極其私人的東西交給柳至秦，讓柳至秦先回來。

若是換一個人，這種事簡直不可能發生。

潛意識裡，他已經將柳至秦與其他同事區別開來了。柳至秦可以隨意進出他的家，可以在休息日與他共進午餐，可以一起做普通同事絕不會做的事。

在徐戡打電話來之前，他甚至不覺得這有什麼奇怪。

徐戡想來看看二娃，他下意識就提出在社區見面，徐戡說要上樓坐坐，他的第一反應也是找藉口拒絕。這對比太明顯了，明顯得他無法自欺欺人。

對他來講，柳至秦就是不一樣的。

右手緩慢挪至心口，掌心感受著心臟的躍動，徐戡那句「你們同居了？」在耳邊揮之不去。

他甩了甩頭，不可告人的念頭卻沒有消退。

「同居」是什麼意思，他一個大齡未婚男青年自然知道。徐戡說他與柳至秦在同居，他若是心裡半點不虛，大可以不慌不忙地否認，甚至可以開幾句無傷大雅的玩笑。

問題就在於，他心頭是虛的。

對柳至秦是什麼感情？不好說。

柳至秦和他一樣是個男人。

想到這裡，他微蹙起眉。

如果對柳至秦的感情是喜歡，他倒是不介意性別，追一追也未嘗不可。

可是小柳哥會不會接受？

最關鍵的是，他現在不太敢踏足一段感情。

那件事沒有解決，那些看不見的陰影沒有消散，他就無法放任自己去追逐情愛。

算了。他呼出一口氣，雙手捂了捂臉，確定臉頰脖頸的紅暈已經褪去才推開玻璃門。

柳至秦已經將廚房收拾好了，問：「徐戡有事？」

「他下午要來看二娃。」花崇已經恢復如常，「你下午有什麼安排？」

「沒有。」柳至秦還未摘下圍裙，看起來比花崇更像這間房子的主人。

「他三點多才到，你要是沒事，就待在我這裡？」

柳至秦一邊解開圍裙一邊說：「不耽誤你正事的話。」

「我要是有什麼正事，現在不是在局裡，就是在現場了，怎麼會待在家裡？」

「也對。那我就不回去了，反正晚上還得再蹭你一頓飯。」
花崇的唇角不自覺地向上揚，他自己都沒意識到。
二娃大約是累了，趴在棉窩裡睡午覺，睡相很老實，一點都不像猛犬。
柳至秦從棉窩邊路過，突然想起以前和花崇擠在休息室那張床上補眠的情形。
和二娃比，花崇的睡相差多了，倒不是醜，就是太霸道，一個人霸占了大半張床，半夜還會搶被子。
花崇洗好在菜市場買的紅提，放在果盤裡，招呼道：「飯後吃點水果。」
柳至秦打開電視，隨便轉台，兩人便開始一邊吃水果一邊聊天，氣氛相當融洽——若是不管各自心頭那些藏著不語的心思的話。
「徐戡有沒有說《永夜閃耀處》什麼時候能正式上市？」
紅提的皮不好剝，柳至秦剝一顆的時間，花崇已經連皮帶籽吃了三顆。
「不太清楚。他只說快了，沒說具體時間。」花崇又拿起一顆往嘴裡放，「我估計不會太晚，因為出版社得考慮最優價值，現在案子的熱度還在，網路上一天到晚熱議網路暴力，他們肯定希望儘早上市。」
柳至秦點頭，「手。」
花崇一愣，「嗯？」
柳至秦將剝好的紅提遞過去，「嘗嘗沒皮的。」
花崇的呼吸略微一緊，接過來，動作有些僵硬地放到嘴裡。

柳至秦繼續剝，花崇說：「你別幫我剝了，我自己……」

「我幫自己剝。」柳至秦說。

「……」花崇立即給自己搬臺階下：「你嫌我吃太快，搶了你的份？」

柳至秦笑起來，「我需要這樣嗎？」

花崇不好意思再連皮帶籽吞了，也慢悠悠地剝起皮，問：「怎麼突然想問書的事？」

「我在想，等書出版了，傅許歡是不是就會出現？」

柳至秦十指修長，沾了紅提的汁水，看起來很漂亮。

花崇盯著看了一會兒，「是因為封面上寫了『小歡』嗎？」

「嗯。」柳至秦說：「他一定會想——署名為什麼有我？」

「一旦他入境，沈隊他們就不會放過他。」

「不一定。」柳至秦搖頭，「他的個人檔案已經改得面目全非，如果他一意躲避，特別行動隊可能會束手無策。」

「但他既然想知道《永夜》上為什麼有他的名字，就必然會露出破綻。」花崇從容道：「他會冒險去澤城，找林驍飛的母親。」

柳至秦默了默，「的確如此。如果他真的出現了，我們就將信交給他，線索交給沈隊。至於他怎麼選擇，沈隊怎麼選擇，就和我們沒有關係了。」

花崇笑：「我們這態度，可真不像優秀警察。」

「所以只能關起門來說。」柳至秦吃了幾顆就飽了，手指卻沒有停下來，剝好的紅提全放在花崇面前。

花崇想著案子，注意力不在紅提上，拿起剝好的就吃，過了半天才發現自己吃的都是柳至秦剝的。

「嗳，小柳哥你真是……」在某個詞語又差點說出口時，他剎了車，拿起一顆沒剝皮的紅提堵住自己的嘴。

「真是什麼？」柳至秦問。

真是個好媳婦——花崇心裡如此想著，嘴上道：「真是心靈手巧！」

柳至秦歎氣，「花隊。」

「啊？」

「你不會又在心裡吐槽我是『媳婦』吧？」

花崇差點被嗆到，「你想到哪裡去了！」

「剝個葡萄而已，又不是只有媳婦才能剝葡萄。」

「你剝的是提子。」花崇的重點完全偏了。

「好吧，提子。」柳至秦說：「還要嗎？」

花崇覺得自己已經很久沒有如此窘迫過了，便站起身，「不吃了，你自己吃。」

柳至秦收拾好果盤，蹲在沙發邊摸二娃的頭。

心裡有鬼的感覺太糟糕了，花崇躲去陽臺澆花，盼望徐戡快來。

可是徐戡真的到了，他又有點不是滋味。

休息日，照他的習慣是不見同事的。但如今，柳至秦這個「同事」和他之間已經不是「見一見」這麼簡單了。從某種程度來說，他們生活在一起。

徐戡沒有上樓，帶了幾大包進口精品狗糧來，跟花崇交代了半天養狗的注意事項。二娃由柳至秦牽著，滿草坪亂跑。

聊了一會兒，徐戡說：「中午小柳哥說你在洗碗，我還以為你們在一起了。」

花崇氣一提，打著哈哈：「這玩笑不能亂開，我們只是住得近，休息日一起吃飯而已。」

徐戡點點頭，「花隊，你沒考慮過要找個人一起過日子嗎？」

「和你嗎？」花崇倒是不介意開徐戡的玩笑，畢竟心裡坦坦蕩蕩的，沒那種心思，所以再亂來的話也說得出來。

「我在跟你說正事，你和我開玩笑。」徐戡說：「我們都搭檔好幾年了，像是能一起過日子的人嗎？」

「不像。」花崇笑了笑，看著越跑越遠的柳至秦和二娃，輕聲說：「我不就是還沒遇到合適的人嗎，工作也忙……」

心裡有一個聲音卻道：明明已經遇到了。

「你找的理由和我應付我爸媽的理由一樣。」徐戡撓了撓鼻梁，「算了，我自己也單身，就不勸你了。不過……」

「嗯？不過什麼？」

「不過我真的覺得，你和小柳哥挺好的。」

花崇心裡的那張鼓，又開始轟隆隆地捶起來。

徐戡點到為止，見柳至秦牽著二娃回來了，便不再繼續這個話題，和二娃玩了一會兒就告辭離開。

花崇卻沒辦法平靜下來。

若說中午時是他自己悄悄琢磨，現在就是被旁觀者挑明——你們兩個滿好的，連旁人都看出來他們之間流竄的那些電了。

晚餐吃的是中午剩下的，柳至秦坐了一會兒就回去了。花崇呆坐在沙發上，腦子幾近放空。

他不是二十出頭的小年輕，需要花很多時間問自己喜不喜歡。他看得清自己的內心，毫無疑問，他對柳至秦有感覺。他甚至能察覺到，柳至秦對他也很特別。

年輕人喜歡追求熱熱鬧鬧、甜得發膩的戀情，他只想找個人來將就過日子，柳至秦無疑是最好的人選。

如此輕易就接受自己對一個男人有了獨特的感情，連他自己都感到有些不可思議。畢竟他在感情上「空窗」多年，念書時墜入愛河的對象還是警校的女同學。這些年經歷了許多，個性有了幾分改變，連性取向也變了？

可是想想喜歡上的男人是柳至秦，似乎又沒有那麼不可思議。

他抹了把臉，覺得自己有點著魔了。

——要不然先追追看？

想法一旦冒出頭，就很難壓下去。他起身朝陽台走去，被吹了一臉夏天傍晚的熱風。

腦子好像更熱了。

暫時還不能袒露心跡，畢竟肩上還扛著重要的事。但是試著相處似乎也不錯，如果柳至秦也有那方面的意思，將來等那件事徹底解決了，說不定就可以……

他閉上眼，深吸一口氣。陽臺上茉莉花開了，隨風晃動，香味格外濃郁。

茉莉花是白色的，小小的一朵，他垂眸一看，眼神卻暗了下去。

白色的花朵，令他想到了葬禮上的白花，想到了犧牲的隊友。

西北莎城發生的事像一堵綿延無際的牆，而他找不到繞開的方法。

◆

蓮蓬頭噴出沒有溫度的水，濺出一片朦朧的水霧。柳至秦仰面站在水霧裡，仍有水珠砸在臉與胸膛上，他用手，紓解著壓抑多時的焦灼。

對花崇的肖想像一團包不住的火，在他胸口熊熊燃燒。只要與花崇在一起，他就情不自禁地想靠攏，想對花崇好。做花崇想吃的菜是，幫花崇拿高腳椅是，幫花崇剝紅提也是，動作時常快過思考，像個有默契的、無微不至的戀人。

他動作越來越快，眉心緊緊擰起，雙唇抿成如刀鋒一樣鋒利的線，額角與背脊滲出的汗頃刻間被冷水沖掉。

但冷水澆不滅燎原的念想。他的呼吸漸漸變得粗重，釋放時，他沉聲喚道：「花崇……」

這名字像一枚泛著冷光的針，迅速往他心尖一刺。

他肩背猛地一顫，神智回籠，赤裸的胸膛大幅度地起伏。

近來，他經常忘記離開訊息戰小組，調來洛城的目的。花崇簡直是碗藥效奇佳的迷魂湯，讓他不由自主地忘記重要的事。

害死哥哥的那群人潛伏在洛城，花崇與他們有千絲萬縷的聯繫。他破釜沉舟來到重案組，不是為了追逐二十歲時萌生的愛情。

如果花崇是無辜的，他不能將花崇拖下水；如果花崇站在他的對立面，他只能親手斬斷所有情欲。

橫豎，感情都不是他現在應該考慮的事。

但日日相處，朝夕與共，凡人又怎麼放得下執念？

今天在花崇家裡做飯，看花崇逗弄二娃，他甚至覺得，就這樣過下去也不錯，平凡簡單，沒有仇恨，也沒有恐懼。

從浴室出來，他走去陽臺，將放在陰涼處的石斛搬到花架上。

石斛禁不起日曬，夏天的陽光太毒辣，若是長時間晾在向陽處，很快就會乾枯。所以他一早一晚都得搬一次，若是有空，再擦一擦葉片上積蓄的灰塵。

暑氣正在夜色裡消滅，他摘了一片葉子，泡進滾燙的開水裡。

石斛明目，偶爾泡一片喝，對眼睛有好處——這是小時候哥哥告訴他的。他端著茶杯走進書房，在鍵盤上點了點。

配置極高的電腦正安穩地運行著數個自編程式，無數資訊流被過濾，部分被截取、篩選。

他單手撐在桌沿，迅速瀏覽，未發現重要資訊。

這時，音箱發出一聲柔和的「叮」，是個非常普通的提示音，他的眉間卻本能地一蹙。

花崇的家用電腦開機了。

對他來講，要在花崇的電腦上留下後門是再簡單不過的事，簡單到連最基礎的偽裝程式都不必啟用。

剛到洛城時，他就這麼做了。那時他以為，只要監控花崇的電腦和通訊，就能輕易找出花崇與那些人之間的祕密。但是事與願違，花崇的通訊記錄乾乾淨淨，回家很少開電腦，偶爾才開一次，不是查看養花指南，就是玩幾盤遊戲。

看上去，花崇沒有任何可疑的地方，但他過去截取到的情報也絕對不會錯。

花崇曾經嘗試聯繫那些人。五年前的事，花崇無法撇清關係。

書房只開了一盞並不明亮的燈，他撐著下巴，面無表情地看著螢幕。

花崇今晚沒有查養花指南，查的是養狗指南。那麼無聊的內容，他竟然跟著從頭看到尾。

不久，花崇關掉電腦。

他心裡陡生淺淡的罪惡感——事實上，每次監視花崇之後，他都會有罪惡感。

身為訊息戰小組的前成員，他入侵、監視過無數人，截取過的資訊數不勝數，但唯有對花崇，他感到內疚。

原因無它，花崇是他的心上人。

內心深處，他希望與花崇平等相處。這種平等並非單指社會地位，還有資訊對等。可現在，花崇在做什麼，他知道，而他在做什麼，花崇不知道。

他覺得自己早晚會被左右矛盾的情緒撕碎。

放在一旁的手機嗡嗡震響，他拿起一看，是花崇。

這個時間？他有些意外，接起來之前清了清嗓子，聲音捎上了些許笑意。

「花隊。」

『沒睡吧？』花崇的聲音那麼近，若有若無地撓著他的耳膜。

他將手機稍稍拿遠，又像捨不得似的，很快便拿了回來。

平時說話不會有這種感覺，唯有打電話時，他會覺得，喜歡的人正貼在自己耳邊傾訴。

「還早，沒睡。」他呼出一口氣，儘量讓自己的聲音聽起來與往常無異，「怎麼了？」

『忘了跟你說，重案組這邊有個規矩，就是平時沒有案子忙的時候，隊員要嘛就去其他組幫忙，要嘛去特警分隊那邊參加基礎訓練。』花崇說。

柳至秦之前聽說過這個規定，上次孟小琴的案子忙完之後，一些同事就從重案組失蹤了幾天，但那時他還算新人，沒人跟他提什麼要求，而花崇得時刻坐鎮重案組，他便哪裡也沒去，一直與花崇待在一起。

這次看來是逃不掉了。

『刑偵分隊其他小組處理的都是小案子，我想了一下，你去的話有些大材小用了。』花崇建議道：『要不然這樣，我們去特警分隊練練槍法和格鬥。畢竟有的嫌疑人比較凶悍，特殊情況下，如果特警無法趕來支援，就得由我們親自上陣。』

「我們？」柳至秦問。

『嗯，我們。』花崇笑：『小柳哥，我帶你。』

「花隊呢？花隊呢？」

張貿在檢驗科打了幾天白工，又是跟著李訓等人去現場，又是守在辦公室等建模，成天被呼來喚去，屁股都碰不到幾次板凳。見識是漲了不少，勘察經驗也累積了很多，但就是累，難得有空，一回重案組就想找花崇，先表達一下自己跑現場時多能吃苦，再轉達一下檢驗科高手們的誇獎，最後立正站好，等待花崇說——行，那你回來吧，別天天跟著檢驗科忙了。

算盤是打得很好，但花崇不在。既不在重案組辦公室，也不在早就裝好新窗簾的休息室，連法醫科和陳爭的辦公室都找不到人。

「我操，我花隊呢？」張貿拿起曲值的冰紅茶，擰開就喝。

「花隊這兩天去特警那邊了。」

辦公室新到了幾箱冰紅茶，曲值心滿意足，懶得跟張貿搶，任由他喝。

「去特警那邊幹嘛？」張貿緊張起來，「是不是韓隊把他要回去了？陳隊會同意？」

曲值翻了個白眼，「怎麼可能？放心吧，陳隊絕對不會放人，韓隊都死心了。」

「那花隊跑去幹嘛？」張貿環視一周，「小柳哥怎麼也不在？」

「花隊陪小柳哥去特警分隊補習了。」

「啊？什……補什麼習？」

「特訓啊。」曲值：「小柳哥不是文職嗎？和我們這些一線刑警不一樣，花隊覺得他需要練一練。」

「所以花隊親自指導？」張貿瞪大眼。

「是啊，都指導好幾天了吧。」

張貿「咚」一聲將冰紅茶放在桌上，瞪大雙眼，「花隊偏心啊，我怎麼就沒有這種待遇？我也想跟著花隊訓練！」

「你知足吧！」曲值笑，「你以為花隊的訓練這麼容易啊？第一，花隊很少帶人。第二，花隊以前在特警分隊是出了名的嚴厲，你別看他平時嘻嘻哈哈的，真的狠起來，會讓你哭。」

張貿年紀小，哪知道花崇當特警時的事，不信，「花隊能嚴厲到哪裡去？總沒有特警一隊的安副隊嚇人吧？」

剛從警時，他去特警分隊接受過輪崗訓練，被特警一隊的副隊長安霖折磨得哭爹喊娘，要不是意志格外堅定，早就辭職不幹了。

曲值「嘖」了兩聲，「就說你一點屁也不懂，安霖比花隊小，以前是花隊帶的小隊員。」

張貿震驚，「我靠！」

「明白了吧？安霖的嚴厲都是從花隊那裡繼承的。你說花隊狠不狠？」

「看不出來啊！」張貿不敢相信。

曲值歎氣，自顧自地說：「小柳哥也是很慘，被花隊押著去特警分隊，不知道被練成什麼樣子了。」

「不行！」張貿說：「我得去看看！」

曲值伸長脖子喊：「小心被抓去當陪練！」

◆

室內射擊館裡槍聲單調，時不時才響起一聲。特警們要嘛在外執勤，要嘛在遠郊訓練，偌大的訓練館算是被花崇和柳至秦包了場。

刑警申請訓練用槍和子彈得打好幾份報告，子彈數量還有限制。但花崇不一樣，他是特警出身，和特警分隊隊長韓渠稱兄道弟，別人得打報告，他只需打聲招呼就行，沒人攔他。前兩天韓渠甚至讓新入隊的小孩跟著他偷師。

今天新隊員們得出任務，總算清靜了。

刑警常用的是手槍，攜帶方便，既能防身，也能追凶，雖然跟步槍之類的沒得比，但絕大多數情況下也夠用了。

花崇最擅長的是步槍，狙擊步槍、突擊步槍都玩得來。在西北支援反恐時，手槍基本上沒有用處。回來在刑偵分隊待了幾年，生疏了一些，但教教柳至秦還是沒有問題。

「你呼吸太急了。」此時，他正一手放在柳至秦腰上，一手握著柳至秦的手背，專注地傳授射擊技巧，「不是說一定要屏住呼吸，但在扣下扳機的一刻，你必須保持氣息平穩，不然就是飄的，懂嗎？」

柳至秦戴著透明的護目鏡，輕聲道：「嗯。」

「來，我先扣一下。你看看你的呼吸和我的呼吸有什麼不一樣。」花崇說著手臂一緊，半邊身子貼在柳至秦身上。

從側面看，就像他正親密地摟著柳至秦一樣。

但事實上，在傳授手槍射擊的經驗時，這是很平常的姿勢。很多東西光靠嘴巴說是完全不夠的，傳授的一方要儘量讓學習的一方用肢體感受。如何調整呼吸、如何持槍、如何在扣下扳機時保持穩度，都需要以身心體會。

花崇沒發現哪裡不對，認真地盯著前方的胸環靶，食指壓在柳至秦的食指上，低聲說：「就像這樣……」

柳至秦卻早已心猿意馬了。被摟著的腰像起了火，沿著筋肉寸寸燒灼。

花崇在他耳邊輕語，聲音近在咫尺，每一個字都落在他心上。

他發現自己那天的想法錯了。當時他以為，打電話時將手機貼在耳邊，任由花崇的聲音衝擊自己的耳膜已經夠糟糕了，如今才知道，更糟糕的還在後面。

花崇貼得這麼近，他甚至能聽見花崇的心跳聲。

一聲突如其來的槍響令他微微一怔。胸環靶上，彈孔落在十環靠下的位置。

其實這並非突如其來的一槍，只是他心不在焉，沒注意到花崇壓著他的食指扣下了扳機。

這學生當得實在太不認真了。

花崇收回手，「自己來一次？」

「嗯。」他微垂下眼，看了看九二式手槍和自己的右手。手背很熱，好在根本看不出來。

「記住剛才那種感覺。」花崇退到一旁，「別緊張！」

柳至秦雙手持槍，瞄準胸環靶。

剛才那種感覺……

他甩了甩頭，接著深吸一口氣。花崇要他記住剛才的感覺，他卻必須忘掉，否則連靶都別想上。

「砰！」子彈出膛，彈孔出現在八環。

「不錯！」花崇鼓掌，「你看，一旦呼吸穩定，命中率就會提升。繼續練，我們先練準確度，再練穩定度。」

他取下護目鏡，「我想休息一下。」

花崇挑起眉，看一眼時間，「這才剛開始練。」

「有點累。」柳至秦轉了轉手腕，「感覺很痠。」

「好，那就休息一會兒。」花崇說：「我去拿水，你喝礦泉水是嗎？」

他點頭笑道：「謝謝花隊。」

花崇出去後，射擊館就沒動靜了。

柳至秦甩著手，眉間輕皺。手腕哪是痠，明明是發麻。花崇抓住了就不放，手心溫暖，烙在他手上就成了灼熱。

這堂射擊課上起來，簡直是要命。

其實，他根本不用參加特警分隊的基礎訓練。花崇會的他也會，若真要較量，他不一定會落下風。但花崇想教，他沒有辦法拒絕。

「接著。」花崇回來時提了四瓶礦泉水，拿出一瓶淩空一拋，他單手接住，正要擰開瓶蓋，花崇又走過來，「還是我幫你開吧。」

他哭笑不得，「你覺得我擰不開瓶蓋？」

「你不是手腕疼嗎？」

他愣了愣，礦泉水已經被花崇拿了過去。

「我看你不是手腕疼，是想偷懶。」花崇擰開蓋子，把水還給他，笑道：「我是過來人，以前訓練時，什麼手腕疼、膝蓋疼、脖子疼、眼睛疼都是我用過的藉口。」

柳至秦喝了兩口水，知道自己掉進坑裡了，只好說：「逃不過你的火眼金睛。繼續練？」

花崇對靶位抬了抬下巴，「你練，我看著。」

近距離胸環靶射擊是最基礎的訓練。實戰裡，很少有人站著不動等你瞄準，高速動態射擊才是常態。但柳至秦目前的身分是文職警察，和徐戡沒差，花崇不能貿然幫他提升難度，只能陪他從最基礎的練起，雖然枯燥乏味，但感覺還不錯。

花崇抱著雙臂，看著柳至秦的側臉，唇角不聽使喚地向上揚起。

他沒有主動追過人，學生時代的那段感情，誰也沒有追誰，自然而然就走到了一起，後來又因為天各一方，自然而然地說再見。如今想來，比起愛情，更像是一段溫柔的、一同成長的友情。

休假那天，家裡多了名新成員，中途又受到徐戡的「提點」，他腦子裡的熱消不下去，晚上居然打了電話給柳至秦，約他參加特警分隊的基礎訓練。

電話沒接通之前，他想，要是柳至秦不想去就算了，他就當作沒提過這件事。

可柳至秦很爽快地答應了，那種感覺，怎麼說……就像是自己要開始追柳至秦了。

這樣的心思，柳至秦當然猜不透。

兩人在射擊館各懷「鬼胎」，一天天練下來，竟都在心癢難耐的同時感到心滿意足。

「噯，小柳哥，你的手臂別太僵硬。」看了一會兒，花崇又挑了處毛病，再次走到柳至秦身邊，照樣一手環腰，一手扶手，一絲不苟地糾正。

張貿風風火火地跑到射擊館，看到的就是這一幕，他的下巴都快掉下來了。

曲值不是說花隊嚴厲得像魔鬼嗎！曲值不是說安霖是花隊的隊員嗎！

騙人！花隊那麼溫柔，一句重話都沒說，哪裡嚴厲了，哪裡像魔鬼？

夏季衣褲薄，肢體貼得很近時，偶爾會產生尷尬。

花崇的本意是指導柳至秦練好槍——他對自己的能力還是很有自信，不信嘴上說、手上做還教不好柳至秦。但他靠得實在太近了，「那裡」有好幾次都碰到了柳至秦。他自己倒是沒發現不對，但柳至秦每次都感覺到了。

「花隊。」柳至秦側過臉。

「嗯？怎麼，你又想休息？」

「不是。」柳至秦無奈，「我換個靶，等等你打幾槍，我看看。」

花崇從善如流，表演了一次顯隱靶精確射擊。

柳至秦十分捧場地笑道：「太厲害了。」

一打岔，加上柳至秦越來越「上道」，一連幾槍都打得不錯，花崇就沒再靠在他身邊，摟著他的腰讓他「體會」正確的姿勢了。

下午，射擊訓練換成了搏擊訓練。花崇是箇中高手，想在柳至秦面前露一手，又擔心對方吃不消，於是只得藏著，穿著背心短褲與柳至秦練基礎警體拳。

他身材太好，因為臉長得清秀，穿上衣服時偶爾會給人一種「單薄」的錯覺，其實不然。單薄的人當不了特警，更當不了能參與西北反恐的菁英特警。他的瘦是勁瘦，肌肉繃著背心，隔著黑色的布料，隱約看得見腹肌的線條。

柳至秦喉嚨有點乾，咳了兩聲。

花崇朝他勾手指，大方地笑，「我先看看你是什麼水準。」

柳至秦也換了輕薄的背心和短褲，不過比花崇的寬鬆一些，有點像籃球服，但比籃球服更薄。

「你放鬆一點。」他開玩笑道：「我禁不起你摔。」

花崇的目光落在他手臂上，「我本來以為你們搞電腦的身材都不太行，你是個例外。」

「我比較注意鍛煉。」柳至秦步步靠近，擺出了起手出直拳的姿勢。

可是花崇卻不但沒接他的招，還閃身一避，同時右手輕巧地向前一撈，他的背心下襬被掀了起來。

「偷襲？」

「就看看。」

花崇說完才發覺自己剛才耍流氓了。不提前說一聲，直接掀了人家的衣服，就為了看看藏在背心底下的是漂亮的腹肌，還是可愛的小肚腩。

柳至秦若是個女人，自己簡直活該挨一巴掌。好在柳至秦是個實實在在的男人，表面看來他們是好同事、好鄰居，進一步來說，還是好朋友、好兄弟，但天知道，他想的沒那麼純潔。

他在試著追柳至秦。

既然性質有變，那掀衣服的行為就有些過分了。他收回手，故作鎮定，「六塊？」

柳至秦低頭，將背心整理好，「你呢？」

「我以前有八塊。」秉著些許內疚心，花崇乾脆把緊身背心扯起來，「現在只有六塊了。」

柳至秦笑道：「那正好。」

花崇一時沒搞懂為什麼只有六塊腹肌就「正好」，也懶得多想，擺出防禦的姿勢，讓柳至秦儘管放馬過來。

橫踢、背摔、勾拳、側踹、彈踢、抱腿、格擋、連擊……一套警體拳打下來，花崇竟然有些意猶未盡。

原本，他以為柳至秦和他不是同級別的「選手」，他每一招都得讓柳至秦。打到一半，他漸漸發現，柳至秦沒他想像的那麼弱，能拆他的招，也能迅速反應，出其不意地改變招式。這種程度對他來說自然是小菜一碟，輕而易舉就能化解，但他偏偏品出了幾分樂趣，耐著性子和對方你來我往。

肌肉碰撞，汗水交纏，最後他將柳至秦按在地上，下巴的汗水落在柳至秦的胸膛。

他看見柳至秦眼中自己的倒影，一瞬間，心臟像發了瘋似的狂跳，周身力量退潮般消退。在失態之前，他站起來，忘了拉柳至秦一把。

「花隊。」柳至秦撐起身子，對他伸出右手，「借個力。」

他連忙伸手，一把將柳至秦拉起來，「我沒傷到你吧？」

「你省了七成力，我要是還能受傷，也太沒用了吧？」柳至秦說。

花崇心頭莫名高興起來，「休息一下，一會兒再練？」

「好。」

◆

張貿回到重案組，第一件事就是控訴曲值造謠。

「花隊手把手教小柳哥打槍！沒罵人更沒揍人，練一會兒就休息，根本不嚴厲！」

曲值驚呆了，「真的？」

「真的！」張貿指著自己的眼睛，像要自戳雙目似的，「我親眼看到的！小柳哥可能持槍姿勢不對，花隊就摟著他的腰，握著他的手，教他打槍！」

曲值消化了半天，突然說：「這姿勢挺美啊。」

張貿：「……」

曲值：「我射擊姿勢也不對，以前有一次訓練，花隊只碰了碰我的手，沒摟著我的腰啊。」
張貿福至心靈地在他腰上捏了一把，嫌棄道：「有贅肉，我是花隊也不摟你。」
「拿開你的爪子。」曲值想了想，話歸正題，感歎道：「歲月不饒人啊。」
張貿傻了，「什麼跟什麼？花隊摟小柳哥，和歲月不饒人有什麼關係？」
「歲月不饒人，花隊那麼嚴厲的人，現在也溫柔了。」
「曲副，你不要為你造謠花隊找藉口！」
「我沒有！」
「你……」
「吵什麼？」這時，花崇提著一袋換下的衣服回來了，「在外面就聽見你們吵來吵去。」
曲值連忙往外看，「小柳哥呢？」
「後面，被老陳叫去了。」花崇將袋子一扔，「找他有事？」
曲值心想：現在我找小柳哥，都得先向你彙報啦？
嘴上說：「沒，隨便問問。你們今天練得怎樣？張貿說你摟……」
張貿立即捂了他的嘴。
「摟？」花崇抬眼，「摟什麼？」
曲值掙脫開來，「摟了小柳哥的腰！」
花崇動作一頓，十分難得地別開目光。
「我糾正他的動作。」他說。

這句話氣勢不足，簡直像狡辯。

事實上，摟柳至秦的腰時，他真的沒有任何齷齪想法，真的只是想糾正柳至秦的動作。只是之後，特別是在練了好一陣格鬥之後，他後知後覺地回過神來了。摟腰的動作太曖昧了，靠得最近的時候，他好像還頂到了柳至秦。

本來他沒有注意到，是後來練格鬥的時候，柳至秦在某次壓住他的時候頂了他一下。

他才想起，自己肯定也頂過柳至秦。

這他媽的……好在他不是半點情緒都藏不住的小年輕，不至於因此臉大紅心狂跳，暴露心頭的想法。

直到收拾東西離開特警分隊，他的神情與動作都控制得與平常無異。但此時被曲值問起，多少有些心虛。曲值這時候提起倒是不要緊，若是讓小柳哥聽到，就有些尷尬了。

如此想著，他拿起袋子就走。打算直接去陳爭辦公室接柳至秦，等等就直接回去，省得被曲值看到。

陳爭叫走柳至秦倒也不是什麼大事，例行關心下屬而已。上次沈尋來洛城，陳爭才知道兩人是朋友，他家與沈家交情匪淺，偶爾關照一下柳至秦也是應該的，但柳至秦沒多少話想說，寒暄幾句就告辭了。

「這麼快？」花崇剛上樓，就見到柳至秦從辦公室裡出來。

柳至秦看到他，目光似乎有些許變化——從疏離，變成溫柔。

「回去吧。」花崇說：「今天累了，叫外賣怎麼樣？」

「昨天剩下的雞湯我放到冰箱裡了，可以拿出來做雞湯麵。」柳至秦說：「再炒一道青菜就夠了。」

花崇眼睛一亮，「那就不叫外賣了。」

日子不緊不慢地過，花崇倒也沒有每天都和柳至秦去特警分隊訓練。中途刑偵分隊積案組來尋求幫助，花崇帶了部分隊員過去——柳至秦也在，沒花多少時間就破了個陳年老案。

積案組隊長肖誠心感激涕零，承諾再有破不了的案子也會找重案組幫忙。

重案組一干人：「……」

還是不要了吧。

◆

某天，花崇去法醫科旁聽了一個專業會議，回到重案組已是下班時間。這陣子沒有必須馬上偵破的案子，重案組無需加班，除了被抓去檢驗科做苦力的張貿，很多人已經收拾好東西，準備下樓。

花崇查養狗指南查到了一個同城寵物之家，飼主在繳納一定的費用後，就可以帶著愛犬去參加活動。他覺得二娃一隻狗在家挺可憐，在諮詢過徐戡後幫二娃報了名，準備帶二娃去玩玩。寵物之家的活動需要提前預約，花崇是在忙完積案組的案子後幫二娃預約的，訂的正是今天。

他在辦公室裡轉了一圈，沒看到柳至秦的身影，正想打電話，手機就響了。

他以為是柳至秦，拿起來一看，卻是連烽。

他有些詫異，不知道對方突然打電話來有什麼事。自從上次在未竣工的洲盛購物中心見過一面，連烽就再沒出現過。查鄭奇的案子時，他與柳至秦去萬喬地產瞭解情況也沒見到他。

花崇想起，他好像說過自己在幾個城市來回跑，想必在洛城的時間不多。

接起後，熟悉的聲音傳來。

『我是連烽。』

花崇笑，「我知道，上次存過號碼了。」

『那就好，我還擔心這麼久沒聯繫你，你就把我刪了。』

「怎麼會。」

『今天有空嗎？』連烽說：『上次想和你吃個飯，結果沒在這邊待幾天就被叫走了。』

「今天……」花崇想起寵物之家的預約。

連烽道：『來敘敘舊吧，我明天又得走了。』

來寵物之家的基本上都是大型犬，但儘管如此，德牧也只有二娃一隻。牠前肢綁著迷彩色的牽引帶，小心翼翼地跟在柳至秦身邊，一副「誰都別來欺負我」的模樣。

前陣子柳至秦在網路上買了一堆幫助立耳的工具，現在牠的兩隻耳朵已經能威風凜凜地豎起來了，但膽子還是很小，連體型嬌小的博美衝過來對牠叫，牠都會嚇得往柳至秦背後縮。

「別怕。」柳至秦拍拍牠的腦袋，領著牠往前走。

寵物之家很大，犬類的娛樂運動設施應有盡有。二娃不想和其他狗玩，柳至秦也不勉強，牽著牠去越野機械運動場，解開牽引繩，敲著一個獨木橋，「上來試試。」

二娃既想試又不敢，兩隻前腳在地上跺了半天，喉嚨裡「咿咿嗚嗚」，可憐巴巴地望著柳至秦。柳至秦乾脆彎下腰，將牠抱上獨木橋。

那麼窄的一根木頭，小型犬跑過去是沒問題，但對德牧這樣的大型犬來說簡直是走鋼絲。

柳至秦耐著性子「威脅」道：「不准跳下去，也沒有回頭路，走完了我們去玩溜滑梯。」

二娃哪知道溜滑梯是什麼，四條腿輕輕發抖，毛尾巴也瑟縮地夾著，走一步像要命一樣，立好不久的耳朵居然垂了一隻下來。

柳至秦逼牠走完，但其實也始終護著牠，避免牠一個沒站穩，從獨木橋上摔下來。

如此過了十幾分鐘，獨木橋終於走完了。二娃一躍而下，大約是後知後覺地品味到了「走鋼絲」的樂趣，竟然「汪汪」叫著跑回起點，躍躍欲試地對柳至秦搖尾巴。

「還想走一次？」

「汪！」

柳至秦笑了笑，陪牠走了三次。牠跟上了癮一樣，還想往回跑，柳至秦及時阻止，「來，吃牛肉乾。」

食物遠比獨木橋有吸引力，二娃吃完牛肉乾就忘了獨木橋，任由柳至秦領帶去所謂的滑梯。滑梯跟兒童滑梯差不多，一邊是環形梯子，一邊是滑梯，滑梯下方還有緩衝的塑膠小球。

二娃不想離開柳至秦，但柳至秦顯然不能陪牠溜滑梯。

「去吧。」柳至秦說：「如果表現好，等等還有牛肉乾吃。」

別看二娃外形威猛，性格卻有點「娘」，環形梯子爬了半天才爬到頂，站在滑梯旁急得不停轉圈，「汪」了好幾聲，才試探著將兩隻前腳放在滑梯上。牠似乎只是想試一下，但身體重心一旦前傾，就拉不回去了。牠從滑梯頂衝了下來，嚇得發出與外形完全不符的叫聲。

就在牠撲進塑膠小球的瞬間，柳至秦的手機喀嚓一響，將牠又蠢又萌的模樣拍了下來。

德牧這種大型犬，最大的特點就是聰明。只要親身感受過沒有危險，後面就不怕了。玩了一次滑梯，二娃又像走獨木橋一樣上癮了，跑上滑下玩了好幾次，直到聽見柳至秦的口哨聲。

時間不早了，預約專案的最後一項是洗澡。

二娃不想走，柳至秦為了將牠哄到「愛犬洗澡堂」，著實花了一番功夫。工作人員將二娃牽走後，柳至秦休息了一會兒，去外面抽菸，順便將二娃的照片傳給花崇。

收起手機，他很輕地吐了口氣。

今天本來和花崇說好了，要一起帶二娃來寵物之家，但下班前花崇突然跑到積案組，說晚上臨時和人約吃飯，想麻煩他一個人帶二娃去。和誰有約，花崇完全沒有避諱，直接跟他說是老隊友連烽。

他與連烽只見過一面，但對這個人印象不太好。花崇要與連烽共進晚餐，他沒立場阻止，表面上沒表露什麼，心裡卻有點疙瘩。

但花崇說完就把鑰匙給他了，家裡的鑰匙和車鑰匙，像上次一樣毫無保留。

他接過，盯著鑰匙愣了一秒，問：「你們在哪裡吃飯？」

「星光華庭。」花崇說。

「需要我去接你嗎？」柳至秦又問。

花崇笑道：「不用，那裡離我們家又不遠，有公車有地鐵，要是錯過了末班車，我攔個車回來就行了。二娃今天還要麻煩你。」

柳至秦沒有堅持，「行，那你們好好敘舊。到了寵物之家，我傳二娃的照片給你。」

發出去的訊息沒有收到回覆，柳至秦神色冷淡地看著遠處。

不久，身後的「愛犬洗澡堂」傳來熟悉的叫聲，他轉過身，看見渾身濕漉漉的二娃。

「先生，您再等一會兒。」工作人員說：「我們還要幫您的寶貝做毛髮護理。」

他笑著點點頭，「謝謝。」

二娃似乎相當滿意「寶貝」這個詞，搖了搖全是水的尾巴，一臉得意。

直到二娃被收拾得乾淨威風，花崇也沒有回覆。柳至秦牽著二娃去車庫，一路開向畫景，在紅綠燈處等待時卻改變了主意，調頭駛向星光華庭。

◆

花崇本以為，與連烽見面吃飯只是老隊友相聚。

一直以來，他都很珍惜、在意在西北結識的兄弟。那兩年和在洛城特警分隊執行任務時是完全不一樣的，因為每一次荷槍實彈出發，都有可能回不來，都是過命的交情。所以連烽要與他敘舊，他自然是欣然同意，但到了說好的中餐館，他卻感到一股微妙的不適。

連烽西裝革履，早已不是當年那個身穿迷彩，手提步槍的反恐戰士了。這一面也不像隊友久別重逢，而是觥籌交錯的商業談判。

席間，花崇想，要是多幾個人就好了，可能六七名隊友聚在一起，氣氛會輕鬆許多。

連烽一臉無懈可擊的笑容，問得最多的是花崇的工作。花崇倒不是不信任他，只是重案組的案子很多都需要保密，不便向無關人士透露，只能打哈哈，帶往別的話題。

連烽又問起生活，這一點花崇倒是坦蕩，直言自己三十多歲了，還是光棍一條。

連烽露出別有深意的表情，花崇聽見手機震了震，拿起來一看，原來是柳至秦傳來的二娃照片。

心口莫名熱了一下，神情也輕鬆下來。那種感覺就像是你在外面應酬，家裡那一位突然傳兒子的憨照給你一樣。

這細小的欣喜，簡直不足與外人道。

「這麼開心？」連烽似乎很好奇，「還說自己是光棍，我不信。」

「一個朋友。」花崇放下手機，眼底卻盈著笑意，「剛說到哪裡了？」

席至收尾，連烽還想約下一輪，說洛城有個音樂酒吧很有名，花崇卻直截了當地說：「酒吧？我明天一早還要忙案子。」

連烽有些遺憾，「好不容易見到你，還想和你多待一會兒。」

花崇神色不變，心裡卻將這句話咀嚼了一番。

這不是正常老友相聚時該說的話，連烽說這句話時的語氣、神態也不同尋常。

他感到不舒服。

事實上，今晚的這場聚會處處都讓他不舒服，想像中的隊友團聚似乎不應該是這樣子。

連烽說：「我送你回去吧。」

「不用。」花崇果斷拒絕。

他有種預感，連烽會對他說什麼。

果然，連烽從容地笑道：「花崇，你單身，我也一樣。我想，我們可以……」

「抱歉。」他打斷，「我以為今天晚上只是敘舊。」

連烽眉間輕輕一抵，「的確是聚會，但我想……」

花崇搖頭，「我沒有那方面的想法。」

「是嗎？」連烽苦笑。

對沒感覺的人，花崇從來不拖泥帶水，並不會因為情面而給對方所謂的「希望」。他鄭重道：「我心裡有人。」

「哦？」連烽抬眼，「原來如此。是我唐突了，聽說你還單身，就想我是不是有機會。不好意思，讓你見笑了。」

花崇平時善於與涉案人員周旋，但面對老隊友，他不愛玩那一套。既然已經說清楚了，就沒有繼續客套下去的必要，他拿了隨身的物品，「那我就先走了。」

「等等。」連烽似乎還沒有放棄，「我還是送你回去吧。」

「真的不用。」

花崇不改強勢，正在這時，他的手機又震動起來，是一條訊息。

柳至秦：我和二娃在星光華庭二號門等你。

花崇眉眼一彎，神情迅速柔和起來，「謝謝你的好意，我朋友來接我了。」

本想說一句「下次見」，但話到嘴邊，卻不太說得出口。

有的人，還是留在記憶裡好。很多事情過去就過去了，往昔的崢嶸歲月不可追，多年後見上一面，反倒破壞了那種纖塵不染的美感。

星光華庭是洛城幾個購物中心之一，晚上特別熱鬧，年輕人居多。二號門外面是個寬闊的庭院，柳至秦正倚在一根大理石柱子旁，手裡握著迷彩色的牽引繩。花崇一眼就看到了他，吹了聲口哨，柳至秦與二娃不約而同地看了過來。

「等多久了？」花崇問。

「剛到。」柳至秦說：「二娃毛多，洗澡和護理花了不少時間。聚會怎麼樣？」

「別……」花崇本想說「別提了，有點不開心」，又覺得沒有必要跟柳至秦抱怨自己過去的隊員。不管怎麼說，連烽雖然變了很多，但過去一同戰鬥的情誼永遠都在。

「挺好的。」他改口道，「不過我沒吃飽。」

「嗯？」柳至秦挑起眉梢：「你們吃了什麼？」

「中餐。」

「中餐會吃不飽？日料還差不多。」

「太久不見了，有點拘束。」花崇說：「就沒有怎麼吃。」

「那正好。」

「什麼正好？」

「我還沒吃晚飯。」

花崇腳步一頓，在柳至秦手臂上拍了一下，「沒吃晚飯？怎麼回事？」

「下班高峰，路上太塞了。」柳至秦摸著手臂，笑道：「吃飯的話，就趕不上寵物之家的活動了。」

花崇歎氣，有點自責，「你這個人……」

「所以說是『正好』啊。」柳至秦晃著手裡的繩子，「你沒吃飽，我沒吃飯，去哪裡解決一下溫飽？」

花崇看時間，正規的餐館很快就要打烊了，不過夜市正是生意最旺的時候。但忙了一天，他實在有點累，不太想去特別吵鬧的地方，只想趕緊回家。

可是都這個時間了，讓柳至秦做飯實在很過分。

「超市還沒關門。」柳至秦突然說：「我們去買點菜和湯底，回家吃火鍋怎樣？」

花崇眼睛一亮，拍著柳至秦的肩膀道：「你簡直太合我的意了！」

柳至秦的神情略微一僵，花崇咳了咳，「我的意思是，我們想的一樣。」

柳至秦碰了碰他的手腕，「快走吧，再晚超市要關門了。」

深夜在家裡的陽臺上燙火鍋，對花崇來說還是頭一次。

之前連烽邀請他去音樂酒吧，他以第二天還要上班為由拒絕了，此時卻跟柳至秦一人開了一瓶啤酒，喝得不亦樂乎。

在家弄火鍋覺得很輕鬆，其實比在外面吃麻煩多了，湯料要煎，菜和肉要分開理好、切好洗好，碗和盤子也得洗一大堆。

正式吃飯時，已經接近晚上十二點了。

陽臺香味四溢，早就蓋過了茉莉花的香味。花崇種的曇花開了，摘下來正好能燙來吃。二娃玩了一整晚，已經累了，不來討吃的，老實趴在沙發上睡覺。

花崇今天心情有些矛盾，和連烽見的那一面著實讓他感到唏噓，有點想找個人傾訴，但又覺得這種事沒什麼好傾訴的，自己消化就行了。若是柳至秦沒有陪他吃火鍋，他一覺睡醒，大約就將心中所想拋在腦後了。

一瓶啤酒下肚，腦子還很清醒，但情緒有些高漲，他抿著唇，不知該從何說起。

開頭的竟然是柳至秦。

「花隊，你是不是有心事？」

「嗯？」這都能看出來？

柳至秦將燙好的牛肉片夾到他碗裡，「見老朋友應該是件高興的事，但我怎麼覺得你和連烽吃了頓飯，心情反倒不好了？」

花崇默了默，笑，「你在重案組待久了，越來越會觀察人了。」

「怎麼了？能和我說嗎？」

「倒也沒什麼大事。」花崇放下筷子，斟酌著用詞，「就覺得有點……嗯，彼此都改變了太多吧。」

柳至秦安靜地聽著。

花崇講起在西北的事，目光變得有些遙遠。

「那時候每個人都是肝膽相照的兄弟，說是友情我都覺得淺薄，說是親情，又有些矯情。一個人可能不會為了朋友去死，但在西北的每一天，我們都做好了為兄弟戰死的準備。不過我活著回來了，連烽也是。我以為我們再次見面，也會有當年的感覺。但實際上，離開了西北，我成為刑警，他成為商人，很多東西就完全改變了……我們像尷尬的陌生人。」

花崇說著喝了口啤酒，「真是應驗了那句話——相見不如不見。」

柳至秦也喝著酒，眼神極深。

須臾，花崇輕聲道：「不過有的人，我是真的還想再見一面。」

柳至秦拿著杯子的手微不可見地一抖，「是你犧牲的隊友？」

花崇點頭，又搖頭，像是在壓抑著什麼。

柳至秦心裡翻江倒海，極想從花崇口中聽到關於哥哥的一切，卻無法主動問。

「喝一杯？」花崇拿起杯子，不等柳至秦反應，便在他的酒杯上碰了一下，一飲而盡。

柳至秦也乾了這杯酒，起身道：「我去煮點醒酒茶。」

「嗯……」花崇看向夜色，單手撐著臉頰，看上去有些孤單。

但柳至秦端來醒酒茶時，他又和平常沒什麼兩樣了。

「早點睡。」提著一袋清理出來的垃圾，柳至秦站在門邊說。花崇不讓他洗碗，他只能將爛攤子丟給花崇收拾。

「明天見。」花崇圍著圍裙，滿手洗碗精，「幫我把門關好。」

回到家，柳至秦走到電腦前，點開了一個程式，出現在螢幕上的是連烽最近一週的通訊以及行程記錄。

查鄭奇的案子時，花崇笑他對連烽有敵意。

花崇是對的，他對連烽沒有好感。這個人給他一種很古怪的感覺，他毫無緣由地認為，連烽身上有祕密。一個支援過反恐的特警在任務中受了傷，搖身一變成了地產行業裡的主管，這雖然不是特別稀奇的事，但連烽讓他覺得不舒服。

而且連烽也是從西北莎城回來的。

瀏覽完記錄，他疲憊地靠在椅背上。閉上眼，就是花崇在路燈的光芒裡，朝自己走來的樣子。

後日開端

「花隊呢？」徐戡拿著一本書來到重案組，「花隊去哪裡了？又去特警分隊了？」

一名隊員抬起頭，「沒，花隊剛去積案組。」

徐戡笑了，「怎麼，老肖又來麻煩你們了？」

「就是看我們閒啊。」隊員笑道：「花隊剛走，你有什麼急事嗎？」

「沒，就是看你們閒，過來找他聊聊。」

徐戡說完轉過身，正要離開，就見到柳至秦往重案組走來。

近來他老是覺得這兩個時時刻刻都在一起，有事跟柳至秦說，花崇也等於知道了。他懶得去積案組找花崇，揚了揚手，「小柳哥。」

柳至秦早就看到他了，停下來打招呼，「徐老師有事？」

「這本書已經上市了，書店裡暫時還沒有，不過網路上已經開始預售了。」徐戡在書上拍了拍，設計極具未來感的封面上，印著五個清晰的大字——永夜閃耀處。

柳至秦接過來，前後看了看。

出版社非常用心，不管是設計還是用紙，都看得出來用了心。署名的位置，並排寫著兩個名字：風飛78×小歡。

「中間為什麼有個『×』？」他問。

「我拿到書時也問了，出版社那邊說現在都流行標這個符號，說明是兩個人共同完成的作品。」徐戡說，「不過這個小歡到底是誰啊？出版社問我好幾次了，我也說不出個道理來。前天預售開始，還有人到出版社官方帳號的評論裡問。」

「是一個對林驍飛來說，很重要的人。」柳至秦闔上書，「這本是送給花隊的嗎？我待會兒拿給他。」

「這本就是帶來給你們看的。我那裡還有一些沒開封的書，花隊要是想要新書，讓他到法醫科來拿。」

「好。」柳至秦點頭，「我等等就跟他說。」

「你馬上要去積案組？」

「嗯，我剛才就在積案組，回來拿一點藥。」

徐戡疑惑道：「拿什麼藥？」

柳至秦說：「花隊喉嚨不舒服，肖隊剛才急著叫我們過去，他忘了帶潤喉片，我回來拿。」

「你們……」徐戡看了柳至秦一眼，欲言又止。

「嗯？」

徐戡改口道：「你們組現在和積案組是長期合作的關係了？」

「也不算。」柳至秦拿了潤喉片就出來，「我聽陳隊講，上面覺得積案組工作效率太差，平時沒有壓力也沒有動力，就定了一些指標。肖隊有點急，我們這邊暫時又沒什麼事，花隊就經常帶隊過去幫忙。」

徐戡想問的本來不是這件事，但見到柳至秦解釋得認真，只能順著回答：「肖隊那裡千奇百怪的案子積了一堆，都是缺少監視器記錄，又提取不到DNA的老案子，積越久越破不了。這案子啊，就是要趁『熱』破，成了積案，基本上就沒辦法破了。」

「積案確實難破，但也不是破不了。」柳至秦說：「前陣子花隊不就破了一個嗎？」

徐戡覺得自己無形之中啃了一嘴狗糧，只能笑道：「是是是，你們花隊最有本事。」

聊著聊著，就走到了樓梯口，柳至秦要去積案組，徐戡要回法醫科，兩人就此分別。

積案組還沒開始開會，刑警們聚在一起聊天，柳至秦推開會議室的門，就聽到了熟悉的咳嗽聲。

花崇摸著嗓子，「來一片，來一片！」

柳至秦趕緊把藥遞給他，拉開椅子坐下，將《永夜閃耀處》放在桌上。

花崇含著藥片，頓時舒服了，眼角一瞥，「正式出版了？」

「嗯，剛才徐戡送來的。」

「那傅許歡可能要出現了。」花崇翻著書說。

「我會注意的。」柳至秦轉著筆，聞到一陣清涼的薄荷香。

那香味是從花崇嘴裡飄出來的，聞起來雖香，藥片含起來卻是苦的。

會議室很吵，刑警們都是大嗓門，說話跟吵架似的。柳至秦跟花崇靠得很近，聊天的聲音比其他人小了很多，像在說悄悄話。不過沒說多久，就到了忙正事的時刻。

積案組隊長肖誠心顯然是在陳爭那裡挨了一頓罵，愁眉苦臉地走進來，拍著文件說：「花隊，洛觀村那個燒死五個小男孩的案子，你一定要幫我破了！」

洛觀村受洛城管轄，是洛城最偏遠的山村，曾經是一片窮鄉僻壤，近年因為鄉村風貌得天獨厚，逐步開始發展旅遊，已經擺脫了「窮」這個標籤。每年夏秋季節，是洛觀村最熱鬧的時候，什麼篝火晚會、燒烤大會、音樂盛宴應有盡有，吸引了許多想要短時間逃離城市的年輕人。

高速公路修好之後，從洛城主城區開車前往西陲的洛觀村，若是不塞車，單程只需要兩個小時。這時間不算短，但是在以前，恐怕一天一夜也到不了。

十年前的洛觀村道路封閉，說是與世隔絕也不為過。令肖誠心焦慮到快禿頭的案子，就發生在十年前的洛觀村。

◆

會議室的窗簾全部拉上，當年的現場圖片在經過後期精細化處理後，出現在投影設備上。

花崇擰起眉，喉嚨輕輕一動——潤喉片被他吞下去了。

那些照片顯然讓所有人感到不適，房間裡的歎息聲一聲接著一聲。

被燒焦的五名死者呈蜷縮狀，渾身焦黑，幾乎看不出人形。失火的木屋也被燒成空架子，只剩幾根支撐用的鐵柱子，像一個巨大的牢籠。

兒童、少年傷害案是最讓人痛心的，因為受害人與加害者力量懸殊，在絕大多數案件裡，他們根本沒有掙扎脫身的可能。

而這個案子裡，凶手不僅殺了他們，還用了最殘忍的方式。

肖誠心說，命案發生時，是八月十號，正是一年裡最炎熱的季節。村裡的派出所只有幾個警察，根本處理不了，連忙上報。但在十年前，刑警出警遠不如現在方便，這麼大一個案子，一下子死了五個人，層層上報，等到市局成立的專案組趕到時，已經是十二號晚上，現場都已經被好奇的村民、絕望的家屬踩平，任何線索都沒有留下。

唯一能確定的是五名死者的身分——用的還是最古老的排除法。洛觀村當時極為封閉，各家各戶統計人數，剛好弄丟了五個男孩，正好對應五名死者。

投影設備上出現五張照片，是死者們生前的登記照。年紀最大的十四歲，叫錢毛江，洛觀村村小六年級學生，年紀最小的才十歲，叫錢慶，三年級。

其餘三人是十二歲的羅昊、十三歲的錢孝子和錢元寶，他們都是村中小學的學生。

「洛觀村百分之九十的村民都姓錢。」肖誠心解釋道：「他們五人不是親戚。」

花崇等著他的下文，他站了半天，卻打起了退堂鼓，「這個案子是真的沒辦法查。凶手一把火把什麼都燒光了，連DNA都沒辦法驗。當地派出所又沒保護好現場，法醫和痕檢白跑一趟，什麼證據都沒找到。」

花崇問：「沒了？」

肖誠心一愣，「啊？」

花崇吸了口氣，「案子你介紹完了？」

「根本就沒什麼好介紹的。」肖誠心摸著自己日漸稀疏的頭髮，「案卷上就這麼多，當時專案組去走訪，村民們完全不配合，有的說是外地人幹的，有的說是祭天法術。這讓人怎麼相信？」

「祭天法術？」花崇乾笑，「什麼時代了，還有這種說法？」
「村民愚昧，別說十年前，就算是現在，有的鄉村裡還有拿活人獻祭神明的事發生。」肖誠心說。
「後來沒有繼續查，是什麼原因？」柳至秦問。
「查不下去了，實在是找不到線索。」
「那這次怎麼非要查這個案子？」
肖誠心難以啟齒，「我、我抽到的……」
花崇無語，「什麼？」
「我也沒辦法啊！」肖誠心為自己爭辯，「陳隊讓我自己挑案子，挑了就必須破。但是簡單一點的案子，上次你不是幫我偵破了嗎？剩下的都麻煩。」
「所以你就隨便抽了一個？」
「我也沒想到會抽到這個。」
花崇說：「我要是陳隊，我也會罵你。」
「反正都定下來了，破也得破，不破也得破！」肖誠心擠出一個笑，「花隊，你就幫幫兄弟的忙！」
這案子單看案卷的確是無路可走，但是花崇經驗豐富，明白在辦公室聊案子和實地走訪是完全不同的兩碼子事。討論時抓不到韁繩的案子，到了現場，說不定就會發現蛛絲馬跡。
但他也不敢把話說得太滿，只道：「我盡力。」
「那我們什麼時候過去？」肖誠心恨不得花崇被包公附體，立刻就把案子破了，「你們重案組最近沒事，不然我們明天就去洛觀村？」

「這麼急？」花崇開玩笑，「我喉嚨不舒服，想休息幾天。」

「別休息了！要是過一陣子重案組有了案子，你肯定會把我晾一旁不管。」

「噯，你別烏鴉嘴。」花崇微偏著頭，「我們重案組要是有案子，就意味著又有人遇害了。」

柳至秦補充道：「可能還不止一人。」

肖誠心趕緊說：「呸呸呸，你們重案組永遠沒案子！」

「然後天天幫你查案子？」花崇勾著眼尾，站起身來，正色道：「那就明天出發吧，案卷給我，我再看看。」

回到重案組，花崇點了幾個人。本來沒打算叫張貿，張貿卻主動報了名，報完又後悔，覺得這案子太沒人性了。

「人性？」柳至秦說：「但凡是凶殺案，就沒有人性可言。凶手殺未成年，你覺得他沒有人性，但如果他殺的是成年人，就有人性了？」

「但未成年多無辜啊！」

「有的成年人也很無辜。」

「話是如此……」張貿想了想，「我還是覺得殺未成年的人特別沒人性。而且很多殺害兒童的案子，凶手跟那些兒童無冤無仇，甚至根本不認識，他動手的原因僅是因為活得不如意，被上層整了，沒辦法還擊，只好對反抗力最弱的孩子動手，或者是得了絕症，沒錢醫治，出來報復社會。這種行為純粹是洩憤，這些人和垃圾、畜生有什麼區別？抓一個就該槍斃一個！」

「小柳哥說得沒錯啊。」花崇自動忽略張貿義憤填膺的「即興演講」，果斷幫柳至秦撐腰：「殺人就是殺人，性質不會因為殺的是成年人還是未成年而改變。」

「你、你們！」張貿心裡喊——你們夫唱婦隨啊！

「嗯？我們怎樣？」花崇問。

張貿求生欲極強，「你們真是心有靈犀的好搭檔！」

花崇笑了，「這還用你說？」說完，他對柳至秦挑眉，「是吧，小柳哥？」

柳至秦也笑了，但笑得沒他那麼張揚，含蓄地點了點頭。

以前出差很簡單，收拾一點行李就好了，現在家裡有了狗兒子，花崇發現自己有了牽掛。

當初領養二娃時，他便跟老闆說好了，需要時會把二娃寄養在店裡。但真的到不得不出差時，他已經不願意再讓二娃回到花鳥魚寵市場了。

老闆不喜歡二娃，市場的人也把二娃當成「凶犬」，他捨不得讓二娃去受委屈。

好在這次出差不用帶法醫，徐戡也承諾過，在他和柳至秦都出差時會幫他照顧二娃。

徐戡直接將車開到畫景社區，花崇收拾好二娃的日常用品，牽著二娃出門。

被傷害過的動物防備心都比從小被善待的動物重，二娃害怕被拋棄，一路上都「嗚嗚」直叫喚。花崇哄牠、凶牠都沒用，一直到被徐戡牽上車，牠還滿眼絕望地看著花崇。

花崇一下子就心軟了。

徐戡關好車門，拍了拍二娃的腦袋，「那我走了啊，你們這個季節去洛觀村挺好的，查完案子還可以上山採果實，現在正是他們那裡的旅遊旺季。」

「我哪有時間摘果實。」花崇拿出手機，撥了號碼，趁還未接通，對徐戡道：「等一下，我打個電話。」

徐戡不解，看了看副駕駛座上憂傷得像要哭出來的二娃，「你爸爸打電話給誰？」

很快，這個問題就有了答案。

花崇說：「小柳哥，你現在方便出來一下嗎……我在社區門口……嗯，和徐戡在一起……二娃不肯走，你來哄哄牠，牠聽你的……」

徐戡頓感無語，摸著二娃的耳朵，「到底誰才是你爸爸？你姓柳還是姓花？」

過了大約一刻鐘，柳至秦就來了。

「二娃怎麼回事？」

「喏，坐在副駕駛座上呢，以為我不要他了。」花崇說：「可能要得抑鬱症了吧。」

柳至秦走到車門旁，二娃立即趴在窗沿上，可憐兮兮地望著他。

「我們要出差。」柳至秦開始幫大德牧撓下巴，溫聲說：「出差懂嗎？就是工作。」

二娃歪著頭，也不知道聽懂了沒，但情緒似乎沒有之前那麼沮喪了。

「要工作才有錢買牛肉乾給你。」柳至秦繼續道：「我們很快就回來了，你老實等我們回來，聽話。」

二娃開始搖尾巴了。

徐戡被柳至秦滿口的「我們」戳聾了耳朵，只想一踩油門，趕緊帶二娃離開。

這時，花崇也走過來摸摸二娃的腦袋。二娃在他手上蹭，喉嚨發出撒嬌的聲音。

「好了，揮個手。」柳至秦說。

二娃坐起，右前爪真的做了個揮手的動作。

徐戡驚訝，「你們把狗養成精了？」

花崇也有點震驚，看向柳至秦，「你教的？」

柳至秦笑，「牠很聰明，一教就會。」

等徐戡的車駛離，花崇才開玩笑道：「其實你才是牠爸爸吧？」

柳至秦回過頭，半張臉隱沒在路燈投下的陰影裡。

花崇覺得，他眼裡有星星一樣閃爍的笑意。

◆

肖誠心做足了在洛觀村長線作戰的準備，一早就備好了車，車裡警械設備齊全，各種食物將後車廂塞得滿滿當當。

花崇一看就揶揄道：「不知道的還以為我們要去洛觀村公費旅遊呢。」

「要不是裝不下了，我還想多帶幾箱水。」

「需要這樣嗎，肖隊？」張貿吃著早餐，「洛觀村我剛畢業時去過，沒你想的那麼落後，家家戶戶都開著休閒農莊，城市裡能買到的食物，那邊基本上都能買到，村子裡還有正規的青旅，在網路上評價不錯的，餓不死我們。」

「那也得多準備一些，有備無患。我在整理這個案子的時候發現，那裡的村民對警察很有敵意，我們回去查十年前的案子，誰知道他們會不會搞出什麼事情。」

肖誠心是瞻前顧後的性子，過去也待過刑偵分隊的其他小組，後來帶他的老刑警從一線退下來，去了積案組，他也跟著調了過去。之後老刑警退休，按資排輩，他便升上了隊長。刑偵分隊內部都清楚，他這個組長有灌水，不過也沒有人去爭，畢竟有一點爭強好勝之心的人，都不願意在積案組做事。積案組在其他組眼裡，有點像個案卷管理組。

花崇說：「我們是刑警，還怕什麼。」

肖誠心悻悻地縮了縮脖子，「沒事當然最好。」

兩輛車上路，花崇和柳至秦坐的這輛是張貿開車，他們坐在最後一排，從重案組抽調過來的其他幾名成員和檢驗科的李訓坐在前面兩排。

此時已經到了夏天的尾巴，城市裡仍舊炎熱，但越往山裡走，夏末秋初的氣息就越濃厚。從高速公路下來，兩邊的樹木有的已經開始落葉了。

柳至秦有點睏，昨天晚上他沒怎麼睡，一是在監視西亞X國那邊的動向，二是透過滲透，拿到了幾個頂級伺服器的許可權。天亮前實在有點熬不住了，結果剛躺在沙發上瞇了一會兒，就被手機鈴聲吵醒。

花崇在電話裡說：『起來了嗎？來我家吃麵。』

「這麼早？」他看了看時間，問：「我下還是你下？」

『當然是我。二娃不在家，早上不用遛牠，我弄了番茄雞蛋。你什麼時候來？麵太早煮容易糊掉。』

他只能起來洗漱，帶著出差用的行李挪到花崇家裡，被番茄雞蛋鹹到有了精神。

花崇還笑，「要不然我下次弄個酸菜肉絲當底料？」

他一邊洗碗一邊說：「下次還是我來吧。」

「睏啊？要不然先睡一會兒？」當他回想起早上的事時，花崇突然用手肘碰了碰他。

「嗯。」他點點頭，可還來不及閉眼，眼前突然晃了一下。

花崇將一個熊貓護頸枕夾在他脖子上，「舒服嗎？」

那個護頸枕剛剛還戴在花崇脖子上，殘留著體溫和桃花的香味——花崇家的沐浴乳是桃花香味的。

柳至秦情不自禁地吸了口氣，微側過臉，「謝謝。」

「客氣。」花崇說：「睡吧，還早。」

因為下了高速公路後是走盤山路，所以車速不快，對補眠來說算是不錯的環境。但花崇看了柳至秦一會兒，還是覺得車顛簸得很。

那個護頸枕好像不是很有用，是商場辦活動送的，套在脖子上也只是有個心理作用。

他想把柳至秦扯到自己懷裡來，讓柳至秦躺自己腿上。再怎麼說，枕著腿也比那個廉價護頸枕舒服。

柳至秦會怎麼躺？側躺？還是仰躺？

車裡的條件有限，可能只能側躺。那樣的話，他就護著柳至秦的肩，時不時拍兩下，車轉彎的時候，將柳至秦往裡面摟一摟……

「嘖。」

想著想著，花崇被自己腦子裡的畫面逗笑了，手指摩娑著下巴，又看了看閉著眼的柳至秦，唇角向上彎起。

柳至秦壓根沒睡著，車不停轉彎是其次，比這顛簸得多的他都坐過無數次，想睡著都能睡著。但這次不行，因為花崇的沐浴乳味道始終縈繞在他鼻間，而護頸枕上的溫度也無時無刻不熨烤著他的皮膚。

他的心跳漸漸加快，甚至因此產生了花崇正在看他的錯覺。那道目光像有實質一般，一會兒落在他側臉，一會兒落在他身上。一宿沒睡，此時身體有些疲憊，他的精神卻是亢奮的。

花崇就像一支藥效極好的興奮劑。

他勻速呼出一口氣，裝出熟睡的模樣。

路上有點塞，到達洛觀村時已是中午。柳至秦早就「醒」了，與花崇一邊看窗外的景物一邊聊案子，卻始終沒把護頸枕從脖子上摘下來。

市局要來查十年前的案子，洛觀村和上頭的禹豐鎮都知道了，趕來迎接的是洛觀村派出所的警察李秀超。花崇等重案組成員這次不管官場那一套，全由肖誠心去接洽，到了就直接進入工作狀態，讓這邊的警察帶路去當時的命案現場。

「出事的是以前的村裡小學，那一片風水不好，早就荒廢了。前幾年全鎮全村綜合規畫，都沒把那一片納入規畫範圍。」

警察錢魯接近五十歲，在基層單位幹了半輩子，說話帶著濃重的口音，講著講著，就跑到了其他話題上，「你們是第一次來吧？我們村子建設得還行吧？嘿，現在家家戶戶都蓋小洋樓了，我要是不當警察，我也開休閒農場賺錢去！」

花崇笑了笑，一聽就知道這個錢魯是本地人，發自內心為家鄉的發展感到驕傲。

既然是本地人，那對十年前的凶殺案應該相當清楚。

從派出所到村子的小學，路途不短，開車都要花二十幾分鐘。花崇堅持步行過去，一來看看村裡的現狀，二來聽錢魯多說說與案子有關的事。

「出事時不是我執勤，但我睡到半夜就被老婆叫醒了，外面吵得很，說是村裡的小學著火了。」錢魯繪聲繪色地說：「我嚇一大跳，穿好衣服就往所裡跑。你們住在城市裡，肯定不瞭解我們這裡的情況。我們村子裡沒有消防隊，鎮上雖然有，但是那時候沒一條好路，消防車開不進來。村裡的人不管男女老少都去挑水滅火，忙了多久……唉，我記不清楚了，好像是快天亮才把火撲滅。當時覺得好大一場火啊，現在回憶起來，其實也只是燒了一間屋子，是我們滅火手段太落後，才撲了那麼久。」

說著，就到了已經廢棄的村裡小學。

這地方乍看之下有些陰森，但不是發生過命案的緣故，而是周圍樹木繁茂，野草瘋長，植被幾乎已經淹沒了廢棄的建築物。

花崇沒有立即走進去，轉身問：「這個地方在出事之前也算偏僻吧？」

錢魯點頭，「我們村子以前分成東西兩個部分，大部分村民都住在東邊，東邊有條小河，打水、澆灌之類的都比較方便。」

「既然大多數人住都在東邊，小學為什麼建在西邊？」花崇估算了一下方位，「我沒想錯的話，小學基本上可以說是在洛觀村的邊緣？」

錢魯歎了口氣，露出遺憾的表情，「是啊，如果村小在東邊，火一燒起來，大家就能察覺到，說不定能救下那幾個孩子、抓到放火的凶手了。村小建了幾十年，我也不知道為什麼沒建在東邊。」

「村小晚上有教職員值班嗎？」柳至秦問。

「唉，你當學校是派出所啊？」錢魯搖頭，「村小每天下午三點就放學，老師們都是村裡的人，教完學生還要回家種田餵豬，誰會去值班。」

「也就是說，案發的時候，學校裡除了凶手和被害者，不會有別人……」花崇說著，朝柳至秦抬了抬下巴，「進去看看？」

「嗯。」柳至秦跟了上去。

村小太久沒人踏足，野草足足有半身高。錢魯走在前面開路，說：「出事之後，這邊基本上就成了禁區，大家都說這裡燒死過人，不吉利，說不定是什麼巫術。平常沒人會到這裡來，可能只有好奇心重的小孩子會瞞著父母，過來『探險』。久而久之，在孩子們口中，村小就成了『鬼村』的代名詞。」

走在最後的張貿打了個寒顫，「要不要這麼恐怖？」

沒人搭理他，他只能加快腳步，跑到柳至秦身邊。

「這間就是起火的木屋。」走了一會兒，錢魯指著幾根殘缺的柱子說：「燒到什麼都不剩了。」

現場的衝擊遠比照片來得強烈，花崇抱著雙臂，盯著柱子看了一會兒，「這裡當年是？」

錢魯臉色有一瞬的不自然，支支吾吾道：「就、就一個裝雜物的倉庫。」

「倉庫？」花崇擰眉，直覺他說的不是實話。

「倉庫通常不會用木頭搭建吧？」柳至秦說，「我看村小的教學大樓是磚石結構，隔不遠的倉庫怎麼會用木頭？修建的時候沒有考慮到著火的情況嗎？」

錢魯猶豫了一會兒，也許是覺得瞞不過，又也許是覺得沒必要隱瞞，道：「我跟你們說實話，這個木屋是、是以前老師們體罰不聽話的學生們的地方。」

聞言，花崇的眼神突然一深。

「體罰？」柳至秦看著錢魯，「專門蓋了一個木屋，來體罰學生？」

「現在不會了，現在不會了。」錢魯連忙說：「你們可以去看看新的村小，就在派出所對面，年輕老師都是念過大學的，有素質得很，絕對不會體罰學生。」

「那以前蓋木屋體罰學生，是誰的主意？」花崇走了幾步，「這木屋獨立於教學大樓，應該不是在建校時就修建的吧？」

「當然不是。」錢魯看起來有點著急，顯然不大想深聊這個話題。

但花崇偏偏揪著不放，「是什麼時候、誰主張修建的？」

錢魯只好道：「十五六年前吧，具體年分記不清楚了。村裡的孩子皮，不聽話，尤其是五年級以上的男生，太難管了。老師們就合計，準備蓋個木屋，把實在管不了的學生鎖進去進行體罰。這件事村長還通知家長們開了會，同意的簽字，如果不同意，那以後孩子不管犯多大的錯，都不會被關進木屋。」

花崇問：「有多少人同意？」

「都同意了。」錢魯說：「唉，我們鄉下和你們城裡不一樣。我知道你們喜歡什麼素質教育，但前幾年在我們村子裡哪有辦法？孩子野得很，當父母的巴不得有老師代為管教。讓老師體罰算什麼，有的家長還嫌老師揍得輕。」

「揍得輕？」花崇冷笑一聲，環視四周，又問：「遇害的五個孩子平時表現怎麼樣？」

「這我就不大清楚了，我又不是學校的老師。」錢魯摸著自己的手指，「他們的情況你們得去問老教師，等等我幫你們找人。」

「多謝。」柳至秦笑道：「你的孩子呢？」

「我的孩子？」錢魯愣了片刻，「喔，你是想問我家孩子有沒有被體罰過吧？倒是沒有，我家是兩個女生，從小就文文靜靜的，不惹事，成績也好。」

「她們現在在？」

錢魯得意道：「在首都念大學呢！已經走出我們這個山溝了！」

「那很好。」柳至秦說著，碰了碰花崇的手背，「再看看？」

「嗯。」花崇繞著村小走了一圈，回到原地，「受害人的家人現在還在村子裡嗎？」

「在，在。」錢魯說：「都開休閒農莊了。我們村子裡，生意做得最大的就是錢毛江他爸媽，村口那個『山味堂』就是他家開的。嘿，他家以前就是我們這裡條件最好的，剛開始搞旅遊開發時，他家最積極，也是有生意頭腦啊。對了，錢毛江是家裡老大，下面還有兩個弟弟，這兩個弟弟現在都有出息了，賺了不少錢。」

花崇與柳至秦互看一眼，柳至秦問：「那其他四人的家庭呢？」

「比不過錢毛江家，不過我覺得都還不錯。我們這裡每家每戶都不止一個小孩，不會『失獨』，孩子死了的確很不幸，但日子還得繼續過不是嗎？而且，當時鎮政府還付了一筆撫恤金給他們，那可是一筆大錢。」

離開村小，花崇讓錢魯先回去。

肖誠心應付完村裡的官員，急匆匆地跑來，「怎麼樣，有思路了沒？」

「你當玩偵探遊戲啊，這麼快就有思路？」

花崇捏著一根狗尾巴草，在自己手掌上拍來拍去。

肖誠心像沒有實權的監工一樣，想催又怕把人惹毛，「那不著急，慢慢來，我對你們有信心！」

花崇白了他一眼，跟柳至秦聊起來，「有什麼想法？」

「想聽真話還是謊話？」柳至秦笑。

花崇挑眉，「你也會開玩笑了？」

柳至秦拿走他手裡的狗尾巴草，「謊話的話，隨便聽一聽說不定能提升士氣。」

「那你就先騙一下我吧。」花崇心裡想：看你怎麼騙。

「好。」柳至秦清了清嗓子，「『體罰』這個點非常可疑。事實上，以前很多鄉鎮學校都存在體罰學生的現象，一是如錢魯所說，學生太不聽話，二是根本原因——老師素質低下。但為什麼要單獨蓋一棟木屋來執行體罰？還在修建之前就讓家長簽字？是不是因為體罰非常重，不宜被其他學生看到？同樣因為太重，老師們不願意承擔後果，家長簽字代表後果自負？」

肖誠心聽到後，喜道：「這不是有思路了嗎！」

柳至秦繼續說：「錢毛江遇害的時候十四歲，六年級的男孩能叛逆到什麼程度，我們都是過來人，不用我描述吧？假設他與其他四人一起做了什麼違反紀律的事，被老師帶進木屋關起來體罰，老師有沒有可能因為生氣、憤怒而一時失手？」

「我操！怎麼沒可能？」肖誠心一拍巴掌，「老師畏罪，害怕留下證據，只能放火連人帶屋一起燒掉！」

柳至秦：「對。」

「對什麼啊？」花崇歎氣，「失手打死一人我還相信，一下子就打死五個，你們當作在拍電視劇是吧？」

柳至秦抿唇笑。

「不是啊，打死一個，另外四個就成了目擊者，老師必須將他們滅口！」肖誠心說。

「好，這點算你說得通。但小柳哥前面不是分析過了嗎？家長們簽字代表後果自負，那是不是打死也活該？這地方在十年前根本不講法律，只講究村民自己結成的約定。」花崇不緊不慢地說：「既然如此，老師為什麼要畏罪放火？」

「這……」

「還有，村小是在晚上失火的。當年的老師不是全職教師，能在學校堅持到下午放學都不錯了，誰還這麼『盡心盡力』，罵五個學生到半夜？退一萬步來講，如果真的有這種事，家長會不知道自己的孩子夜深了還沒回家？」

花崇哼了一聲，「小柳哥這個推斷前後存在著邏輯漏洞，根本沒有可信度。」

柳至秦這才道：「所以我說這是『謊話』啊。」

花崇揪住他領口輕輕一拽，「可惜沒騙到我。」

肖誠心捶胸頓足，「害我白激動一場。」

「抱歉。」柳至秦配合花崇那一拽晃了晃身子，「現在我可以說真話了嗎？」

「你不說我也知道。」花崇鬆開手，在他肩上拍了兩下。

「別打啞謎！」肖誠心說：「我不知道！」

「真話就是……」柳至秦露出無奈的表情，「現在確實還沒有什麼思路。」

肖誠心頓時成了漏氣的河豚。

「我們才剛來，你急什麼？」花崇幫他打氣，並分配任務：「我和小柳哥得去見見五名受害人的家人，老肖，你安排一下。」

下午，「山味堂」裡仍擺著幾桌宴席。夏末秋初正是賞景的好時節，洛觀村幾乎所有農莊都客滿了，「山味堂」作為最負盛名的一家，接的都是提前半個月就全額訂好房間的客人。不過老闆好客，即便是沒有訂到的客人，只要跟櫃檯說一聲，也可以進去參觀一下原生態的農家風貌。

花崇穿便服的時候不大像警察，慢悠悠地踱進去，像個遠道而來、好奇心滿滿的客人。

櫃檯小姐以為他也是沒訂到房間，進來參觀的遊客，熱情地招呼道：「先生，您穿過這個大廳，往裡面走，裡面還有很多好看的。」

花崇對她禮貌地笑了笑，「謝謝。」

「山味堂」確實建得不錯，依山傍水，環境清靜，偶爾又聽得見喧鬧的人聲，置身其中，有踏入世外桃源之感。花崇走了一會兒，收到肖誠心的訊息：**錢毛江的家人不太願意面對警方，不過花隊你放心，這點小事我肯定能搞定，我這就去找政府的人，讓他們出面。**

花崇回覆：**沒關係。**

不願意面對警方？這倒不是什麼難事，不以警察的身分出現就好了。

不久，手機又震動起來，這次是柳至秦：**我到錢慶的家了，他家人看起來很好說話，一會兒跟你彙報情況。**

他彎起唇角，快速打字：**好，晚點交流情報。**

收起手機，一旁的小樓裡傳出一陣笑聲。花崇循聲望去，只見一群年輕人從二樓走下來。

他們二十出頭，染著髮，打扮得過於「時髦」，各種稀奇古怪的流行元素疊在一起，土氣擋都擋不住，很有城鄉結合富家子女的風範，不像是城裡來的客人，大概是本地人。

果然，一個染著紅髮、穿著金色蕾絲紗裙的女人對一個穿白色POLO衫的男人道：「二少，你們家的菜是不是改良過了？比上次還好吃！」

「專門為妳改良的，喜歡嗎？」

被叫做「二少」的男人油腔滑調，說話時還攬著另一個女人的腰。

「山味堂」的大廳有一面照片牆，花崇走馬觀花地看過，確定這個人就是錢毛江的弟弟，錢鋒江。

眾人嘻嘻哈哈地越過庭院，看樣子是要去不遠處的竹林包廂。花崇跟了上去，裝作客人的樣子，一邊賞景一邊聽他們說話。

言語裡可聽出這洛觀村第一富的錢家，目前正是錢鋒江當家，老三錢闖江雖然也會管事，但人緣不如錢鋒江。而他們的父親錢勇去年生了病，一直在鎮裡接受治療。若是老父親一走，兩兄弟就要分家了。

錢鋒江領著一幫朋友進包廂，花崇找了塊石頭，坐在上面抽菸。

不出他所料，沒過多久，錢鋒江就從包廂裡出來了，哼著歌往回走。

「二少。」花崇起身叫道。

「嗯？」錢鋒江轉過身，狐疑道：「你是？」

「慕名而來的遊客。」花崇上前幾步，「聽說『山味堂』是洛觀村最好的農莊，可惜我訂得太晚，已經沒有房間了。」

錢鋒江理了理POLO衫，「你認識我？」

「錢二少人緣那麼好，來洛觀村的人誰不認識？」花崇露出幾分討好之意。

錢鋒江顯然非常吃他這一套，「來者是客，有沒有訂房我都歡迎。客房滿了，想加桌吃點飯也不是不行，你們有多少人？我讓廚房去安排一下。」

花崇有些尷尬地說：「我一個人來的。」

錢鋒江很是意外，「這裡很少有人獨自來玩。」

花崇笑了笑，「二少，如果想吃你們家的飯，是不是必須湊齊一桌人？」

錢鋒江目光在他身上轉了一圈，「一個人確實不好安排，這樣吧，今天我請朋友吃飯，你要是不嫌棄，就跟我們一起。他們在包廂裡玩牌呢，晚上還要吃一輪，帶你嘗個鮮。」

「那多不好意思。」

「這有什麼？」錢鋒江大氣道：「出門在外，都是朋友！」

花崇從善如流，隨錢鋒江進了包廂。

年輕人們根本不認識花崇，但見到是錢鋒江帶進來的，以為也是錢鋒江的朋友，便招呼花崇一起打牌。花崇平時不玩牌，但若是要打，看起來也有模有樣。

錢鋒江不在，大約是去忙農莊的事了。大家打著打著，就開始家長裡短，東拉西扯。

「錢老頭快掛了吧？看二少的意思，估計沒多少時間了。」

「你們說要是以後真的分家了，三少能分到多少？」

「『山味堂』肯定是二少的。二少人好，應該給二少。到時候如果他們爭起來，我們家站二少那邊。」

「嘖，二少搶到大頭，對我們也有好處吧。」

「那是當然。」

花崇聽了一會兒，適時地感歎了一句：「二少這些年也不容易。」

這句話說得極有技巧，不動聲色地挑起話題，看似是在誇錢鋒江，實際上是想引出過去的事。

馬上就有人上鉤。

「可不是嗎！他們家雖然以前就挺有錢，但一家三個兒子，爭家產都得打破頭。」

「當初沒人想過，二少才是最有出息的一個吧？」

「那還不是因為錢毛江死了！」

花崇手指微頓，疑惑道：「錢毛江？」

「唉，你不是本地人，不知道也不奇怪。」一人說：「二少以前有個哥哥，十年前被一把火燒死了。」

眾人開始哄笑，有人甚至道：「活該。」

花崇問：「燒死了？怎麼回事？」

說「活該」的那個人將十年前發生的事粗略講述了一遍，和花崇瞭解的一致。但讓他頗感意外的是，這些人對錢毛江的死都抱著幸災樂禍的態度。

既然他們是錢鋒江的朋友，那錢鋒江的態度便不難猜測。

「我那時還小，才十二歲吧，成天被錢毛江欺負。他媽的後來聽說那場大火燒死的是他，我都想放鞭炮慶祝了！」

錢毛江的死打開了眾人的話匣子，包廂裡的人你一言我一語，說個不停。

花崇冷靜地聽著，偶爾插上一句：「在同一個家庭長大，性格怎麼會差那麼多？二少人就挺好的。」

「二少當然好！他們三兄弟啊，錢毛江像個暴君，連兩個弟弟都打，三少性子悶，反正和我合不來，就二少最好。我說幸好錢毛江死了，不然他們家肯定會被他敗光光，二少說不定會被他欺負死！」

有人笑道：「也沒那麼誇張啦。」

閒扯一陣，錢鋒江回來了，「聊什麼這麼熱鬧？」

之前被他摟過腰的女人說：「說你大哥死得活該。」

花崇立即看向錢鋒江。

錢鋒江先是略顯驚訝地抬起眉，很快嗤聲笑起來，「他本來就活該。」

「喲！二少今天火氣怎麼這麼大？」

有人起身讓錢鋒江坐下，花崇的目光始終沒從錢鋒江臉上挪開，但他看得又很有技巧，不是明晃晃地盯著，而是若有若無地瞄，讓人很難察覺到。

「有一幫警察想來查錢毛江的案子，還他媽想讓我和老三配合。」錢鋒江臉色不太好看，「我配合個鳥！」

「錢毛江都死多久了？還查什麼查？」一人不滿道：「就當作祭天算了，燒了那一次後，第二年家家戶戶的收成不都提高了嗎？我反正不希望凶手被抓，憑什麼賠命給錢毛江那種人渣啊？」

「我也這麼想，沒必要。」錢鋒江說：「但警察要查，我和老三不配合，還有其他家呢。不過話說回來，當年都沒查出個好歹，現在還能破案就有鬼了。十年前我才十二歲，老三十歲，哪知道什麼凶手的線索。」

自從錢鋒江回來，花崇就不再出聲，將存在感降到最低，但小年輕們話不少，罵起錢毛江來相當踴躍，倒是讓錢毛江這個十四歲受害者的形象逐漸鮮明起來。

「不過我到現在還想不通，到底是誰殺了錢毛江他們五個？」有人聊著聊著就開始思考，「當年只覺得恐怖，現在想想，還真的有點蹊蹺，也難怪警察會跑來查。按理說，我們這個地方，當時很難有外地人進得來，就算進得來，殺人放火後要立即消失，好像也有不小的難度。你們說，會不會是村裡的人幹的？」

「我爸以前就這麼說過。」錢鋒江道：「他覺得凶手肯定是村裡的人，還跟警察說過，但根本查不出來。」

「要不然我們來猜一猜？」

「猜個屁，過了這麼多年，大家現在過得都很好，別拿這件事來影響團結。」錢鋒江警告道：「警察要是問到，一律說不清楚，給我記住了。」

「是是是。」眾人附和：「二少說得對，死了就死了吧，我們村子現在煥然一新，各家各戶都有錢了，說不定他們真的是被祭天了呢，也算是死得其所吧，哈哈哈。」

花崇裝出一副聽得津津有味的樣子，錢鋒江終於注意到他，開玩笑似的叮囑道：「你也別到外面亂說啊。」

「不會不會，這故事挺有趣。」

一個女人「啊」了一聲，「有趣？不覺得嚇人嗎？」

花崇笑：「走南闖北，各個村裡都有嚇人的事，你們這個不算稀奇。」

大家一愣，旋即輕鬆起來，有人說：「我就說吧，這根本不算大事，死了就死了，警察閒著沒事幹，查什麼不好，非來查我們村子的陳年破事……」

花崇沒留下吃晚飯，找了個藉口離開。走之前，正好見到錢鋒江被兩個村官模樣的人叫出去。他聽了一會兒，對方顯然是被肖誠心叫來的，叮囑錢鋒江配合調查云云。

洛觀村有如今的發展，靠的是政策，錢鋒江再厲害，也不敢不聽當地官員們的話。

花崇沒有立即暴露自己的身分，悠閒地朝一間茶館走去。

柳至秦已經在那裡等著，並且叫好一壺茶了。

這裡的茶館有配糖的習慣，銅壺裡泡的是苦茶，瓷碟裡裝的是金黃色的冰糖。

柳至秦往一杯放涼一會兒的茶裡丟了一塊冰糖，「嘗嘗，溫度剛好。」

不等冰糖融化，花崇已經喝了大半杯，柳至秦幫他斟滿，他問：「你那邊怎麼樣？」

「錢慶家的農莊規模不大，收入在洛觀村裡算中等偏下，不過我看他們一家過得還挺知足的。」柳至秦單手搭在桌沿，避開送茶水的服務生，繼續道：「錢慶上面有個姊姊，大他五歲，他本來是家裡的么子，出事之後，他父母又要了個孩子，是個男孩，現在九歲。」

花崇攪著杯中越來越小的冰糖，「也就是說，在他死後不久，他母親就懷孕了。」

「嗯，這在農村其實可以理解。」柳至秦說：「家裡必須有個兒子，錢慶沒了，就得趁能生再生一個。」

花崇沉默幾秒，問：「他們對錢慶的死有什麼想法？」

「覺得兒子命該如此。」

「什麼？」

柳至秦將食指壓在唇上，笑道：「小聲點，在別人的地盤。」

花崇左右看了看，「正常的反應難道不是悲傷、憤怒？說什麼也要找出凶手？」

「但實在找不到，他們就覺得這是天意了。」柳至秦道：「我感覺他們那家人很溫和，有點得過且過的意思。錢慶從小身體不好，三天兩頭就生病，時常需要去鎮裡的醫院，家裡沒有車，比較窮，每次都只能搭別人的車，日子過得很辛苦。」

「所以錢慶對他的父母來說，算個不小的累贅。」花崇撐起下巴，「生了女兒，還想要兒子，『超生』的結果卻是個病兒子。」

「嗯，所以當年出事之後，他們家肯定也很悲痛，但或多或少，會有些如釋重負。」柳至秦說著，拿起茶杯，「人性本涼。」

花崇說：「但即便是這樣，他們也應該有懷疑的對象。」

柳至秦搖頭，「錢慶的母親說，兒子自幼溫順，從來不與人結仇，況且年紀那麼小，也不會惹上什麼人，向來都跟學校的同學玩，不爭不搶，也不愛出風頭。出事那天，錢慶寫完作業出去玩，九點多回家後洗漱睡覺，就沒有再出去。半夜聽說村小失火，他們最初沒當一回事，甚至沒發現錢慶已經不在床上。之後聽說村小燒死了孩子，全村清點人數，他們才知道自己的孩子被燒死了。」

花崇看向茶館外，擰眉想了想，突然道：「不對，照雙方家人的說法，錢慶和錢毛江性格完全不同，凶手是以什麼作為篩選標準？」

「錢毛江那邊怎麼說？」柳至秦問。

花崇把在「山味堂」聽到的轉述了一遍。

柳至秦思索著，放下茶杯，「這案子恐怕比我們想像的更複雜。」

◆

村小當年的校長叫錢治國，但校長的名號其實是虛設的，他讀過的書比別人多，負責教國文，年紀最大，就被其他老師推選成了校長。洛觀村太小，孩子不多，每個年級只有一個班，錢治國一共要教四個班，還兼任體育老師，所以全校的學生他基本上都認識。

錢毛江等人出事的時候，他五十幾歲，現在六十多歲了。自從新的村小建好，來了一批年輕的專職教師，他就退出了教師隊伍，響應政府號召，和家人一起開起農莊。錢魯要他配合調查，他起初很不願意——洛觀村絕大部分的人都不怎麼願意提起當年的事，但錢魯軟磨硬泡，他也只得同意。

洛觀村的派出所是兩年前新建的，和村子的整體風格一致，都添了不少旅遊元素，看起來像一棟度假小樓。錢治國還是頭一次被帶到新派出所的偵訊室，緊張兮兮地看著坐在自己對面的兩名「外來戶」。

在他被錢魯帶來前，花崇和柳至秦對他已經有所瞭解，無需他作自我介紹。花崇笑著喚了聲「錢校長」，他神情先是一滯，旋即笑起來，彷彿十分中意這個稱呼，起身道：「你們好。」

花崇與他隨便客套了兩句，很快切入正題：「錢校長，我們這次來的目的，錢魯肯定已經跟您說過了。今天麻煩您跑這一趟呢，主要是想從您這裡瞭解一下五名被害學生的情況。」

說到這裡，花崇語氣一緩，「您是他們的校長，剛好又教他們的國文和體育。我想，村小裡應該沒有哪位老師比您更瞭解他們。」

錢治國本來很不想來派出所。十年前，市裡的專案組來查案，相關人員被叫去問了一遍，他身為校長，自然是被問詢的重點。但因為警力有限，他前面還有不少人接受問詢，沒輪到他時他不能回去，因此被強行留在派出所，輪到他時已是深夜。他被叫進一間燈光極亮的房間，一問就是一整夜，他疲憊不堪，對方態度又惡劣，在不停重複的問答中，他甚至覺得自己被當成了犯罪嫌疑人……

那段回憶極不美好，以至於他對市裡來的警察毫無好感。時隔多年，一聽市裡又有調查組來，他就本能地抵觸、反感。但這次來的人和以前的警察完全不同，不僅客客氣氣地叫他「錢校長」，交談時用的也是商量的語氣。

伸手不打笑面人，他思慮片刻，開始講記憶裡的錢毛江等人。

和花崇在「山味堂」裡聽來的閒話差不多，在錢治國眼裡，錢毛江也是個頑劣至極，無法無天的壞學生。

錢毛江的父親錢勇靠賣山貨賺了不少錢，是村裡的大戶，錢毛江大概從二年級起，就成了班裡的「小霸王」，欺負同學十分在行。最初，老師們還管得了他，後來他長到十二歲左右時，就連女老師都打。錢勇有三個兒子，特別寶貝這個大兒子，雖然簽了「接受體罰」的協議，但還是在背地裡請老師們吃飯，塞了不少錢，請大家對錢毛江「網開一面」。

因此，錢毛江就算天天打架惹事、欺負同學，也沒有被關進木屋過。

而羅昊家裡很窮，即便是在當時的洛觀村，也算是條件最差的家庭之一。錢毛江有不少跟班，羅昊可能算最「忠心」的一個。平時錢毛江在哪裡，羅昊就在哪裡，錢毛江想欺負誰，羅昊絕對是最起勁的那一個。

至於錢孝子和錢元寶，這兩人在大多數時候還算老實，成績也過得去，但家庭條件也差，只比羅昊家好一點，有時會仗著自己長得又胖又壯，搶低年級學生的食物和錢。

錢慶是最老實的一個。錢治國說到他就不停歎氣，「這孩子很可憐，命實在太差了，從小就是個病秧子，不像他姊，比牛還壯。如果說錢毛江他們四個被人記恨報復，我還能理解，但錢慶是招誰惹誰了啊？」

「記恨報復……」花崇緩聲重複著這四個字，又問：「錢校長，您這麼說，是對凶手可能是誰有些想法？」

錢治國苦笑，「我能有什麼想法啊，都是胡想亂猜。」

柳至秦道：「那您試著說說看？幫我們拓寬一下思路也好。」

「幫」這個字對錢治國十分有用，他頓了幾秒，說：「錢毛江帶著羅昊和另外幾個男孩在學校裡橫行霸道，不僅欺負男同學，連女同學都打，很多孩子都討厭他們。我雖然沒親眼看見，但我聽說，錢毛江在家裡還會打他兩個弟弟。要說記恨，這些孩子，包括孩子的家長，說不定都記恨他們。」

「誰被欺負得最嚴重，您還記得嗎？」柳至秦問。

「你們等我想想。」錢治國捂著額頭，半天才報出幾個名字，又道：「但剛出事的時候，警察調查過他們和他們的父母，說都有什麼……什麼不知道證據。」

花崇糾正：「不在場證明。」

「對對，就是這個。」錢治國擺擺手，「盧嬌嬌的腿被錢毛江打到骨折，錢勇賠了一筆錢私了；錢猛虎有一次被錢毛江當馬騎，跪在地上爬了很久，還是我跑去阻止的；張米被羅昊用磚頭砸破了頭，後來這件事也是錢勇出錢解決……我印象裡他們三個是被整得最慘的，但警察說了，案子和他們沒有關係。」

「而且如果是被欺負的孩子或家長報復，為什麼會牽連到錢慶？」花崇撐著下巴，自言自語道。

「當時的警察們也是這麼說的。」錢治國道：「還有，錢孝子和錢元寶只是偶爾會找人要錢，即便被人記恨，也不會到將他們一併殺害的地步吧？」

花崇點點頭，側過臉對柳至秦說：「等等問錢魯地址，明天我們去盧嬌嬌、錢猛虎、張米家看看。」

柳至秦還未答應，錢治國就打斷道：「他們已經不在我們村子裡了。」

花崇眼皮一撐，「都搬走了？」

「過不下去了。」錢治國歎氣，「警察排除了他們作案的可能，但錢勇不信，和羅昊、錢元寶、錢孝子的家人一起，三天兩頭找他們的麻煩，村長、派出所去調解都沒用。這種事，其實也沒辦法調解。錢勇說，就算不是他們親自作案，也是他們讓外面的人來搞的。」

「我聽說當年外人很難進到村裡。」花崇說。

「對的，交通不便，警察也沒有發現什麼外人。」

花崇看向柳至秦，「還是得查一查那三家人。」

「嗯。」柳至秦點頭，「我去辦。」

「我想得起來的就這麼多了。」錢治國滿臉皺紋，看起來比剛進屋時輕鬆不少，「這案子啊，難查。」

「是，否則也不會讓凶手逍遙法外整整十年。」花崇說。

「他們都說錢毛江他們幾個是被祭天了，不然為什麼過了兩三年，我們村子就時來運轉了呢。」錢治國感歎道。

「錢校長，您相信這些？」柳至秦語氣輕鬆，像在閒聊。

「我一個教書的，當然對封建迷信不感興趣。可是……」錢治國停頓片刻，「他們家裡的人都說，出事那天晚上，他們都有回家。但半夜他們為什麼不聲不響地出門？是他們自己離開的，還是被什麼抓走了？這沒有辦法解釋啊。」

「總不會有鬼怪。」花崇語氣一寒，「和一些人相比，鬼怪可單純多了。」

柳至秦卻往前一傾，問：「錢校長，您剛才說他們是被拿去祭天，但從來沒有『天』自己抓人去祭的道理吧？古往今來，但凡是祭天活動，都是人抓了人，再供奉給神明。」

花崇側過頭，略顯詫異地看著他。

「這……」錢治國垂下頭，半天沒說出話。

「錢校長。」柳至秦的語氣依舊如閒扯家常一般，「您一定想過——誰會是這場祭天活動的主持者。」

「我沒有！」錢治國猛地抬起頭，額頭上已有汗珠，目光躲閃，「我、我沒想那麼多。」

柳至秦沒繼續逼問，只道：「是嗎？那是我多想了。錢校長，謝謝您今天來協助調查。」

聞言，錢治國臉色好看了些，站起身來，「那我可以回去了嗎？」

「當然可以。」花崇跟著站起身，作勢要為他開門，「錢校長，如果想起了什麼，還請繼續與我們聯絡。今後我們可能還會聯繫您。」

門還未打開，錢治國站在門邊，眼神猶豫。

花崇意識到他似乎還有話要說，便沒有立即擰動把手。

「既然都說到這裡了，我再說一些我知道的事。」錢治國是被花崇最後一句話唬住的。這兩人雖然和以前來的警察不一樣，時不時讓他有如沐春風的感覺，但警察到底是警察，偶爾輕飄飄的一句話亦是咄咄逼人。他不想再與警察打交道，索性把想到的一次性說完。

「好的。」花崇退了一步，留足夠的空間給他，「您講。」

「羅昊是錢毛江最『忠心』的小弟，但不是最囂張的。錢毛江還有幾個更厲害的小弟，他們年紀比錢毛江大。錢毛江一入學就念六年級，他們一入學就念國中了。我覺得如果是有人報復的話，不應該是羅昊出事了，那幾個人卻沒出事。」

柳至秦問：「他們叫什麼名字？」

「這我實在不記得了，麻煩你們自己去查。」錢治國繼續道：「還有，我剛才說錢慶從不招人怨，其實有一個人可能恨他。」

花崇：「誰？」

「他的姊姊，錢盼子。」

錢治國皺著眉，似乎在懊惱自己說得太多了，但心裡又明白，如果現在不說，今後說不定還得與警察面對面，到時候來找他的說不定就不是面前這兩位了，若是換成那些粗魯的警察，他可吃不消。

「錢盼子？」花崇轉向柳至秦，「錢慶的姊姊叫錢盼子？」

「嗯，她已經嫁到鎮裡了。」柳至秦摸了摸鼻梁，「這名字有意思，我居然忽略了。」

「你們也發現了吧？盼子盼子，錢慶的父母非常重男輕女，生的第一個孩子是女孩，就取名叫『盼子』。」錢治國說：「錢盼子和錢慶關係不好，錢慶倒是很愛黏著她，但她非常不喜歡這個病快快的、被父母寵愛的弟弟。」

花崇問：「錢慶遇害時，錢盼子是多少歲？」

「十五歲吧，好像，反正不大。」錢治國臉上的皺紋輕輕抖動，「這些話我也只是說說，沒有猜測錢盼子是凶手的意思，她一個半大不小的女孩，應該也做不出這種事。」

柳至秦接話道：「她應該沒想過，沒了一個病快快的弟弟，又來一個健康的弟弟。」

錢治國困惑地眨了眨眼，花崇終於轉動把手，笑道：「錢校長，今天辛苦了。」

一到洛觀村就馬不停蹄地工作，送走錢治國，花崇活動著肩背脖頸，隨口道：「真累。」

天已經黑了，村裡準備了接待宴，山貨做的菜餚擺了滿滿一桌，花崇卻沒去。

他不去，柳至秦自然也不去。兩人沒有立即離開派出所，坐在接待錢治國的房間裡休息。

「肩膀不舒服？」柳至秦倒了一杯水，放在花崇面前。

花崇正姿勢彆扭地捏著肩，「唔」了一聲，沒在意他的問題，拿起杯子喝水。

結果杯子還沒挪到嘴邊，水就灑出來了。

雙肩傳來清晰的觸感，柳至秦正站在他身後，力道正好地幫他按摩肩膀。

他一時愣了神，眼睛直直盯著前方。接受按摩時應該放鬆的肩膀突然僵硬起來，脖子好像有點熱，那熱量正在往耳根竄。

他覺得自己必須說點什麼。

「噯，小柳哥。」他盡力讓語氣顯得正常，「按得不錯啊。」

本來，他想說的是——噯，小柳哥，手上功夫不錯啊。

「花隊，你是不是很少去按摩店？」柳至秦問。

「啊？」花崇心想，這是什麼問題？

「放鬆。」柳至秦加重了力道，繼續按揉著，「我一碰你，你肌肉就繃了起來，一看就是很少接受按摩。」

花崇心虛，喝了口水，找藉口道：「你又不打聲招呼，我怎麼知道你要幫我按？下次我們換一下，你坐在椅子上，我突然靠近幫你按兩下，你肌肉也會繃起來。」

「那倒是。」柳至秦輕聲笑，「那這次我幫你按，下次我累了，你也幫我按。」

「沒問題。」花崇的肩膀放鬆下來，把一杯水都喝完了，繼續享受柳至秦的按摩。

他覺得自己在笑，唇角雖然壓得好好的，但笑意爬進了眼底，眼睛或許很亮。他只能閉上眼，將笑意統統關住。

但視線受阻，感覺變得更加靈敏。柳至秦給的觸感那麼清晰，一下接一下，有力又不至於重到帶來痛楚，痛得又不過分，簡直像穿過他痠脹的肩膀，按揉著他怦怦跳動的心臟。

剛才，有一句話柳至秦說錯了。他去按摩店的次數其實不少，因為工作繁重，肌肉容易勞損，所以時不時需要接受按摩。

柳至秦顯然不是專業的按摩師，卻按得他非常舒服。

他的心尖癢起來，暗自琢磨為什麼會有這種感覺，得出一個結論——按摩師再專業，也只能讓他的肌肉、腰椎頸椎得到放鬆，但柳至秦這位「門外漢」給他的卻是身心的雙重愉悅。

柳至秦按了十幾分鐘，問：「感覺好一點了嗎？」

花崇睜開眼，深吸一口氣，「舒服多了。」

「我手痠了。」柳至秦活動著手腕，笑道：「不然還可以幫你多按一會兒。」

花崇轉身，手搭在椅背上，一抬頭就與柳至秦對視。

心臟彷彿被手心捧著，胸前陣陣發熱。

他垂下眼——倒不是怕與對方目光相接，而是下意識的動作。

這次，看到的是柳至秦的手。柳至秦正在揉左手手腕，那雙手十指修長，骨節分明，指腹上有繭，卻完全不影響美感，反倒多出幾分力量與氣勢。

他有點想說，你手腕痠的話，要不要我幫你揉揉？

但這太不像樣了。按摩肩膀是沒什麼，但揉手就太奇怪了。兩個男的，一個牽著另一個的手摸來按去，別說柳至秦可能會覺得彆扭了，就算是他自己，也差點打了顫。

柳至秦不揉了，提議道：「我聽說洛觀村盛產蘑菇，初夏時最鮮美，現在應該也不錯。花隊，我們去嘗嘗？」

花崇站起身，在他背上拍了拍，「走，我請客。」

柳至秦回頭看他，「為什麼要你請？」

「我想請，不行嗎？」花崇說完一嘖，「不要錢的宴席我們懶得去，非要花自己的錢。」

「應酬很麻煩。」柳至秦說，「尤其是這種鄉村裡的應酬。」

「我懂我懂，所以我才不去。」花崇關掉房間的燈，把門也帶上，笑道：「噯，我們自己去找餐廳。」

洛觀村南邊的虛鹿山上正在舉辦夏季音樂會，過氣歌星、十八線鄉土明星一來就要唱上一週，之後再換另一批人。雖然都不是什麼當紅大咖，但明星就是明星，號召力還是比從酒吧隨便請個歌手強。

山上的住宿條件較差，收費也高，性價比很低，但仍有不少人願意住在上面，一邊聽明星唱歌一邊吃烤全羊，醉了、累了就鑽進帳篷或木屋裡睡覺。想以天為被的話也不是不行，只要不怕半夜被冷醒，躺在草地上一邊看星星一邊打瞌睡也很好。

不願意住在山上的，聽完歌、吃完羊肉就會回村子裡，住在農莊總比帳篷舒服。

村子裡的遊客太多了，花崇帶柳至秦去了好幾家專賣蘑菇的餐廳，都沒座位了，只能一直往前走，都快走到入山口了，才找到一家剛好剩下一張桌子的蘑菇餐廳。

坐在那裡，聽得見山上轟隆隆的音響聲，和不知道哪位過氣歌手的鬼哭狼嚎。

花崇一邊擦碗一邊說：「就這個水準也好意思當嘉賓？小柳哥，你都比他唱得好。」

柳至秦平白中槍，「我不和他比。」

蘑菇要煮很久，期間不能丟其他的肉和菜進鍋子裡，否則會影響本來的味道。花崇只能忍著嘴饞，盯著熱氣騰騰的鍋子，不停往嘴裡丟煮好的毛豆和鹹水花生。

不一會兒，兩人聊起了案子。

「首先排除怪力亂神的猜測。」花崇剝著毛豆，「那場火明顯是人為的，錢毛江五人雖然晚上回過家，但十年前，這裡哪家哪戶都沒有像樣的鎖，監視器更是不用提。他們晚上偷偷摸摸溜出去，只要動作輕一些，根本不會被家人發現。什麼被妖怪抓走了、被神明懲罰，虧這些村民想得出來。」

「那麼是什麼人提前給了他們什麼訊息，他們才會半夜悄悄離開家？」柳至秦拿著一顆花生，卻沒剝開，「他們應該是自己去村小的，凶手沒有在路上對他們動手，而是等他們全部到了村小——極有可能是到了木屋之後，才將他們殺害並放火。舊村小在西邊，周圍沒有住戶，只有在那裡下殺手，受害者的叫聲才不至於驚醒村民。」

花崇蹙眉，「我們現在必須要搞清楚的是，凶手的動機是什麼，不然就毫無頭緒。」

「嗯。」柳至秦點頭，「動機無非四種。第一，凶手和錢毛江等人有仇，殺害他們以報復。這個其實有範圍，但範圍內的人被排除了，我們自己應該再查一遍；第二，凶手和錢毛江等人的家長有仇，殺小孩報復；第三，錢毛江等人死了，凶手就會受益，這就要看他們死後最得益的是誰；第四，迷信祭天。」

花崇挑起眼角，「你還真的想到祭天去了？」

「這不是不可能。」柳至秦道：「落後封閉的鄉村裡，很多事情超乎我們的想像。」

花崇想起孟小琴一案中，邱大奎說過的一句話——富足的生活限制了你們的想像力。

事實的確如此，長期生活在正常社會裡的人，也許根本想像不到貧窮山溝裡會發生什麼事。

「本來還有幾種可能，例如凶手失手殺了幾人、臨時興起激動殺人，但我覺得可以排除。」柳至秦繼續說：「雖然十年前的偵查手段比現在落後，但凶手想要瞞天過海，仍然需要做極其充足的準備。凶手藏在所有人裡，可能根本沒有被懷疑過——因為一旦被懷疑，就會經歷一系列調查，在警方高強度的審問中，極少有凶手能護住自己的馬腳。」

「那麼按照你剛才的邏輯，迷信祭天這種動機已經可以排除了。」花崇目光清銳，拿過柳至秦的碗，舀了一勺燉得發白的湯，將碗放到柳至秦面前，笑道：「怎麼，還沒反應過來？」

柳至秦看著碗裡晃動的磨菇，幾秒後抬起頭，「我懂你的意思了。」

花崇已經幫自己也舀好了湯，夾了一個叫不出名字的「大頭菇」咬了一口，滿足道：「真鮮。」說完對柳至秦挑眉，「快吃，燙的比溫的、涼的好吃。」

「祭天這種活動不管在哪個時代，都具有極強的集體目的性。」柳至秦沒有馬上吃，而是將蘑菇放在沾醬碟裡，「在當年貧困的洛觀村，祭天無非就是祈禱來年風調雨順、將來鴻運降臨。普通村民即便希望過上好日子，也不會為此去籌畫什麼，只有幾個特殊人物會以全村的利益為考量，獨自，或者夥同一些人執行祭天活動。」

「這是什麼醬？好吃嗎？我嘗嘗。」花崇夾走柳至秦的蘑菇，放進嘴裡一咬，連忙喝了口湯，

「這是小米辣椒做的剁椒吧？真辣！」

柳至秦幫他倒了杯鮮榨水果漿，拿起幾枚鹹水花生，一一擺在桌上，「村長算一個，錢治國這個當校長的算一個，當時村裡的其他幹部都算，錢毛江的父親錢勇也有可能。但他們這些人……」

「全部接受過密集調查。」

花崇剛才被辣出了眼淚，此時嘴唇紅潤，眸光極亮。

柳至秦的視線像被固定了一般，停駐在他臉上，片刻後垂眼咳了兩聲，「是，他們一直在聚光燈之下，不符合我們剛才對嫌疑人的猜想。如果他們有問題，肯定早就暴露了。另外還有一點，屍檢報告顯示錢毛江五人在被焚燒前就已經死了，凶手是先殺死他們再放火。但一般祭天活動為了彰顯誠摯，會將人活活燒死。凶手放火的舉動，很有可能只是想毀滅現場的痕跡。」

「我大膽地猜測凶手的作案動機非常私人，旁人都不知道，否則凶手藏不住自己。」花崇把剁椒沾醬碟往自己這邊挪了挪，上癮似的又放了一個蘑菇進去，「排除祭天這個封建的迷信動機，凶手殺害錢毛江等人，要嘛是為了報復，要嘛是可以從他們的死中受益。」

「這五個人應該有一個共同點。」柳至秦拿起漏勺，在咕咕冒泡的鍋子裡撈磨菇，將整整一勺全放進花崇的碗裡，「錢毛江、羅昊、錢孝子、錢元寶主導並參與了校園霸凌，但錢慶沒有。錢慶可能會被他的親姊姊錢盼子怨恨，但這和另外四人沒有關係。」

「一定有什麼把錢慶與錢毛江他們聯繫在一起。」花崇說：「只是我們現在還沒有發現而已。」

「那我也大膽猜測一下。」柳至秦將剁椒沾醬碟撥回來，「嫌疑人就在村民中，而且是當年幾乎沒有被調查過的人。」

花崇說：「錢盼子、錢鋒江、錢闖江。」

柳至秦擰眉，「事發時，錢盼子十五歲，錢鋒江十二歲，錢闖江更小，才十歲。如果案子真的與他們有關，那必然是轟動全國的大新聞。」

「人們普遍認為，未成年是弱勢群體，他們最容易被傷害。這是沒錯，但是很多人都忽視了一點——未成年也會傷害他人，而且很有可能是非常嚴重的傷害。」花崇聲音低沉，「這幾年未成年傷害，甚至是殺害他人的案子不少，理由有時會令人毛骨悚然，比如看不慣、想看看一個人痛苦的模樣，還有人只是為了一個『你敢不敢殺人』的賭注。這些『小惡魔』們施與他人的惡，不比成年人弱，甚至更加過分。但他們被保護了起來，有的能改過自新，有的呢，長大之後成了危害更大的社會敗類。」

「突發感慨？」柳至秦道。

花崇的眼尾動了動，歎了口氣，「其實我很不喜歡處理涉及小孩的案子，不管受害者是小孩，還是凶手是小孩。」

柳至秦莫名想到頭一次去花崇家時，在臥室飄窗上看到的玩偶熊。那孩子氣十足的玩具與花崇本人的氣場十分不符。

「我剛從特警分隊調到刑偵分隊時，處理的不是重案。」花崇緩緩道：「有個十一歲的小女孩，被她同校的男同學——四個十三歲的未成年人渣，玩弄了整整一下午。」

柳至秦眼色一寒，手指動了動。這樣的事，每個正常人聽到都會感到痛心、憤怒。

「你別看他們年紀小，才十三歲，但人家什麼都懂，知道自己不用承擔刑事責任。」花崇苦笑，

「而且他們只是『玩』了那個十一歲的小女生，沒發生實際上的侵犯行為。我這麼說，你明白嗎？」

柳至秦沒有出聲，臉色很不好看。

「我當時也是你這種表情。」花崇搖頭，然後歎息，「我感到很憤怒，可又無能為力。其中一個人渣說，他們只是想瞭解女孩子的身體構造，他們是很『純潔』地在學習。小女孩後來精神出了問題，住了半年的院。我唯一慶幸的是，她是個很堅強的孩子。她剛住院時，我和幾個同事去看她，一起送了她一隻玩偶熊。後來她康復出院，回歸正常的生活，和父母搬去另一座城市之前，把玩偶熊送還給我了。」

「就是你臥室裡飄窗上的那個？」

「嗯，就是那個。」花崇停了片刻，「她說，那是她的守護神。接受治療的時候，只要看到玩偶熊，就知道有很多警察正保護著自己，再也不用擔心被壞人欺負。她把熊給我，說她已經好了，不害怕了，希望她的守護神今後能守護著身為警察的我。」

柳至秦抿著唇，目光柔和地看著花崇。

幾秒後，花崇深吸一口氣，「惡魔不分年齡，我想保護真正的弱者，而不是年紀小的惡魔。」

「我們來這裡的目的，就是為了讓十年前的懸案水落石出。」柳至秦道：「不管凶手是誰，成年人也好，未成年也罷，我們都會把他們全部揪出來。」

花崇笑了，「嗯。」

時高時低的歌聲停歇，山上傳來喜慶的歡鬧聲。

兩人不約而同地往聲音傳來的方向望去，柳至秦說：「他們精神真好。」

「很多人打著親近自然的名義來這裡玩，其實都是為了發洩。」花崇繼續吃蘑菇，「鬧一鬧也好，有時大聲吼出來，負面情緒就消散了。」

這時，老闆娘送來一盤烤串，笑道：「喲，今晚的篝火晚會要開始了。小夥子，你們也是遊客吧，明天上山去湊湊熱鬧？」

篝火晚會的場地通常會選在河灘等平地，花崇遠遠看著山間竄起火苗，詫異道：「你們這裡的篝火晚會真有特色，不怕把山燒了？」

「噯，哪會！」老闆娘說：「安全得很，那裡是一塊很大的平地，周圍沒有樹木。你在這裡坐著當然看不出來，還以為人家在山裡放火，沒那回事，那裡比新村小的操場還寬！」

洛觀村的村民都習慣把現在的村小叫做新村小，彷彿加上一個「新」字，過去的種種就可以略過不提。

但花崇偏是要提。他笑了笑，帥氣又不失風度，「怎麼叫新村小？村子裡還有舊村小？我來了幾天，怎麼沒發現？」

老闆娘神色微變，「舊村小啊……」

「有故事？」花崇彎起眼。

店裡已經有一群客人離開了，老闆娘一看就是個喜歡聊天的，花崇他們這一桌的烤串暫時是最後一份需要上的菜，她回頭看了看，索性坐下來，一副說相聲的模樣，「你們要是好奇，我說說也沒關係。」

柳至秦裝作被她挑起了興趣，「舊村小發生過什麼事嗎？」

老闆娘往西邊一指，神神祕祕地說：「以前的村小，在十年前發生過火災，半夜燒死了五個男孩。」

花崇驚訝，「什麼？」

「沒見過這種事吧。」老闆娘聳著眉，見多識廣的模樣，「你們這些城裡人，沒吃過苦，也沒有經歷過什麼慘劇。」

「誰放的火，凶手抓到了嗎？」柳至秦問。

「沒有沒有！」老闆娘擺手，「倒是來了不少警察，但什麼都沒查出來。我聽說啊，今天又來了一群警察。唉，這種事有什麼好查的啊，影響我們做生意。」

「查還是得查，洛觀村這麼好的地方，發生了凶案，不查清楚的話，客人不願意來了怎麼辦？」花崇故作關心道。

「錯了。」老闆娘有些得意，「有的客人恰好是因為這層神祕感，才來我們這裡旅遊的。」

花崇與柳至秦彼此看了一眼。

柳至秦又問：「村裡死人又被火燒了，老闆娘，您平時住在這裡不擔心嗎？」

「有什麼好擔心的？都十年前的事啦，死掉的人早就投胎去了。」

「我是說，你們不擔心凶手再次作案嗎？」

老闆娘愣了愣，「有人說死掉的男孩之一，錢勇的大兒子錢毛江是被抓去祭天的。錢勇就是『山味堂』的老闆，我們村裡最大那個農莊就是他開的。我呢，是不相信這種話的。錢毛江肯定是被人殺了，還連累了另外四個小孩子。但我有什麼好怕的，凶手殺他們是為了報復，我一不偷二不搶，安安分分地做我的生意，和誰都沒結仇，凶手就算再次作案，也輪不到我頭上，兩位說是吧？」

花崇點頭，「有道理。」

「連小孩子都殺，凶手太沒人性了。」柳至秦學著張貿的口吻道。

「小孩子也有壞小孩。」老闆娘哼了哼，猶豫片刻，還是道：「雖然這麼說不對，但我還是得說，錢毛江啊，死了活該！凶手殺他簡直是替天行道！」

「嗯？」花崇問：「他做了什麼壞事嗎？」

「他啊，幸虧死得早。他要是長大了，不知道會怎麼禍害社會。」老闆娘說著起身，豪邁地將衣服撩了起來。

花崇：「……」

「這裡，看得到嗎？」老闆娘背對兩人，拍著自己後背上的一塊疤，憤憤道：「錢毛江拿火燒的，幸虧在背上，沒在臉上，不然我這輩子就毀了！」

花崇和柳至秦認真一看，心中不免驚駭。那是一塊非常明顯的燒傷疤痕，顏色與周圍的皮膚不同，雖然面積不大，但看得出來老闆娘當年的確受了不小的罪。

老闆娘放下衣服，歎了口氣，說起被錢毛江欺負的經歷。

當年，錢毛江十三歲，老闆娘十五歲。錢毛江帶著一夥人抓了老闆娘，其中就有羅昊。老闆娘雖然比錢毛江大兩歲，但畢竟是女孩，對方人又多，根本打不過，被拖到村小的木屋裡，很快被人扒掉了衣服。老闆娘死命掙扎，沒讓錢毛江等人占到便宜。不久，錢毛江大怒，讓其他人將老闆娘按在地上，拿火往她背上燒。

花崇聽得皺起眉，火燒之痛，哪是一個十五歲的女孩能承受的。

「後來呢？」柳至秦問。

老闆娘攏著頭髮，似乎已經想不起來被燒灼時的痛了，「錢勇付了醫藥費，可能還給了我爸媽一點錢吧，私了了。」

花崇想像著老闆娘被拖進木屋並灼燒的畫面，目光迅速冷了下去。

突然，什麼東西從腦海裡一閃即過，他以普通遊客的立場問：「村小裡怎麼會有木屋？」

「那是以前的老師蓋來體罰問題學生的。」老闆娘不屑地笑了笑，「不過真正的問題學生沒被體罰到，這一招反倒被錢毛江學走了。」

結合老闆娘之前的話一想，柳至秦立即懂了，「這個死掉的錢毛江，經常將同學帶到木屋裡欺負？」

「可不是。那裡很隱蔽，除了他和他的小弟們，沒人會去那裡。老師們除了體罰學生，也不會去。木屋空著的時候，他們就抓人去揍、去欺辱，我也算受害人之一吧。」老闆娘抱住雙臂，「誰不怕錢毛江啊！很多人被關在木屋裡被欺負也不敢說，我是被燒傷了，瞞不住……」

「那妳還知……」花崇正想往下問，店裡就來了一群聽完音樂會，下山吃宵夜的客人，老闆娘連忙起身招呼，老闆罵罵咧咧地說：「過來做事！死瘋婆子，就知道跟人說閒話！」

老闆娘似乎對丈夫的責罵習以為常了，對花崇吐了吐舌頭，笑道：「我去忙了。」

桌上的烤串已經涼了。花崇起身結帳，柳至秦則將烤串裝好，離開餐廳時，老闆娘正在與老闆吵架。

「我有了一些新的想法。」花崇說。

◆

「你們跑去哪裡了？」肖誠心站在派出所安排的旅店門口，「半夜不見，嚇我一跳！」

「你的膽子也太小了，我和小柳哥兩個大男人，去哪裡也沒問題吧？」花崇說完就往裡面走，「我們住哪間？」

柳至秦聽到「我們」，不經意地看了他一眼。

「我們不是在等你們回來才決定嗎？你們是大爺，房間你們自己選。」

「招待所的房間而已，有什麼好選？」花崇上樓，「隨便吧，標間就行。」

「正好有兩間位置很好的大床房空著，你們不用一人一間？」肖誠心說：「據說早上起來視野很好，窗外風景如畫……」

「老肖，我們是出來工作的，還是出來旅遊的？」花崇問。

「當然是工作啊！」

「工作還要什麼風景如畫。」花崇說完，看向柳至秦，「小柳哥，你要睡風景如畫的大床房，還是和我將就擠標間？」

柳至秦笑，「工作還是低調勤勉一點吧，有標間就住標間。」

肖誠心不是重案組的人，還不太清楚這兩人的相處模式，像在看神經病一樣盯了他們一會兒，

「真的不住條件最好的大床房？」

花崇拖長聲調：「不、住。」

傻子。肖誠心在心裡說，不住我住，我巴不得你們不住！

這時，張貿和李訓也從外面回來了。李訓這次過來的功用不大，十年前的痕跡早被一把火燒光了，現在過了那麼久，村小不可能還留有凶殺案的情報，但花崇還是以「萬一」的名義把他叫來了。

「花隊，我們在村小發現了一些東西。」張貿額頭上還有汗，不知是興奮還是嚇出來的。

花崇和柳至秦立即看向李訓。

肖誠心一驚，「你們剛才去村小了？」

「我們下午一直都在那裡。」李訓的衣服有點髒，沾了不少泥，「找個地方說？」

「老肖。」花崇喊。

肖誠心：「啊？」

「你是不是住風景如畫的大床房？」

「你們不住，我就……」

「那就去你的大床房。」花崇拍了拍他的後肩，笑道：「走，開房，我這裡還有打包的烤串。」

事實證明，大床房其實也不怎麼樣，晚上看不到外面的景色不說，浴室的蓮蓬頭還沒有熱水。

肖誠心縮在一旁鬱悶，重案組的幾人已經一邊吃烤串一邊聊了起來。

「我在靠近教學大樓的地方撿到了這個。」

李訓拿出一個證物袋，放在裡面的是一個生鏽的，狀似鑰匙扣的東西。

花崇接過證物袋，那東西生鏽得很嚴重，幾乎看不出本來的模樣，「這是什麼？」

柳至秦也看了看，「是以前的學生丟在村小的？」

「不，是不早於三年前，是有人遺落在那裡的。」李訓認真道。

「不早於三年前？」花崇蹙眉，「判斷的依據是什麼？」

「我本來以為這是一個鑰匙扣。」李訓說：「但張貿告訴我，這可能是個遊戲周邊掛飾。」

「我也會玩遊戲，但是沒有曲副厲害。」張貿接話道：「我拍了照傳給曲副，他說這是前幾年特別紅的一款網遊出的角色周邊，第一次發行是在三年前。」

「已經生鏽成了這樣？」花崇目光深邃，端詳著掛飾，腦中飛快轉動。

「它被半埋在土裡。洛觀村居山，氣候潮濕，會生鏽到這種程度不奇怪。」李訓解釋後又說：「我不知道它和案子有沒有關聯，先把它帶回來給你們看看。還有，村小裡有一些模糊、殘缺的足跡，這些足跡受到載體影響，無法提取，但是就新鮮程度判斷，應該是有人在半個月之內進去過村小。」

「錢魯說，村小基本上算是洛觀村的禁地。」柳至秦靠在桌沿，「誰會去裡面？」

「好奇的孩子？」花崇問。

李訓搖頭，「如果是好奇的孩子，大概伴有奔跑、追逐的跡象，不大可能是一個人去的。但那些模糊、殘缺的足跡很可能只屬於一個人，且始終步伐平穩，我覺得這個人是成年人。」

「有可能是遊客。」柳至秦道：「聽說過慘案、好奇的遊客。」

肖誠心聽他們討論了一會兒，心裡有些發毛，乾脆去浴室修理蓮蓬頭和熱水器，出來時，大家已經準備解散了。

「辛苦了，早點休息。」花崇說。

回到自己的房間，花崇將證物袋放在桌上，突然道：「這有沒有可能是凶手留下的？」

柳至秦正在脫衣服，聞言手臂一滯，腰與腹肌正好暴露在外。

花崇一看，心猿意馬起來。

柳至秦很快換好睡覺穿的T恤，「你的意思是，凶手故地重遊？」

「不是沒有這個可能。」花崇幅度極輕地甩了甩頭，「不過也有可能是我們反應過度，假設得太過火。」

柳至秦沉默幾秒，之後道：「我比較相信一個與周圍環境格格不入的東西突然出現，自有它出現的意義。」

「你想說，我們可以繼續假設下去？」

「好像除此以外，我們暫時沒有別的突破口。」柳至秦說。

「那好，既然這樣，現在就來整理一下思路。」花崇拿出隨身帶的記事本，手裡握著一支筆，「這個掛飾是遊戲周邊。喜歡玩遊戲，並且熱衷購買角色周邊的人大多數比較年輕。」

「等等，我先查一下。」柳至秦打開手機瀏覽器，找到那款遊戲，看了一會兒道：「《白月黑血》，動作類網遊，對玩家資金要求較高，建模華麗，男性玩家多於女性玩家。但因可玩性一般，風靡之後迅速銷聲匿跡，玩家黏著度低，跟風玩的居多。」

「那沒錯了，這種遊戲針對的就是低齡用戶。」花崇說，「看看這個周邊對應的角色有什麼特質。」

「嗯。」柳至秦又道：「麟爭，蘿莉女戰神，《白月黑血》裡人氣最高的女性角色。」

花崇閉上眼，為當年遺失掛飾的人畫出「畫像」，「兩到三年前，他應該是個十七歲左右，沉迷遊戲、家境不錯的少年。」

柳至秦放下手機，「那麼在十年前，他十歲左右。」

花崇直起身子，「你想到了誰？」

「錢毛江的三弟。」柳至秦說：「錢闖江。」

番外　平行世界　其二

花崇的運動服被安岷掛在衣櫃中，再也沒有穿過。但每次和安擇通話後，他都會打開衣櫃看看。

安擇說，雖然做好了心理準備，但到了莎城，才能切身體會到身上肩負著的責任。他們每天都是緊繃著的，隨時可能會迎來生離死別。

唯一的親人在那樣的地方戰鬥，安岷自是擔心，但有一次他說：「那你能提前調回來嗎？」

安擇卻道：『為什麼要提前？』

「因為……危險？哥，你不怕嗎？」

安擇的語氣漸漸變得肅然，『正是因為危險，我們才來到這裡。一年多了，莎城在慢慢變好。』

安岷沉默，安擇輕聲笑道：『再過兩年，等到我們離開時，它一定會變得更好。說不定將來有一天，我還可以帶你來旅遊。莎城……它真的是個很漂亮的地方。』

這一刻，一種深沉厚重的力量突然降臨在安岷身上，他彷彿感受到了莎城澎拜的熱血、堅不可摧的意志。它們真實存在著，就在他引以為傲的兄長和……那個人的胸懷中。

安擇提到隊友時，安岷很想問問花崇，但沒有一次問出口，倒是安擇自己說起了花崇。

即便是在時刻需要保持警惕的地方，花崇也很明亮，能力是一部分，魅力是另一部分。花崇的人緣太好，巡邏間隙會和街頭巷尾的小孩子玩耍，小孩子們也最喜歡將糖果分享給他。

花崇也受過傷，不算嚴重，卻聽得安岷心驚膽戰。

就是在那時候，聯訓後一直深埋著的種子開始蠢蠢欲動。他想和花崇穿上同樣的作戰服，他要為花崇引路，掃清障礙和危險。

他要成為花崇的隊友。

安擇說，結束在莎城的三年任務後，他們這批人可以選擇回到原單位或進入特別行動隊。這是公安部剛成立的菁英單位，涵蓋了各個警種的人才。

安岷問：「哥，那你要去嗎？」

安擇答：『當然要去！』

安岷猶豫了一會兒，「那你的隊友會去嗎？」

『一半一半。』安擇說：『出來三年，還是有很多人想回家。』

安岷下定決心轉系統時，想的就是花崇會和安擇一起調到特別行動隊。如果花崇選擇去洛城，那他就跟去洛城。

院長雖然對安岷的決定非常不滿，但到底還是自己最欣賞的弟子，安岷去參加特別行動隊的考核之前，院長親自寫了引薦信，背著安岷交到公安部。

特別行動隊的長官笑道：「你啊，這是多此一舉。安岷願意來，我能不要？」

院長氣得直哼，「他要是受了委屈，我跟你沒完！」

這年的十月，安岷正式成為特別行動隊訊息戰小組的一員。他拖著行李箱走進組裡安排的公寓時，第一件拿出來掛好的衣服就是那套白色運動服。

「花崇。」

不能見面的日子，他獨自琢磨透了自己的心思，不再回避所謂的「一見鍾情」。承認自己喜歡上了一個好看、有趣、強大的男人，也許是長大和成熟的另一種體現。

他輕聲念著花崇的名字，原來念一個人的名字，精神深處也會充盈著獨有的滿足。

但他是貪心的，越是滿足，就想要更多。

轉眼，一年又過去了。安岷畢業了，短短一年間，他已經成為了訊息戰小組的核心成員。安擇也已知道他成為了警察，如他所料，安擇並不生氣，而是驕傲不已。

『不對啊，岷岷，等明年我調來了，是不是還得尊稱你一聲前輩？或者安隊？』

安岷笑道：「安隊還是你，我們用代號。」

安擇不懂，『啊？』

安岷跟他解釋，訊息戰小組是特別行動隊裡最特殊的單位，每個人都需要取一個代號，平時彼此不知道本名——當然，直屬上司是知道的。

安擇有了興趣，『那你叫什麼？』

安岷頓了頓，再出聲時語氣有輕微不同，「柳至秦。」

安擇反應了好一會兒，『什麼啊？和我想像中的不一樣。』

安岷好笑，「你想像什麼了，哥？」

『你們不是駭客嗎？』安擇將自家弟弟的職業想像得十分高大上——這種高大上建立在熱血男兒的中二上，『柳志勤，有志向，很勤奮的意思？好土啊！只有柳一個字好一點。』

安岷：「……」
安擇繼續說：『哥幫你取一個，嗯……流星幻影怎麼樣？不要流星，恒星幻影？』
安岷聽不下去了，「哥、哥，你聽我說。」
安擇：『好土啊！』
安岷：「不是志向和勤奮，是到達的至，秦國的秦。」
安擇品味了一下，『喔，秦始皇的秦。』
安岷：「……」
『這三個字還行。』安擇還是很困惑：『不過為什麼是柳啊？』
「柳暗花明。」
『柳暗花明？』
「我們警察所追求的，不就是柳暗花明嗎？」
『有點道理！』
安擇雖然被說服了，還是覺得柳至秦沒有恒星幻影霸氣。安岷只好跟他說，代號平時也要叫，普通一點才好，太奇怪了會被取笑。安擇身為一個特別疼弟弟的哥哥，一聽到恒星幻影有害安岷被取笑的風險，立刻覺得柳至秦行，柳至秦好。
結束通話前，安擇擺出兄長的架子，『你自己好好工作，如果我明年回來時，你已經成了小組長什麼的，就可以罩我了。』
「你還需要罩啊？」

在安岷心裡，安擇是英雄，小時候為他遮風擋雨，現在是他對於家的定義。而英雄是不需要罩的。

安擇卻笑道：『當然需要。你都比我高了，我們兄弟互相照應，你成家了也還是我弟。』

不知怎麼地就說到了成家上，安岷說：「你也一直是我哥。」

原以為和花崇的下次見面要等到三年任務結束之後，但在第三年，也就是安岷加入訊息戰小組的第二年，他們就作為隊友並肩作戰了。

當然，這個「並肩」不是花崇和安擇那樣的「並肩」。

恐怖組織「丘塞」多年盤踞莎城，反恐軍警經過大量的前期工作，終於到了徹底將它拔除的決戰時刻。「丘塞」的頭目竟然在特警中安插了高層成員，負責催眠，另外有一部分成員擅長駭客攻擊，悄無聲息地竊取了情報。

為了找出那名高層成員、摧毀「丘塞」的情報網，莎城反恐總部對特別行動隊發出支援申請，安岷和另外兩人被派往莎城。

飛機降落時，巨大的轟鳴像海浪般襲來，柳至秦輕輕握了握拳頭，眼中滿是鋒芒。

他志在必得，無論目標是「丘塞」，還是花崇。

訊息戰小組到來後，莎城反恐總部如虎添翼，「丘塞」的情報網被各個擊破，駭客們在被撕開網路的盾牌後紛紛束手就擒。那位高層成員也被安岷挖了出來，他叫連烽，曾經是花崇和安擇的隊友。

隔著螢幕看著這個人時，安岷目光冷寒，帶著如刺的殺意。這個人竟然離安擇、花崇那麼近，在他原本的計畫中，竟然將他們擬定為「棋子」！如果沒及時發現連烽，那麼包括安擇和花崇，很多特警也許會被催眠，收網行動將功虧一簣，傷亡難以估量！

安岷面無表情，指尖卻極輕微地顫抖著，憤怒和後怕一瞬間湧上心頭。假如訊息戰小組沒有收到支援申請，假如他和他的隊友沒有受命趕來……

安岷搖搖頭，將那些晦暗、慘烈的想像從腦海中抹去。

現實是，他來了，他像轉體系時設想的那樣，為花崇、不，不止花崇，為所有前線戰士掃清了進攻路途上的危險和障礙。在近乎碾壓的情報支援下，「丘塞」潰敗，頭目、高層、普通成員全部落網，無一逃脫。

攻陷最後一個據點時，花崇所在的小組受到訊號干擾，電子設備全部失靈。黃沙飛舞，殘破的低矮建築藏著致命危險。在無法保證通訊的情況下，貿然潛入不是明智之舉，但是花崇接到的任務就是速攻，戰況瞬息萬變。

花崇打出手勢的前一秒，通訊突然恢復，一陣電流音過後，一個低沉、有些耳熟的男聲響起。

『訊息戰小組，柳至秦。』

花崇一振，他知道這個代號，在他們這群特警中，柳至秦三個字代表著可靠、安全。

「特警三組，花崇！」

安岷拚命克制，用最冷靜的聲線說：『花隊，由我擔任你的情報員，你的安全由我負責。』

花崇眼中鋒芒綻放，彷彿穿透黃沙的曙光，「交給你了！」

槍聲四起，花崇闖入建築。這是危險的半封閉作戰，但代號柳至秦的人就像一道幽靈，將所有可能出現的危險提前告知他，規畫出最合適的路線。

作戰結束時，花崇靠在老舊的牆壁上喘息，耳邊是非常輕的呼吸聲。

許久，他笑了笑，對通訊器說：『謝了啊，小柳哥。』

安岷一時沒反應過來，「……小、柳哥？」

夕陽在黃沙中沉沒，粗糙的光從殘破的土窗射入，花崇偏頭看著窗外，嗓音有些沙啞，『我可以這麼叫你嗎？』

安岷說：「為什麼？」

『嗯……』花崇會這樣喊，並不是深思熟慮後的結果，只是靈光一閃，突然腦中就出現了這個稱呼，『因為你應該很年輕，但又很厲害，應該叫你柳隊或者柳哥。但我覺得你比我小，那就叫小柳哥吧，親切。』

通訊器半天沒動靜，花崇說：『是不是有點不禮貌啊？那就柳哥？』

安岷連忙說：「小柳哥可以，就小柳哥！」

花崇哈哈笑了兩聲，來接應的直升機到了，風從地上捲起，花崇走出去，拉起擋風沙的圍巾，『小柳哥，方便見個面嗎？』

安岷說：「當然可以。」

花崇有些意外，『你就這樣答應了？聽說你們訊息戰小組的人都很神祕，連名字都不是本名，我以為還得求一下。』

「求……」這個字讓許多情緒在安岷心中發酵，但通話就要結束了，他無暇解釋太多，『我們是隊友，你如果想見我，任何時候都行。』

花崇大步跨上直升機，「好，那就說定了！」

直到耳機中只剩下沙沙的電流聲，安岷也沒有將它摘下，彷彿不摘下，餘音就仍然還在。他將自己陷在靠椅中，閉著眼，想像耳邊環繞著花崇的聲音，任剛才的情緒滲透五臟六腑。

隊友們早已從電腦前站了起來，擊掌相慶。他們前來莎城的任務徹底結束了，前幾日不眠不休，現在眼中都是紅血絲；想好好睡一覺，卻因為激動而毫無睡意。

休整兩天後，各支突擊小組未受傷的隊員被安排去醫療中心體檢，花崇遇到了安擇。

「沒想到連烽是『丘塞』的人！」安擇提到這件事就氣得很，「當初我們還一起出過任務，他裝得也太像了！」

花崇也有些不是滋味，連烽與他合作的次數多於安擇，被欺騙的感覺在他這裡更加濃烈。但已經過去了，他不想多提，換了話題：「還好過來的情報隊員厲害，一下就逮住了連烽。」

安擇的眼睛立刻亮起來，花崇莫名，「你幹嘛？」

安擇裝模作樣地掩飾得意，特別想說「厲害的情報隊員是我弟」，但又不能說，只好道：「特別行動隊來的，能不厲害嗎？」

花崇笑了，「一說到特別行動隊你就得意，現在不是還沒去嗎？」

安擇：「馬上就去了啊，『丘塞』的事一結束，我們這三年任務啊，也就結束嘍！」

花崇摸摸鼻梁，語氣裡多了一絲懷念，「是啊，結束了。」

這裡的每一天都不容易，但是真的要離開了，終究還是會捨不得。更不必說三年前的莎城和現在的莎城已經是兩種模樣了，是他們用汗水、熱血、忠誠，改變了這裡。

「你真的不跟我去特別行動隊啊？再考慮考慮？」安擇又開始對花崇做思想工作。

他們認識很多年了，雖然沒有當過同學，卻在聯訓營裡一見如故，這三年更是情同手足，有過命的情誼。前陣子長官問到去向，花崇說想回洛城，他卻覺得花崇更應該去特別行動隊。

私底下，他跟花崇說了好幾次，花崇有動搖，卻沒鬆口。這次既然都提到特別行動隊了，不如再添把火。

讓他驚喜的是，花崇的態度和以前有明顯的轉變，竟然主動表達出對特別行動隊的興趣。

「我去了的話，肯定算特警，特警和訊息戰小組的合作多嗎？」

花崇在回洛城和去首都這件事上猶豫，也不是一天兩天了，客觀來說，去了特別行動隊，前途自然更加廣闊。但他與家裡關係淡漠，多年沒有來往，畢業後到了洛城，對這座城市很有好感，想為自己安一個家。

安擇之前勸他，他也聽進去了，但真正動搖他的卻是耳機裡柳至秦的聲音。決戰時刻，通訊中斷，千鈞一髮之際，在他最緊張的時候，那道聲音成了他最堅韌的後盾。

他已經將那個代號柳至秦的人視作重要的隊友了，但這種感覺又和安擇、其他隊友給他的感覺很不同。他很難釐清，大約是因為他從未見過柳至秦，卻無條件地相信這個人。他想像不到柳至秦的樣子，但當他衝入建築，衝入槍林彈雨中時，他感覺到那聲音似有實質，附著在他身上，為他拉開了一面看不見的屏障。

一想到這個人屬於特別行動隊，特別行動隊對他的吸引就無限增大。想見見這個人，想和這個人繼續並肩行動。

安擇聽出來了，花崇肯定是覺得訊息戰小組厲害，這太讓他高興了，那股得意再壓不住，「我跟你說，你知道柳至秦吧？」

花崇有個很微弱的停頓，「知道。」

安擇：「他們訊息戰小組就屬他最厲害，年紀輕輕就是核心了。」

花崇：「你怎麼知道？」

「……我、我打聽到的啊。」

「嗯，他確實很強。」

安擇一說起來就停不下來，「所以你就別猶豫了，訊息戰小組像他那麼強的人特別多，我們有他們作後盾，不是戰力翻倍嗎？」

花崇：「……」

安擇：「你怎麼無語了？」

花崇：「你沒發現你前後矛盾了嗎？一下說柳至秦最強，一下說很多人像他一樣強。」

安擇撓頭，「啊……」

花崇笑著不說話。

「噯，你有當刑警的天賦啊，還抓到我的邏輯漏洞了！」安擇說不過就換，「真的，別猶豫了，跟我去特別行動隊！特警當累了就當刑警！我有人在那裡！」

花崇：「有人？」

安擇：「哎呀！」說溜嘴了！

還有專案要檢查，花崇被叫到了。

「你等等別走。」勾住安擇的脖子，花崇開玩笑地恐嚇道：「跟我說說你到底有什麼人，好好當個特警，還要靠關係？」

安擇：「我沒有！我不是！」

體檢結束，花崇交了表格，安擇還真的在休息區等他，一見到人來了，連忙招手。

「我跟你說，但你不能聲張。」安擇把花崇拉到沒人的角落，神祕兮兮的，「是你逼我說的，不是我主動跟你說的啊。」

花崇笑道：「把你慫的。」

安擇像獻寶一樣道：「那個柳至秦……其實是我的弟弟。」

花崇：「啊？」

安擇趕緊捂花崇，「你小聲點！」

花崇渾身都在表達震驚，「柳至秦，你弟？你弟不是軍校的嗎？」

「這就說來話長了。」安擇說：「他兩年前調到訊息戰小組，很厲害就是了！」

花崇還是無法接受那個保護過自己的聲音，屬於安擇弟弟的事實。安擇經常誇自家弟弟，叫小名「岷岷」。在他印象裡，岷岷就是個傲嬌可愛小天才，矮矮的，眼睛圓圓的，聲音很少年，和耳機裡的柳至秦完全對不起來啊！那應該是個很高的年輕男人，不一定比他年長，但某些時刻比他更冷靜沉穩，是可靠的代名詞。

他還擅自幫人家取了個小名，小柳哥。現在看來，他想像中的柳至秦和真實的安岷，唯一的共同點，大約只有腦子特別聰明。

花崇哭笑不得。

安擇又說：「要不然你們見個面？他了解特別行動隊，讓他跟你講講，你就心動了。」

花崇原本很想見柳至秦，但現在得知柳至秦是岷岷弟弟，總覺得有點尷尬。

安擇以為花崇是不好意思，說：「其實你們早該見面了，泡溫泉那次你記得嗎？我叫他來看看我的好隊友是怎麼吃飯的……」

花崇眼皮一跳，「我就是那個好隊友？你到底跟你弟說了些什麼？」

「沒什麼啊，我讓他多吃肉，才能長身體，但他吃一點就丟給我。我說，那你來看我們花隊是怎麼吃的吧，特別會吃！」

「……」

「他那天都來了，但沒見到你，學校有事找他，他又走了。」

花崇回憶那天的事，腦中突然浮現出一張面容。

那小孩也說是來找哥哥的，他當時壓根沒想到他哥哥就是安擇。現在想來，院子是他們包下的，外人走錯的機率太小了，那不會就是岷岷吧？

這麼一想，難怪會覺得柳至秦的聲音熟悉。安岷害他掉進池子裡，還穿走了一套運動服。

花崇按住額頭，表情複雜起來。是安岷的話，為什麼不跟安擇要衣服呢？為什麼不把運動服還給他呢？

安擇是個很有行動力的人，既然說了，那就趁熱打鐵，在花崇獨自消化時，他已經傳訊息給安岷了。

『**速來醫療中心！**』

安岷的第一反應是擔心，安擇出事了？

他打了一通電話，聽見安擇與平時無異的聲音才放心下來。

安擇躲著花崇接電話，「我不是在做體檢嗎？早飯都沒吃，你有空的話帶一點來給我？」

安岷說：『好。』

「多帶一份吧，我隊友也在。」安擇想一齣是一齣，「要不然中午和哥一起吃飯？帶你看看大莎城。」

訊息戰小組在後天回首都，安岷確實想在莎城逛逛。隊友們昨天和今天都出去逛了，只有他哪裡也沒去。不為別的，只為了花崇的那句「方便見個面嗎？」。

特警們比他辛苦，他不知道花崇什麼時候會找他，只能就地等待。但和安擇的飯也是一定要吃的，他們兄弟倆已經很久沒見面了。

安擇打完電話回來，花崇已經幫他拿了體檢報告，他們身體都沒問題。

「走了。」花崇揚揚手。

「等等、等等！」安擇攔住他，「中午一起吃飯。」

花崇覺得不對勁，安擇這個人什麼陰謀都寫在臉上，一猜就猜到了，「你不會把柳至秦叫來了吧？」

安擇：「你叫他岷岷就可以。」

花崇剛才已經消化得差不多了。好，岷岷就岷岷！

不久，一道高挺的身影出現在大廳門口。安擇一眼就看到了，「這裡！」

安岷一眼望去，眼神忽然凝滯。站在他哥身邊的是……

再次見到安岷，花崇眼中也有一絲驚訝。小孩三年不見，眼神、氣質都不一樣了，這種改變與外形無關，更多是經歷的雕琢。

他起身看著安岷，某一刻，眼前的男人竟然與他想像中的柳至秦重合了。

他不該學安擇叫他岷岷，該叫他一時興起取的小名——

「小柳哥。」

柳至秦極深的眸子掠過一簇光，平靜的聲音下藏著叫囂的潮，「花隊。」

「嗯？」安擇覺得自己被這兩人間莫名的氣場擋在外面了。

怎麼回事？什麼小柳哥？他這個介紹人沒用武之地了？

安擇把早餐拿過來，和花崇分，「沒騙你吧，我在特別行動隊真的有人。」

安岷：「哥。」

安擇投降，「岷岷，你幫我勸勸花隊，他喜歡你，你跟他說說特別行動隊的好，他說不定就來了。」

安岷一下子沒轉過來，「喜歡我？」

「是啊，你那麼厲害，誰不喜歡？」

「……」

花崇吃完餅，因為安擇的關係，他不由得將安岷當成了晚輩。哥哥該有哥哥的樣子，他覺得安岷好像因為衣服的事有點尷尬，索性不提，「你哥老說你是天才，這次我真的體會到了。」

安岷設想中的見面不應該是這樣，太倉促了，他還沒有準備好，更重要的是，花崇好像把他當成了弟弟。但那天在通訊器裡，他很清楚，花崇是把他當成戰友，當成依靠。

直男哥哥安擇是看不出這些小心思的，帶花崇和安岷去特警們普遍喜歡的一家鴿子餐廳，點了一桌烤鴿子、燉鴿子。

「花隊能不能跟我去特別行動隊，就靠你了啊，岷岷。」

這番話讓安岷心裡發癢，他知道安擇的意思和他自己的心思全然不同，但話擱在檯面上，他無法不受影響。

他真的可以讓花崇去特別行動隊嗎？

花崇在直這一點上，和安擇很像，竟是在一旁煽風點火，「就靠你了啊，小柳哥。」

花崇的眼是笑眼，眼尾輕微下垂，平時看人時帶著一點懶散和溫柔，執行任務時又截然不同。

安岷被這麼看著，心好像都被緊握著，遲疑幾秒後，脫口而出：

「那我說特別行動隊很好，你來嗎？」

花崇愣了一下。倒不是這句話有什麼不對，而是安岷看他的眼神太認真了，甚至不僅是認真，還有很多別的東西，請求？占有？

他被安岷的眼神牢牢抓住，意識竟是空了一瞬。
安擇撕扯著鴿子，「你這樣不行，好，哪裡好啊？你得說具體點。」
兩人都被這一聲喚回來。花崇覺得自己很奇怪，怎麼就被那個眼神抓住了？他別開視線，低頭喝鴿子湯。
安岷早就明白自己想要什麼，自然不像花崇那麼不自在，剛才他有點失控了，但他能拉回來。
「花隊，你來特別行動隊的話，我們可以繼續合作，相信你也瞭解我們的實力，以後你有任何網路安全、情報上的需要，我都能為你辦到。」
安擇暗自豎起拇指，小聲說：「高明！」
花崇靜了一會兒，心裡的天平已經傾向特別行動隊了。他也想像安擇那樣大展拳腳，訊息戰小組來莎城之前，他對特別行動隊只有很抽象的認知，強，但到底強到什麼程度，不知道。
後來他與柳至秦合作，實戰的默契是最難得的，他體會過一次就上了癮。
誰不希望有最好的隊友？
直到現在，安岷——柳至秦親自向他發出邀約。若不是安岷是安擇的弟弟，他恐怕已經立即答應了。就像這兩天他反覆想像的，在訊息戰小組回首之前，他與柳至秦見面、擁抱，柳至秦告訴他，希望可以和他繼續當隊友，而他坦率直接地答應：「好。」
此時此刻，他只能說：「好，我回去再想想。」
安擇雖然執著於說服花崇，但也不是會抓著不放的人，「快吃，這鴿子不能吃冷的，岷岷你再把這隻吃了，用手，別拿筷子！你看看花隊多會吃！」

花崇差點被嗆住，安岷立即倒了杯水給他。
安擇說：「上次沒看見，這次看到了吧？香不香？你得好好學學！」
花崇忽然覺得有點丟臉。
安岷說：「哥，你別說了。」
安擇轉頭就跟花崇吐槽：「你看看，他還不聽呢！」
「沒事，我以後監督他。」說完，發現兩兄弟都朝自己看了過來，花崇才察覺自己一不小心已經把天平掀了。
安擇驚喜：「你答應了？」
花崇：「……」
半分鐘後，花崇放棄掙扎，「嗯。」

——下集待續

高寶書版集團
gobooks.com.tw

FH035

心毒2 case002：知己

作　　者　初禾
繪　　者　MN
編　　輯　陳凱筠
設　　計　林檎
排　　版　彭立瑋
企　　劃　黃子晏

發 行 人　朱凱蕾
出　　版　朧月書版股份有限公司
　　　　　Hazy Moon Publishing Co., Ltd
地　　址　臺北市內湖區洲子街88號3樓
網　　址　www.gobooks.com.tw
電　　話　(02) 27992788
電　　郵　readers@gobooks.com.tw（讀者服務部）
傳　　真　出版部 (02) 27990909 行銷部 (02) 27993088
郵政劃撥　19394552
戶　　名　朧月書版股份有限公司
發　　行　朧月書版股份有限公司 / Print in Taiwan
初版日期　2022年6月

國家圖書館出版品預行編目(CIP)資料

心毒. 2, Case002 : 知己/初禾著.-- 初版. -- 臺北市 : 朧月書版股份有限公司出版 : 英屬維京群島高寶國際有限公司臺灣分公司發行, 2022.06-
面； 公分. --

ISBN 978-626-95988-7-8(第二冊 : 平裝). --

857.7　　111006562

ALL RIGHTS RESERVED

凡本著作任何圖片、文字及其他內容，未經本公司同意授權者，均不得擅自重製、仿製或以其他方法加以侵害，如一經查獲，必定追究到底，絕不寬貸。

版權所有　翻印必究